中国新生代散文大展

九〇后卷

蔡舒晓等／著

天津出版传媒集团
百花文艺出版社

图书在版编目（CIP）数据

中国新生代散文大展. 九〇后卷 / 蔡舒晓等著. --
天津：百花文艺出版社, 2019.1
ISBN 978-7-5306-7552-6

Ⅰ. ①中… Ⅱ. ①蔡… Ⅲ. ①散文集-中国-当代
Ⅳ. ①I267

中国版本图书馆 CIP 数据核字(2018)第 246973 号

中国新生代散文大展·九〇后卷
ZHONGGUO XINSHENGDAI SANWEN DAZHAN JIULINGHOU JUAN
蔡舒晓等著

出版人：张纪欣
选题策划：汪惠仁 张 森　**封面制作**：蔡露滋
责任编辑：沙 爽 田 静　**版式设计**：王宝萍
出版发行：百花文艺出版社
地址：天津市和平区西康路 35 号　**邮编**：300051
电话传真：+86-22-23332651（发行部）
+86-22-23332656（总编室）
+86-22-23332478（邮购部）
主页：http://www.baihuawenyi.com
印刷：山东临沂新华印刷物流集团有限责任公司
开本：787×1092 毫米 1/16
字数：293 千字
印张：23.5
版次：2019 年 1 月第 1 版
印次：2019 年 1 月第 1 次印刷
定价：62.00元

如有印装质量问题，请与山东临沂新华印刷物流集团有限责任公司联系调换
地址：山东省临沂市高新技术产业开发区新华路 1 号
电话：(0539)2925659　邮编：276017

目 录

蔡舒晓 作品

蔡舒晓,1994年生,处女座。上海交通大学经济学学士,同济大学中文系文艺学硕士在读。

气味

在上海生活已有一段时间,我每天都是坐五号线。那班勤勉输送着西南郊区各色人群的地下铁,那熟悉的班车涂着的红色外漆,和等候区里举着便利店的饭团面包的拥挤长队,我闭着眼,光凭气味就能感受到。

从最远的起点站开始驶向城区,停靠在某一站后,地铁里清苦的消毒水味道,被拥上来的大学生身上的年轻气味冲淡了,眉眼都还清澈的他们围拢在一起谈笑,似乎连挤地铁都是愉快的,能依稀看到,女孩儿身上有洗发水里的粉色芳香烃分子正在飘散。再往前开,住在郊区而工作在城里的白领们上来了,偶尔有带着几缕名贵香水气息的空气敦促我循味望去,衣着精致的她们正在早高峰的车厢里努力从容地优雅站立。现在是夏天,我一般坐到倒数第三站就要提醒自己闭塞嗅觉感官了，因为人群开始默契地散发着如出一辙的汗味。三,二,一,到站,逃离,人群四散去,瞬间空出的露天换乘站,又只剩下铁轨生锈的淡淡味道,寂寞地沉在脚边。

我不知道,是不是所有人都像我一样对气味这么敏感,我对嗅觉的信任程度,往往超过其他感官。每每在书里读到那些描摹气味的片段,我都忍不住想要跟作家隔着时空击个掌。张爱玲最喜欢听生煎包投进油锅的嗞嗞声,面粉炸到半焦半脆是甜味,碎肉馅熟到正好是咸鲜味,两种气味混着蒸腾的热油兜头盖脸地向食客袭来，美艳如小说里的顾曼璐也要放下身段大嚼几个作夜宵。聚斯金德的《香水》,带给我从未有过的阅读快感和作者崇拜:

烫过的绸子的气味，百里香茶的气味，一段绣上银丝的云锦的气味，一瓶名贵葡萄酒上软木塞的气味，玳瑁梳子的气味……不是甜柠檬或酸橙的清新味，不是出自没药、肉桂叶、皱叶薄荷、桦树、樟树或松树针叶的清新味，也不是雨水、冰冷寒风或泉水那样的清凉味，同时这种气味有热量；但是不像香柠檬、柏树或麝香，不像茉莉花和水仙花，不像花梨木，也不像蝴蝶花。

我读《香水》的时候爱上了一个大叔，大叔十几年前也是一个文艺青年；我把这段让我看得两眼放光的文字指给他读，他躺在床上嘴角往外扯了一下，算是回应我，然后调侃说，他自己是一个没有嗅觉的动物，曾经租住的小屋液化气泄漏臭不可闻也不觉察危险，还是来串门的邻居提醒发现的。

第一次见到大叔时场景有点窘迫，我和他因为工作业务而同坐在一辆轿车的后座，有一点挤，我一转头几乎就要贴上他的胸膛；他皮肤的味道在狭小的车厢里浓度更高，好像是在烟草气息里浸淫已久了，又像是庙里香火缭绕的熏香味，闻着颓废又出尘，是矛盾的一个人，却深深吸引我——然而大叔穿着非常 rock 的汗衫和迷彩裤，胳膊上的五角星文身亮眼，这让我暗自怀疑起一贯深信的嗅觉。后来我跟他接触久了，才发现他真的是一个从青春期起始的忠诚烟民，有一次到他家里，客厅里供奉着一尊慈眉善目的佛像，原来他早上是要恭敬地洗手烧香的。我乐不可支地告诉他，他这么一个摇滚客拜佛的样子有那么一点违和，他作势要擒住我，烟草的味道就像一种干燥的麻醉剂，温柔覆盖我的全身。

我那样喜欢他，尽管他迟钝的嗅觉永远闻不出煤气、烟草或者是我用的香水味道。他说我对气味的敏感是一种错觉，是因为视觉、触觉的一系列作用而衍生的通感，简单地说，是因为我先被他的人格魅力征服，再喜欢上他的味道。他张牙舞爪的样子有一种天真的孩子气,我们都不置可否地笑了。

大叔很忙,在我们相处了一段日子以后,他渐渐越来越忙,通常是大叔嘱咐我等他回来。我下班以后挤地铁,挤公交,走过狭窄的胡同小巷,穿梭经过人群里的种种气味,愉快地站定在他家门口,我曾想过要一直这样点亮他家里的灯。大叔给我的一把备用钥匙看起来不是很新,生铁的味道,钥匙柄上贴着一个旧了的粉色爱心贴纸。我晃一晃脑袋,清空鼻腔和肺管里的残留,打开门走进他的家里。木质的家具有年头以后,色泽敦实温暖,有着朴质的清香,我贪婪地呼吸着大叔家里的味道,仿佛他的体温也弥散在这空气里头。

他回家过夜的次数减少,那烟草和熏香的浓度也渐稀薄,有时候我坐在客厅里用力地呼吸着,胸肺有一丝刺痛感。直到有一个下午,我一直没有开灯,安静坐在沙发上等他,大叔十点多到家后按亮客厅的灯,走向我,一脸疲惫地抱住我,说工作太忙了对不起。我把头埋在他胸膛,然后满脸是泪地狠狠推开他。客厅的佛像仍然慈眉善目地注视着我,大叔也歪着头看我——我骗不了自己,他汗衫上的陌生香水味像一条显形的可憎小蛇,绵延到他的脖子他的头发,甜柔得发腻。

我跟大叔分手了,他大约是自己也发觉辩解是空洞无力的。那之后的我,还是很乐意分辨气味,走过水泥森林里的一间咖啡屋,穿过午夜的烧烤摊,路过一个还没断奶的牙牙学语的婴儿,这些气息都让我愉快。有时候我也会觉得,像大叔那样一个嗅觉迟钝的人的世界,无异于被强行加上了黑白滤镜,被强行剥夺了嗅觉权利终生,五感里少了一感,实在可怜。《香水》里,主人公格雷诺耶谋杀了二十六个妙龄处女,只因为迷恋她们身上的诱人味道,想要用她们的皮肤油脂制作成香水——我自然没有那么强烈到变态的捕捉欲望,但是地铁五号线里大约还是一直会有这么一个闭着眼睛、不动声色地深深呼吸的普通女人。这俗世的味道，廉价而取之不竭，是万种柔情的混杂，最能给她安全感。

姐姐

我已经习惯了T市这个工业老城的清晨，疲惫的人们在干燥的、密布尘霾的空气里四散开来，戴着口罩或者不戴口罩的人紧锁眉头或者面无表情，坐上各自的交通工具，抗拒却又不得不深度迎接这些令人不甚愉快的悬浮颗粒物。今天特殊一些，拉开窗帘时妻子低声惊叹了一声，因为窗外白色的雾气隔离了一切视线可及之处，我看了一眼就隐约觉得胸闷；我那沉迷于奥特曼动画片的小儿子兴奋地扒在落地窗上大喊："怪兽来了，怪兽来了！"

下楼后，雾气随着天光渐亮而消散了不少，我打电话嘱咐办公室新来的员工布置今天的会议厅，同时像往常一样拦住的士匆匆坐上车，告诉司机师傅要打表、开发票。在后座能看到司机的背影，这是个大概还算年轻的女司机，留着大波浪卷发。早高峰不出意外都是拥堵，平时我都会趁这个时候补上一觉，但是今天挂断电话后莫名觉得毫无睡意。这迷雾之中的一切都很好看，虚化了这个城市群聚而呆板的建筑物外形，有些莫奈油画《日出印象》中零乱隐现的意思——差点都忘了我曾经也是整日对着画板勤奋描摹的美术生了。

"大春？"我听见有人这样叫我，是T市人所习惯的上扬尾音。我从满眼想象的布景中回过神来，脑海里虚幻的油画颜料纷纷剥落，回到了这个真实狭窄、气味不佳的空间，愣了一会儿才意识到声音的来源是眼前这位女司机。工作后很少有人这么叫我，我向后视镜里望去，这张脸孔与我记忆里的样子重合又分离，我失声而出："是你？"

我一直以为她的样子是刻牢在心底的，但事实是我辨认了很久。她看起来和所有的出租车司机一样，戴着白色手套，晒斑不规则地在脸上分布，手边的透明水杯上茶渍斑驳；她在后视镜里朝我笑了，脸上的肌肉带动浅小的皱纹一同舒展。我幻想过无数次与她重逢的情景，或者甚至可以这样说，我来这座城市生活和工作，都带着想要与她偶遇的间接目的。我幻想过，在某个绿灯亮起的十字路口，我和她各自从马路的一面渐渐互相走近，像两块终究要碰撞并吸附在一起的磁铁；她该是记忆里柔软的样子，皮肤很白，头发垂在肩上，然后她眼泪汪汪地认出来我，抱住我。

但是她熟练地换着挡，在拥堵的上班早高峰中行车自如，一面轻松地朝我笑道："没想到是你啊，大春，你好像胖了。"

我是在大学的男生宿舍里第一次遇见的她。临近毕业的大四，我在画室里废寝忘食地画了很久，接近黄昏的时候冲出去打了一会儿球，从澡堂出来后，我头晕眼花地回到宿舍，看见一个如花似玉的姑娘徘徊在书桌与床铺之间，白色的连衣裙子让她看起来格外瘦。她问我："小 H 去哪里了？我是他的姐姐。"我经常听上铺的小 H 吹嘘他有一个如花似玉的姐姐，有一次宿舍里的摇滚青年外放张楚的那首《姐姐》给我们听，小 H 摇头晃脑，投入地体会着歌词，然后声称自己就有那么一个很美很温柔的姐姐，但是，用小 H 的原话说："我姐姐很早就混社会了，跟歌词里说的特别像。"

我有点慌神，因为这位姐姐正那么温柔地盯着我，等待着我的回答；这个角度看去，她的脸颊与脖子实在太完美了，简直就是画布上望向画师的女模特,美得虚幻而易碎。我说我不知道小 H 去了哪里,她很轻松地笑笑,说那也没有关系,她把给小 H 买的零食放在书桌上了,“你们可以一起吃,没事的。”她说着就转身坐在我的床铺上,细白的两条腿摇摇晃晃,夕阳的光线下,她眉眼干净,笑容淡淡的。我感觉到洗完澡后身上尚未被毛巾吸干的水珠,倏忽间增加了蒸发速度。她坐在我的铺上,所以我只能坐在书桌上。然而小 H 迟迟没有出现,宿舍的其他兄弟也都没有出现,这很正常,因为黄昏是掩饰一切的夜晚的开端,也是校园情侣们开始大规模出没的时候,他们可能都去泡妞了。很奇怪的是,我和她都没有想到要打电话给小 H,只是静静地等待着,说着一些无关紧要的话,比如我叫大春,而她自称姐姐;比如食堂的饭菜是否可口和篮球场的开放时间,然后她问我有没有处对象了,我快速地摇摇头,我猜我表现得有些紧张。天色越来越暗,如果不是我的肚子开始轰鸣,可能我就忘记了我一整天都没吃饭了。

她笑着站起来说她应该走了,于是我深恨这肠胃的响声。她已走向门口,又转身走到我的身边,拿起书桌上的纸和笔写下了一串数字递给我,然后快步匆匆离去,那是个 139 开头的号码。我在宿舍阳台上,目送她离开,她并没有回头,慢慢地四顾着走着,扒在篮球场的铁丝网上看了一会儿小伙子们蹦跶,又走回校门口,看起来和身边这些学艺术的女生没有什么两样。小 H 回来后,我装作不经意地向他打听到了她现在所在的城市,小 H 说,他们的故乡 T 市是一个缺乏艺术生所必要的诗情画意的工业城市,并不建议我去城区旅游,而姐姐是今天从 T 市出差到我们这里,正巧路过学校。这之后的几天,我对着空白的画布毫无灵感,脑子里乱得很,直到那个午后,宿舍的哥们儿睡醒后哼哼唧唧地唱着《姐姐》,我头脑发热,摇摇头就忘记了小 H 对那个城市的负面评价,简单收拾行李后就直奔火车站。去 T 市的火车只要六个小时,我忐忑地发短信告诉她,我是那个小

H 的下铺,六个小时后会到 T 市,姐姐,我是来旅游的。

她在出口处等我,背着一个鼓鼓囊囊的包,穿着时髦的牛仔短裤,刚洗过的头发披散在肩膀上,看起来还没有干透。她说今天已经不早了,如果想要省钱的话,可以借住在她的一个女友家。我跟着她走去,一路上随着她的手指所指方向来熟悉这个城市的各个细节。街头频繁流动着煎豆腐的小摊贩,香味格外摄人魂魄,我才不动声色地咽了一下口水,她就掏出零钱买了一小纸碗,伸着修长的手指递给了我。我和她一路吃着走着,食物的香气让这座城市呈现出友好而接纳的姿态。感觉没过多久,我们就到了那个女友的住地,那时候已经快要接近午夜,亮起灯后,我发现这个房间其实小得很,内间是可见的盥洗台,外间床铺很大,一切都显得拥挤。我抬头,发现天花板上吊下的细铁丝上悬着三两件鲜艳的女士内衣,不由得转过视线,脸红耳赤。她打开她的挎包,从里面掏出一块素色的床单:"给你换个床单吧,这是刚刚洗过晾过的,干净。"然后就打开布料开始铺床。我放下背包,手忙脚乱地协助她,急着说:"不用啦,我一个大男人不讲究这么多的。"她说要的要的,我怕她这里的床单不干净。我说没事,你又不睡。她抬起头来深深地看了我一眼,我同她对视着,然后她绕过床走到我这一侧将我扑倒。不知道为什么,我关于事情是如何开始又是如何结束的记忆是空白的,在此之前我对此一无所知,脑海里只模糊地闪过《金瓶梅》里曾经读过的一句,二八佳人体似酥,教君骨髓枯云云。那天窗外开始下雨,后来我在 T 市生活了很多年,才知道这样密集的雨水对于 T 市来说不是一件常见的事,雨点持续的敲击声像是隐约的鼓励,我想,古人诚不我欺也。

很多年后我常做一个梦,我走在森林里,空气湿润到让人胸闷,白色的雾气柔软可触,枝叶深绿的植物从遥远的空中垂下纤长的枝条,打在我的胸口与肩上。某一次我和学心理学的妻子讲到这个梦,她嘟囔着说怎么听起来这么色情。我发了好几秒钟的愣。

姐姐从包里掏出了白色的小圆药片,吃完药后她有些肚子疼,于是继续躺在床上,我替她揉着小腹。我问她,吃药有用吗?她点点头说,不出意外的话是有用的。我本来已经开始无声地思考我们孩子的名字,这时候只能暂停一下了。她说你睡吧,明天可以出门坐大巴去景点逛逛。我闭上眼睛,关于她的最后影像定格在此时,白色柔软的肢体与黑色的长发缠绕在一起,她坐起来替我掖住被角,我像昏厥一般沉沉睡去。

第二天醒来后她并不在，我以为她可能是出门吃早饭去了，床单还在,但是装床单的那只背包不见了,我觉得有些不安。我等了一会儿,只听到门外邻居们嘈杂的人声,然后我房间的门被突然打开,一个画着夸张眼妆的年轻女人走进来惊讶地看着床上的我:“你不是小H吧?小H那小子长什么样我还是记得的。他老姐说让我把房间借她弟弟住一晚,怎么是你呢?”我庆幸早就穿上了衣服,慌乱地回答说我是小H的同学,来这里旅游的,给你添麻烦了,这就走。她朝我暧昧地笑笑,毫不顾忌地走到房间里收下那几件悬在空中的内衣。我急于逃离这里,好在行李不多三两下就收拾好了,走到门口时我收住脚步,斟酌了一下用词,发现我实在不知道小H姐姐的名字,只好这样问她:“那小H的姐姐到哪里去了?”这个女人说,我怎么知道,可能大哥急着找她吧。她又朝我暧昧地眨眨眼睛,显得刻意得很:“你们昨天一起睡的?哟,还铺了新床单呢。”我夺路而逃。

那时候我二十三岁，在T市人来人往的街头站着，不知自己身在何处,差点滑一跤,脚下是半块大饼。抬头看看手表是九点,我看着大雨后格外蓝的天空,第一次体会到身心俱疲。

我没有再联系她,恶狠狠地扔了她的电话号码,在手机里删去一切记录。这恨意持续到回到学校,看到小H这小子懒洋洋地躺在我上铺,我突然觉得特别委屈,眼泪止不住淌下来。我跟他说清楚一切后,小H严肃地对我说,大春,我还是当作不知道这件事吧,上个月给家里通电话时,我就听说姐姐快要跟某个同样“混社会”的发小结婚了。出于同窗四年的友谊,小H仍然陪我痛醉了好几个夜晚,抱着啤酒瓶子在画室里瘫软成无意识的烂泥。毕业季的同学们各自匆忙,只当我和小H有不可描述的深层友谊,面对分别的时刻格外不舍。

后来家里帮我把工作安排在T市,我带着诡秘的心态毫不迟疑地答应了。在T市生活了近十年,我第一次碰见她居然是在出租车里,从某种意义上来说,这是另一种巧合,像很多年前一样,她是在带着我出发。在我的记忆里,她的身边总是绕着一圈神圣的光芒,皮肤白得闪闪发亮。我一直猜想是因为学生时代两次见到她时我都处于饥肠辘辘的状态,这光圈里混淆着蹦跳的满眼金星。她在后视镜里继续望着我,我快速地算了算,现在的她有三十大几了,皮肤仍然白得耀眼,只是笑起来不再让人觉得她是虚幻而易碎的了——这有可能是因为她是车技熟练的司机,我是乘客。我知道,今天妻子的早饭将我喂得很饱,我再也没有饥饿的嫌疑了。我说,姐姐,你看起来并没有什么变化。她咯咯地笑着,又说了些什么,但是手机铃声突兀地响起来,我听不清了。

柳宁相亲记

柳宁第一次和宋刚见面的场合实在是有些套路，大龄青年们的父母胸膛内总有着翻滚不息的拳拳爱子之心，一拍即合地替他俩策划了一场相亲见面。

柳宁作为一个尚且不算老、心态又极佳的非著名女作家，早已习惯了向所有热情为她张罗对象的亲友们报以真挚的微笑和感谢。许多都市男女避之唯恐不及的相亲大业，在她看来至少算是一个认知社会的特殊方式，所谓买卖不成情意在，多认识几个朋友也是好的。实在不济，也可以厚着脸皮冒着道德风险，把相亲的个中经历拿来作为小说素材，运气好的话就像《爱在黎明破晓前》里的男主角一样，一场邂逅成就一本畅销小说——她这样敬业，去相亲都提醒自己时刻带着上帝视角，不知这算不算是一种隐性的职业病。

柳宁还记得那是个湿冷的初冬早晨，母亲慈爱地把她从被窝里拔出来，替她从衣柜里选出一套轻易不穿出门的淑女裙，积极敦促着她去洗漱打扮，千万不要迟到。柳宁一边用粉底遮盖着熬夜赶稿后升腾而起的黑眼圈，一边听母亲念叨，这次的相亲对象叫宋刚，是个刚刚工作的大学数学老师，由于平时专心于学术而耽误了婚姻大事。母亲说："你爸就是在健步走时认识他爸爸的，说人家老头子风度翩翩，小伙子一定也长得很不错呢。"父亲在一旁立刻停下喝粥的节奏，连连点头称是。她看着父亲唯唯诺诺的样子实在可爱，低下头忍住笑也喝起粥来。

他们相亲的地点就安排在宋刚工作的大学里，这个校区隐蔽在老城区的一座颇有韵致的小山上，校门口一片遮天蔽日的梧桐树。柳宁踩着高跟鞋一路上坡有些吃力，但却觉得心情格外好，古城的空气湿冷而清新，冬天略显疲乏的太阳光透过树叶缝隙在眼皮上忽明忽昧地跳跃着，恍惚间像是个梦境。迎面而来背着书包的小情侣依偎在一起分享着一串糖葫芦，两个人嘴角沾着糖相视而笑；遛狗的老人慢悠悠地踱步而过，别在口袋上的收音机里有黄梅戏唱腔咿呀曲折地绕过来；三两个穿着职业装的男人坐在馄饨铺前心不在焉地玩着手机，不时偷瞟她一眼。她快步走过街边一个桂花盐水鸭店，使劲地嗅着空气里淡淡的咸香味，心里感慨这城市的早晨人情味真是浓郁，而她常年昼夜颠倒地对着电脑码字，大概错过了不少景致。

柳宁因为这番好心情而对这个不曾见过面的数学老师充满了好感，她猜宋刚会是一个散发着书卷气的男青年，可能文弱一点，不过不要紧，跟这所清雅的校园画风一致就好。她走到校门口的时候刚好是约定的九点半，大门外只有一个戴着墨镜的彪形大汉，表情冷酷、手插裤袋地望着天，她暗想这学校的保安还挺年轻魁梧，不料这大汉竟径直朝她走来，盯着她上下打量了好几眼，然后弯下腰来凑近她，用充满磁性的男低音问道："你好，你是柳宁吗？"

宋刚自称他在学校的知名度比较高，墨镜就不拿下来了，初次见面，一起逛逛这校园吧。这个体型健硕的大汉表情严肃地走在身边，柳宁莫名觉得自己身价倍增：在冬天还坚持戴着墨镜的，必然是雇来的保镖无疑了。这样的相亲场面和想象中的差太多，她没忍住就笑出声音来，宋刚低下头隔着墨镜对她小声嘀咕："女作家都这么情感充沛吗？你在笑我吗？"柳宁感受到他凑近后温热的鼻息，赶紧摇摇头，迈开脚步跟上他，同时觉得自己心跳一阵加快脸颊一阵发热，嗯，一定是一路爬坡累的。

这条石子路沿着小山的弧度古朴而委婉地延展开去，教学楼和宿舍外都是青砖旧瓦，很有怀旧校园电影的氛围。宋刚给她指着这些建筑说这是报告厅，那是图书馆，那幢刚修过的房子是音乐厅，还自嘲说从本科到博士一直在这里住着，刚一毕业又留校教书，这里的一草一木早就看厌了他的脸。柳宁觉得他倒不像是个数学老师，说话带着点文艺青年式的滑头。这园子实在是小，不一会儿就要走到学校的后门了，一路上偶尔有几个学生认出他来打招呼说“宋老师好”，宋刚就摘掉墨镜朝他们点点头。柳宁抬头偷偷看着不戴墨镜的宋刚，觉得他眉眼其实很斯文，基本符合老爸对他的期待：小伙子长得很不错呢。

走出学校，后街有一条小吃街，鸭血粉丝、皮肚面和小鱼锅贴一字排开，柴米油盐的市井生活气味扑面而来。宋刚指着校门外一排很有年代感的居民楼问她：“女作家你想听故事吗？”柳宁对日常生活中别人称她为女作家有些本能的抵触，然而她还没来得及表达不满，宋刚就向她滔滔介绍起来：“读硕士的时候我和前女友在这里租了两年的房子，走两步就能上课去了。这房子里没有空调也没有朝南的阳台，我们夏天的时候穿着背心裤衩在楼下乘凉，冬天的时候把被子抱去学校的草坪上晒，”他点了一根烟开始抽，“那时候我头发比现在浓密得多啊，我前女友也很漂亮，我们向房东阿姨撒谎说我俩已经领了证，阿姨就整天满小区地夸我们是模范夫妇。我平时都不走这个校门的，唉，怕触景生情。”宋刚的嗓音有点哑哑的，柳宁一时之间有点发愣，第一反应是伸手去口袋里掏纸巾，这个故事才起头就让她莫名地有点想哭，她同时也担心宋刚会在这人来人往的街头情绪崩溃，如果这个一米八多的硬汉蹲在地上痛哭，自己一定是拉不动的。

然而宋刚停下来深深地吸了一口烟，语气里带着几分调侃：“你们作家听故事付费吗？”柳宁说当然不付费，是你自己要讲的。他掐灭了烟说，那不讲了不讲了，我们各回各家吧，今天已经见过面了回去好向父母交差。柳宁又有点发愣,这相亲连一顿饭都没吃上,而他想的居然是见完面就可以交差了。

柳宁为这戛然而止的情节有些沮丧,这时候宋刚忽然脱下外套,一把塞到她的怀里,叫她等一等。柳宁回头,发现后街有两个正在调试音响的学生,扭扭捏捏地各自抱着一把吉他,留着摇滚风的长头发却还没褪去后青春期的稚气,他们穿着的白色T恤上印着“我爱南京”,面前摆着一只摊开的空琴包。柳宁虽然不太懂行,但看这情形大约是民谣爱好者要卖唱,只是这俩学生一时之间还没能抹开面子找到感觉。柳宁看着宋刚戴着墨镜大步往他们俩的方向走去,以为宋老师要给学生们加油打气,不料宋刚向男生们耳语了几句,又朝着柳宁的方向指了指,一个男生就毕恭毕敬地把自己的吉他递给了他。

这时候已经有不少路过的行人被吸引过来,满脸期待的表情。宋刚凑近话筒喂喂喂试了几声后,闭上眼开始酝酿,柳宁觉得他微皱着眉头的表情有些影帝上身的样子,跟之前的保镖形象判若两人。宋刚开口,同时深情注视着站在人群最前方的柳宁:“这首歌送给我的前女友。”人群里发出一阵感慨的唏嘘声,群众的八卦情绪得到了充分的满足,带着各种情感色彩的目光纷纷投向柳宁,有几个路人已经开始从口袋里掏零钱。柳宁大窘,又不好向围观的群众解释什么,只得深吸一口气,捋捋头发故作镇定地听下去。宋刚唱的是一首旋律低调的歌,尽管音响比较劣质,他的声音仍然非常吸引人,颇有点款款悼念逝去的爱的意思。柳宁不怎么熟悉民谣,不过她发现人群里有几个学生摇头晃脑地跟着宋刚唱着什么“如果我们不能结婚,你怎么能受得了”,大概这是首在文青中流传广泛的歌。不多会儿,各种颜色的人民币就铺满了琴包。

那两个学生笑嘻嘻地上前围住她:“美女,你看我们宋老师多好,和他复合吧。”几个提着菜篮子的大妈见状也摆出今日定要促成圆满好事的架势,南京普通话抑扬转折听起来像是唱戏:“我跟你讲啊小姑娘,现在这么痴心的小伙子可是很少见了。”柳宁素日坐在家里打字大门不出,很少见到这么多人一齐围着她,她觉得招架不住,与此同时一种被消费感袭击了她:她为什么要陪这个才刚认识的男人在公众面前深情怀念前女友呢?柳宁把宋刚的外套扔给那两个男生,满脸绯红地转身就走,高跟鞋踩得哐哐作响以示不满,揪着衣角腹诽不止。身后人群又发出一片满足而嘈杂的唏嘘声。

她气喘吁吁地走了很长一段路,宋刚也没有追上来,她猜宋刚此刻正沐浴在女粉丝们崇拜的眼神里无法自拔,这想象并没有实际依据,但却足够让柳宁更加气愤。她停下来掏出手机想要向老妈控诉一下今天的奇遇记,却发现收到了来自宋刚的短信:“方才看姑娘你听着故事表情凝重,我只好重操若干年前组乐队时的旧业活络下气氛,不承想竟惹女作家生气。今天下午学校有学术会议需要参加,故事下次继续,见谅。”她把手机塞回裤兜里,有些懊恼地对自己承认说:这个宋刚其实还挺有趣的——有趣,大概是“女作家”对朋友的最高评价了,而她作为一个心胸宽广、热衷于体察人生的文字从业者,本该表现得更加从容些。

柳宁回到家后一直等着宋刚联系她,她不知道自己是惦记着那个还没有讲完的故事,还是已然缴械投降惦记着那个有趣的数学老师。她在音乐软件上找到了那首“如果我们不能结婚你怎么能受得了”的歌,歌词带着点老男人楚楚可怜的怅惘。柳宁的父亲对她说,这个宋刚只谈过一场恋爱,这么多年都在专心读着博士,难免有点脱离社会,你要多体谅人家。柳宁点点头,心里叹道自己真傻,听到男人唱着苦情歌就母性泛滥,即使明知这一腔深情不是为了自己,也感动得七荤八素。也出于女人们奇异的自尊心,她没有主动去联系他。

周末晚上宋刚约她出门的电话打过来的时候,柳宁立刻就应下来,急吼吼翻出手套帽子,匆忙就要往外走。母亲问她这么大冷天的出门做什么,她说宋刚约她出门散步,母亲沉默思索了一会儿,忽然像是下了极大决心似的猛地攥住女儿的手:“出去聊得好的话,今晚就别回来住了!”说完砰的关上门。柳宁一个人在门外觉得手背被捏得隐隐作痛,同时心里一片凄凉惨淡:母亲为她的终身大事日夜悬心,已然不管不顾妇道人家的矜持了。

宋刚在柳宁家小区门口等她,他伸手拦了一辆出租车,让师傅开到长江大桥找个人行道口停下。生于斯长于斯的本地人柳宁并没有夜游过这座闻名全国的大桥,但是想来也是极浪漫的——晚上柔和的灯光散射在夜雾里,江面渡轮的汽笛嗡嗡振动着脚底板。宋刚问她晚饭吃饱了没有,又伸手捏捏柳宁羽绒服的厚度,她点点头,猜不透他脑袋里又在想些什么。

走下出租车柳宁才觉得今晚的情势艰巨,光是这迎面呼啸而来的江风就够让人凌乱的了,宋刚很有经验地替她把外套帽子扣上,又用自己的围巾在她脖子上绕了几圈,扎成一个松紧适当的结——柳宁觉得自己的样子一定有点蠢,但是的确温暖了不少,她的脸有点红,好在灯光昏暗能够遮掩。宋刚很自然地扶住她的肩推她走到步行道的里侧,一路伸手替她挡开对面走来的人流,他清了清嗓子,颇有几分老师准备上课的范儿,说大概有五六个年头没有回过这里了,这次是特意前来讲故事的。柳宁听他用了“回”这个字,想必从前是带着前女友常来的,她心里有点莫名的酸,大概宋刚方才对她那一连串体贴的动作应该也是出于情感的惯性;她转念一想,这算是哪门子的醋,她和眼前这个正准备深情回忆前女友的数学老师并没有什么瓜葛呀。

水汽很重,桥面上的大理石桩在路灯下泛着柔和的乳白色,柳宁吸着鼻子，盘算着回去把这段冒着严寒夜游长江的经历写进小说里。宋刚开口,说他前女友每每跟他吵架,一定会穿过小半个城市跑来这里,一个人对着江水生闷气。柳宁说,那岂不是挺可怕的,不明情况的群众还以为她想不开呢。宋刚拍拍柳宁的肩表示赞同，说他前女友是有那么点抑郁倾向,所以每次吵完架回家看到空无一人的房间,他就进入备战模式,向哥们儿要了摩托车就开往城郊的大桥;有几次哥们儿骑着车泡妞去了,他就只能咬咬牙向房东阿姨借了那辆浑身都响的脚踏车，丁零当啷声势浩大地往北骑去。

柳宁默默在心里给他的叙述能力打了高分，她发觉江面的水波有厚重的丝绒质感,就停下脚步凑近桥桩,把上半身伸出去。宋刚一回头不见了柳宁,发现她正把身子探出护栏,立刻像触电一般大步向前,一把将她扯回来,柳宁的胳膊被他拉得有点吃痛,皱着眉抬头想怪他反应过度,却发现这个大汉紧张得脸色都发白了。宋刚看着她说对不起,但你这举动实在是危险。柳宁立刻明白了,他的前女友可能曾经这么吓唬过他。一时间柳宁倒是替他心酸起来,两个人都不知道说些什么好,加快脚步走完了整座大桥。

宋刚说今天时间晚了,又特别冷,就不请你吃夜宵撸串了吧。柳宁点头说好,她减肥呢,肯定不吃肉。他语气忽地又狡黠起来,那也不请你睡觉了,继续打车送你回家吧。柳宁被大风吹得神思迟滞,这个调戏性质的玩笑让她反应了好几秒,她猜自己的脸一定特别红,因为宋刚正瞅着她哧哧地笑。看看表快要十点,柳宁心想,今晚最失望的恐怕是在家窃喜不已的母上大人了。在她的坚持下,他俩各自坐上一辆出租打道回府。柳宁在车上回头看看那一座大桥,灯光璀璨车灯闪烁,大抵五六年前也是这般,那时候的宋刚可能骑着一辆丁零当啷的破车，载着生完气后对他甜蜜如初的小女友回城。宋刚的短信非常应景地点亮了她的手机屏:“抱歉把女作家扯痛了,你刚刚扒在护栏上的样子有点像她犯病的时候。下次一定请你吃饭。"柳宁出神地看着这条短信,觉得宋刚除了有趣,还带点闷骚。在她的字典里闷骚也是一个褒义词。然而她又莫名地生气起来,大概每个女生都不喜欢自己被当成另一个女人的影子。回过神来,她才发现脖子上绕着宋刚的围巾。

回到家以后柳宁感受到了如同初恋少女一样的心神不宁,她没有料到自己作为看过人间风景的"女作家",竟被这一段还没讲完的爱情故事套牢得如此这般。柳宁不知道宋刚心里是怎么想的,于是她不惜厚着脸皮叨扰了许久未联系的大学同学,在她印象里这姐们儿在学生时代常年衔着一根棒棒糖,逮着人就聊八卦——这位同学是宋刚现在的同事,她非常义气地答应了柳宁去"了解了解"。几天后她不负所托地拨回电话,说宋刚在大学里的确有一定的知名度,当年的校园乐队吉他手宋学长和他文学系的女朋友成日里出双入对,那姑娘漂亮极了,但是精神状态一直不大好,宋刚像是养个小女儿一样精心照料着她。有一次宋刚晚上在酒吧驻唱,喝多了酒就没来得及早点回去,他女朋友不知怎么的就坐夜班车到城郊的大桥上站了一夜,那时候是冬天,凌晨值班的巡警在大桥桩下发现了差点没冻死的她,这姑娘大病一场后就被家人接出国疗养了,家里人坚决不让宋刚见她。

"柳啊,我听宋刚的哥们儿说从那以后他都不玩琴了,一个人闷头读完博士,别人也不敢跟他提这些陈年往事。宋老师跟你相亲呢?那你得好好抓紧呀,哈哈。"电话那头同学三言两语就讲完了故事,柳宁却觉得心里沉重得很,好几天吃饭都不香。

旧年情比陈年酒更具有杀伤力,道理都是一样的,那些藏在地窖里不开封的坛子,都是主人不愿拿出来分享,私心里想要保存一辈子的。柳宁每天的工作就是打开文档编一些苦情的爱情故事来赚眼泪,她拒绝让这些痴男怨女天阴雨湿声啾啾的情感在现实生活中缠绕住自己。她想，下一次和宋刚见面的时候就把围巾物归原主，也要劝他好生学术，不必勉强着自己继续相亲下去。虽然这么打定了主意，接下来的好几天她吃饭仍然是不香，码字时随机播放到“如果我们不能结婚，你怎么能受得了”的时候，她还是要站起身来整一整思绪，对着围巾发一会儿呆。

又到周末，宋刚如约邀请柳宁吃饭。柳宁举着手机导航，一路艰难地拐进这家隐蔽在新村深处的餐吧，远远看到几个画着浓眉的年轻姑娘在吧台前的木质楼梯上一会儿叉腰一会儿踢腿地街拍着。柳宁抬头撑着下巴饶有兴趣地看着她们，直到不知从哪里冒出来的宋刚在她肩上大力一拍，她才意识到自己的行为有些痴汉。宋刚看起来好像瘦了一点，他跟这里的老板似乎挺熟，互相点了点头。宋刚悄声对她说，这个老板虽然现在常年举着锅铲掌厨，曾经也是他们乐队的替补吉他手，一枝花。柳宁低头偷乐，环顾一圈，发觉这餐吧的装修极为文艺，墙壁上挂着各式吉他，灯光昏暗衬着木质的桌椅，情侣们依偎着喁语。老板给他们送上菜单，拍了拍宋刚的肩说，已经给你找了好几间合适的店面了，有空一起去看看。柳宁从八十元一份蛋炒饭的菜单中回过神来，问他们，什么店面啊？宋刚说琴行店面，上下两层的那种，我打算开琴行教吉他课呢。柳宁有点蒙，觉得这情节发展跟自己预想得不太一样。

“我辞职了呀，这几天在学校里忙着交接的事情，所以一直没能请你出来给你继续讲故事。”宋刚伸了个懒腰，继续轻描淡写地说下去，“辞职这事我考虑很久了，在学校里待久了实在腻歪。你来学校相亲的时候我一路都走在你身后，不知道是不是所有女作家都跟你似的，看小情侣吃糖葫芦串都能偷笑半天。没，我不是说你傻，我特别羡慕看什么都觉得津津有味的人，我打算换个生活方式，向你学习。”

宋刚问他还想听故事吗？柳宁摇摇头，不好意思地说她已经知道结尾了，自己的朋友是宋刚的同事某某，前几天已经把宋老师的爱情故事悉数告诉了她。宋刚如释重负地喘了口气："那太好了，我还担心一下抖给你这么一段沉重的往事你会接受不了呢。我猜女作家们比较能接受讲故事的形式，就想变着法儿一点点告诉你。"

"灯光下的江面特别好看吧？像丝绒绸面？我也这么觉得，但是拜托你以后不要把半个身子都伸出去看好吗，看着真的挺危险的。"

"你这么瘦，还说不吃肉要减肥？想吃什么多点些。女作家要注意运动倒是真的，以后吃完晚饭我们就跟着你爸和我爸出门健步走去，你还可以顺带着观察下夕阳红生活。"

"柳宁同学，你的脸又红了，你今年十八岁吗？"

柳宁对自己说要镇定要镇定，可是她眼眶已经湿了，忍泪忍得实在辛苦，只好把手伸进包里攥着宋刚的那条围巾，毛线轻柔温暖地覆住了她的指尖。宋刚起身去墙上取了一把吉他，说我给你弹一首歌吧，很久没好好练过了手有点生。周围年轻的食客们纷纷转过头来看他们，嬉笑着起哄要这位帅哥表白，街拍的少女们围过来甜笑着为他们鼓掌，那个系着围裙的餐吧老板也取下一把琴踊跃地要求给哥们儿伴奏。

宋刚修长的手指在琴弦上拨动着，他低头扫一眼琴品，再抬头温柔地注视着她。柳宁觉得有些恍惚：生活实在是罗曼蒂克，她绞尽脑汁也写不出一个比此时此刻更好的故事来。

程川 作品

程川，1993 年生于陕西宁强。文字散见于《诗刊》《花城》《散文选刊》等。获首届陕西青年文学奖，第三届“中国红高粱诗歌奖”，2015《星星》年度大学生诗人奖，第四届“紫金·人民文学之星”散文佳作奖。

刺

1

洗澡时，我又摸到它了，突兀、绵长，像是一条弯弯曲曲的蚯蚓，穿上衣服后它将彻底烟消云散，使我忘记铁和肉撕咬的整个过程。由此我得出结论，我的痛来源于眼睛和发现，而不是那段朦朦胧胧的记忆。想了很久，还是决定把它写出来。它驻扎在我体内已经很久了，一度隶属于疼痛这个颇具考究意味的词语，现在居然变得和土偶木梗一样，僵硬木讷，就像过去的二十多年里平淡无奇的每一天。它似乎仍在冬眠，未曾惊蛰，只有小心翼翼翻开衣领时才会重新蠢蠢欲动。

肩胛骨旁的疤痕源自于一次误伤。酒后，与友人酩酊大醉，争辩未果，他操起一把锋利的剪刀探入我的肺叶。自此，伤口发现了血液的存在，我按住迅速膨胀的胸口，鲜红，滚烫，像是凡高笔下斗志昂扬的向日葵，只有当肉体被刀口猛然剥离，疼痛慢慢绽放时，它才会被人世间最坚硬的铁器和最柔软的肉体所诞生。这时的疼痛不再是伤口本身，还包括棉织物的破碎、烟灰缸的倒戈、步伐的凌乱、石块、谩骂、辩解等等一系列环节的集体演绎。之后，伤口才会真正被疼痛所包容，成为身体中的某一无用的"器官"。也许还要忍受医院各异的消毒液、干净明亮的手术刀、肥瘦不一的手指，又或者耐人琢磨的味道、色泽、浓度、成分、状态……这时的疼痛才是健全的，如同我那濒临破碎的家庭，单薄，却又不失完整。对此，我在诗歌《疤痕》中写道：多少次，洗澡时无意间触及/我才会记起，跨年夜的那天晚上/我是怎么变冷的/像一截木头，被时间一点一点拧出水分。

2

十二岁那年贪玩，下河摸鱼，一块锋利的青石板将我的喜悦一分为二：水里的那部分荡然远去，像是重返蓝天的鸟雀。我清楚地记得自己跑向村卫生院时的慌乱与无措，鲜血将脚印拓在了灰扑扑的水泥路上，村里老者劝我用柴草灰盖住散失的血迹，血液若被蚂蚁搬食，性命也会被它们搬进地底。在我身后是高耸的清明山，我背着一座山脉在乡间奔跑，跑过了十二岁的疼痛与恐惧。从那时起，我就在怀疑，我的身体是一座陷阱，皮肤本身不吸血，却将所有的血液都锁在孱弱的身躯里，像是一座富饶的矿山，却只有血这一种稀缺的资源。尔后，我便对鲜血产生了恐惧，我怕它们从我体内溢出来，怕它们集体失控，露出我瘦弱的骨头。

初中毕业后，好友 H 骑摩托车带我去鲁家寺找他女友。秦巴腹地，山深、路急，盘道斡旋，宛若天堑。中午返程时我坐亲戚的车先行一步。直到黄昏，他才出现在小镇上，一只脚趿着人字拖，一只脚空着向前缓慢挪动，陈旧的牛仔裤上落满了破洞，灰烬、血迹、汗渍、汽油粘黏在一块儿，引得一群苍蝇嗷嗷号叫，再打眼一瞧，他整个人灰头土脸，越发显得浮肿难堪。车头、保险杠和发动机也悉数扭曲变形，一路上“咯吱咯吱”响个不停，跟他身后血淋淋的夕阳简直浑然天成。那时刚刚毕业，我们都是毛头小伙，涉世未深。H 被倒退的拉土车撞飞后跌落在排水沟里，不懂得判定谁对谁错，肇事司机随便怒吼几声便自认理亏，爬起身来，一咬牙，推着摔坏的摩托车一瘸一拐，走了整个下午。

家乡土稀地贫，村里的孩子多是留守儿童，这件事断然不能让家长知晓。于是，我就像一个小偷一样，从他家源源不断地往粮站运输菜籽、黄豆、苞谷，以换取药品、绷带、香烟和啤酒。那个聒噪的盛夏，他整整卧床俩月，我见证了鲜红的伤口从流血、化脓、结痂，再到蜕皮的整个过程，棉球、纱布、药水瓶、苍蝇……像是未经打扫的战场,散布在那个局促的燥热的,2008 年夏天十平方米的二楼小屋。

如果拿“事件”来将此给予定义的话,简直轻如鸿毛,既无人死亡也没有严重社会危害性,但在我心里,它造成的强大刺激不亚于以上种种。

自打那以后,H 的膝盖和手臂上就种下了几块大小不一的疤痕,深色、褶皱,无毛孔,与周遭皮肤格格不入。随后几年,在河里与他游泳时,我竟发现,那些疤痕正在朝着逆时针方向不断萎缩。形状未改(其中有一个呈十字架形),面积压缩,颜色浓烈,像是一座坍塌的黑洞,我的目光被吸进去了。当初那么狭长的伤口,现今只留下这么一点拿来缅怀的空间,而他带着这些熟悉的符号南下广东,东至江苏,电工、瓦工、修理工……历经种种生活磨难,乃至换了三任女友后,现在又把它们完好无损地带回家。他却从未留意过这些细节,或者说伤疤与他已经合而为一,我看不见的那部分才是真正的伤口,仍在滴着血。其实我很想给他提醒一下,鲁家寺的那位女孩,报废的那辆摩托车,还有那个闷热的夏天他惊慌失措的哭泣,掐灭香烟后,却不知从何说起。

正如脐带是每个人共同的伤口,疼痛注定越埋越深。

有段时间我总是不理解母亲,流言蜚语,蛛丝马迹,以及父亲的猜测与怀疑,都使我深深地厌恶她。我讨厌她、憎恨她、诅咒她,很长时间都不出门,狠狠摔东西,拒绝她的一切,并发誓这辈子不再跟她说一句话。至少那两年我做到了,我变得狂躁暴烈,又常常黯然神伤,仿佛一颗挂在枝头熟烂的浆果,我看得见自己的眼泪和怒火,它们是有形的且极端的,像是秋天的落叶或者冬天的暴雪,是我力量的源泉。我乐此不疲地与父亲合谋,监视她的行动,偷听她的电话(矛盾白热化时父母分居,并想致对方于死地,水泥、皮带、擀面杖……都将成为强有力的呈堂罪证),而我们相互之间,也都饱受着失眠侵扰,消沉,悲愤,并长久沉默。父亲在这个过程中也越来越敏感、忧郁、偏执、决绝,家庭矛盾耗尽了他的全部精力,我却没能够及时发现。我痛啊!孤独啊!堕落啊!不愿再回到这里。这里是绝境!是牢笼!我已经生无可恋,试图用尽一切力气离开这个鬼地方。一年不到,我的白发已经从后脑勺攀爬到前额;一年不到,我已名落孙山。我们将生活在水深火热之中,我们还将继续生活在水深火热之中。我们深谙此时的处境,可谁都没勇气主动打破它。

直到某天,无意中在父亲手机上发现一个陌生女人的短信,他们言语暧昧,像一对患难夫妻那样,安慰彼此,憧憬未来。突然,我觉得自己被这个虚伪的家庭彻底抛弃了,我是多余的,像是一叶扁舟、一枚弃子,生活并没有给予我们满意的答案,友人W如是说。他父亲在镇政府上班,哥哥在县政府,母亲常年在外务工(近年回家),家境殷实,邻里和睦,外表光鲜亮丽。W使劲抛出一枚扁平的石块,河面蜻蜓点水泛过几缕涟漪后,W呆呆地望着我,漠然如沉入水底的石块。他有着与年龄不符的沧桑。此刻,我愿多费点笔墨描述一下他的外貌和神态,近视眼,国字脸,胡须浓密,身材魁梧,沉默寡言。我突然想起他父亲曾对我说,“闲时多找W聊聊天,你们从小玩到大,比我们这些长辈更容易交流。”是啊,我们是从小玩到大的,因此知晓他抑郁症的真正原因,知晓那些溃散在他体内的药剂,正一点一点啃食他脆弱的神经,最终迫使他休学一年,知道他父亲手机里也藏着一个陌生的年轻的善解人意的女人,这些是我俩之间的秘密,我俩之间的痛苦,很长时间不足以为外人道也。

时间真是一味苦口良药啊。孔夫子川上曰的那句谶言,流淌了千年,至今仍雄赳赳气昂昂地屹立在那儿。我们的苦恼就像从W手中飞出去的那枚石块,激昂,动荡,碰壁后又折回,悬浮片刻再石沉大海,成为水底一个难以消化的硬疙瘩。上大学后,W再未向我提及这些细节,后来他们全家都搬去了县城,我们的联系更加稀少。那些像刺一样狠狠扎在我们内心的东西,似乎变得模棱两可,虽然日渐显露疤痕的形状,却不再像往日那般疼痛难忍。越长大越孤单,我的微信签名一直如此。我们用自己的伤口埋填他人的过错,那些你口会不会像H手臂上的十字架一样,成为我们祷告或忏悔的一个必备理由?

对此,我一无所知。

3

你有多久没流过眼泪了?

这是我向《乌鸦》诗群的几位朋友提出的问题,没人给出具体答案,就连我自己也忘记了最后一次哭是何时何地、什么感觉。年龄渐长,眼泪愈加珍贵,好像泪腺是属于孩童的专属品,在成人字典里根本没有哭这个动词,眼泪无法抵达他们的崎岖和坎坷,他们唯有通过沉默、忍耐、悲愤与暴戾,达到自身的平衡和妥协。的确,哭泣解决不了任何问题,反而会赢得矫揉造作这些饱含贬义色彩的词汇。这倒使我异常佩服那些乡村葬礼上哭丧的中老年妇女。哭,成为一种职业,时辰一到,张牙舞爪,拖着含混不清的唱词,抚膺大恸,眼泪像勾芡的胶状体,每一滴都藕断丝连,但我丝毫不会因此感动。当然,哭,本身也不需要感动。

我在脑海中努力挖掘那些泥沙俱下的时光,哭,这个原本早已失效的词,某种程度上激活了我局促的记忆。父亲在我面前哭过,自己兢兢业业一生,到头来却还是虚无缥缈,他哭起来低沉、沙哑或者默不作声;母亲也曾在电话里向我哭过,控诉父亲醉酒后追着她打骂时,她哭起来委屈、悲愤、伤心欲绝。他们分别在我面前哭诉自己的不幸,但我却不知道该如何安慰,只能紧闭牙关,面色凝重,一个人默默舔舐着这剜心的痛,这显然是不公平的。他们于我,代表着另一重世界,我害怕他们的眼泪,那是一场倾盆而至的暴雨,每一滴都会将我狠狠砸陷在泥淖之中。我慌乱，自责，痛不欲生，长久保持一种恍惚状态。我相信，这种独特的个人经验对我的性格塑造起到了莫大作用，它教会了我拒绝，不苟言笑，枯木般接受这世上的美与丑。惊讶不会存在于我的词汇表中，它被一种令人憎恶的常态取而代之，仿佛我早已洞悉一切。但我依旧幼稚，我被我的尴尬所主宰。那根刺，始终拔不出来。

或许W跟我有同样的体会，他选择逃离。他在省会读完本科后想到外省去读研，表现得十分急切，实则已经无家可归。老家的几间土坯房已近荒废，现在他全家蜗居在县城的哥哥家。他父亲有一张敦厚瓷实的面庞，待人接物笑容可掬，从镇政府退休后返聘到一家砸石厂，我时常看见他从镇上步行回老家检修房屋。周围的人都把W家作为榜样教育自己的崽：W父亲有丰厚的退休金，平时朴实节俭，现在又在厂矿企业做监理；W母亲在高中后勤部工作；俩兄弟都已大学毕业，老大还在县城扎下深根——你呀，只有好好学习才能像他们家那样，过上衣食无忧的生活。我不能反对他们的见解，那些世俗的、表面的、有失偏颇的东西不正是我们所缺失的吗？然而裸露在外的永远只是冰山一角，我们无法看清那些纵横交错的根系，正在以何种面貌缩成一个打不开的死结。W曾给我说过，并不愿意服从父亲的安排，为了留在家乡而踏上公务员这座陡峭的独木桥，他想要刻不容缓地离开这片贫瘠的土地，远走高飞，寻找一片属于自己的天空。多么富有诗意啊！相比之下，我是懦弱的，鼠目寸光的，远没有W那么果断，所谓的逃离只是自欺欺人罢了，所以还将继续待在这弹丸之地苟延残喘着。简直相形见绌。但我不知道为什么越是恨这里，越是逃不出去。真是一个可悲的悖论。

说实话，自打外婆去世后，我就怀疑眼泪里面是不是水分太多了，以致完全感受不到哭的悸动还有咸涩、悲哀的气息。鼻腔里塞满了火药味、香烛味和纸钱味，眼泪和亡者的尊严扯上关系，我却一直以为最真实的哀痛应该牢牢憋在心里,是形而上的,就算流泪,也顶多是像雨滴那样自然而然地垂落下来。我不喜欢那种铺张浪费的哭,它将悲伤毫无节制地撕裂开来,像是一张摊开的烙饼,正反两面都备受煎熬。大学时,舍友 X 在狭小局促的 KTV 里安安静静地哭了一场,任谁也劝不住。平日里,他属于那种学霸型的复合式人才,安静,不张扬,只有偶尔醉酒后才会失态。我们相处四年之久居然一直不知道他落泪的真实原因。他将自己一层一层包裹起来,蚕茧一样,密不透风。事后没人再提起过。也许他只想释放自己,他向酒精坦白,接受尼古丁的洗礼,世间为什么这么多的无奈、彷徨,维持一副成熟老练的模样太辛苦了。尔后,反倒是他觉得不好意思,向我们一一道歉。直到毕业后我才零星知道一些关于他的事情,同样也是家庭问题,请恕我不能奉告。

很长一段时间,我都深陷于矛盾纠葛之中,我的泪腺已经干涸,再没有悲伤的事情使我俯下身来,眼泪迟迟找不到出路,拒绝哭泣是因为眼泪与我所扮演的角色严重不搭。晴的时间太久,真想没有缘由地掉上几滴眼泪,以证明体内的盐还没有完全逃出去。

起初,在被刺伤的那些日子里,我躺在医院病床上,如同一具刚刚出土的兵马俑,长久动弹不得,心里却莫名轻松。依稀记得朋友扶着我奔赴医院时的焦急与慌乱,我捂住胸口,脚步摇曳,喘不过气。司机惊讶我满身的鲜血,泪痕一样斑驳刺目,最终紧闭车门扬长而去。拒载!他一定是害怕我在他的车里画上句号,或是担心我鲜红的泪水打湿他散发着浓烈羊膻味的坐垫。该死,我一定是吓住他了!在手术推车上,我迷迷糊糊,居然拿出饭卡让医生去支付药费,“肇事者”一脸严肃,“放心,我闯的祸,我负责。”如果在此时召开一场表彰大会,我一定会说:感谢那些流离失所的鲜血,替我流泪、替我排毒;感谢死亡线,以及那把光滑铮亮的剪刀;感谢痛,把我从混沌中救出来。轮椅、白大褂、药水味、手术刀……后来的我司空见惯。人,那么的脆弱无力。每天,我跟随着病患们,提着一根从身体里蹿出来的引流管,排着长队,在狭长的走廊里来来回回,就像一群丧尸,着装统一,步伐佝偻。好多隐蔽性的东西向我迎面扑来,在这特定的地方,我们不分彼此,小心翼翼挪动着碎步,双手守护着层层包裹的宝藏级的伤口,伤口的痛,得以被我们的专注放大,显得无比暴戾。真想弄清楚,为什么我们活得如此相似,却痛得因人而异呢?看来疾病面前也未必人人平等。我们只是欠自己一个聊以自慰的说辞罢了。

很想问一句:你有多久没流过眼泪了?

先别着急,卸下盔甲后,仔细想想……

城中记

1

天阴。他乜斜着眼睛,头戴鸭舌帽,脚踏登山鞋,跷着二郎腿倚卧在出版大厦左侧,像是那只横卧门口的石狮。我想翻出某些湮灭在这个时代的词来测度他的现状,比如放浪形骸、逍遥物外或离群索居。那份脱离世俗的泰然自若令提着盒饭匆匆急行的我深感惭愧。11 月某个冷飕飕的晌午,我突然有了辞职的冲动。我不确定那些饭菜是否温热如初,就像不确定是否仍会在这条路上走下去,但我的行动也仅限于在熙熙攘攘的人群中狠狠剜了他几眼,便继续踱步向前。像是嫉妒,又像是怨愤,不得不承认我是懦弱的。每天早晨,我得穿过一条散发着隔夜烂菜味和鱼腥味的曲折逼仄的菜市场，在老人和孩童、脚踏车与电瓶车组成的隙罅里见缝插针，然后挤上一辆气味暧昧的公交，前面紧贴学生卡，而后老年卡，我夹在中间，像是镶嵌在进化链上的一端，周而复始。志安不止一次告诫："你得按捺住，像熨斗烫平那些毛躁的褶皱。"他总是摆出一副过来人的模样，"到我这个年龄你自然就会懂。"懂什么？摆在砧板上的生活？我想同他仔细谈谈，比如挣扎，抑或彷徨。那些听起来冠冕堂皇的理由他不一定认同，但我得表明自己的判断。对，判断！多么铿锵有力，理性雄辩的词啊。当我真正触及这个词时正好临近本命年，二十四，像是遗留在脸颊上的最后一粒青春痘，被一阵莫须有的疼痛挤了出来，连同轻飘飘的理想、信念和爱情，扑哧一声，破了。

我将其归咎于懒，就像对赋闲在出租屋的室友说的，"死后阎王还得八抬大轿抬你才肯走。"说这话时，我其实很心虚，而他低头掐着哇哇乱叫的手机，连眼皮都不曾眨一下。直到天气越来越冷，寄居在秋季里的夜雨渐渐稀薄了，楼下的泡桐才慢慢有了泡桐该有的模样。麻将声也由清脆转为沉闷。晚班后穿过阒然无声的巷子，清瘦的灯泡孤傲地撅起，偶尔传来一两声猫鸣狗吠。它们躲在黑暗某处远远窥视着，似乎连夜晚都有了寒冷的形状。而他总是一成不变：躺着、坐着、卧着、靠着，囚禁在十平米大的陋室里。每天顺手将他锁在屋里，晚上再打开房门，他依然活着，这一天就这样草草结束了。他的存在仿佛仅仅是为了提醒我对生活应持与他相反的态度。在相当长的时间里，我无法理解他待在这里的意义，同样，他也无法理解我的抱怨、消极和摔在垃圾桶里的叹息。

偶尔，我也会去菜市场挑选符合口味的菜品，无非是酸菜、泡椒、白菜、土豆、红薯和西红柿。二十岁以后便很少吃荤，倒不是信仰问题，而是因为我的身体难以吸收太多油脂，得尽量把餐点弄简单点。而室友总是对吃怀有莫名冲动，尤其是离职后，他除了瞌睡无事可做。他每晚在厨房乐此不疲地哼着歌,跑着调,东奔西窜;菜刀在案板间乒乒乓乓走着,清油嗞嗞冒泡,火锅料围着铁铲在锅里打转;腊肠、腊肉、鸡鸭鱼肉以及一些他也叫不出名字的中草药滋补品,倒在锅里熬成翻滚的生活,他喜欢把时间装在自己的胃里。而一旦完成这一切,他突然像一只泄了气的气球,跷着二郎腿,软塌塌地陷进沙发里,雕塑般凝滞沉默。种种迹象表明,他未曾与惰怠杂乱的生活分道扬镳,当我再想劝劝他时,他已订好回程日期。

他是一个不需要告慰的人,至少现在如此。

2

这栋潮湿、阴暗、陈旧的筒子楼被周遭骄傲的建筑压迫着,刚搬来时,房间里散落着各种滋生霉味的可疑物体,此如混浊的香水瓶、破洞的棉絮、网状的长发、枯萎的果皮、斑斑点点的内衣和墙壁……它们以标签的形式构成了狡黠、粗鄙的生活本身。这种在场性令我十分不适,它们黏附在陋室的角角落落,无处不在,很难将其一次性清理干净,好像我在过着一种被偷窥的生活。每天,我用自己的钥匙扭开别人的人生,寄居蟹般笃定。等我的鼻孔和眼睛开始缓慢接受这种气息和色泽后,黑暗里仿佛有声音砸在地面,铿锵有力,紧接着像是一把生锈的尖刀在砂纸上来回摩擦。该死!前任租客忘了带走那群前任老鼠!为此,我花了一整天擦拭它们可能会沾染的区域,还有那些没褪散的霉味、暗斑。我跪在地板上,态度虔诚,不是上帝使我卑躬屈膝,而是生活!藕断丝连的生活!到处是碎屑,老鼠们就在我左腿旁的木柜下耀武扬威,像是踩在我的头顶,密谋着一场暴动,我抓不住它们。从未如此沮丧过,我抓不住它们,它们才是这里的合法公民。不速来客,我,2016年,在这座堡垒森森的城市竟找不出一抔泥土来堵塞它们与我之间形成的漏洞,到处是硬化地面,到处是参天古树,到处是灯红酒绿,到处是歌舞升平,谁会允许一只老鼠莫名其妙地出现在这儿? 所以,请务必相信,我喝酒只是为了打碎啤酒瓶,只是为了让那些锋利的玻璃碴,替那些牢牢锁在地底的泥土们,完成它们业已失效的使命。

我是悲观的,却不知这种悲观的缘由。是物质,还是欲望?都不尽然。我无法接受自己,有那么一个瞬间,我深切怀疑自己被另一个人篡夺了,他是自闭、忧虑、孤僻、彷徨乃至酒精和尼古丁等一切足以堪称反动元素的综合体,谙熟我,却又始终游离在身体之外。梁说我绷得太紧,干巴巴的。梁是我同事,更多时候我喊她姐,她侄儿跟我同龄,但丝毫不影响我继续喊她姐,而并非老师。外人面前的她总是一副乐观的模样,时常笑,一惊一乍,套用她对自己的评语——疯叉叉的。但提及侄儿时,她一副恨铁不成钢的模样——每月把脏衣物快递回老家,日子就是脏和净的轮回更迭。当然,我不是为了标榜自己,正如段首所说,这个叫程川的男人有一丝分裂迹象,经常将吃了水的棉衣从盆里救起来,供奉在铁架上,隔上几天再在楼下搜寻它们的尸骨,你得谅解他的无知无畏、出没无常。基于此,我时常在夜晚竖起耳朵,倾听内心波澜起伏的回音。我想了解他、解剖他,那个居住在我体内的陌生人,我活着他的外表,活着他的夜色、周末和无药可救的痼疾。

梁姐不以为然,她总是以各种理由"搅扰"我。她谈起童年:无人管束,早恋,赌博,离家出走,街头聚众闹事,火锅店"横行霸道",夜店里提着砍刀和酒瓶锄强扶弱,甚至某次竟然惊动火铳,把枪抵在别人头上。外出求学时家人最常叮嘱她的一句话莫过于"照顾好你三个姐"。她陷入沙发里,嘴上叼着烟,猛然低头,像扣动扳机一样瞄准自己,"难道我就不需要被照顾吗?"在这几月里,不止一次听到她用"疯"否定自己——起初像少女般笑得特开心,而后突遭电击似的。扭头,收敛起笑意,死死盯住天花板，狐疑地问我：“是不是觉得姐疯了？”我对她的经历充满好奇与钦佩，这也正是我所缺失的，却不知该向她做何回答。这二十来年活得模棱两可，我开始怀疑自己到底是怎么长大的，像器械厂里的原配件，被扳手和钳子捶打斧正的零部件吗？那么，我又该怎么否定自己呢？

每天午饭后我都会去阳台短暂逗留，一支烟的工夫，看鸽群围绕对面楼顶盘旋，久不停歇，天晴时可以看得很远。近处，楼顶放置了一张三合板和铁架搭建而成的简易餐桌，一个灶台、一罐煤气，旁边则矗立着一架轰隆躁动的空调外机，几根巨大的黑色橡胶管子。从8月到12月，午间时分总有男男女女雷打不动地出现在楼顶，乒乒乓乓地剁着碎屑的食材，我认得他们，是大楼的保安和清洁工。他们蹲在悬空的地面上，像是一坨即将被融化的沥青，生活总能将他们塑造成各种形状，冰冷的诘问者，或是尽职尽责的维护者。梁姐说他们很苦。也是在这间阳台上，她谈及自己不幸的婚姻——那个抛妻弃子的男人，在这座城市的另一个家庭里扮演着同样重要的角色。她掀灭了燃到尾声的烟蒂，从烟盒里迅速拔出一根，塞进嘴里，望着窗外。打火机冒着幽幽的蓝光，像蛇信，嗅到某种滋味后，烫伤般猛然缩回体内。远处林立的楼宇只有晚上才会显出真实面貌，它们附庸在华丽多彩的灯柱上，虚幻又通透是那些五颜六色的光线和庸庸碌碌的人群使它们拔地而起，而不是坚硬的钢筋水泥。记得某次去这座城市的边缘地带参加诗歌朗诵会，舞台设在一片挺拔秀丽的白杨树林中，到场者有二十世纪的民谣乐队、二十一世纪的诗人画家，有教授、博士、老板、白领、留学生、流浪者……他们悉数剔除了白天行使的身份，回归到夜晚中间，那些撕裂的红红绿绿的光线、摇曳的人群，以及腾起又跌落的音乐，在熊熊燃烧的篝火映衬下，散发出一缕焦灼的味道。造成这种氛围的不是巫术、寒风、水分子和头顶那轮笼罩在雾霾中的月亮。这种感觉很难捕捉奇妙鲜活，令人战栗，鲜活有如刚刚从河面打捞上岸，不断挣扎跳跃的鱼群。回城的时候临近午夜,我被两瓶啤酒骗得晕眩颠倒,靠在公交座椅上,窗外楼盘裸露出密密麻麻的光斑,招摇着一闪而过,高楼仿佛虫蛀腐烂的巢穴,光斑镂空了它的挺拔和昂扬向上。我闭上眼睛,双手紧紧攥住汗湿的栏杆,不禁掏出平日里最反感的一个词擦拭我东倒西歪的情绪:此刻,"泪流满面"的程川,在夜色中燃烧殆尽。

时至今日,我从未篡改过对生活的看法。当然,你可以坦言:程川懒惰,极端,好高骛远,乃至被文青的幼稚想法束缚住手脚。的确,某种程度上,它们构成了我的崎岖与忐忑,我像是纺锤上的线团,被一根根骨棒围困着,直至开始焦灼:我的表达无法武装自己。朋友说,甜食能够缓解焦躁,于是,我从超市抱回大桶橙汁、蜂蜜,却丝毫感受不到它们在我体内的变化。那些浅薄的、细若游丝的裂缝,正沿着锈迹斑斑的生活表层,一点一点向里缓慢渗透、塌陷,多像此刻的处境啊:屋子里那些松松垮垮的墙皮,吱呀作响的窗户,夜半啼哭的猫鼠,无家可归的方块字,以及,总也拧不紧的水龙头……凡此种种,让我活得如此纠结,彻夜辗转反侧。梁姐在这个问题上与我处境相同,她选择用尚未到来的更年期搪塞自己。真好!她的焦躁烦闷终于有了自欺欺人的理由。不是因为"妹妹"(梁姐闺女)的脾性和成绩,不是单身母亲的艰辛和苦闷,也不是无处可诉的孤独和抑郁,而是那副用旧了的身体让她日渐露出端倪,让她有借口将活着就是慢性自杀悬在嘴边,并以此掩饰自己的真实状况,譬如自己对前夫的懊恼,前夫对女儿的寡淡,女儿对自己的怨愤。恶性循环!像是一个简陋的圈套,她杵在旋涡中心,小心翼翼地维系着这种失衡关系。周内,"妹妹"在托养班完成功课后,每晚八点半梁姐准时踏着电摩接她回家。因此,梁姐有充足的时间倾诉积压在心头的郁结。某个傍晚,她对我提及最近常做的噩梦,死去的亲友梦中再死了一次。活人从不出现在她稀松的睡眠里。她说,没有做完的梦第二晚还能继续连起来,像是电视剧,醒着反倒像广告时间。她说得信誓旦旦。良久,她红着眼愤愤道,“妹妹”这次期末考试又是倒数第二,多么不公平,每天起早贪黑,悉心照料,将水果切好装盘,恨不得嚼碎了再喂她,各种辅导班、兴趣班,三分之二工资都砸在她身上,连老师都坦言太过溺爱,到头来竹篮打水一场空。我说,“妹妹”还小,仍有机会反败为胜。窗户半启(避免同事第二天闻见烟味),浓密的烟雾四处溃散,桌上几簇富贵竹摇摆不定,像她的心境,悬着,总也摁不下去。

这座城冬天时很难见到阳光,厚重的雾霾捂得密不透风,放眼望去如毛玻璃般缥缈虚幻,甚至难以辨别早晨和傍晚。社里规定,最迟九点十五打卡,而我时常掐着时间追赶公交。如果某天清晨,你在长顺下街看见一个不修边幅的青年奔跑者试图超越两旁的车辆, 请不要挡住他的去路,请原谅这个青年的横冲直撞,他有些孱弱,定是昨晚熬了大半宿,已在生活的道路上追逐得气喘吁吁。周说,几十年后回过头再看,现在的自己活脱脱一只过街老鼠。周是英语老师,考研未遂,在西安某家培训机构工作(直到写这篇文章时,她还在为梦想奋斗),她的话让我想起单位即将退休的一位文姓老师, 面对一群吵闹着减肥的美少女正襟危坐,“吃饭,是一道程序!”她已经站到了周所说的若干年后,在这个位置上熬干了身体里的水分和钙质,好似一株枯槁的芦苇,顶着满头蓬松的花柱,中空而又柔韧,因此,她的话不无几分苍凉落寞的味道。梁姐对此嗤之以鼻,“你看社里谁搭理她,干活时倚老卖老,耍时虎虎生威,以前为休病假,自己打 120,从十二楼走下去,再爬上车,耍一圈屁事莫得,又喊辆出租把自己驮回来!单位处处机关倾轧,当然,都是跟利益挂钩,暂时你还不涉及,但还得留意哈,莫蹚深水。”因此,我又懂得了一个词:职场。并非来自狗血的电视剧,而是每天打卡的那个地方,当我的指纹和考勤机媾和,为一个词跟作者来回斡旋时,当我的工资卡里的数字像脉搏那样微弱跳动时，似乎一切都具备了生命的迹象。她对我谈及的这些令我沮丧，但又庆幸自己融入了这里。至此，有点理解离职蜗居、随后返乡的室友了，他走后只有老鼠肯陪我说话。

3

某个晌午，校对室主任突然捂住脸，站起来急嗤嗤喊道："糟糕，右眼咋个看不见东西了？"堆放在桌上的稿件被她胡乱推开，又倏地跌落下去，转椅咯吱咯吱晃荡。我们围在桌前，还没来得及应答，文老师心直口快："早叫你注意休息，这下果然瞎了吧！"主任提起放大镜抛进收纳盒里，狠狠剜了她一眼。文老师讪讪笑起来。主任的瞪和平时别无二致，干净利索却略显黯淡，并未携带凌厉的闪电，而我们除了无关痛痒的劝慰和叮咛外，好像也想不到其他方式了。至此，我才注意到这个年近五十的女强人鲜为人知的另一面。她对着电话喊 honey，撒娇，嘤嘤哭泣，声音粉嫩细腻，像是一只被暴风雨摧残的小兽，满腹委屈。这使我恍惚产生一种错觉，素日里板着面孔、兢兢业业的主任，柔软的一面还未干涸，仍然挤得出水。与此相比，我们村那些四五十岁的老女人哭泣时，多么夸张造作啊，她们干号，撕心裂肺，她们摸爬滚打，粗犷得就像梁山好汉，一点儿也不知道节制。从同事聊天中得知，主任再婚，没有子嗣，丈夫是位古董收藏家，大她将近二十岁。梁姐曾开车带我去看望过主任，那时她已出院，在龙泉驿休养。梁姐附在我耳旁："虽然只是轮岗，但想做好编辑，必须跟校对搞好关系。"说完忧虑地盯着我，就像母亲告诫懵懂的儿子。

主任穿了件长款碎花红棉袄，倚在物业门口等我们。她手术后，丈夫即刻忙活该死的资本事业去了，越老的物件他越感兴趣，她不愿听从医生安排，整日卧床静养，所以，时常眯着一只红肿的蟠桃，率领一群名贵的犬种周游巡视。那群享受荣华富贵的宠儿早已习惯了草木鸟雀，一并习惯了摩肩接踵和车水马龙。当我们迈进电梯,它们立刻垮下黑黝黝的长脸,敌视着我们,狂吠不止。“这被囚禁的生活!”主任一边佯装呵斥埋怨,一边斟茶、削苹果,忙上忙下。那群狗则殷勤地围着她东奔西窜,她亲昵地呼唤它们“宝贝”,像是喊 honey 的口吻,她把宝贝抱在怀里细细摩挲,甜甜的,糯糯的,幸福得有点眩晕。她体内还有母爱在流淌,梁姐的“更年期”显得多么稚嫩啊!似乎就记得这些细微场景。俩月以后,单位传出我要辞职回陕西的消息,梁姐揪住我,神秘兮兮地问,是不是得罪什么人,或者说错话了。开玩笑,我放屁都夹着尾巴,怎么可能我并未打算如实向她描述,那是属于外来者的隐疾。一个上无片瓦、下无立锥之地的潦倒青年,定居他乡谈何容易?

我曾梦想过一种干净的生活。现在肮脏吗?不!相反,它太紧凑、条条框框了,远不够粗粝。我曾发过一条微博:所有努力都是为了自己的时间能被自己挥霍。太矫情了!可事实如此,我无法支配时间,也不能取缔它。在租来的陋室里,我不断向中介、向房东、向菜市场、向得过且过的简易床板和食物妥协求饶,试图在这种倾斜里获得一种短暂的平衡。先苦后甜?你看,就连我自己也不能肯定。那些拼凑的睡眠、虚浮的体重、夭折的胡碴、红肿的双眼,争先恐后地证明这是一场多么虚伪的人生,欺骗自己的罪魁祸首此刻就端坐在电脑前,衣冠楚楚地编造着这些充满戾气的文字,你还能指望他改变些什么?年后某个周末,我搬到了新寓所。朋友Z帮我收拾物什时,我竟忘记自己到底住在哪一栋,小区曲折逼仄,绕行几圈后,搬家师傅骂骂咧咧,频频摁动喇叭催促。每天早出晚归,第一次发现这座城市的白天于我,竟是如此陌生。Z嘻嘻哈哈笑着,我轰走司机,蹲在一棵老榕树下,脑袋一团麻,晕晕的。好仓促!从金牛区到青羊区五公里不到,我先后往返四次,把两边的房屋都打扫得干干净净,就像从没有住进去过一样。就像第一次来到这座城市,没有一处沾染我的痕迹。

而在等待老房东退还押金的那个傍晚停了电，漆黑一片，我把钥匙紧紧攥住，提着一包馒头，蹑手蹑脚爬上楼——今夜，我要把那些饥饿的瘦弱的胆战心惊的老鼠们，通通喂饱。多么荒唐的念头，为什么会根深蒂固地盘踞在我的脑海中呢？第二天早上，我再次踏进出版大厦在那张乳白色的办公桌上安放躁动的青春时。室友比我略显不安，此后整整俩月他都在寻找工作的道路上奔波不息，新媒体运营、房屋装修、软件开发、书画销售、证券期货……从那些光鲜亮丽的名词里获得自信再到感觉自卑，中间不过隔着一场小小的面试。他很快便败下阵来，嗜睡、醺烟，躲在被窝里，沉湎于游戏。

随后Z邀来他的大学舍友W及其女友H同住，因为相隔不远，很快我们便以家的模样拼凑在一块儿。五人时常组成一字纵队，流连忘返于沃尔玛、文殊院、春熙路，像很多青年渴望的那样，亟待在城市落地生根，我们关注房价动向，关注婚姻现状，关注工资涨幅，关注我们尚未取得的生活和正在失去的权益。渐渐室友的“工作”也有了眉目，一家软件开发公司打着招聘的幌子骗取了他的信任，在经理和总监猛追不舍的轰炸下，他“清醒”地认识到自己足以胜任这份烧脑的工作。企业指南、图标手册、发展纲要，各项数据报表谜一样锁住他，中文系半路出家的他，在这块天上砸下的馅饼里面丝毫没有尝出毒的味道。依照合同规定，他用APP教育贷款提前预付了四个月学费，一万九千八，毕业聘用后再从工资里逐月返还。经理的谆谆教导，以及对高薪职位的强烈渴望甚至使他卑躬屈膝，嗫嚅着一顾三回头：谢谢！谢谢锲而不舍的经理和总监，将我这只秋后蚂蚱跟你们绑缚在同一条麻绳上；谢谢百度钱包，危难时刻雪中送炭；谢谢我身处的时代，机遇总是大于命运。他的心按捺不住扑通扑通狂跳，然而很快这份喜悦便偃旗息鼓了。真相总是来得太快。当他意识到被骗时，一切已然木已成舟，女经理嚼着一口嘎嘣生脆的普通话，尺度拿捏正好:依照解约条款,您得先犯罪,我们收到您的犯罪记录后才能实施解约流程。室友垂头丧气的样子很像一头牲畜,俗称:待宰的羔羊。他哭丧着脸自顾自叹气,“要不我对她实行刑事犯罪预警吧……W”明显沉不住气了,愤愤不平:“就这么被骗啦,哪能这么容易,合同都没拿回来,马上‘3·15’,得找报社曝光啊,实在不行就报警!”报警,这个偏离日常兼具理想化色彩的词就这样稀里糊涂地出现在我二十四岁的生命里。

W的愤慨和偏执带着炙热,有点烫,却让束手无策的我们备感振奋。在这座城市,我们是盲目的、资源有限的、稍显局促的那类人,而这些变故堰塞湖般死死咬住我们的退路。寻求报社无果后,唯有走后一种途径——报警。警察的出现使她们篡改了自己的立场,至少是暂时地压制住了她们的趾高气扬。连锁经营,市场先锋,引领全国,增加就业,提高从业人员的专业素质技能……诸如此类的词出现在她们口中,她们简直是模范示范岗,培训敛财一笔带过。“民事纠纷双方诉讼调解!”警察抛下这句简洁扼要的话后就离开了,一切回归原貌。我们在会议室里开始了漫长的妥协之旅。“要不我们交违约金吧?”休想!跟百度贷款客服沟通。才知道款已入账,也就是说,这次报警徒劳无益。女经理靠着转椅,眉飞色舞,提笔砰砰撞击着桌面,签字笔在合同上戳出点点墨痕,充分证明:忙,她很忙。面对这群不谙世事的年轻人,她有理由摆出一副过来人的面貌,咄咄逼人的口吻差点就使我们放弃了挣扎。眼看面试的求职者越来越多,W语气渐渐强硬:“你们这就是诈骗,挂羊头卖狗肉,明明以培训赚钱,非得打着招聘的旗号,那为什么不招专业对口的,《劳动法》哪条规定公司培训得员工掏钱?我们已经愿意缴纳违约金,你们还咬住不放。合同?别张口闭口合同,你们的合同就是霸王条款,非法!”此前,我对相关法律一窍不通,特意去咨询法律专业的同学,她建议我们提起诉讼。诉讼,一个比报警更加陌生遥远的词语。事实上我们接连又报了两次警,但警察也道家般的无为,我们仅仅能冀望于他们的身份象征,或者说,那套衣服代表着的尚未泯灭的震慑力。他们不耐烦,看得出来,其中一个年纪跟我相仿,额头挂着一片青春痘,可能在来的途中刚挤过,红红的,有印记。他们踱着碎步进进出出,直呼经理到底退不退,一副随时要走的焦躁模样。显然,经理的承诺已经失信了,那些南辕北辙的词汇凑不出一份好答案。我们有耐心,同时在这间装裱得宽敞明亮的会议室,我们也第一次窥见自己无赖的样子,顽固、强硬,还有烙印般挥之不去的尴尬和羞耻。

门口簇拥着一群求职者,眼巴巴地盯着这出闹剧如何收场。大概再纠缠下去得不偿失吧,女经理最终松口了,扔下我们怒气冲冲摔门而去。一度以为她是要滑头,事实上我们多虑了,她的提成和室友的违约金经财务核发算后还需总经理签字首肯。解约的时候我们留了心眼,录了音,后来W在手机上播放这段音频却只剩一片空白。我们搞不清是哪个环节出了纰漏。

4

当我再续这段文字时,只去过短短一月,却发生了许多变故。室友找到新工作,Z谈了女友, 成都颁布限购令,W和H因婚姻现实问题分了手。我还是老样子,苟延残喘。某次聚餐室友摇晃着空酒瓶,东倒西歪地说:“我们都是亡命天涯的浪子。”我骂了他,“骚,还得遭报应。”他则回我一地呕吐物,红红绿绿,好不悲切。生活是这么无妄、虚诞。我如此定义坐在二十楼窗前俯下身去的沉默。午夜霓虹更迭着一成不变的闪烁,那些轰鸣作响的运渣车、鼓足马力的摩托赛发出的巨大声响,以及急转弯时猝不及防的凄厉与咒骂,隔三岔五便跳进戴着放大镜的耳朵里。“你得接受这种运转,”我对自己说,“至少不排斥。”有那么一瞬,我在镜中惊讶于时间的发酵,我红着一对鱼泡眼,充满困惑地打量着镜中这个松松垮垮的男人，他哭丧着脸，不苟言笑，白发丛生，面庞略显浮肿难堪，而修剪平整的青髭刚发了芽，似乎可以从中看到父亲的影子，那个叫作志安的懦夫，从吃皇粮舞文弄墨的城镇供销社员到工地贩卖体力漂泊他乡的倔强老头，如今也认了命。我身上有他的毒素，曾经幻想文字能刮骨疗伤，到头来却带回一筐散发着霉味的《毛泽东传》《蒋介石传》《历史上的未解之谜》……我和他不是一个时代的人，时至今日却仍共用一份悲哀。我心有不甘，想同他谈谈，猛然记起手机被偷后，早已丢失了他的号码。而他，也好久不曾与我联系。

杜永利 作品

杜永利，1990年生，河南修武人。毕业于河南理工大学。在《作品》《青年作家》《散文选刊》《散文海外版》等刊物发表作品若干。获“包商银行杯”全国高校征文奖大赛组二等奖。

冬天的村庄

一夜北风,地头的杨树掉了最后几片叶子,这时候村庄的外围就显得格外寂寞了。

河边的荒地仍立着秋季的遗老,那些玉米秆子像极了败下阵的将军,他们的细软被季节劫掠一空,只剩失色的红缨长矛立在风里,唰啦地喊着疼。而菜园的萝卜不久前刚被平板车运回村里,此时正在院落一角覆着泥土抵御寒冷;白菜则被整齐地码在蜂窝煤旁边,耐心等候一双手将它们送往炊烟根部。被遗忘的菜园只有稀落的几点绿意,那是香菜或者蒜苗,因为稚嫩,它们尚不足以对空寂构成威胁。相比之下,田野的麦苗倒显得声势大一些,只可惜它们高不过寸许,在蒙了霜之后便彻底对冬天的萧索俯首称臣了。

这时候冬天走进深处,寒冷已经在北方的大地深深扎下了根。杨树光净的枝杈竭力伸向高空,莫非它们想要扯下一块天空来御寒?在某天下午,北风突然停下来,这时候杨树终于得手了——雪花绵绵密密落下去,那便是从破口散出的棉花。

“一下雪反而不冷了。”总会有人无意间触及冬天的秘密,他和田野一样,刚从一年的劳动之中抽身,穿了厚实的棉袄。他双手筒在袖子里,吐着茂盛的白雾,咯吱咯吱,咯吱咯吱,身后的大黄狗欢快地摇尾巴。这是要吃酒去了。这样的天气除了吃酒还能做什么呢?三五个汉子摆起象棋,屋里的火炉烧得旺旺的,酒瓶浸在热水里,哈气在窗玻璃上开着花。主妇嗅不惯“二手烟”,便对儿子嘟嘟囔囔,然而脸上却不见丝毫的愠色,想必她也喜欢这棋子相碰的热闹劲儿。几场征伐下来,雪已经落得很厚,而主妇也已张罗好几个简单菜肴,棋子一撤,酒局就开始了。他们欢快地碰杯,大半年的得失和明年的希冀在舌头上与酒水共同舞蹈。那划拳的劲头正是以往季节剩下的,那酒酣时刻的欢愉正是冬天给村民的馈赠:劳动是为了生活,而难得的空闲则拔高了生活的质量。

如此想来,他们的盛开便是在冬季完成的:一阵风抹去绚烂,时节露出空虚的一面,他们用酒与火让生活重新繁茂甚至更好;一场雪抹去车辙,村庄内外铺开白纸,多少盛开等待他们挥毫泼墨……

不久雪就会融化,屋檐滴答起来。星夜里头深重的寒气追上了雪水,次日晨光熹微之时,起早的母亲会感到足跟格外疼痛,同时她看见一排冰棱悬在头顶。时光也如这寒冷,它一直对我的父母穷追不舍。它抓住母亲的脚,给她插进一把锥子。某个深秋的临晚,下工的母亲以为自己鞋子里钻进一粒石子,便脱了鞋反扣,却无济于事。后来便是冬天,她的疼被凝结在骨头里。再也不能提水泥了,可是儿子们结婚的彩礼还没准备好呢。她时常叹息:“快让我好起来吧老天爷,任务重啊。”任务很重的父母在雪落之后,很难得地生起了火炉。他们等待雪化,有些雪却在等待中落到他们头上,再也不能融化了。

雪化之后,路慢慢变得好走,母亲会去弹棉花,夏秋两季积攒的棉花在她手下会变得更加柔暖。她希望有一天,儿子们的婚床上有她亲手缝制的棉被,被面上有盛开的大红牡丹或者龙凤呈祥。而父亲会在雪后的晴天去另一处宅基地忙活。多少年了,他利用无数个不能外出挣钱的日子,慢慢垒砌了一座院落。他想用自己的生命开出一朵花来,这花会凝固在时光里,多少年都不萎落。

我知道所有村庄里的父母都是如此无私。他们在落雪时刻为自己短暂盛开,这盛开不过是喝一杯酒或生一个小炉子,而雪化之后最艰难、最长久的盛开却是为自己的儿女。

冬天万物都停下来，等着村庄去收拾一年之内无暇顾及的事情，而最好的事情无疑是操办婚事。风在高处飞掠，裹挟整个村庄的消息一路传送。这次又是谁家门口的锅台蒸起了腐乳肉，又是谁家的喇叭咿呀地唱起《朝阳沟》？我想，再也没有什么宣传工具能比得过高悬的喇叭了。它是杨树枝头盛开的一朵花，用喜庆的戏词唱出春天一般的暖意。听闻豫剧的村民都要打听是哪家办事儿，亲不亲密都要过去的，这么小的村子，抬头不见低头见的，礼尚往来显得格外重要。

一张礼单铺在大门口附近，主家请来两位书法漂亮的先生。他们吃瓜子喝茶，见随礼的人来了就招呼他吃糖，说话间毛笔已经蘸饱了墨水，几个或峻拔或娟秀的字落在红纸上，那边知客已经喊开了："哎呦，您来了，快请坐吧！"二三十张桌子聚齐了人，掌勺的和上菜的就忙活开了。热滚滚的油舞蹈着一刹那的火，葱姜蒜末油盐酱一溜地随了勺子飞进锅，该颠勺的颠勺，该出锅的出锅。"哎哎哎，菜来喽！"接着是红烧鲤鱼，跟着是糖醋排骨……只见那大师傅有条不紊地操持着，十八班技艺样样都拿得出手。再尝尝这一桌的菜肴，嘿，好吃，主家真是挣足了面子。

酒足饭饱的人就要闹洞房，老光棍们硬拉着新郎传授恋爱经验，可偏偏这家公子是个不爱吭声的主儿，反倒是新娘豪爽些，她倒了满满三碗酒："来，喝酒，喝完了给你说媒去！"一屋子的笑好似炸开了锅。

婚礼用的红对联、红爆竹还要在冬天里灿烂很久，卧在雪里的村庄离不开它们的喜庆，这好比长期口苦的人需要几粒冰糖来解救他的味蕾。苦可以赖在胆囊里不走，而甜只不过是舌尖的一个匆匆过客。人没有储存甜蜜的器官，从这里可以看出，老天爷对人们并非一味的偏爱。因此我看得见好事在雪地里盛开，也看得见许多老人在寒冬里凋落。

许多死亡没有任何征兆。白天我走在难得的阳光里，邻家老人靠着土墙晒暖。他仰起头来看看我，眼睛里闪着明亮的光。我不会想到这是最后一次凝望，到了傍晚他儿子哭着进到院子。扑通一跪，我们什么都明白了。老人下世了，等几天需要有人抬棺，这一跪即是请人帮忙的意思。

“七十三，八十四，阎王不唤自己去。”老人的离去又一次验证了这句老话。邻居们吊唁过，都在火堆边停下来。他们说着别人，想的却是自己的结局。冬天在这一刻显得格外冰冷，再多火焰也无法暖热命运的末尾。到处都是忙碌的身影，门神被白纸遮起来，门边挂上一串白拉花，不久喇叭又要咿呀开唱了，唱的是《秦雪梅吊孝》。

挽联和纸钱也会在冬天停留很久，它们默默记挂着亡人。也许在别人梦里，他们会重新背着手走路，像被命运反剪了双手；也许在别人梦里，他们将再一次抵挡阎王的召唤，一寸一寸地弯下腰，最后被大地的引力吸进去……

等下一场雪降临，冬天里新生的悲喜也会被抹平，这时候年关就要到了。屠户架起锅台，等着养殖户推来五花大绑的肥猪。一刀子进去，那头猪甩出凄厉的哭声，它的命不消几秒就烟消云散了。而哭声却在村庄上空久久地回响，这只猪代替人类喊出了疼。

割肉回去的主妇开始忙年了，她让丈夫帮着烧火，水沸腾的时候丈夫却哭了，他说这柴火是亡人在秋天积攒的。然而年是无论如何也要过的。到了除夕这天，所有后辈都要带上香火与鞭炮上坟去，他们磕了头请祖先们回家。主妇见他们回来，赶紧挂起牌位，三炷香插上去，看见烟雾晃了一晃，那便是祖先归位了。中午的时候丰盛的菜肴得先让祖先闻一闻，后辈们坚信如此便能得到祖先荫庇。他们吃饭的时候，艳红的鞭炮在村庄里四处盛开，驱鬼的春联在邻居的门框盛开。而他们在三年之内不会贴春联，这是为新亡人留门呢。

村庄就是这样走过了她的冬天：闲适与忙碌，盛开与凋零，喜庆与伤痛……所有不可调和的事物一起在冬天铺展。冬天其实是温厚的,没有任何季节可以像她一样,用抹平一切的白雪来调和村庄敌对的两面。

雪之下是翻过去的凋零,雪之上是新的盛开。我看见年后有人早早地下地劳动了,我还看见那些蒙过霜的麦子纷纷抬起头来。

月亮与玫瑰

一

有那么一瞬间,我神思恍惚了,周围的人好像都进到了梦里。

善言的表嫂多次暗示,眼波与咳嗽却变成落入枯井的石块,砸不出一声响儿。我枯坐,与一段木头无异。她只能继续充当代言人,极力用好话遮掩真相。然而毫无疑问,我的木讷早就被女方母亲看穿。她言语里按捺不住躁动,显然想尽快结束这一场不相宜的见面。

表哥掏出烟递给女方父亲,刚才在车上他再三叮嘱"见男的递烟、见女的递糖",此刻只能越俎代庖。幽蓝的烟雾更让我眼神迷离。我的思绪卡在了中午时分,那时父亲突然打电话让我回家。一张网从起针到收紧,居然没有透出半点风声。露出水面时,自然会见到我鲤鱼打挺般徒然的抵触。生活在它的轨道上循规蹈矩:忙忙碌碌的工作把精神熬干,晚上回去,借助咖啡才能成功还魂;守着书籍打瞌睡,却妄想抵达天空的月亮。父亲的电话让列车骤然脱轨,他打算把我从妄想里拉回来,和他一起面对传宗接代的现实问题。

媒人收了许多礼物,此刻正是她投桃报李的好时候。她与表嫂一唱一和，试图逆转事件走向。女方见面前提过要求：在市区买房，必须有车。媒人沿此发挥："孩子老实，挣的钱都存下了。家里也盖有房子，买房还不是分分钟的事儿？"表嫂接过话头："他的驾照还没考下来，要不然早就买车了——"女方的父母淡笑几声，给自己打圆场："这都不是事儿，只要他们彼此相中，其他都好说。"屋子里的空气被这句话搅动，猛然升温，众人皆夸张地笑起来。

媒人见我无动于衷，终于挑明："现在能力大的人都不怎么说话，做起事来却没得说，别看他不爱说，写文章还获过奖呢！"他们的目光终于回到主角，我回过神来，不好意思地笑笑。显然父母已经绞尽脑汁，内心的急迫让他们变得几近天真，房子与车遥遥无着，那么只能寄望内里。

女方不知是故作害羞，还是本性使然，低着头不出声。父亲受《动物世界》的启发，每每教诲我，雄性必须主动出击，从没见过雌孔雀开屏。而我三锤砸不出一个响屁，必然送不出祖传的Y染色体。表哥是老江湖，对于谈话时长拿捏得恰到好处，他接过媒人的话："他们上学的不是不爱说，而是和我们说不着。"众人会意，起身出去了。

我并非第一次相亲，知道这是相亲的最后环节，成败就在此一举。我对父母的先斩后奏怀有抵触，也对提出过多物质要求的女子心生不满，但是此刻我无路可退。他们隔着窗户观察，我必须像演员一样，艰难地对自己的本色进行篡改。

我搓了搓手，堆起一脸笑容。老式钟表"哒哒哒"响个不停，把时间碎尸万段。空气凝滞，声音像石头一样"咣当当"四处碰壁。她开始扣手机了，我终于挤出三个字："吃糖吧——"破折号之后是深渊，好像坠崖时的一声"啊"，之后归于死寂。她抬头看了我一眼，迅速地弹开目光。我知道自己相貌平平，面相比实际年龄老得多，除了青春痘以外，已看不出任何青春的痕迹，而激流勇退的发际线与紧锁的眉头，述说着琐碎生活里的种种不堪。

我没来得及打量她,她的手机不识时务地响了。她没有接,如释重负地说:“我有事,先走了。”我预感大事不妙,先前的几次相亲,女方都会留下微信号作为台阶,而这一次她如此仓促。我无力地挽留:“再坐一会儿嘛——要不留个微信号?”她留了手机号,说是绑定了微信,然而我搜不到她。

终于结束了,我长出一口气。媒人可能料到了结局,她说:“见过面之后,就看你自己了。”

表哥和表嫂是从工地直接赶过来的,我借他们家的车来撑脸面。上次相亲骑的是电动车,本来以为新买的会很有面子,谁知道仍然被嘲笑。我送女子回家,一路上畅谈社会弊病,很投机。千不该万不该,我问了一句车灯怎么打开,她不客气地说:“借谁的车?”我无言以对。

车灯刺破了黑夜,长长的一条光柱扫过麦地。表哥开着窗户抽烟,风涌进来,车厢里无人说话。我在想,或许还有希望,明天打电话试试吧。

二

出发前,父亲塞给我一千块钱,让我请女方家人吃饭。她的突然离场让我的邀请搁浅了。路过县城时我想起表哥还没有吃饭,便让他停下车。离高中很近的一家湘菜馆,再熟悉不过了,每年寒假同窗都会到此聚餐。辣椒把味蕾激活,酒精在神经末梢起舞,我们兴兴头头地说着一年到头的故事,酣畅淋漓。本来挺喜欢这家饭馆的,可是那次不堪回首的约会,让我改变了态度。

那是千呼万唤始出来的一次相会,费尽了周折。母亲低声下气地跟邻居说好话,才将她说动。一枚微信号充当红绳,女子有一搭没一搭地回复我,渐渐断了音信。母亲急切地说:“好不容易找了一家不讲经济条件的,你还不抓紧!”我实在没有办法,喊出了孤独,连回声也没有,因此证明了孤独。我想,天涯何处无芳草,没有必要在一棵树上吊死。过了很久,我以为就这样不了了之了,谁知道母亲又去说情。我按照邻居安排好的,去县城等女子下班。我们在这家湘菜馆坐下,初次见面她也不认生,大口大口地吃米,还给我夹菜,劝我多吃点。显然她十分开朗,而我是黯然的。

这时候阿续进来了,他是我的高中同学。见我和女子一起吃饭,就过来打招呼:“哟,杜作家,最近又发表不少吧,空间都被你刷屏了——这位是……嫂子吧?嫂子我跟你说呀……”阿续为我打开了一扇窗户,女子的目光投进来,她想看看房间里是不是有意料之外的风景。我说了我的文学梦,话匣子就此打开了。我听邻居说,这个女子有侠女气派,只要看对眼,管他乞丐还是太子。她目光灼灼,我以为斯特里克兰德就要遇见他的阿塔了,贫穷与孤僻将不再是问题。

送她的时候天已经很黑了,我一直摸索着车灯开关,随口问了她一句,她便抛出了那句话。想来媒人已经把我的拮据告诉她了。一段沉默之后,她说:“听说你有一个弟弟,我妈不喜欢兄弟多的家庭。”我瞬间被泼了冷水,听多了这样的借口,两个儿子两座山,远没有独生子女家庭阔绰。先前说再多,无非是场面话,看对眼就行,她看对眼的条件可不低呢。

她半路让我回去了,我没有坚持。或许我应该学会纠缠,就像知了一样,一定要喊醒树下的石头。

我以为情怀与执念可以感动她,谁知道都是自己的一厢情愿。曾有人评论《平凡的世界》,说整本书都是作者的意淫,他化身孙少平,一路走来那么多脑残女子被他的才情打动。我不赞同评论者的揶揄,她站在如今的时代,自然看不到过往的纯真。也许我该醒醒,那个时代毕竟过去了。许多同学都早早地醒来了,毕业两年之后,他们不再拥有校园里的异想天开,开始直面时代的洪流。而剩下的一小撮仍旧执迷不悟,像赖床的孩子,被上班的大人扔下不管。

每晚我都把门锁住，隔壁的同事渐渐都疏远了。他们不知道我在孤注一掷，耳朵里塞着纸团，只想静下心来把《佩德罗·巴拉莫》与《青黄》看懂。不远处的工地夜以继日地赶工期，搅拌机与电钻发出撕裂的噪声，让人牙齿发痒。每天清晨我都从它身边路过，两年来楼层生长，巨大的阴影将我覆盖。仰起头颅，直到脖子痉挛，仍旧看不到尽头。那些层层堆叠的房间是空茫的眼睛，也是虚位以待的墓穴，青春会被它们收拢。每一次我都加快蹬车速度，那些搅拌机不仅驱动了泥瓦工，也驱动了我，驱动整个经济时代。齿轮啮合，每个人都在劫难逃。

我想起同学老乔，去年聚餐时他一副要死要活的样子。之前我们这帮光棍都羡慕他，不用父母操心。他读研前报了驾校，暑假结束时驾照到手了，同时还收获了一位女子的芳心。研二的寒假女方父母下最后通牒，必须订婚了，他愁得吃不下饭。我们都以为他在拉仇恨，就骂他得了便宜还卖乖。谁知道他拿不出彩礼。物质与爱情哪个重要？一番争论之后，两人分手了。我们都不说话了，故事已经很老套，自由恋爱都能败给物质，那么直奔主题的相亲又算什么？

我们食不甘味，不再大快朵颐。门外飘着雪，凌乱不堪。

三

点菜的时候媒人一直推让，最后干脆去了洗手间。她突然的谦让显然是在鸣金收兵，今晚的事件去向明朗，我说明天打电话不过是叫自己死心。表嫂点了四样菜，都是便宜的，这小小的体贴令我过意不去。我的怯场让全部的努力付诸东流，她见媒人不在就规劝我，回去买两身好衣裳，在气势上先压住对方；平时多出去跑跑，学会说话……

吃饭时我仍然笨拙，除了劝他们多吃菜，再也想不到别的话题。媒人是跑保险的，表嫂是包工程的，两人都负责说服别人掏腰包，口才自然出类拔萃。他们与我形成鲜明对比,知了始终不能喊醒石头,他只有憨笑的表情刻在脸庞。

不知怎么就说起各自的往事。表嫂说那时候穷多了,她坐着一辆拉煤车进了表哥家的门,下车时还蹭了一脸的黑。说完委屈地看了表哥一眼:“他倒是省事儿,哪跟现在这样宝马来奔驰去,亏得遇上我!”媒人笑得很夸张,让表嫂知足,她坐的是毛驴。

恍惚间我又看见了那个年代,那时候我五六岁的样子,姑姑背着我,表哥走在前面。他梳着中分头,抹着亮晃晃的桂花油,粗布料子做的工装,脚下是大头鞋。那是一个春天,女子早就得知今天有小伙子来相看她,她可管不了这些,一早就挎着箩筐出门了。油菜花沿着河岸盛开,形成一条涌动的金色河流。风轻轻吹拂,白色的蝴蝶忙乱地飞。表哥扑了空,不甘心回去,拉着我去田间找她。他不吭声,拿起锄头就干活,女子看他的发型都被汗水毁了,心生怜惜。他们肩并肩地走在小河边,后来就订婚了。

许多年以后,当我读到《诗经》,惊奇地发现诗句里的情景我早就见过。“野有蔓草,零露溥兮。有美一人,清扬婉兮。邂逅相遇,适我愿兮。”我们曾经离远古的思无邪那么近,而如今却一无所有。二十年可以让村庄变成城市,也可以让人心成为荒漠。

那时的订婚叫“换手绢”,男方把手镯包在里面,女方把手表包在里面,吃一顿饭,把手绢一交换,就成了。事后媒人会告诉男方彩礼数目,一般都是两千元。这在男方的承受范围内,女方家人并不贪心,所有彩礼都买成了家具,送到男方家。

后来一切都变了,村子里的人不光种地,也有出外跟车的,贩卖苹果与西瓜的那一批人成了最初的有钱人。这时候不再千人一面,不再是清一色的手镯与手表。女方开始主动讨要首饰,非“五金”不要,而男方只能买得起“三金”。媒人负责在中间讨价还价,更像是生意人。后来彩礼也花样迭出,一路高涨:一万七是万里挑妻,两万八是两家一起发,三万一千八是娘家婆家媒人家一起发……刨除物价与货币贬值的因素,这仍然可以看出时代的隐疾。

到了我这里,正好赶上城镇化进程。村子里的地都转租了,许多人不必再陷进泥土,手脚逃脱大地之后,他们去外面打工,心都大了。在村子盖房子已经不能吸引媒人目光,在市里买房子才能拥有金字招牌。

四

我想我是残忍的。

当我推门进去的时候,父亲正教母亲怎样使用微信,他们笑得那么开心。这一对冤家吵了二十多年,在老之将至的时候,因为儿子的婚姻大事而握手言和。见我进来,他们停下来,急切地追问事情的进展。我悻悻然坐下,用半分钟想着怎么开口,最后选择如实相告。她留电话时的不情不愿,她谎称自己的微信号可以搜到,她母亲的隐隐不满,当这些推到父母面前的时候,他们的脸色霎时间就阴沉了。那么迅疾,前一秒还在天堂里满怀希望,下一秒直接就落到十八层地狱。我听见他们次第叹了一口气,一时半会儿不知道说什么。

母亲借口去烧水。父亲接过表哥的烟,他已经戒烟多时了,显然郁闷的心情需要一吐为快。烟雾散开以后,灯泡变得云山雾罩,但愿这又是一场梦。

受过几次伤后,我开始抵触相亲。但是没有办法,父母辛辛苦苦地张罗,我不可能无情拒绝。我恨自己没本事,读大学时没有花心思,浪费了桃花灼灼的年华。已经有很多同学结婚了,每次去给他们随礼,心里都怪怪的。即使高兴,也难以畅快饮酒,如同负重飞行。和我一样,父亲也受着煎熬。在一次小学同窗聚会之后,他和失联多年的朋友联系上,此后隔三岔五就得随一次礼，最近几年更是频繁。每次随礼回来他都要和母亲吵架，心里的苦搅和着喝下的酒，全变成泪水。一地玻璃碴，泛起灰冷的光芒。他看着那些十七八的孩子一个个带着媳妇回村，内心翻滚起纷乱的刀片。村头街尾那么多闲人，阳光晴好的午后，他们总喜欢捞起一个话题，反复咀嚼。他害怕晒暖的人群，村庄的舆论掌握在他们手中，“两个儿子眼看着都要奔三十了，还娶不上媳妇”，他害怕他们的舌头！一句话就能让一个人抬不起头，一生的辛劳全部都被唾沫溶解。负面形象被涂抹更多黑色，添油加醋之后一段段故事从舆论中心起飞，恶性循环，当初的闲话最终成为谶语。

我时常思考，父母这么急迫，究竟是因为舐犊情深，还是因为面子？慢慢我想通了，我们是绑在一起的共同体，一荣俱荣，一损俱损。爱着，就要顾及他的面子，承担起自己的责任。他们急不可耐地想要完成最后一项任务，不是冷冰冰地卸下担子，而是一种薪火相传的仪式。

为了完成这种仪式，他们穷极大半生的力气。自从我和弟弟落地之后，父母就变成了细脚伶仃的圆规，一只脚放在我们这里，另一只随着季节不停打转——农忙时插进田野，农闲时又插在工地。而他们的眼睛始终落在我们身上。这么多年过去了，他们画的圆弧在大地上密密织就，千万个死结之下是爱的体温。我看见他们脊背日渐佝偻，额头上跑过一辆犁车，那些工地上的白灰藏进发梢，再也不能洗掉。

如今到了冲刺阶段，胜利的曙光按理说应该照耀我们家的门楣，可惜他们的儿子都中了邪，一个沉迷于写作，一个热衷于跑龙套，《月亮与六便士》在现实里面开演了，我们都不是称职的演员。没有满不在乎的斯特里克兰德太太，也没有近乎麻木的查尔斯。我们都忍着痛，死磕到底，彼此相爱，又彼此伤害。

有时候这种平衡会被打破。父母悄悄去检查身体了，他们都患有多种疾病。如同年久失修的机器，各种磨损与缝隙正悄然爬满。我的母亲，几年前从脚手架坠落，为了保住工作机会，接受了包工头的建议，回家硬挺。伤好之后落下后遗症，肺部常有压迫感。她匆匆地回到工地，没多久脚底又生出骨刺来。据说人的身体有自我保护功能，负重久了便会骨质增生，好比一棵树，为了在风雨中站稳脚，便生出更多的根。母亲的骨刺一根根扎进我心里，时常让我内心淌血。而与此同时，父亲的抽屉里多了治疗心脏病的药物。我看着他们偷偷吃药，用草药水泡骨刺，看着他们用膏药贴住病患，如同修补一件旧衣裳，我看着他们受疼，却没有任何办法。

是时候了！母亲每年每年都要种棉花，如今它们需要用武之地，请带领它们走上婚床；父亲凭一人之力盖成的房子，已经屹立五六年，请带领你的新娘，为它升起第一缕炊烟。

五

也许你已经知道结局。

第二天，我没有收到好友邀请，她对我的短信选择了忽略。父亲催我打电话，我迟疑一番，终于拨了过去。“嘟，嘟，嘟——”，没人接。本来就郁闷，这下更是无法消解。父亲说这是计策，女孩必要的时候需要装出害羞来，她是在试探我，为了彰显自己的重要性。我对此深表怀疑，已经没有心情。母亲说再找媒人问问，正好短信回过来：“我觉得我们不合适。”一块石头就此落地。

但是要知道，我就是西西弗斯。先喘一口气，路还远着呢。

背离是另一种抵达

一

争执后,父亲的屋子月光通透。

我辗转反侧,脊骨被凉席上的沙子不停磨削。我知道这仅仅是很少的一部分,更多的沙子已经钻进父亲体内,长成他骨头的凸起。抽屉里的膏药暗藏止痛颗粒,它们已被放逐,对于一心挣钱的父亲来说,刮骨术更为直接。取出的珍珠质地密实,仿佛加了明确注解:脚手架上的父亲已不堪重负。

这些认错人的沙子不停尖叫,一遍遍加重我内心的悔恨。其实刚才我就后悔了。听到我的斥责,父亲颓丧地跌坐在地板上,往日的强势顷刻间瓦解。我没想到他会哭,他仰着脸,咧开嘴巴哭。他的两颗门牙不知道什么时候掉了,这种缺失像是无告的呼喊,我的强横就此陷落。他摇摇晃晃地走出去,坐在门口抽烟,母亲让我喊他进来,我却羞于开口。

我想他真的老了,时光替我夺下江山,却颠覆了整个世界的秩序。

二

之前父亲一直是强硬的,他是绝对权威的领导者。他握着瓦刀,在别人的工地不停垒砌,借此垒出一家人安身立命的砖房,以及我和弟弟迅速拔高的躯体。

那时候他年轻、脾气火暴,下工之后喝一瓶啤酒就能解乏,留下的力气用来同我母亲吵架。我和弟弟时常在摔锅砸碗的声响中溜出去,守在门口,等他睡了才敢溜进屋。我们因惧怕而疏远他,父爱成为成长之路的稀缺品。我在学校被污蔑偷钱,被老师搜身,被跟踪,委屈只能装在自己心里。他无意中得知后,也不管冤不冤枉,先操起擀面杖打一顿。又一次,我被同学整哭,含在嘴里玩的图钉不小心滑进肚里,事情被全村人知道,他首先想到的不是送我去医院,而是用皮带抽我,因为我丢人了。

他的暴躁是我童年的巨大阴影,而他对读书无用论的迷信,则使我和弟弟的求学道路充满坎坷。也许是太穷了,他不给我们缴书费,借来的旧书版本不符合,害得我们常常跟不上讲课节奏。读完小学,他不愿意让我继续读书,母亲和他大吵一架,他把酒杯摔碎,溅湿了我的通知书。母亲只好请亲戚们游说,他方才松口。

他时常说:"上学有什么用?大街上擦皮鞋的都是大学生。"他的想法简单实际:读完初中回家挣钱,过几年娶媳妇,他就可以松口气了。在他潜移默化的影响下,我像泄气的皮球一样,没有学习的动力。中考如他所愿,我落榜了,本来父亲已经决定让我去打工,英语老师却在这时候到访,她替我在父亲那里争取到复读的机会。从此我开始发奋,每天偷点蜡烛,和负责安全工作的校长打游击,冬天还在教室熬通宵,终于考上了高中。而两年后弟弟同样落榜,他运气不好,没能等到游说的老师。父亲说:"我不可能同时供你们俩读书,太累。"弟弟没有办法,只能听从安排,到小饭馆打杂去了。

弟弟的梦想是当画家和演员,可是有什么用呢?现在一切都结束了。出门前他把自己心爱的画册与颜料转手送人,只留几页画作在柜子顶层,目睹着时光的碎片对理想进行活埋。他在外面染了一头黄发,打了耳钉,以此填充青春期的空洞;他常常在后厨被教训,挨打之后灰溜溜离开,一分钱薪水也讨不回。他用人生第一桶金给父亲买了一条裤衩,还给我十块充当伙食费,我突然就哭起来,我们对不起他啊!他的前途被我们断送,他却傻兮兮地选择对我们好。

三

又过了几年,我们都到了快结婚的年龄,父亲开始利用一切空闲时间来添盖房子。他没有请工匠,仅仅依靠我母亲的协助。大夏天四十度的高温,别人都停工在家,他和我母亲却开车去装土;大冬天上冻,手都伸不开,他们却点上一盆锯末,忍着烟熏往墙上抹白灰……点点滴滴的时间被堆积起来,终于垒砌成了一整座崭新的庭院。到这里我们家就有两套房子了,我知道这是父亲给我留后路呢:读完书不还得回家种地?

他在我面前再也没提过读书无用论,却在背地里一再抱怨我母亲:"是你让他读书的,我倒要看看他能有什么出息。"闻知此事,我不敢选择文科了,大家都说文科找工作太难;在填报志愿时,我在汉语言文学这一栏停留几十秒,然后果断选择了热门的冶金、机械、采矿。我违背了自己的理想,想以此增加自己获胜的筹码。其实结局已定,父亲在起点就赢了,他在潜意识里对我指手画脚,我选择的永远是屈服。

而弟弟却选择了背离。父亲让他去学习安装铝合金门窗的手艺,他三天打鱼、两天晒网,一心想着去大城市闯荡。终于有一天,他的理想被快乐男声的报名消息唤醒了。他在母亲协助下偷运出一包粮食,换来路费,去西安参加海选。那时候我已经读大学了,看到他在空间发表的动态,真替他高兴。顽强的弟弟,这么多年过去了,残忍的现实没有磨灭你高贵的理想,反而使它熠熠生辉。当初我们信誓旦旦地说,一个当作家写剧本,另一个当明星来演主角,而现在呢,我每天学着毫无趣味的力学与绘图,早把理想弄丢了,寻梦的路上只剩下你一个人。

现实真的很残酷,没有出过远门的弟弟在海选时被评委耻笑:"你五音不全我就不说了,但作为中国人,你竟然连普通话的发音都不准……"

弟弟愈挫愈勇,他用所剩无几的钱买了一张去成都的火车票。可悲的是海选依然没有通过。他没钱了,下一站要去哪里?走在成都的街头,他的眼里布满泪水。也许他想到了命运,想到了几年前如果中考成功,他在高中会不会选择当艺术生呢?也许他还恶狠狠地想到父亲,以及正在大学里养尊处优的我。想到两个"仇人",他再一次拥有了力量。他把手机卖了三十块钱,吃了一碗面,然后用最后的几块钱买刮刮乐。没错,他赢得了去往杭州的路费。

我不忍心再说下去了,你知道吗?结果和西安一模一样,我怀疑评委是同一个人,他和我弟弟上一辈子是冤家。什么叫山穷水尽?睡了这么多天大街,挨了这么多蚊子叮咬,忍受了一路的饥饿与冷嘲热讽,我的弟弟都没有半点动摇,可是这一次他却彻底动摇了。他用最后一块钱给我打电话:"哥,我想回家……" 我借了同学的钱给他打去。

我流了很多的泪,一直以来我都把他当成我活着的另一种方式,让他代替我去追逐梦想,可如今连他也动摇了。

四

母亲一直是父子矛盾的缓冲地带,她用柔弱来承受疼痛,竭力为儿子们争取成才的机会。她反对父亲的独裁,却没有多少话语权,父亲的一句醉话就能把她噎死:"有人养活饿不死的,你让他读书,你去挣学费啊!"母亲没有力气,也没有做生意的头脑,故此只能听凭父亲抱怨,然后偷偷流泪。

忍受久了,她也需要关爱。她不能去年迈的外公外婆那里告状,因为女儿家庭的不睦会使他们后悔不迭;我和弟弟飞走了,电话里一听见父亲的恶行就反感,母亲只好闭口不说;她只能选择邻居,那些听众的同情被她误认为是真心实意。殊不知,那些长舌妇惯于看笑话,惯于添油加醋,父亲的名声因此坏掉了。

日子就这样磕磕绊绊地过着。盖完房子,父亲继续为结婚的彩礼奔波劳碌。而我放弃了考研,开始找工作,大城市、高薪是我对工作的期许,这其中满含着我对父亲那句谶语的恐惧。弟弟从杭州归来后,并没有放弃明星梦,他在朋友的鼓动下跑到了大连。

各自忙活,原以为日子可以这样过下去,却被一个电话打破了平静。

电话是从大连那边打过来的,陌生人说弟弟蹭了他的车,必须掏出五千元作为赔偿,要是不给就卸掉一只胳膊,末尾是弟弟带着哭腔的自责。父亲气冲冲地摔了电话,母亲却吓得瘫软在沙发上。过了一会儿又打来电话,问卸掉右胳膊还是左胳膊,母亲一下子就哭了,央求他们千万别动手。父亲说他这是掉进传销了,别理他就好了,一旦得手他们会变本加厉的。道理都懂,可是放在一个母亲身上,她怎敢押上儿子的胳膊去赌一把?

母亲偷偷汇去了五千块钱,父亲知道后把家里的碗全部摔碎了。五千元可不是小数目,他一个人搬砖抹灰得干上好几个月呢。眼看着大儿子就要毕业了,结婚的彩礼还没备齐,谁家女儿愿意跟随他?父亲越想越气,但是事已至此,除了喝酒解愁还能有什么办法呢?他喝了很多酒,把母亲数落了一晚上。别人都劝说父亲赶紧去救人,而父亲却说:“打不通电话,世界那么大,我上哪儿找去?”他不再过问此事,依然累死累活地挣钱。而母亲却一遍一遍地拨打电话。我后来才知道这件事,父亲的冷漠让我直打哆嗦。

母亲受不了父亲的责备,只好去工地挣钱。她肠胃不好,为了不让工友说她“懒驴上磨屎尿多”,只好尽量少吃饭,因此时常挨饿。她太瘦小,即使非常卖力,仍然不能逃脱被嫌弃的命运。工头给她少开工资,工友给她脸色看,她都忍着。

我宁愿相信老天爷是善意的,他仅仅想借用疼痛来终结疼痛。那天架子倒了,母亲摔了下来,断掉两根肋骨。我从学校跑回家,问她为什么不住院,她只是沉默。我在工友那里问清了来龙去脉:包工头送她去医院,路上不断暗示,母亲领会了他的意思,在拍过片子之后居然顺从地回家了,而到了家里,父亲居然也选择了忍气吞声。我受不了,包工头怎么可以这样?为了自己少出钱,他居然忍心让我母亲受疼。我在电话里义愤填膺,母亲无力地走过来夺手机。我跑到院子里,母亲在屋里哭了。我听见她说:“得罪了他,我到哪里干活去?别人都不用我啊!”

原来如此,她想用自己的疼来保住工作机会!我慢慢挂了电话,几滴泪噼里啪啦滚下来。劝她瞒着工头去住院,她看了看父亲没说话。我知道了,那五千块还没挣回来呢。

此后的几个月,她用偏方来欺骗自己,偶尔买来排骨还不舍得吃,非要把肉留给我们。她很疼,手捂着右腹,躺不下去,整夜整夜地坐在沙发上。她的每一次喊疼都如刀片一样割着我的心,我想我总要自立的,到时候绝不会再让母亲受罪。

五

弟弟从传销窝点脱身了,他到了北京,靠跑龙套养活自己。他把自己上过的节目用截图发过来,画面中弟弟傻乐着,我却感到恓惶。他在电视里依然是观众,眼巴巴看着舞台上的主角,台上是某过气演员,他不甘心消失,花了钱请这档不知名娱乐节目炒作自己,而台下的都是五十块钱请来捧场的。我呢,我签到了一家车企,离家几个小时的车程,虽然不是大城市,但是工资还行。父亲到底输了,我没有沦落成擦鞋匠或者种地的。

我不知道父亲是从什么时候开始显出老态的, 在我发现的时候,他的老已经由动词变成名词，冒号之后是染发剂遮掩不住的白发、被岁月犁头深耕过的额头、膏药下磨损的膝关节与腕关节……坚硬的性格也出现了松动，他开始喜欢找我说话了。我怀疑那几次刮骨，不仅刮去了沙子化成的骨刺，也刮去了他体内石头般的沉默。我不习惯他柔软的表达，依然离他远远的。他会在父亲节用一整天来等我的电话，事后让母亲传达他的失落。

当然他依然是家里的权威，我时常对他进行冒犯，比如在他逼我相亲的时候，在他骂我读书读傻的时候。他仍然和母亲吵架，我一劝解他就对我开骂。我不想回家，在大四最后一个寒假选择了去昆山打工。我必须挣一笔钱来还助学贷款，因为毕业之后就要开始计算利息了。

过完年，父亲在一次大吵之后离开了家，他恶狠狠地说不会再回来了，让我母亲一个人过。我们母子俩在电话里笑，说早该如此，分开了才清净。

其实我们都误会了他，他不是被母亲气走的。两个月后我在做毕业设计，母亲告诉我他回来了。我隔了很久才抽空回家，没想到他躺在床上，两眼无光。见我进来，他让母亲给我拿出福建带回的特产，有槟榔和橄榄，也有即将腐坏的枇杷。这是他在火车上买的，一直不舍得吃，纵使放坏了也要等我回来。说话之间才知道他去了龙岩，那里一天可以挣两百，可惜一直下雨，没有几天可以出工。他在那里感染上了肺结核，不过已经快好了。

父亲因为我的到来而十分愉快，但是没多久又陷入了愁闷。母亲说不是因为病，而是因为惹上了麻烦。

眼见着雨没有停住的意思，父亲只好和工友商量好了一起回去。离开时，只要到一小部分工资。老板让集体办一张卡，没有人肯拿出身份证，除了父亲。这一部分钱打进了父亲的卡，回家后将要平分。父亲没有想到这是一个骗局。

到家之后,父亲提议等工资全额到账后再分发,很多人不愿意,但是父亲一再坚持。其间有人向老板催要工资,老板说已经给过我父亲了,之后再也打不通电话。一伙人来到我家讨账,任凭父亲怎么辩解他们也不相信,还差点动起手来。他们的理由很充分:"难怪你一直不肯分钱,原来想独吞啊!"听到这里,我说可以去银行查账啊。母亲苦笑一声,查过了,他们非说也许用的是另一张卡,鬼才知道。

母亲压低了声音埋怨道:"烧包,别人都不掏身份证,他逞什么能呀?"

后来父亲病好了,他打算把家里的粮食都粜了,我帮忙往车上扛粮食。父亲说:"本来想借用他们的钱替你还贷款呢……"我的泪水不听话地落下去,染湿了一小片麻袋。

六

我毕业了,穿上蓝色工装,每天如蚂蚁一般蠕动在几千号工人的队伍里。每天过得很忙碌,但是下班之后却莫名其妙地涌起一阵空虚。有一天我突然想明白,这都不是我想要的,我打一开始就不应该荒废写作梦。后悔已经没有用,我只能从现在开始补救。

父亲那边也开始忙活,只要我回家,他就有说不完的话,主题永远都是泡妞攻略。他说:"现在网络这么发达,你居然说机械行业碰不见女人!百合网不让你找?微信附近的人不让你约?世纪佳缘——"我打断他:"大街上的女人也多,我能看见一个就追一个吗?"把他晾在那里走了。

我只关心写作,其他的都被我排斥在外。错失了太多青春好时光,我只能这样使劲。父亲不可能支持我,不是吗?他从来都是按照自己的步骤来对我们进行培养,我读大学以及弟弟出逃仅仅是两场意外而已。如今我自立了,再也不愿受他的影响。

弟弟混成了跑龙套代理,需要一笔钱来扩大事业。他找到我借几千块,我不敢借给他。事情过去半年多了,我始终不能原谅自己。我拥有许多理由,比如害怕他又一次进传销呀,比如我攒钱只是为了凑个整数等过年时报答母亲呀,等等,这些理由都是真实的,也是充分的,却无力弥补我和弟弟之间的罅隙。

他两手空空回家了,穿的是离开时的那身破旧的袄子,肠胃也饿坏了,回到自己家居然也会水土不服。我给他买了一身羽绒服,他勉强接受下来,却不愿意同我说话。有天母亲让他去理发,他说没有钱,母亲给他钱,他不接,还用尖刻的语调挖苦:“千万别给我,我是无底洞。”这句话是父母一时的气话,弟弟确实也不小了,在别人眼里他符合不务正业者的所有特征。

我责备了几句,他离家出走了。羽绒服脱在床上,天蓝色的布面仿若童年时无忧的天空。一整晚我都睡不着,弟弟也是心重的人,我怕他想不开。其实兄弟反目的原因不在于借钱之事,母亲告诉我攀伟一直在挑拨是非。攀伟也没错,他只是说出了一个事实:“你爹和你哥都欠你的,别傻了,自己要争取。”攀伟的弟弟在市里娶了媳妇,房子是父母买的,一碗水没端平,攀伟一直想把他们撵到老二家里。我读大学时宁愿贷款也不愿花父亲的钱,正是出于这方面考虑,而父亲却用粮食取消了我在弟弟面前硬气说话的资格。

第二天是除夕,弟弟回来了,我和父母都很高兴。弟弟搬梯子贴对联,父亲让我去给弟弟递糨糊。太阳升起来,照亮了父亲的笑脸。他一定体会到了家人团结的幸福,所以不久之后他给弟弟买来了电脑,并且告诉他:“是你哥掏的钱。”弟弟的轻蔑响在鼻腔里。是的,我们想得太美了,以为这些小恩惠可以补救情感的债务。弟弟再也没碰过那件羽绒服,他也不和我同床了，自己搬进简陋的配房。这个年过得真不是滋味，如果时光倒流，我一定把上学的机会留给他。

七

父亲出钱让弟弟考驾照，他领情了；父亲托人给他说媒，他也积极响应。本来父亲的计划就要成功了，却被一场车祸搅了局。有时候生活充满了扯淡，让你难以接受，但是它非要那么真实且生硬地降临在你头顶，你除了接受还真是没有办法。

弟弟在去约会的路上撞了一个人，她再有十九天就要成婚了，而且有孕在身。弟弟把她扶起来，问清楚了没事才离开，谁料女子的公公生了歪心思，想借此捞一笔钱。很意外，父亲慷慨地掏出钱来，我甚至怀疑他有些庆幸，因为弟弟花的钱马上就要和我的学费持平了。

交清了钱，弟弟一头撞在门外的石磙上。一群人赶紧去拽他，幸亏没事。经此打击，他再也没心情待在家里。又一次，他飞走了，到北京重操旧业。

父亲很生气，抱孙子的计划又落空了，他只能把注意力集中到我身上。背着我，他托媒人多次去说亲，女方都是我再熟悉不过的同学，她们对我知根知底，对我们家又怀有深浅不一的鄙视，故而不可能同意的，到头来落了许多没趣。我知道了此事，越发对相亲反感，有段时间竟不想接他的电话。

我没想到他如此不堪一击，竟然会就此沉沦下去。邻居告诉我："你爸每次去别人家随礼都喝得醉醺醺，回家后和你妈吵架，半夜大哭。"另一个邻居说："你爸在小卖铺抱怨你们没本事，别人家的儿子都满街跑了，你们居然连个对象也找不到。抱怨完掏出一沓钱说，不过了，给我来最好的酒！"

这些都没什么的,我不能容忍的是,他拿走母亲的钱去KTV挥霍。母亲的肋骨愈合之后,又去了工地,她不堪重负,足跟骨很快长出骨刺,每天瘸着腿干活,老板快烦死她了。如此辛苦换来的钱,父亲居然忍心拿去唱歌。

就在刚才,我和父亲进行了有史以来最严重的一次冲突,他跟我说:“咱们这里也有歌厅啦!有个二十六的陪唱女,一会儿我们一起去,我跟你说啊——”

“别说了,是个女的就可以和我结婚吗?你想赶快松口气,你就是害怕自己累死,是吧!”

他跌坐在地板上,居然哭起来。

我妈让我去门口喊他,我不去。睡下后我十分后悔,其实父亲是非常老实的人,他去歌厅都是被工头拉去的,仅仅是唱歌罢了。他花母亲的钱只是为了还工友的情。就是在微微沉沦时,他想到的仍然是儿子的婚姻大事,这样的父亲,我竟然忍心伤害他……

我在床上想了很多往事,思前想后,觉得父亲只做错了一件事情,那就是爱错了方式。他用自己的方式给予我们一切,却没有收获预期的效果,爱灌溉出了恨,我们因爱而恨,或许也因恨而爱得更深沉、更不易察觉。这种爱就是棉被里的线,偶尔露出很小的一段,更多的却藏在棉花里,在千里冰封的季节率领棉花替我们默默抵御严寒。

我相信所有的背离只不过是换了一个方向去奔赴,而最终我们必然会抵达共同的目的地,原因是我们拴在同一根柱子上,绕来绕去终究逃不出四个同心圆。我相信父亲终究会抱上孙子,那些他倾尽大半生力气想要得到的,只不过是绕了一段远路,它们终归会奔赴到父亲的手掌心。我相信飞走的弟弟会荣归故里,到时候他想要做的是向我和父亲炫耀,然后我们抱在一起痛哭,把所有的亏欠与恨意通通交给泪水……

八

父亲见我守在他床上,便在沙发上躺下了。

我一夜都担心他不能原谅我,但是第二天他却喊我起床吃早饭。我起来时他已经去工地了,桌子上放着小笼包,那是村口卖的,他一直舍不得吃的小笼包。

端木赐 作品

端木赐，本名孙韧，1990年生。医学学士。现居北京。作品散见于《青年文学》《天涯》《散文》《美文》《散文选刊》等。

秘境

我站在两百人面前充当教学模型，用肢体模仿子宫的形态。多么温柔的场景，一束阳光正好穿过湖岸的柳树，投射在我的侧脸，千万条光影拂动起来，卷起风情万种的波浪。解剖学教授指着我说，子宫就像天使，长着一对纯洁的翅膀。我以“人体器官”的姿态，散发出饱满而诱人的光泽。明晃晃的日头里，我看见他们笑得前仰后合，空气里飘荡着栀子花的香味。我仿佛被一阵猛火炙烤，周身所有的毛孔都张开了。

学校没有围墙，解剖楼位于最荒疏的角落。越靠近解剖楼，我越能感受到土地的野蛮。红色的土壤里抽出驳杂的野草，密密匝匝，剑拔弩张。绿光在山丘上跳跃、搏斗与厮杀。雨季总是相当漫长，一场大雨覆盖着另一场大雨，所有的事物都被反复盘查，又显得越发可疑。暴雨来临的时候，野草锁不住泥土，就躬身伏向大地，呜噜呜噜咳嗽起来。血色的泥浆顺着山坡流淌，顷刻间染红湖水。湖水就这样憋着气一路猛涨，鲤鱼喘不过气来了，就在岸边翻起白肚皮。多少隐秘的事物都藏不住了。

为了试探死亡的气息，我独自走进幽暗的房间。塑料布是灰蓝的、网格的、薄质的，它包裹了隆起着，一个人的形状。在寂静的空间里，我禁不住剧烈颤抖，连脊背都僵直了。我的左手像拈起一片花瓣，慢慢掀开了那一层隔膜。于是我看到了一具干瘪的尸体，赤裸裸的，毫无遮掩。没有任何美感——为了医学教学，他被剥去了大部分的皮肤。我无法描摹他的容颜，却能一眼看穿他的衰老。我有些恍恍惚惚的，关于这些藏污纳垢的躯壳，以及冥冥中注视着的瞳孔。但我并没有疯狂，只想用“完美”来形容这些标本。金属架上密封的，从左到右排列着的，是一个个幼小的躯壳。他们未能降生于世，却并不是冰冷的存在。他们太过宏大，悬浮以及凝固的，不仅仅是一种姿态，也是人类演变的历程。

课堂的气氛依旧沉闷。大地上倏地腾起一片耀眼的白光，这不是寻常的雨，怕是台风来了。玻璃猛然发出震颤，窗外一棵笔直的树被吹成了降落伞。空气中翻涌着的，除却毁灭的冲动，更洋溢着新生的气味。我对照解剖图谱，假装心无旁骛地在研究。我一眼就能分辨得出来，两根粗壮的股骨属于不同的人。他们生前毫不相干，死后被混淆成一堆，从此不分彼此。在这间教室里，少说也有二三十根相似的股骨。我猜想，骨头之间也会谈恋爱，会在无人的时候私语或唱歌。这将是多么有趣的景象。

骨头上用字母和数字编着号，我看不懂其中的逻辑。这更像是某种警示——已经记录在册的，就不容许遗失。我竟然动了邪念，试图偷走其中一片占为己有。它是人类的第一颈椎(寰椎)，取自泰坦巨神阿特拉斯。我爱极了它的模样，宛如一轮满月，每一个弧度，每一个孔洞，都令人痴迷。我不得不承认，骨头是实用主义者，也是完美主义者。没有无用的凹凸，没有无用的曲线，即便是剥离了血肉，也指向隐秘的国度。

我的身体是诚实的，不敢为非作歹。直到我发现，一片从头骨上脱落的颞骨残片，上面没有任何标记，甚至还留有骨片相互咬合的锯齿，看似微不足道，又像匕首般足以伤人。我鼓足所有的勇气，战战兢兢地将它塞进衬衣口袋。一瞬间，口袋化作了藏尸的深井。骨片只有拇指大小，直到我感到不安而遗弃它，都无人知晓它的存在。因为它，我开始恐惧黑夜的来临，就像一块森然的幕布，遮盖住了面孔，每一次呼吸都变得极为艰难。我看见了那些埋伏的病灶，有些像稻米，有些像瓜果，在黑暗处无声无息，吸收我的气血一点点生长。

夏天的生长是蛮横的，风吹不动的时候，蜜糖的香气就在嗡嗡声中不断膨胀。遒劲的野草及腰高了,里面就滋生出有毒的蚂蚁。校园里一些边边角角的工程,很多年没有完成。解剖楼附近,简易的窝棚形成了群落,精瘦的男人们热衷于裸露。南国的太阳把他们烤得像虾子,躯干微微佝偻,胸口泛起一片赤红。他们的手里时常紧握着某种钝器,这加深了我对暴力的遐想。窝棚里跳出野孩子,折断了树枝,用丝线和弯钩就能捕获鱼虾。年幼的时候,父亲曾传授我垂钓的本领。判断目标群体的特性,选择不同的鱼竿、鱼漂、鱼钩和鱼饵。父亲的学问是优雅的,讲究科学的引诱,所有的步骤都如仪式般不可冒犯。然而,野孩子是天生的捕食者,他们拥有不同凡响的秘技。自由地奔跑在山坡上,发出金属般的嘲笑。

我习惯了在动物实验过后,承担处死的工作。有些人虚伪地拒绝,可我却从不推脱。颈椎脱臼法杀死一只小白鼠,要掌握好寸劲,才能够干净利落。在兔子和狗的静脉中不断注入空气,等待其最后一次蹬腿。瞳孔涣散的瞬间,我知道它们终于迎来了永恒的解脱。余温犹在的尸体被丢弃在黑色的垃圾袋中,运送到隐匿的地方,比如人声鼎沸的小餐馆,或者浓烟滚滚的焚尸场。我暗自松了一口气。很显然,我就是一个彻头彻尾的屠夫,也在享受屠夫的乐趣。面对无法逃避的死亡,就以高尚的名义告诉它们,这世间存在诸多厄运。

每当夜晚降临,我就背着这些亡魂行走。蚊帐四四方方的,把暗夜收拢封闭。听觉开始变得异常敏锐,油脂光泽的蟑螂扑翅飞翔,在黑魆魆的缝隙里觅食,诞下绵延的子嗣。室友养了一只身姿轻盈的白猫,夜晚时常会攀爬上我的铁床,肆无忌惮地在我的身体上来回踱步。它的足轻轻塌陷在我的肉体上,而我却没有足够的力气,把它狠狠地剥落。或许它也不曾以为,我还存活着的。在它的眼里,只不过是一个人的形状罢了。

有一次我猛然惊醒,仿佛置身厚重的棺木里。湿哒哒的空气中,青苔吸食养分,一层一层蔓延覆盖。身体僵硬如铁,只有眼珠可以旋转,喉咙里发出铁锈般的呜咽声。死亡终于在我的现世撕开裂痕，倏地我就泪流满面。枕边的杂物罐里藏着的那片洁白的人骨碎片，正散发出清凉的茉莉香气。因为偷了一片人骨，我被噩梦反复纠缠。亡魂在大地上飘飘荡荡，我只好等待太阳从大地深处迸发。天光大作的时候，所有的蝉共同发出愤世嫉俗的怒吼。

从那以后，解剖课上的我游手好闲，喜欢偷偷在楼里面游荡。我不能消失太久，但是可以完成一次探索或者短暂的出走。我只是不愿像观众似的，团团围着人体标本，假模假样戴上橡胶手套，捧着彩印的解剖图谱，指认某个结构。困惑之光在每个人的脸上流转，这场景既严肃又可笑，那些对身体的探索，进而迸发出一种荒诞的狂热。比如，必须把一堆肠子掏出来，又要按照正确的顺序塞回去。很多个人凑在一块儿，就会变得愚笨不堪。我们还能在肉体上标注什么？认知的过程极其缓慢，却有太多种死亡的形态，钻入我生命的土壤里，演变成庞大的根系。我不知道它们会开出什么样的花朵。

解剖楼顶层的露台是闲适的，可以眺望风景。其实只要没有人，不用忍受福尔马林的味道，都是极好的。天气炎热的时候，身体也跟着虚脱起来，像被抽离了魂魄似的。有时下过雨，我就蹦蹦跳跳地，寻找可以落脚的地方。还有些时候，天空正斜斜飘着细雨，远方的低洼处变作泥潭，榕树变作森林，湖水变作洪水。没有什么是一成不变的。我发觉，愈是拒绝灵魂的在场，愈是会在空间中勾勒出另一个世界的轮廓。

雨水中的世界更加鲜亮细密，一种原始的蓬勃感与死气形成鲜明的对比。它们如此宏大伟岸，而我正站在万千骸骨之上，在万千炽烈的拷问中，感受着空气中的清冽。自由，我脑海里怎么会浮现出这样的陈词滥调。或许是解剖楼给了我太多没有意义的遐想。我在想，当我们领略过死亡的风景，它本身会不会变得稀松平常。

隐迹

除了《人体解剖学图谱》,我的枕边还有一本怪兽图谱。里面记载着一种栖息在中国南方的物种,叫作“贯匈人”。在《山海经·海外南经》中有记载:“贯匈国在其东,其为人匈有窍。”他们存活着,却可以没有心脏。因为没有心脏,所以无所畏惧。

医院生活并不完全是枯燥的,偶尔也会透露出匪夷所思。我仍然记得那个女人,她站在医务室的镜子前,缓缓解开一排纽扣,露出了丰腴的身姿。她像一只蜂后般优雅,皮肤异常白皙,手指上却涂抹着黑色的指甲油。她指着胸脯说:“我的胸前有个贯穿的洞,但是我不敢告诉别人。我把衣服穿得严严的,不敢去公共澡堂,也不会在公开场合裸露身体。”

医生说:“或许我可以给你开一些药片,这会让你好受一些。”

“不管用的,药片会从洞口滑落出去。我能听到刺溜一声,药片就滚落到很远。可最难的还是喝水,你知道吗,我的胸口就像喷泉一样。”

“是在这里吗?或许我可以帮你把洞口填上。”

“是的,他们指责我撒谎的时候,就用力戳我这里,真的很痛。”

医生把纱布覆盖在她的胸口,小心地粘贴好,并嘱咐她不要轻易揭开。我们或许想不通,一个人的胸口怎么会凭空多出一个荒谬的洞。她却镇定自若地说:“我只是在陈述一个事实而已。”她说这句话的时候,我似乎见了一个鼓风机,在她胸口的洞穴里,真的有冷飕飕的风在穿梭。我曾幻想在她的胸口,插一束的野菊花作为装饰。可如果生命完整了,我们又如何得到宣泄。她一直在寻觅一个知音,或者一个和她一样残缺的物种。

不可言说的秘密，却成了被指责的谎言，不知道是谁人看不穿。

如果真的有灵魂存在，那么身体一定是束缚的囚笼，甚至可以被定位和追踪。午后的她，四平八稳地坐在板凳上，胸膛却像海浪一样起伏，有些慌乱和不安。她坚信身体里有一些隐疾，比如有个男人在她的子宫里安装了追踪器。无论跑到何方，她都无法摆脱这个男人。一定是男人在捣鬼，在她的身体里作祟。而子宫是她最隐秘的器官。

"我们确信你的子宫里没有追踪器，因为机器不会说谎。"

"不，你们都是骗子。"

"那个追踪你的男人是谁？"

"他是我的丈夫。"

"他千方百计要找到你，是因为担心你。"

"不，他爱的只是我的躯壳。"

她的每一句话都说得宛如定理，如同大彻大悟的爱与恨。一个细胞，不断进行着吞噬和消解。而一个人，就是一大团的细胞。她却终不能像诞下一个孩子那样，排出这个挥之不去的异物，摆脱这个男人的魔掌。

我抬起头，忽然发现门外站着一个不起眼的男人，偷偷地向门内窥视。他隐藏在阴影中，穿着洗旧的工作服，简朴得像一块用旧的白毛巾。我不知道怎么会用毛巾去形容一个人。但他的确是如此，柔软、平和又疲惫。他冲我微微点头，目光中充满了歉意。

她顺着我的目光，再次见到了男人，身体像弓弦绷紧。仿佛宿命的轮回，他们中的一个扮演着逃生者，另一个扮演追捕者，谁也不能倦怠，只好不断地奔跑。我却愿意相信，他是在意她的，目光中流露出的关切不会作假。正如人类热爱太阳，是因为它离我们那般遥远，我们可以借由它的力量耕种、收获、繁衍生息。或许他，正是她生命中的另一个太阳，她害怕靠得太近而被灼烧。医生还是应了男人的请求，把她子宫中的节育环取了出来,作为一个象征,从此宣告她恢复自由的身体。

这一天,另一个子宫中藏着节育环的女人来到医院,提出想要修复处女膜。我立刻戴上有色眼镜审判了她,一个图谋不轨的女人。正如朋友决定出售老房子时,重新粉刷了墙壁,他们的企图可以归为一类,为了巨大的增值,理应做一些小小的投资。我从不认为这一点点改变足以遮掩过往,比如房子确实经历过时间的摧残,比如女人一定要在床上佯装疼痛才能获取信任。在医院里,我们总是很容易就能获悉那些极其隐秘的真相。

她自始至终都呆若木鸡。她躺在那里,可能是天气太冷的缘故,偶尔会轻微地颤动身体。她选择转头躲避我的注视,而劳作的医生似乎更像帮凶。身体里埋藏着巨大的阴谋,但不曾被质问,就只有缄默。或许,她很快就会回到幽闭的小旅馆里,和另外一具肉体纠缠下去,又或许收获一段真实的爱情也未可知。我相信,所有的小旅馆都有相似的格局,却一样令人感到陌生和恐惧。窗帘上附着的密密麻麻的污迹,就像是不断繁衍的微生物,肆虐着,吞噬着,布满了欲望的气息。

灵魂借用身体去爱,我也曾无法控制自己颤抖的身体,去接纳和触碰另一具肉体。我相信成长的过程是极为缓慢的,但爱总和欲望纠缠不清。当我们忍不住把身体交由对方的刹那,就彼此交换了生命的一部分。我依稀又回到了很多年前,那些个零下几十度的寒冬里。树叶已经全部凋零,鸟兽也隐匿难寻,在我回家必经的巷弄深处,穿着校服的他们总是忘情地彼此相拥亲吻,试图把手伸进彼此的毛衣,侵略对方的身体。我不知道还有多少双和我一样在暗暗偷窥的眼睛,也许在街的对岸,也许在窗帘的背后。

而我知道,这一切的一切都会归于平静。生命有时候不是被等来的,而是被制造的。我们的肉体其实并没有什么鲜明的记号,只有一张张相似的面孔,让我们利用它去生存。我们拥有了身体,却并不能极尽了解它深处的秘密。几年前,当我独自走进解剖楼的时候,我以为这一切都是那么惊心动魄。难以预料的,几年后,我却对生命表现得越发淡然。

解剖自己远比解剖他人更难,独处和思考才是随波逐流的逆光。我们想要分门别类的,却经常似是而非。身体中充满了各种各样的隐迹,要我们用一生去探索,而我们却也只能知晓其中很小的一部分,而剩下的一部分,或许要归于灵魂,它们是如此的繁杂而不可企及。

冬日,霾与诗意

1

冬日里阳光稀薄,空气中藏着隐秘的交易。大气静稳,地面无风,湿度饱和。北京城仿佛被装在了满是毒气的罐子里。立交桥如鹰隼般,挟持着光从眉梢飞过、盘旋与远去。裸露的河岸上,干草透露出寂寥的表达。我沿街而行,来不及看清那些石头,一瞬而过的,或许只不过是一些嶙峋的意象。冬天是个孱弱的书生,皮囊里只剩下一身坚硬的骨头,褪去锦绣华服,唯一的性感来自弧形的锁骨。这根暴力中最容易折断的骨头,正在密密匝匝的脚步声中生出裂痕。

天寒地冻的,我顿时生出喝点小酒的念头。仰头呷一口,身子就像烧红的铁。我知道,烙铁遇见雪,会刺刺作响,冒出白的汽团。如果身子热了,就什么都不畏惧了,管它虎豹豺狼,还是魑魅魍魉。可想到酒无知己,这念头就消散了。此刻,如果身上有个酒壶该有多好!苏联的酒壶,不锈钢材质,上面有红色的五角星。如果巷子里藏着酒馆,闹中取静也是好的。没有霓虹,没有"酬宾"招牌,酒馆里都是夜归的男人。他们通常只饮二锅头,且浅尝辄止。无论是已婚的,还是单身的,都喜欢来这儿坐坐。男人们不会流连太久,也不会过多攀谈,脸红了,微醺了,转身就离开。冬天是喝酒的好时节,心情好的时候,酒里面要浸一颗青梅。

夜幕降临,空气似乎更冷了些。随着呼吸,喉咙里燃起熊熊大火。这是个沉默的年代。我想要咳嗽,却不敢张口,怕有更多的粉尘钻入肺脏。棉口罩里塞着一片薄薄的滤芯,但是我并不确信它可以保护我。身旁掠过一个长发的女子,脸上罩着军绿色的防毒面具。她快步如飞,没有一丁点儿的疲惫。我把拉链向上拽,一直到下颌骨的位置。我身上的羽绒服是新的,黑色为地,蓝色条纹。这些天,破碎的羽毛总是从细密的针脚往外逃窜。就是这些轻飘飘的羽毛,虽然脱离了血肉,但还是聚合着温度。体温渐渐流逝,令我和城市产生微妙的联系。灯光落在额心,宛若朱砂。行人如罗汉,在时光里飘荡。然而,与飘荡相比,我更像是在无止境地坠落。

城市如琉璃。我似乎需要一些强劲的冲击,比如高楼倾塌,粉身碎骨,心脏喷血。可即便如此,还是远远不够的。我需要在虚拟之中,找到那扇通往真实的门。有些人,会用锋利的刀片割伤自己,从而把身体牢牢钉在现实之中。血液从皮肤中一粒粒钻出,浓稠犹如花蜜,他们才发觉自己活着,依然脚踏实地。但这仅仅是掀开了真实的一角,那些被遮蔽着的,无法被预测的,是地震、海啸、泥石流、恐怖袭击、世界末日,或者真人秀节目。荒诞的游戏,比如柴刀砍头,顿时血溅三尺。头颅从北二环滚向东五环,在不堵车的情况下,用时一小时三十分钟。每个人都是演员,信誓旦旦要当主角。

我站在西环广场,抬头望见三座并肩耸立的大厦。这一模一样的楼宇,比911世贸双塔还多出一幢。它们站在那里,在我的日常中反复出现,又反复炸裂。于是,事物变得有迹可循,又渐渐陌生遥远。工业的模具,让事物发生完美的复制。冷却,剥离,包装,造成概率的残次。分拣,淘汰,回炉,完成再次重塑。比如,那些规格的砖与木料,按照图纸重新组合,一座富丽堂皇的古代宫殿，完全可以在短时间内，重新矗立在废墟之上。初雪的时候，我从故宫走出来，像穿越的君王，那些宫殿的名字在脑海里萦绕。我只记得它们总是被毁了，又重新被建造。

然而，宫阙里帝王不再，龙椅空寂多年。那一年的雷火不在，那一年的工匠不在，那一年的硝烟不在。但是编剧和演员是存在的。他们塑造了崭新的历史，皇帝、妃子、大臣和太监。演绎一个人，继承死者的名字，从喜怒哀乐，到生老病死。他们钻进电视、电脑和手机里，俨然活了过来。但讽刺的是，生而为人，就不该颠倒黑白，就不该挂着阳具扮演太监。这一刀的差别，或许就是历史的残暴，也是人性的阉割。再后来，扮演太监的男人在现实生活中患了阳痿。借用医学术语，我们或许可以称之为“废用性萎缩”。

整整一年，我观察城市里的屋顶。似乎旧城改造以后，这里的屋顶也开始混乱不堪。清真寺的穹顶，哥特式的尖顶，紫禁城的翼角飞椽，都成为了居民楼的装饰。太阳东升西落，影子按照相似的规律移动。公寓的结构总是相似的，相似的男人和女人，按照生育政策完成生产。人的模具也是相似的，微小的区别，无非在于尺寸、肤色及家族史。高血压、糖尿病、精神病、肿瘤，都可以从遗传学中找到蛛丝马迹。人与人看似相同，实则混乱而充满阶级。房子不过是居所，人不过是动物。人需要巢穴，房子就有了产权。

雾霾让城市灯影魔幻。地铁站口的一片暖黄中，我见到一对男女忘情地拥吻。灰尘中的世界里只剩下两个人，无关生死，只有欲望。我似乎见到荒原与图腾，舌头的，手掌的，乳房的，阳具的。一瞬间的赤裸相见。几何图形的建筑在夜色中扭曲，旅途上布满未知的障碍，所有触摸不到的，都是身体所不能承载的。尘埃沸腾，无穷无尽，比河里孕育的蚊虫更加无孔不入。

夜深了，行人寥寥，只有光在散射，成了一团团虚空的火焰。火焰是凛冽的，燃烧让空气颤抖。我似乎嗅到柴火的味道，以及人的嘶吼。横断面的人的纹理，如灼伤的疤痕。河流是一面黑色的镜子，我站在河岸边，倒影被浅光同化,内心散出圈圈涟漪。我不知道河流上那股升腾而起缓缓流淌的白烟是什么,但它们是真实存在的。我竟然感受到了—— 些许宏大的诗意。

2

真实界里,缺乏善意,更没有诗意。一年前的冬天,诗人们在北京皮村,身着工装朗诵,黑夜里发出掷地有声的回响。纪录片《我的诗篇》,就以这场工人诗歌朗诵会为引,炸裂成每个人的命运。

那晚,我在医院里值班。黑暗中羽毛纷飞,却与我无关。宋庄镇与皮村相隔不远,顺着医院门口的马路,过两个红绿灯就是。也正是这一年,宋庄镇一名年轻的画家,砍下了自己的手。我仿佛看见,鲜血溅在画布上,染成了圣洁的莲花。我站在医院的楼顶,周围是田野和村庄,取暖的浓烟层叠升起。那时候我想,我被困在这里了,就要死去了。

此时,我手腕上是纪录片的定制手环,橡胶材质,印着诗句:“好些年了,我的宇宙依然是老虎的形状”。然而我的脑海里始终是那句:“好些年了,我比一片羽毛更飘荡”。这是彝人吉克阿优的诗句,也是羽绒服厂充绒工的诗句。他把重音落在“飘荡”上。这两个字似乎越重,就越是无处安放。宇宙那么大,羽毛那么轻。

我认识的第一个彝人不是吉克阿优,而是一个叫阿微木依萝的女作家。东莞的小镇里,公园中碧绿幽深,有很高大的紫荆树,我们并肩坐在石椅上闲谈。那时候她还没有女儿,也曾四处奔走漂泊。她写散文和小说,爱读毛姆,但这些和学历无关。文章中,她把一些人称作“走族”。“他们一般只卖单一的货物,最多不超过三种。这些人和茶房的小二一样,肩上一律搭一条白色毛巾,作为擦汗的汗巾子——无论男女,都有一条汗巾子。”

熟悉了城市,就陌生了故乡,火车站成了记忆的连接点。大街上川流不息,混杂的颜色被编织成记忆的袋子。满目的异乡人,背着巨大的蛇皮袋行走。LV有一款皮包,就借用了中国编织袋的条纹。复杂的皮革染色,精细的裁切,费力的手工。他们称之为化腐朽为神奇的时尚。如果这些条纹是某种符号,那奢侈就成了最大的反讽。人群中,他们没有名字,像一片片黄叶飘向远方。很多年了,我总是想,为什么一个脸盆他们都要带在身上。后来我才明白,身上背着的是家。

纪录片中有几个镜头,始终在我的脑海里回放,呈现出爆破般的力量。大雪压境,覆盖山林,万籁俱寂。白雪密密麻麻,缓慢而没有时间地叠加。工业时代背景中的人类,信仰尽失。

庙宇尽毁,神的腰,也被压断了
而信誓旦旦的信徒们,早已逃之夭夭
冬季的地球,正往下雪的那边
慢慢慢慢慢慢地倾斜

——乌鸟鸟《大雪压境狂想曲》

乌鸟鸟在广州。他大概和我同样的年纪,在嘈杂的人群里争抢一个工作的机会。这里没有世界五百强,更没有编制一说,只有靠体力和经验生存的工厂,以及赤裸裸的剥削。乌鸟鸟问,要内刊编辑,或者叉车工吗?在他口中,内刊编辑总是放在第一位的。他给招聘者念诗,看起来有些害羞,还有些自卑。然而,招聘者完全不懂诗歌。他们在乎的,唯有工作经验,身体状况,以及执行力。乌鸟鸟默默离开,身影单薄。我想到雪花飘零,寒冷彻骨。然而,广州的冬天没有雪。

很多年前,我住在广州的城中村。整座房子里,装着五湖四海的打工者。每个月,房东总是提前好几日催我交房租。犹记得村里有间破房,没有屋顶,没有门窗,里面住着个骨瘦如柴的老人,靠捡纸皮和啤酒瓶为生。那年冬天的雨,把树上的柠檬洗得格外明亮。我站在窗前,见到老人赤身裸体,躺在屋外的泥土地上纹丝不动。雨水倾斜了世界,屋里屋外没有什么分别。我并不确定他还活着。再远处,目光所及是鳞次栉比的工厂,房子上挂着各种鼓励生产的横幅。厂房里的景象我见不到,但是可以想象得到。机器运转,人无一言。窗外,雨丝落在叶子上,沙沙响着。

比冬日更加刺骨的寒,来自幽深的地底。罐子里装着满满的人,一层又一层,缓缓降落。头顶上的洞口,越来越小。那一点微弱的光,用很长时间消失。矿工老井终日与黑暗为伍,与死亡为伍。煤是植物的残体。中国是煤炭产量最大的国家。

煤层中　像是发出了几声蛙鸣
放下镐　仔细听　却没有任何动静
我捡起一块矸石　扔过去
一如扔向童年的柳塘
却在乌黑的煤壁上弹了回来
并没有溅起一地的月光

——老井《地心的蛙鸣》

我用百度搜索"矿井事故"四个字,相关结果约两千三百九十万条。最近的一条消息,四小时前,福建某煤矿,两人死亡。一天前消息,黑龙江某煤矿,三人失联。这样的数字不断在累积。但如果我不去搜索,这也只不过是个泡沫般的数字罢了。河里有月亮,井里有月亮,眼里有月亮,这世间倒映着无数个月亮,但地底没有月亮,巨大的空洞里,唯有死亡在上演。当然,这样的死亡只会被更大的死亡遮蔽。

但死亡有时也是一种抵抗,自杀的诗人并不罕见。许立志说,我来时很好，去时也很好。富士康楼顶的围栏，如树木一样向上生长，越发茂密，而死亡依旧在低处丛生，谦卑如草。许立志的骨灰被撒入江海。骨灰落入水中，就像磨碎的珍珠慢慢下沉。然而，此时的珍珠已经无法绽放光芒。那些粉末干燥又粗糙，所有的价值，都被埋藏在了时光里，像电影《泰坦尼克号》中的“海洋之心”，命运只有深邃的大海。

海子的诗集出版于他死后的某天。若干年以来，他不断地重生与死亡，成了无根的信仰。许立志的诗集出版了，名字叫《新的一天》。这不是模仿，更像是一种复制。

皮村朗诵会结束的那一晚，诗人们应该喝了酒。他们交流的话题，是我所陌生的。我不懂诗，不懂那些深奥的流派和主义。但酿酒工绳子对我说，纪录片拍摄结束了，工人们的生活照旧，不会有任何改变。

冬日里的一天，我乘坐高铁，从北京去往上海。我愕然发现，半个中国的山河，都淹没在了灰色的雾霾里。车辆由北向南推进，田野中开始闪现出一丝丝青绿，而群山上的青松，依旧站在雾中，无根般飘荡。我相信这样的日子，还将持续很久。

3

红螺湖畔，天空瓦蓝。风吹得紧促，我走得缓慢。世界终于在风中，恢复了原有的模样。走入冬天，是四顾莽莽苍苍，身体里清音回荡。脚步声落在枝头，几片雪纷纷跌落。脚步声落在身体里，就落下另一场鹅毛大雪。我的心如此宁静，素白交叠，唯有敬仰。

很多年了，冬天都吝惜白雪。这一次，在怀柔的山林里，我遇见了皑皑积雪，才知道冬天还在。树木撑起了半个冬天的雪，那些伸展的枝条，有些疏朗，有些曲折，全部密密茸茸的，束裹着妖娆的白。没有树叶的覆盖，辨别树木的方式又少了些，仅凭姿态与线条，我是无知的。如果不是低下头，看见那几颗赤红如阳的山楂,我还不知道那些是果树。山楂是甜的,我尝过了。

如果我是午后的阳光,俯就大地的时候,也会绕过这片密林,不忍心融化枝头的白雪。除此之外,还有半个冬天的雪,落在山顶上,在比蔚蓝更深远的地方,画出了一条凄美的雪线。与这些起伏的线条相比,我显得无比笨拙。与此同时,一只黑色的大鸟蹦蹦跳跳而来,它旁若无人地和我擦肩而过,然后倏地展开翅膀,就这么低低地飞走了。它没飞多远,又开始蹦蹦跳跳地行走。是不是我刚好拾掇了它的山楂果,让它饿了肚子?

很多年了,我都找不到冬天的气氛。雾霾总是去了又来。我怨恨冬天,怨恨身体里埋着驱不散的苦寒。我不愿穿厚实的棉衣, 甚至连棉鞋也不要。如果有雪,我宁愿赤脚走在土地上。我知道,这个冬天或许不会再落雪了,积雪成为我最好的礼物。树木撑起半个冬天,山顶落着半个冬天。一阵风带着冬的气息,从山顶落到树顶,贯穿我的身体。我因此变得完整起来。或许,我只不过是怨恨,这冬天,没有了冬天的样子罢了。大风带来了罕有的晴朗,或是怀柔的风,本就是刚烈的。风像脱缰的野马,驰骋在山林之间。我突然想到,皇城里那些养在笼子里的金丝雀,养尊处优,等待死亡的到来。我和这个冬天,何尝不是一样。

冬日的红螺湖并没有想象中宽广,但却占据了苍茫的一角。湖面结了冰,变得有些狰狞,干枯的芦苇在风中摇晃。波澜仿佛还在,藏在了湖水深处,蠢蠢欲动。我比湖水更寂寞。我深深爱着冬天,但冬天里并没有爱情,如果有,也是枯萎的爱。所有萧索的痕迹,都指向真实的境地。死亡可以解说冬天所有的苦难。而身体的暗疾,只不过是诸多苦难中的一种。还有一种痛苦,是我们活着,就永远无法停息的思索。在我看来,冬天的残荷比夏时更美。枯萎的色调滋生出万千灵魂,它们纷纷垂下头颅。枯萎并不代表终结,而是凝固成一片密密匝匝的思考,让生死变得圆融,让时光变得清晰。

我知道,不远处是红螺寺,人来人往,香火鼎盛。我朝寺庙的方向看了一眼,似乎那香火霍然腾起,让我的头脑变得越发昏沉。我倒退了几步,明白自己终归是属于凡尘的。我害怕佛主看了我一眼,就让我沾染了佛性。我依旧喜欢那句“不疯魔不成活”。我愿成了魔,制造风雪,为祸人间。我要在山顶的积雪处,盖一幢房子,用一片片青瓦,叠成密密的鳞片。这一年冬天,我开始像一条慵懒的蛇。我想到,白蛇勾引了许仙,青蛇去勾引法海,所有人都犯了戒,沦陷在浮华里。如今,繁华得到了永生,那塔还是塔,那佛还是佛,只是烧香的人,已然不是那时的善男信女了。

这年冬天我竟然遇见了一个人,一个诗人,或者一个灵魂。我一抬头就看见他。他戴着墨镜,穿军绿色的外套,坐在一块石头上。是啊,这里是怀柔,是他殉道的地方。他对我笑,我也对他笑。他开始狂笑,我也狂笑,撕心裂肺地,只剩下笑,笑出眼泪与悲伤。我没见过他的样子,甚至几乎没有读过他的诗。但是我知道一定是他。他的名字呼之欲出,他来了。不,他或许一直都在这儿。出生为人,异化为狗,落荒成狼。人有无数种死法,他选择的那一种,或许是最残酷的。每条路都有尽头,每条路的尽头都是悬崖。

他是绝食而死的,死后没有一丝重量。他盘腿坐在石头上,我害怕他被风卷跑。他用七天完成死亡的仪式。作为一个诗人,只有最残酷的方式,才值得用来殉道。饥饿到最后一刻,灵魂脱离身体,肉身已然成了一个空空的壳。那年五月,草长莺飞,万物生长。但如果是我,一定会选择冬天。我会凭着最后一丝本能,让肚皮里装满石头、杂草和树皮,然后用手捧着白雪吃下去。身体里的雪缓缓融化,流淌在石头、杂草和树皮间,一股清冽的感觉,开始浸润身体。然后,我会感觉到一丝清醒。

那一年夏天过后,再也没有了冬天。冬天对于诗人来说,变得无比遥远。遥远到不要走了,就坐下来,立地成佛。然后,信徒们为他建起一座庙宇。这样,他就不怕冷了,大雪纷飞的日子也就不远了。在时间的尽头醒来,就再也不会死去。

很多年了,我写不出一句诗。诗歌,大概还是青春的模样,无所畏惧,鲜艳明亮。写作的时候我想,一个人制造多少垃圾,就有多少情感的消耗。如果死亡的过程中,一共只有三根火柴的机会。那么,不如一次点燃,让温暖瞬间绽放。城市里到处都是橱窗,里面站着不会动的模特。一切都仿若镜子,我陷入了一个因果循环的界域中,事物的推演如风般,四散开来。我在迷途的路上,遇见每一个气旋,都是一个人。他们的名字,叫作卧夫。

范宇 作品

范宇，1990年生，四川简阳人。供职于成都某报社。多篇作品入选各地中考阅读试题，并入选多种年度散文选本。出版散文集《都江堰:永不褪色的江水》。获首届、第二届孙犁文学奖，四川新闻奖一等奖，第四届全国高校文学作品大赛一等奖等。

不曾关闭的窗户

一

涛涛不知道自己的名字,也不知道面前这个男人是谁。十多年来,涛涛没有叫过他一声爸爸,甚至连一个简单的微笑也没有。

每天他出去了,涛涛就扒在一堵矮墙上,半天也不会动一下。这堵墙是专门为涛涛修筑的,隔墙大概一米五左右的地方,便是窗户;窗外有一条铁路,铁路背靠着一座山。日子于涛涛而言,就是听听偶尔飞驰过去的火车,除此之外,便是对着对面那座山,痴痴地发呆。窗外无论是风雨还是阳光,是春花烂漫还是落叶满天,涛涛都只有一个表情。

没有人知道涛涛的世界是怎样的,或绚丽,或苍白。

或许,连他也不知道。

他总想敲开涛涛极度自我世界的大门,可那扇门都被他敲凹陷了,就是没人应声;他也试图打开一扇窗,可他找遍了四周,只有高高的围墙,不见窗户的踪影。

没有办法,他只好在涛涛或许弄不明白的世界里,扮演一个爸爸的角色。

二

他叫王为民,是我初中语文老师,也是我最好的朋友。

刚认识他那会儿,完全想不到他还有一个弱智的儿子。不只是我,恐怕同班的五六十个同学,也没有人能够想到。

在学校,他的脸上常常抹着微笑,一点也不做作,很真诚。上课时,也很少严肃认真,总是在幽默风趣中传授知识。同学们也都不怕他,常常和他开玩笑。在众多同学里,好像他又最喜欢我。初三住校时,他有晚自习,回不了家,也一定要和我挤在一张床上。

后来,我问过他:“当时,为何会对我那样偏心?”

他的回答特别简单:“因为你单纯。”

现在想想,那时的我真是很单纯,喜欢玩,喜欢疯,不爱学习,却因脑瓜子好用,成绩还不错。或许,他在我的身上看到了涛涛在这个世界的投影。

这时,他心里应该有了一丝安慰:原来涛涛的世界不是苍白,而是单纯;单纯有什么不好,不食人间烟火,不必陷入人生的种种悲剧,甚至也不必有什么恐惧,因为涛涛到离开那天也不会明白“死亡”的含义;甚至单纯的范宇也会因为长大而变得不单纯,可涛涛不会,涛涛是永远长不大的男孩。

当然,涛涛的情况,我们学生鲜有人知,学校的老师们却都是知道的。

可就是谁也不说。

三

后来,我还是知道了。

不过,我所知道的,永远也只能是冰山一角。但这冰山一角,已足以让我在苍茫的夜里,暗暗感动,默默流泪了。

得知涛涛的病情后,有人劝他找一个浓雾的早晨或没有星星的夜晚,再寻一僻静处, 把涛涛扔掉。每次有人这样劝他, 他总坚定地回道:“绝不。”涛涛似乎也被他坚定的言语吓着了,躺在他怀里,手和脚不停地伸缩乱蹈。但涛涛没有哭,涛涛根本不懂得什么是“哭”;哭对涛涛来说,实在太难。

涛涛没哭,他却哭了。

此刻,在他的意识里,世界上最疼痛的事情不是眼泪横飞,而是根本不会流泪。

生活好像不允许他流太多的眼泪,这点,他比谁都明白。

在四川,最好的医院,非华西莫属。于是,他带着涛涛去了华西治疗。吃药、输液、针灸,什么方法都试过了,涛涛却没有半点起色。家里的积蓄一天天少了,连妻子也劝他,算了吧。他也知道像涛涛这样的情况,几乎没有治愈的可能,可他对妻子的回答仍像当初一样坚定:“不。”

然而,不算了,又有什么办法。家里积蓄用光了,开始四处借钱,到了后来,实在是再也借不到了,他只好带着涛涛出院。

出院了,涛涛的治疗却没有被放弃。只要他听人说起哪里有专治涛涛这样的病的人,哪怕是个江湖术士,也会带着涛涛千里迢迢地赶去。即便他心里清楚很多都是骗子,但只要有一线希望,他的脚下便能延伸出千万里行程。所以人们一次次看见一个爸爸牵着一个痴呆的儿子奔赴在远方的路上,风尘仆仆。

后来的后来,他才终于死了心。

四

他死的是药物治疗的心,心理治疗和锻炼治疗的心并没有死。

给涛涛讲童话故事成了他每天晚上的必修课。《丑小鸭》《卖火柴的小女孩》《海的女儿》《皇帝的新装》《灰姑娘》《白雪公主》《小红帽》……一个又一个童话故事从他的口中飘进涛涛的耳朵里。涛涛有没有听懂,他不知道。他熟记的童话故事讲完了,又去阅读新的童话故事。到今天,可能连他自己也不知道已经讲出多少则童话故事了吧。

讲着讲着,涛涛就睡着了。涛涛熟睡的样子,最让他喜欢与安慰。看看涛涛纯真的脸,轻吻一下额头,满足地笑笑,关上灯,合上门,而后去书房准备第二天要讲解的课程。书桌在窗边,窗外是数不清的窗户。很多时候,窗外那些窗户里的灯都灭了,他书桌上的台灯还亮着。

这盏亮着的灯,照亮了墨黑的夜空,也照亮了许多人的夜路。

他所任教的学校在乡下,离他居住的小镇差不多有五公里路程。早上出门,一般要到下午六点左右才能回家。

每次到下班时间,他总是第一个冲出校门,然后一边走,一边等车。同事们心里都明白,他着急的是家里的儿子。

一回到家,放下公文包,他就要牵着涛涛出去散步。小镇是百年古镇,还残存着一些明清及民国时期的老房子,有着天然的沧桑。黄昏很美,那些晕黄的光静静洒在斑驳的木门上,时光静悄悄的,了无痕迹。

涛涛走起路来,踉踉跄跄的,走不稳,他必须时刻牵着。他走在前面,涛涛走在后面,走得很慢,连夕阳的影子也追赶不上。小镇的居民早已熟悉这对父子的背影,从他们背后很轻松就超过去了。认识他们的,轻轻回过头,打个招呼,而后很快便消失在望不见尽头的小巷深处。很少有人愿意多看涛涛两眼,痴痴呆呆的脸的确不太漂亮。

夜幕渐渐拉开,他牵着儿子慢慢往回走。

这一走,便是十二年。

五

毕业几个月后的一天,我买了点水果去看他。

他见到我一脸的惊喜,连连招呼我进书房坐下。我们聊了许多话题,独独没有聊到他弱智的儿子。他不提,我也不好问。隔壁房间不断发出"嘟嘟嘟"的声响,我心里明白,那便是涛涛。或许"嘟嘟嘟"便是涛涛与这个世界唯一有声的沟通。

只是,我们都听不懂。

在和他聊到的众多话题中,关于人生的最多,但我却对他关于大学时光的讲述,印象最为深刻。当然,这与我后来知道的一系列人的人生轨迹有关。绕来绕去,最终还是逃不出人生的话题,在他这儿,好像人生是一种宿命,无论怎样回避,也避不开。

我看了很多他拍摄于大学时期的照片,年轻帅气,充满了青春的张扬与活力。他告诉我,那时他的吉他弹得不错,最拿手的是《爱的罗曼史》,同学们都喜欢听,甚至还有老师要跟着他学习,不答应都不行。他也写诗,写得颇有味道,发表了不少,有什么晚会,女生们必定朗诵他的诗歌。为此,很多人都料定他的前途一片光明。

可最有前途的他,却成了最没有前途的人。

多年后的某天, 我又去看他。他给我看前不久同学聚会留存的集体照。照片背面有其与会同学的姓名、职业,以及联系方式。我着重看了一下职业,有的是市委书记,有的是大报主编,有的是教育局长,有的是中学校长,还有我认识的著名诗人陶春,再差一点的也是教导主任,唯独他,仍是一名最最普通的教师。

最该为事业奋斗的十二年时光,他都倾注在了涛涛身上。

我很想问问他,值吗?

可我终于没有问。不用问,我也知道答案。

六

念高中那会儿,与他的联系没有中断,反而越加紧密。

我所在的中学就在镇上,离他家不远,步行只需三五分钟。周末,偶尔我会去陪他说说话,或是借两本课外书。我今天的大部分文史知识储备,便来自于他那个小小的书房。平心而论,没有那些借书与还书的时光,我在写作的路上,不可能走得顺畅而迅速。

稍稍有点时间,他会练习书法。楷书、行书、隶书、草书,他都练,并且已写得很不错。他会给我讲书法的一些基本知识,各种字体的特点,还延伸到书法家的生平,比如颜真卿、王羲之、米芾、赵孟頫等。他也让我学习写书法,可因为功课的缘故,最终也只停留在极其初级的笔画上面。

有一次,他突然对我说:“那么多字体里,我偏爱行书。”

我问他:“为什么?”

他却沉默不语,点上一支烟,转而看向窗外,窗外除了那些紧闭的窗户,什么也没有。过了好一会儿,他才又开口说话,话题却已不在这上面。

在漫长的历史中,写行书的高手不少,代表人物有王羲之、赵孟頫、文征明等,几乎都遒健飘逸、行气流畅。而他的行书我看过不少,虽也算得上行气流畅,却飘逸不够,好像有点逼仄的感觉。

那点逼仄的深刻意义,以及他为何会喜欢行书的缘由,我都很快就弄明白了。他人生的坎坷与压抑,决定了他行书的不顺畅;而他又极度想摆脱这样的困境,以达到一种近乎于庄子的那种逍遥状态,于是最爱行书。

我不知道行家会如何评价他的书法,至少我很喜欢,不为别的,只为那行书里能寻见涛涛的影子,以及最真实而深刻的人生。

七

很奇怪,学校那么多老师,唯有他和学生走得最近,交情最深。学生毕业了,常常会去看他。或许,我们便是行在书桌上那盏台灯照亮的夜路上的那许多人。那盏台灯,没能照亮涛涛的人生,却点亮了我们这些学生的理想。

好像他的名字早已注定这场指引,“为民”,“民”即是我们。

有时我去他家,会正巧碰上他的学生在。每次,他总会留下学生吃饭,学生原本执意要走,后来抵挡不住他的热情,又只好留下来。说是吃饭,其实重点不在饭上,也不在菜上,而在酒上。

他喜欢喝点酒,酒量却不是太好。好几次,有学生来了,他会给我打电话,让我过去喝酒。我不太喜欢喝酒,但只要是他叫,从不拒绝。其中的缘故,大概与他的人生有关,与涛涛有关。

“人有人品,酒有酒品。”这是他常说的话。他喝酒很豪爽,倒满一杯,很少不一口干掉的。我在场时,通常会连忙劝阻:“慢慢喝,慢慢喝,喝急了不好。”结果我话还未说完,酒杯早已空了。只要他端起酒杯,便立即显得豪气磅礴,以致我也受到感染,从不耍假,总一口一杯,干下。

有次,来看他的学生很多,他特别开心,竟接连喝了好几杯。

好像喝酒于他而言,带着某种深刻的倾泻与宣示。

倾泻什么?又宣示什么呢?

倾泻生活中的种种困苦与压抑;宣示生命的存在与希望。

只可惜,我们喝酒时,涛涛常常被锁在隔壁的房间里。爸爸喝酒时的那种状态,涛涛一次也没有看见。

即便看见了,又能如何,他的坚守与父爱,涛涛怎么也不会明白。

至少,我们不懂得涛涛的明白。

八

今年年初,他从乡下的初中,调入我曾就读的高中,也就是他家隔壁的那所。

如此,他照顾涛涛就方便多了,至少少了许多奔波。

听到这个消息,我也高兴了好久。

就在半个月前,我从兰州回到镇上,又专门去看他。我叩开他家门时,他正在打扫涛涛拉在客厅的粪便。他让我先找地方坐,我说没事,站一会儿也行。这让我很具体地看见了他最日常的功课:他先用卫生纸包裹大部分粪便扔进垃圾桶,再把炭灰撒在地上,接着用扫帚扫掉,最后再用拖把拖干净。

那么多年,这样的动作,他重复了多少次?

我不知道,他不知道。涛涛也不知道。

随后,他把涛涛带进卧室,锁上门,又领着我去书房说话。

进书房我才想起我给他带的礼物。这次我带来的不是水果,也不是烟酒,而是一本书,余秋雨的新作《何谓文化》。他看了看书名,迟疑了一下,显然被这个像问句的书名镇住。他天天讲着文化的部分,那么文化又是什么呢?

他一时想不明白。

在我看来,文化对于他而言,很复杂也很简单,复杂到谁也无法概括,也可简单到用《何谓文化》里的一个重要部分来回答。哪部分呢?正是"生命的回答"。而其中《谢家门孔》一文,又最贴切。《谢家门孔》讲的是著名导演谢晋,还有他的儿子——谢晋有四个儿子,其中三个都是弱智。我最初读时,读了几段,便开始流泪,一直到结束,泪水也还止不住。

我把书递给他,让他先看这一篇。他翻开,立马开始阅读,读了几段便再也读不下去了。只哽咽着重复一句话:"太惨了,太惨了……"

接着又补了一句:"谢晋比我坚强。"

讲完,便点了一支烟,又把头转向窗外。不再说话。

我趁机去上厕所。去厕所要经过涛涛天天呆望的那扇窗。我经过时,涛涛正痴痴地望着对面的那座山,而山默默无语。

原来,涛涛和爸爸的窗户都不曾关闭,爸爸的心可以飞出窗外,涛涛却不可以。涛涛不曾关闭的窗户,于爸爸而言,却始终关着,抑或根本不存在,有道门,却怎么也敲不开。

两扇不曾关闭的窗户,是怎样一个世界,我已明白。

失踪在山头的坟墓

一

上山的路并不好走。父亲提着装有鞭炮、黄纸、香、蜡，以及白酒、刀头的篮子走在前面，在略微刺骨的寒风中，背影显得有些苍凉，好像雕刻着几十年的风霜雨雪。我走在父亲后面，而妹妹紧跟着我，三个人在寂寥的山头上如同掉队的蚂蚁，踉踉跄跄地寻找着一些重要的迹象。不同的是，掉队的蚂蚁寻找的是它们的生存伙伴，而我们寻找的则是祖先们的遗存。

山路的两旁长满了枯黄的杂草，有的甚至超过半人高，将狭窄的路面覆盖得严严实实，要不是父亲凭着对山路几十年的熟悉程度，人走在其中，有时还真不知道脚该往哪里放。不只是路上，从路两边向更远处望去，不少庄稼地里也长满了参差不齐的杂草。土地荒芜了，整个乡村在灰蒙蒙的天空下，满目疮痍，将一场人间悲剧演绎得淋漓尽致。

走在前面的父亲，轻叹了一句："唉，村庄太安静了，静得四野都弥漫着死亡的味道。"

父亲的叹息，正是乡村的心声。

从某种程度而言，静是乡村区别于城市的最大标志。城市将空间与时间都交给了喧嚣，好像一切的物质与精神财富都离不开喧嚣的鼓噪。而乡村从来都是安静的，哪怕是偶尔锄头锄地时不小心碰到了鹅卵石，那响声也是清脆一瞬，很快便完全消解在乡村巨大的时空之中了。过犹不及，过分的安静对于乡村而言，并不是什么好事。因此，无论多么安静的乡村也需要人的呼吸去点缀，有时点缀看似不起眼却不必可少，少了，整体的生命便充满缺憾而显得不完整。

过分安静的乡村,让人不禁打几个寒战。那些冬日里最平常不过的雾气,似乎也带着一点生凉的味道,直抵乡村脆弱的内心。雾气成了巫气,天空与大地皆笼罩其中,造成一种死气沉沉的氛围。

我们此行的目的地,正与死亡有关。但我们心里的死亡与乡村正笼罩着的死亡气息并不是一个概念，我们前往的死亡之地，是活着的某种见证。换句话讲,活着是这些死亡的一种延续,而不是替代。

相信在乡村长大,或有着乡村生活经验的人,从父亲手中的篮子早已猜出我们的目的。一点不错,我们要造访的,正是那些静卧于山头的坟墓。

——这是每年春节前几天,我们的必修课。

二

上坟的人并不多,从久久才响起一次的鞭炮声中可以明辨。这与十几年前的境况完全是天壤之别。

那时我差不多八九岁的样子,到了年关,便少不了要跟着祖父上坟。少年的心态,对待上坟,一点也不严肃,反而有几分游戏的成分。上坟几乎是每户人家一年到头不可怠慢的事情，因此山头交织着鞭炮的响声与孩童的嬉笑声,好不热闹。冷落了一年的坟头,此刻也显得并不寂寥与寒碜,在火药味的青烟中，一场没有组织却不约而同的盛大祭祀活动正有条不紊地在乡村的大地上演。

像祖父般年龄的老者,是这场祭祀活动的主角。祖父对祖坟的熟悉程度,让年少的我佩服得五体投地,甚至想象过,有一天自己会像祖父一样,在耄耋之年如数家珍地面对那些散落四野的祖坟。祖父一边烧着黄纸,一边对我讲解坟里住着的是哪位先祖，并会念叨一些请先祖灵魂回家的说词,除此之外,还会时不时穿插一两段关于他们的故事。当然,这一切,我都是陌生的。我所关心的是，鞭炮声到底能够在山谷回响多久；我所好奇的是，坟里住着的人能不能听到祖父的心声。

从一个山头到另一个山头，一座又一座坟前，都弥漫着火药和黄纸的味道。这味道持久而绵长，至今也还回荡在我的脑海里，偶尔浮现出来，仍然浓郁得散不开。祭拜完所有祖坟，差不多一下午的时光就没了。此刻，祖父的脸上满是安详，像是完成了人生中一件比天还大的"大事"。当冬日黄昏微寒的阳光慢慢从山头沉下去时，我跟在祖父的身后回家，而被我甩在身后的，是一座又一座重新陷入荒凉与孤寂的坟墓。

后来，我曾经在心里反复地问过自己："祖父为何会将那些对现实意义并不大的祖坟记得清清楚楚，而且要年复一年地带着儿孙无一遗漏地祭拜呢？"那时的我，根本想不明白这样的问题，即便有人跟我解释，相信最终也只能是徒劳无功。唯一的答案，只有漫长的人生时光能够回答。

如今带着我们前往祖坟的早已不是祖父，而是我逐渐迈向苍老的父亲。尽管父亲在乡村待过三十余年，但十多年的城市生活，早已让父亲对祖父曾经视作"大事"的坚守有些陌生了。当妹妹问起一些坟墓里住着的是谁时，父亲开始变得慌乱起来，只能凭着一些零散的记忆，拿出一些连自己也无法信服的猜测。城市对乡村某种消解的力度，从父亲身上看来，真是不可小觑。十多年的城市生活轻而易举便将三十余年的乡村记忆消解得七零八落，着实会让心底还留存着一些乡村情结的人感到悲哀。

父亲身上发出的信号，于乡村而言，是危险的。

之所以危险，缘于父亲并不是乡村的个别存在，而是一代人的缩影。整个群体的某种缺失，便很可能导致乡村不可逆转的致命性衰败。当父辈们也快要分不清某些祖坟时，我这一代早早逃离乡村的人，对于祖坟的陌生程度更是可想而知了。我隐约有种不祥的预感，总有一天，我的儿子或孙子，会连通往祖坟的路也无从找寻。到那时，乡村的遗传密码，或许早已被高速的城市化进程篡改得面目全非。

如果真是那样，现在面对这些还隐约可辨的祖坟，我忍不住反问我们自身——

乡村荒芜了，我们会身处何方？

而我们的祖先又将安放在哪里？

三

面对曾经熟悉的乡村，我常常沉默不言。除了沉默不言，我似乎找不到更好的方式来抚慰被失落长期困扰的心灵。

这或许是乡村与我的共同沦陷。

当然，不仅仅是我，我也仅仅是一代人的一个微不足道的缩影而已。我与多数同龄人一样，常年漂泊在城市的钢筋水泥之间，远离着乡村曾经给予的那份温度，久而久之，乡村温度便成为了怀疑的对象——是乡村的温度消失了，还是我们自身感知乡村温度的功能退化了？我以为，两者都有：乡村的温度很大程度上具有人的因子，为了生计，大家纷纷逃离，乡村自然也就失去了原有的温度；而我们被城市冰冷的面孔与行为方式所裹挟的感官系统，也逐渐退化。最终造成的结果便是，生活在城市的乡村人对乡村的眷恋情结一点点丧失，久而久之，自然对乡村的一切都变得无所谓。

乡村心里应该明白，近十几年来的人员逃离，与黄河泛滥所造成的水土流失一样，是严重而无法挽回的。乡村的青春早已在一次次的逃离行动中消失殆尽，如今留给乡村的无非是苍老与叹息。随便走进一个乡村，最常见的是步履蹒跚的老者，他们是乡村最后的守卫者，也是那些祖坟最后的诠释者。而如我辈这样的年轻人或再长一辈的中年人，乡村再也没有能力挽留，那些祖坟也再不知晓他们的去向。

正如多数出走乡村的漂泊者那样，我也一年回不了几次乡村。有时，迫于某些不可抗拒的因素，每年到了年关时，才会回一趟老家。不知是不是我平常写作的缘故，对乡土情结的理解似乎要深一些，或对先辈们的那份情感要细腻一些，还不忘跟着父亲去知道的祖坟拜祭拜祭，而更多年轻人则是将一年到头仅有的一点与乡村相处的时间耗费在牌桌上，甚至来不及看看与自己一同长大的花草树木，更不用说去拜祭那些隐匿于山头的祖坟了。那些坟前的鞭炮声越来越沉闷、微弱，有时年轻人搓麻将的声响都可以将之盖过。

这是乡村的悲哀，还是祖坟的悲哀，抑或是我们的悲哀？

我曾问过与我一起长大，却先于我离开乡村的堂哥，还记得跟随祖父祭拜的那些祖坟的位置吗？

堂哥把头埋得低低的，像一个做错事的孩子，连连摇头。

其实，我们这一代人，谁又不是为了一代人的梦想逃离乡村，从而遗忘了那些祖坟呢？但梦想背后所付出的代价却是乡村承受不起的，不仅仅如此，梦想的结果也是我们自身无法接受的。加拿大作家道格·桑德斯写道："落脚城市流回乡村的金钱、知识以及受过教育的回归人口将促使乡下地区的出生率下降。"我想，这绝不是危言耸听，有乡村的逐步衰败做证。为光耀乡村门楣的逃离者，最后为乡村带来的却并不是荣耀，正如作家蒋方舟写道："农村人来到城市，丧失的是世世代代的平静生活，换来的则是一代梦想的流失。"可乡村的平静被打破与否，早已不是乡村或乡村人能够自己做主的事情。乡村人面对的"回不去的故乡和无法落脚的城市"难题已然成为所有人不得不面对的现实。而面对这一切，那些荒芜的祖坟，也只能在漆黑的深夜里默默流泪。

我不知道，当我们有一天彻底遗忘了那些隐匿于山头的祖坟时，我们到底还会剩下多少乡村的情结？

或许,剩下一些;或许,消失殆尽。

四

台湾诗人余光中有一首耳熟能详的诗作《乡愁》。这首诗,几乎成为当代多数华人表达浓郁思乡情感的首选，甚至许多没有任何教育背景的漂泊离乡者读及,也常常是泪流满面。《乡愁》有一节是这样描绘乡愁的——

后来啊
乡愁是一方矮矮的坟墓
我在外头
母亲在里头

诗人选择“坟墓”作为承载乡愁的意象,一定有着不同寻常的考量。坟墓里面住着的是诗人的母亲,而坟墓也就是诗人无可回避的祖坟。正因无可回避,那么就是注定,当诗人用艺术的语言将之抒发出来时,便将无可回避地引发成千上万漂泊者的共鸣。既然如此,我们会禁不住产生这样一个疑问:祖坟对于一个漂泊者而言,到底意味着什么呢?

这是我们作为逃离乡村的漂泊者而言,必须面对的问题。

祖坟本身以及周围的空气都弥漫着死亡的味道,死亡对于人间而言,往往是敬而远之的,但祖坟对于子孙而言,却是例外。当我走近祖坟,以一颗虔诚的心，面对我或许并不能想象的坟里面躺着的人的生前模样的祖坟时,没有惶恐、害怕与敬畏,有的只是亲切、温暖与感动。在我看来,这样的死亡是让人崇敬的,当他们注定要通向这儿时,早已将生生不息的生命播撒在人间。我似乎已有些明白,散落于乡野山头的祖坟正是一种终极的归宿，它甘于守候千百年的孤寂，只为让子孙后代有一个人生的永恒坐标。我们凭着先祖们在人世间留存的最后一点碎片，寻找着前世、今生，以及来世的人生价值与意义。

我想，祖坟并不仅仅是以坐标的形式起着简单的启示作用，它更多的是一种基因的传递与延续。

当所有祖坟里的肉身都被山野的风雨风蚀冲刷干净之后，一堆抵御着岁月侵蚀的白骨同样记录着我们生命在这个世界的踪迹。因此，祖坟本身就是我们生命的一个重要组成部分，缺失了祖坟，生命的踪迹也就断断续续，没了根脉与走向。换句话讲，无论时光怎样流转轮回，祖坟的DNA永久镶嵌在我们身体的每一个细胞之中。只有不忘却根脉，我们才能在纷乱的人世间不迷失方向，从而更好地延续、传承正统的血脉。正如诗人厉彦林写道："怀念和追忆自己的祖先和自己的成长史、奋斗史，必定爱自己脚下这片土地，这片记载成长故事和拼搏历史的土地。"可以这样讲，只有我们记住是如何走到这里和现在，我们才能从容洒脱地从现在走向未来。

祖坟对于我们的重要性，已可见一斑。我相信，许多像我一样逃离乡村的漂泊者心里也明白这一点，然而现实是大家心知肚明，却视而不见，似乎是在有意逃避心灵上的愧疚与自责。

我们都离开乡村太久了，心灵早已像城市一样，看似华丽，实则脆弱。

有一天，我们能够承受住没有了祖坟的荒芜乡村带给我们的沉重打击吗？

或许，对此，不少人持乐观的态度。

但我没有办法乐观起来！

五

"故乡何处是，忘了除非醉。"

这是宋代词人李清照词作《菩萨蛮》中的乡愁表达，即便过了近千年，仍然一点也不过时。乡愁是永恒的，它并不随着时间的推移而变得暗淡无味。但当我们渐渐忽视那些隐匿山头的祖坟时，我们乡愁浓郁得化不开的乡村，还能坚守多久呢？

因此，不妨学学易安居士，模仿着问一句——

祖坟何处是？

当然，答案已不再是那句“忘了除非醉”，而变成了我们还没醉，祖坟已被渐渐忘却。隐匿于山头的祖坟开始长满杂草，开始一点点坍塌，最后成为谁也记不起的一堆不起眼的土丘。终于，散落于乡村四野的坟墓，在我们曾经熟悉的山头失踪了。

要不是偶尔有像父亲这样还乡的漂泊者在晦暗的天空下，将杂草轻轻从冰冷的大地上撩起，谁还会发现那些坟墓的存在？

其实，那些坟墓并没有失踪，失踪的是我们逃离了乡村的灵魂。

终有一天，我们将找不见灵魂的归路。

一把寂寞的锄头

这是一把寂寞的锄头，静静地倚靠在斑驳的墙壁上。木质的柄上布满腐朽的暗灰色，金属的头也长满黄色的锈迹，在皎洁似水的月光里，没有半点光泽。它像极了一位深闺里常年等待归人的怨妇，头发蓬乱，一脸憔悴。几声从远处秋草间传来的虫鸣，如泣如诉，将一把锄头内心的全部忧伤与寂寞呈现得淋漓尽致。

月光被无情的岁月割伤，父亲与这把锄头的那些逝去的遥远影像在我的心头慢慢变得清晰而可及。

扛着一把锄头，叼着一根香烟，飘进晨雾里，又扛着一把锄头，叼着一根香烟，从黄昏里归来，这几乎成为父亲每天必不可少的功课。晨雾与黄昏比我更懂父亲，它们能够感受父亲脸上的每一点苍老与沧桑，以及内心掠过的每一抹喜悦与忧伤，所以它们总是以最美丽的姿态迎送父亲。在晨雾与黄昏的更替中，也交织着父亲充沛的精力与疲惫的身躯，见证着父亲永不弯曲的脊梁。我常常坐在门前那棵不知年龄的香樟树下等待父亲从黄昏里归来，走到树下，父亲也偶尔会坐下来抽一根烟。青烟一圈圈漫过父亲的头顶，漫过高大的香樟树，飘向比天边更远的天边。青烟散了，黄昏却紧锁住父亲的眉头，年少的我一点也读不明白父亲眉心间的惆怅。

我八九岁时，父亲去铁匠铺给我打了一把小锄头。我的小锄头，与父亲的那把锄头相比，虽然缩小了至少一半，但拿在手心也相当吃力。我不太会使用锄头，仅仅一个上午的光景，手心便起了水泡。水泡破了，每挖一锄都是煎熬，眼睛里全是泪水在打转。后来，我干脆扔下锄头，坐在地里哭了起来。父亲赶紧放下手中的锄头蹲下来安慰我说，破过皮就好了，记得不要把锄柄握得太紧，那样可以减小手的疼痛。父亲一边安慰我，一边用他的手抚摸我的额头，我能够深刻地感受到这是一双粗糙而长满老茧的手。我永远也无法忘记那天父亲给我讲的另一句话："吃果子，拜树头；吃米饭，敬锄头。"在父亲心里，锄头就是一切，能够刨出生活里所有的希望。他也希望，我拾起这样的希望并把它延续下去。

父亲的话就是箴言，我年少的心里始终坚信着。

可后来，父亲却先背叛了。

父亲离家的前一夜，我听见了他的叹息与母亲的哭泣。那夜，月光也像今夜这样皎洁，父亲那把锄头被泥土打磨得锃光瓦亮。锄头似乎也察觉到了什么,躲在墙角,望着天上闪闪烁烁的星星发呆,一声不吭。

“难道就没有其他办法了吗?”母亲哽咽着说。

父亲深深地叹了一口气:“要是有法子,谁愿意背井离乡呢?”

整个漫长的夜里都充斥着这样沉重而无奈的对话,少不更事的我,也从中体会到了一点辛酸,虽然我并不明白父亲为何不得不逃离村庄。次日清晨,深秋的薄雾把通往城市的路遮盖得严严实实,像是有意要留住父亲远行的脚步。墙脚的锄头上,也沾满了露珠,晶莹剔透,与母亲的眼泪一样,没有半点杂质。父亲背上大大的帆布包,摸了摸锄头,便一头扎进了迷雾中。这年,我十二岁,念小学六年级;妹妹六岁,刚念小学一年级。

岁月如梭,光阴似箭,十年时光转瞬间就溜走了。

十年前,父亲怎就狠下心来扔下这把锄头,毅然决然地从村庄逃往城市?其中的原因是复杂的,像一团凌乱的绒线交织在父亲心里,他不得不忍着巨大的悲痛逃离。在父亲心里,这把握了十多年的锄头早已成为他最亲密无间的朋友,怎能说背叛就背叛呢?当我把两年多的时光交给异乡土地后,再次面对这把锄头时,我终于明白父亲不得不逃离村庄、不得不背叛锄头的苦衷。

上有祖父、祖母要赡养,下有我和妹妹要供养,父亲似乎感到了这是一把锄头再也不能承受的重担。城市与乡村的巨大落差,不得不让始终坚信一把锄头可以在土地里开垦出生活无限希望的父亲的心头产生动摇。不仅父亲动摇了,村庄里一个又一个农人都动摇了,纷纷逃离他们热爱的土地、眷恋的锄头。锄头寂寞了,村庄也开始变得荒芜。

但父亲终究没有逃离与背叛,在他的心里,始终有一把锄头挽就的心结,这里面拴着的全是爱,从未改变。我坚信,终有一天,父亲以及那些离开村庄的农人们都将全部回来,重新握起那把锈迹斑斑的锄头,书写村庄的富饶与秀美。因为有爱,村庄与锄头也是宽容的,可以原谅农人一切不得已而为之的“逃离”与“背叛”。父亲这把寂寞的锄头,仿佛在月光中轻声对我说,我愿意继续等下去。或许,远在他乡的父亲也听见了。

一把寂寞的锄头,是村庄的忧伤,也是村庄的温度。

葛小明 作品

葛小明，1990年3月生，山东日照人。植物爱好者。作品散见于《诗刊》《天涯》《钟山》《四川文学》《新疆文学》《青年作家》《北方文学》《人民日报》等。

君迁子

高出大地的事物，总有一天还会低下去。

——题记

一

那棵树在冬天被杀了，不像日常的凶杀案，这里没有警车，没有围成一圈假哭或者真哭之人。曾经在树上筑巢的鸟儿，此时也没有表现出明显的悲伤，它们只是在不远处的电线上，立着，立在天与地的缝隙之中，毫无表情。

相反，树倒下的时候，砸坏了旁边的石墙，有几块石头落了下来，简单滚动几下，触地，留痕，陷入泥土之中。石头该是不乐意的，无缘无故被破坏原先的行列，从石墙的重要组成部分到地上毫无用处的乱石，真是一落千丈，命运逆转。石头是恨那棵树的。地面的草也不乐意，好不容易快熬过冬天了，谁承想被石头狠狠地压在了身下，明年春天怎么见人，能不能爬出来都是问题。并且平日这树就以大欺小，抢尽了土里的养料，争水，争土，争阳光，到死还得波及一下，真是不该。草是恨那棵树的。最麻烦的是树根里藏着的蚂蚁，大冬天的，家被毁了，子子孙孙暴露在腊月，这么冷的天，搬家都难，它们顾不上怨恨，只在露土那一瞬间，便开始乔迁，去哪儿都行，总之不要再靠近大树，在有人参与的世界里，树是无法长久的。那些没有被波及的事物则对此漠不关心，就跟前面院子里走了一个人，丢了一只鸡一样，事不关己，爱咋地咋地。

大地之上,这种微妙的变化随处可见。而这棵树的死却只有一次,它在我的记忆里经历了一生。二十一岁之前,我叫它软枣,因为祖上都是这么叫,但凡长它这模样的树都叫软枣,这树是自己从土里长出来的,父亲这么告诉我。

对于它的降生,母亲和父亲的说法不太一样,她说最早是家里的牛误食了软枣的果实,然后又在这儿排便,便把种子留下了,不多日,它便发芽生根了。我无法考证此事,因为从我记事起,这树就在这儿了,且从头到尾比我高大,尤其在童年记忆里,这棵树是充满威严的。春天捉蜂,夏天乘凉,秋天收果,一年的多数时光都与它有关,跟小伙伴讨论家常的时候,总是无法回避这棵树,它太大了,几乎充满了我整个童年。

后来我知道,它叫君迁子,《本草纲目拾遗》载:"君迁之名,始见于左思《吴都赋》,而着其状于刘欣期《交州记》,名义莫详。㮕枣,其形似枣而软也。""藏器曰:君迁子生海南,树高丈余,子中有汁,如乳汁甜美。""崔豹《古今注》云:牛奶柿即软枣,叶如柿,子亦如柿而小。唐宋诸家,不知君迁、㮕枣、牛奶柿皆一物,故详证之。""君迁,其木类柿而叶长,但结实小而长,状如牛奶,干熟则紫黑色。一种小圆如指头大者,名丁香柿,味尤美。"能查到的关于此树的记载并不少,可见它曾经走入过历朝历代的人群中间,做过食物,做过药物,做过礼品互赠,也做过诗词中的意象。

君迁子枝干脆而光滑,细小的树枝不能承载重物,所以上树的时候,我们都是抓粗壮的枝干,因为比较光滑,并不会划伤皮肤或者衣服,这样尤其夏天的时候,我和妹妹便经常爬上去,一人一个树枝,一待就是半天。我们谈天说地,聊聊种的花活了几棵,聊聊幼儿园的老师什么时候最凶,聊聊树叶上爬动的虫子咬不咬人,聊聊头顶的太阳照在谁的身上更多一点。有时候我们晃动树枝,把童年最快乐的时光摇下来,落到我们身上;有时候我们大胆再往上爬几步,在细小的树枝上颤颤悠悠,就像树梢的蝉,一阵风来就把我们吓得不轻。

树和我们一起经历风雨,一起在风雨中长高,我们的皮肤渐渐粗糙,纹理深刻,记住了不同的太阳和温暖。果实成熟的时候,我们同时走进秋天,我们采摘树上的果实,果实也在采摘树下的我们。它们告诉我们,秋风多么甘甜,露水多么珍贵,黄昏的太阳多么容易失去。

二

有一年夏天,一窝小鸟把家搬到了树上,以树为中心的世界渐渐变了。靠近鸟窝的树枝格外茂密,好像在掩饰什么,又好像在炫耀什么。习惯了上树的我们,变得小心翼翼起来。住在乡下的人都知道,鸟怕人,如果被人发现它的窝,它们就会搬家,更有甚者,有的鸟妈妈会放弃自己的孩子。在大树下长大的我们,对大自然的每一个事物都很敬畏,经过深思熟虑,我们决定暂时不上那棵树了。我们还是会在树下乘凉,会围着树干打转,把一些懵懂的心事埋在树下,不用脚踩,只需太阳透过稀稀疏疏的枝叶落下来,那些心事就能发芽,开花,慢慢长大。

鸟只能掌管自己的世界,它们在自己认领的君迁子树上筑巢、生蛋、育儿、休息,也在自己的世界里编织梦想,躲避危险,获得幸福。君迁子树并不适合筑巢,因为树的叶子干净,枝叶之间分得很清,很难有隐蔽之处。并且这树通常长不太高,容易攀爬,这对防御人类,其实很不利。但是这一家子就是认定了这里,它们好像不怕我们,抑或那是一位去年降生的母亲,没有太多的经验。无论怎样,我们都会尊重这位鸟妈妈的决定。

我们会在路人经过的时候格外紧张,生怕被人发现树上的鸟窝,生怕被发现后,他们趁我们不注意来掏鸟。如果有人要到树下乘凉,我们便在树边故意晃来晃去,惹他们烦,直到他们离去,离开我们创建的世界。被人注意的时候,我们比鸟妈妈更紧张,那时突然感觉那棵树太大了,为什么不长得小一点,矮一点,旮旯一点,那样就不易被人发现了。

偷,在乡下并不稀奇,也算不上十恶不赦之罪,饿了摘几个路边的苹果算不得偷。如果有买卖人经过村子,上门讨水喝,主人不在,但门没锁,买卖人自行打点水喝,也算不得偷。掏鸟窝就更算不得了,山里的孩子多数都有掏鸟窝的经历,他们不觉得残忍,反而能从中获得乐趣。但是,我和妹妹是坚决鄙视这种行为的,因为我们自己养过鸟,养死了鸟。树上这窝鸟,坚决不能被人偷走,它们是我们的心爱之物。

君迁子倒是不在乎这些。它兀自在夏日的阳光里酝酿,酝酿满枝的小米花,酝酿秋天的果实。对于鸟的到来,这些无足轻重,鸟窝就像一片大一点的落叶覆盖在枝头之上,稳稳当当的,还挺有意思。鸟不会吃掉一片叶子,也不会啃食树皮,每天飞来飞去倒是热闹一些。

大约半个月后,鸟妈妈习惯了树下的我们,喂食的时候再不躲避,无论我们在不在树下,它都很自然地接近鸟窝,有时嘴里是半只蚂蚱,有时是一整只虫子,有时也会不走运,空空如也。距鸟窝还有一段距离的时候,就能听到窝里的雏鸟开始叽叽地叫个不停,那种声音微弱,却又连接有序,声声之中,自有一番韵味。也许在它们一家眼里,我和妹妹就是喜欢行走的树枝,有时候离大树根近一点,有时又远一些,只要影子还在地上,便不会构成威胁。

经过长时间的接触,我们终于形成默契。大鸟出去觅食的时候,我们会轻轻地爬上树,看一看里面的小鸟,我们什么也不说,什么也不碰,就远远看着。小鸟的翅膀渐渐硬朗起来,毛色也跟着变深,在天地之间,那个鸟巢显得格外庞大,好像整个世界只有我们。有时候大鸟回来,正好撞见我们,它也没有第一次时的慌张,它象征性地低喊几嗓子,便不了了之。我们也很知趣,看到大鸟,便滑下树,远远地躲着,直到喂食结束。大鸟知道我们的存在,就像我们知道大鸟的存在一样,我们互相默不作声。那时候,大鸟和小鸟都是我们的孩子,我们是鸟儿的大树,一朝一夕,日子长了。

鸟,树,人,在某个特定的日子,结为一体。彼此活在对方的视线里,偶尔挂牵,却总也相安无事。有风来,树便摇一摇梢上的叶子,地面的影子跟着晃动,有时深,有时浅,有时和爬来爬去的蚂蚁交错,吓得蚂蚁赶紧找块石子避一避。有风来,雏鸟便紧紧抓住窝巢,头儿凑在一起,低下去,蜷缩一阵,既暖和又安全;大鸟则抓住树枝,尾巴翘起来又落下去,它不用担心窝里的孩子,那是自己亲手搭建的工程,放心。大鸟会向远方深深地望去,它的担心在风里,不在树上。有风来,树下的人撩一撩头发,如果风大,就用手捂住眼睛,沙子进不来,童年的小秘密却钻了进来。风大的时候,我能看到妹妹有一个关于糖果的梦还有一片渐渐长大的少女心。

不幸的是,妹妹最后还是从树上掉了下来,那天没有风。

三

跟《本草纲目拾遗》的编者赵学敏一样,我无从得知君迁子名字的确切来源,可是它仍然有这么一个美丽动人的名字,活在植物志里,活在我旺盛的童年里。大地上的事物本没有名字,人参与进来后,给它们进行了不同的标识,或许给君迁子命名的人是一位风度翩翩之人,或许起名字那一刻他正春风得意心怀自然,总之君迁子得到了一个恰到好处的名字,生活在它周围的人,一定可以共享这份美丽。

妹妹从树上掉下来后,再没有上过那棵树,她的额头上也深深印上了一个小小的记号,就像石头从石墙上掉落,摁进土里,留有痕迹。我想,那时候的土地和石头,都应该感受到了疼痛。树或许也会心疼吧,毕竟我们都是它的孩子。

像一位君子,它立于天地之间,秋天准时结出果实,慰藉一个季节,告诉世人它是以这种方式存在。结果的时候,鸟儿早已长大,飞出窝巢,注视着这动人的时刻。其实在夏末,树上就能看见青青的圆果,它不同于青枣早早成熟,它的成熟需要经历更多。从夏末到深秋,从深秋到隆冬,如果没有遇到采食的人或者鸟,它们将一直挂在枝头,有些性格倔强的果实甚至在第二年春天仍然能够看见。秋天的时候,君迁子由青绿色转为橙黄色,叶子渐渐落去,枝头上剩下满满的果实,在一尘不染的秋天,格外耀眼。这时的果实仍然不可食用,君迁子彻底成熟是在深秋之后。霜降一过,北方的世界开始着霜,可能你只是在梦中睡了一小会儿,外面的世界已然不同,那些羸弱的植物一一枯萎,昨日的青葱不再,收成被带走,大地只剩下一片空茫。君迁子变了,它不再是谦谦君子,变成天地之间独有的神明,供奉那些缺衣少食的鸟儿,供奉空荡荡的大地。秋风再冷,吹到这里,也会放慢脚步。在一片收成面前,谁也不敢妄自尊大。

鸟儿不用偷食,它们有计划地吃着深秋的果实,累了便在果实旁边小憩,会梦见硕果累累的秋天,会梦见金灿灿的天空,会梦见曾经温馨无比的窝巢。吃剩下的种子会自然落地,某一场雨雪里,种子借助水的力量,陷进泥土,新的一轮生命就此开始了。

几场秋霜过后,君迁子开始变色,橙黄色褪去,从浅灰到深黑,没有人知道这背后经历了什么。对于人类来说,只有着霜后的君迁子才能吃。在乡下,人们懂得播种和收获,懂得取与舍。通常在隆冬之时,人们才会采摘果实,那时候果实的水分退去,果肉盈实,着过霜的君迁子,已经完全失去早期的涩麻,成为一种冬天特有的干果。它们懂得生存之道,冬风无论怎么呼啸,都摇落不了枝头的果实,因为如果果实提前落地,果肉里多余的水分掺和着泥土的潮湿,会把里面的种子沤烂。

我家这棵君迁子,跟别处的亦有不同。在鲁东南一带的山岭上,野生的君迁子很常见,通常每个果实有七八粒种子,吃起来多有不便。但是这棵只有一粒种子,说也奇怪,这棵树结的果实都只有一粒种子。它不贪多,能还给大地多少,便只索取多少,一粒种子就足够传宗接代了,多了孩子们反而会因为争抢阳光和雨露长不好,它比人更懂得节制。因为只有一粒种子,吃起来便方便很多,加上果肉柔软,味道甘甜,便格外受关注。

嫂子就是在君迁子成熟的时候来的。家里贫穷,哥哥不知道鼓足了多少勇气才把她带进山里。只记得那时候天开始冷了,菜园里的菜基本绝迹,拿不出多少食物招待这位重要的客人。气氛有些尴尬,除了桌子上没得吃,话题也很难转到一个点上,在那个阳光不算温暖的冬日,桌上的君迁子异常明亮。终于有了一个可以谈论的话题,终于有了能够拿得出手的事物,渐渐地,从君迁子到大山的风物,到父亲母亲的旧事,到树上出现的鸟窝,到一辈人朴实无华又勤勤恳恳的品性。那个下午,空气中弥散着一种山果的味道,它久久地回荡在那个只有五十三户人家的小山村,经过每一片瓦,每一块砖,每一个似曾相识的梦里。

以后的深秋,嫂子都会和哥哥去那棵树下,一个篮子,两颗心,还有高高在上的巨大的天空,便构成整个世界。那时候的君迁子结满果实,那时候的君迁子高大无比,摘也摘不完。爬不到顶的,我们都知道,那个高度里藏着隐忍、接受、朴实和人间的幸福。

四

从老屋搬出的时候,院子瞬间就荒芜了。石墙不再坚硬,稀稀散散地落了一些,草的欲望从院子蔓延到外面,很快便到了那棵树上。没有任何外伤,君迁子的种子就在那个深秋一下子多了起来,本来每个果实里只有一粒种子,现在变成了七八粒,密密麻麻的,充满了内心。种子多了,果肉就会相对减少,对人而言,它变得不再那么讨人喜欢。父亲说,可能是蜜蜂采蜜时把其他树上的花粉带了过来,杂交了。

听到这句话时,我仿佛看到满世界都是花粉,它们源源不断地在村庄上空穿梭。有的落到石墙上,摔得粉碎;有的沾到路人的头发上,洗也洗不掉。那是欲望,是阴谋,是异变!我有些难过,更多的是困惑,为什么不能始终如一呢?一生保持一种姿态不好吗?

后来我才知道,君迁子经历的就是我所经历的。2013 年父亲大病,有着一张黝黑黝黑如君迁子的脸的汉子,终于躺下了。父亲在我心中,一直是个高大的形象,无论日子多么艰难,他总能想办法度过去。学费凑不齐的时候,过年没钱买新衣服的时候,病了离诊所几十里山路的时候,在学校被人欺负了的时候。手术台上,没有完全麻醉,我守在一旁,清楚地看见父亲握紧的拳头。那双手纹理深刻,黑而粗糙,几乎没有生命的颜色,可是那双手是那么有力,一下子就握住了整个世界。那个人像树,一直立在我们的世界之中,他悄悄结出果实,自己经历风雨。

父亲病好的第一件事就是端详家里的风水,鸡窝砸了,床挪了位置,大门刷了新漆,总之一切可能带来霉运的东西都要去掉。在经过两个多月的折腾后,他的身体基本好了,家里也变化了很多,不能说变好,只能说有些东西没了,有些东西变了。终于他盯上了老屋旁边那棵树,那棵谦谦如君子的树,他好像知道这棵树跟别的不太一样,在杀死它之前,他进行了好几轮铺垫。他首先在饭桌上提到今年不顺利的原因在于风水,然后他又一一分析了家里那些毁掉或者挪掉的事物是多么不祥,他所做的都是应该的,顺应天命的。中间他又举了村里好几个因风水生大病的例子,还提到几十年前有个算命先生曾经预言过的一些事情。那些话,母亲听得很认真,可以说百分百相信。几十年的感情产生的绝对信任,是任何语言任何人都无法破坏的。我是不信,可是在父亲母亲面前,我的不信被置于极其次要的地位。

“不行。怎么能随便就砍了那棵树!砍了,嫂子回老家时吃什么?”

“山上多得是,可以去山上摘,摘好了,晒干,让他们吃现成的。”

“山上的不如这棵结的果好吃，嫂子是城里人，人家什么样的都能买到，吃的就是个稀罕……”

有十多秒的时间，他俩都没有说话，好像我说到重点了，好像我说得很有道理。这么多年，嫂子“下嫁”到我家，对我家可谓“不离不弃”，这一点，父母是很感激的。每次她回来，没有什么稀罕物给她带回去，君迁子便是冬季最重要的礼物。即使嫂子不喜欢吃，或者吃腻了，她也会表示出很喜欢，因为这能保持一种关系的平衡，老人有所赠与，儿媳有所接受。在乡下，在鲁东南，父辈对于儿媳的爱，往往直接体现在对其赠送的土特产上。

“是啊，先别砍了，他嫂子就稀罕那点东西。”母亲接了话。

父亲没有再说什么，我们都知道他在心里默许了。我则如释重负，保住了一棵树，有时候比考一百分更让人欣慰。一百分只是一天或者两天的喜悦，很快便没人再提，而一棵树能带给人的，实在太多太多。

2016 年冬天，摘完最后一批果实后，它还是倒下了，像一位风烛残年的老人，它倒下的时候，没有力量，它的呻吟，也没人听见。凶手仍然是樱桃。2015 年以来，鲁东南的樱桃突然在网上大卖，一时间火了起来，各家各户都在种樱桃。

樱桃开始像花粉一样占据世界，麦地、菜地、口粮地、山地，它们会变成孩子的学费，会换来新衣服，心底的踏实，皱纹里的安稳，庄稼人厚葬的本钱。不能否认，有些时候，没有什么比物质的满足更能获得幸福了。樱桃给这里的大山带来希望，那希望很近，触手可及。基本上栽种三年后就开始见果，四年后便能有收入，在这样的大背景下，我们家也投身种樱桃的大队伍中。能种的土地都种满了，后来就轮到了君迁子。

那块空地很小，但由于靠近老屋，取水方便，便成了种樱桃的不二之选。那棵树那么多年了，根系早已经蔓延到周围十几米的地方，要么是樱桃，要么是它。在大多数人眼里，它已经成了众矢之的，注定的事情，都不需要多言。唯一能做的就是拖延几天,我不止一次跟父亲说现在天有点冷不太适合种树,他知道我的用意,没有正面回答我,他只说,明年这里要变样了。或许父亲是有愧疚的,说这话时,他并没有直视我的眼睛,空气在微弱地流动,但是我能看到,那些空气里掺杂着很多东西。

君迁子倒下那天,哥哥也在,地面上的事物一一变低。微弱的阳光里,我们的影子矮了几分,和那些荒乱的树枝挤在一起,有点分不清哪个是哪个的影子。有些风从四面八方而来,它们匆匆赶路,看都没看这世界一眼。

麦事

尤其夏天的时候,我会格外惧怕镰刀。在我八岁的时候,邻村发生了一起命案,两户人家因为一垄麦子动起手来,一方失手伤人,最终有人和麦子永远埋在了一起。以后看见镰刀,我就心生畏惧,总担心会飞到我身上,取走我性命。可是,又不得不提镰刀。

在雅安的乡下,有一些地方遍地丘陵,好像几千年前就立在那里,看着人们生,看着人们死,自己却动也不动。丘陵地是不适合大面积种植的,庄稼往往一小片一小片地分布在梯田里,有些靠近山顶的沙地,甚至只有几步大小。然而只要有一寸土在,就会有庄稼种上,不是农村人锱铢必较,实在是他们太爱这片土地了。有时候是几棵南瓜,埋下种子后,给点水就能活,绝不像城里的花花草草那样娇气。过一阵子,锄一锄周围的杂草,就可以等到秋天摘南瓜了,一个,两个,不会太多,但足够成为老父亲十天八天的话题。

不过,南瓜只能充饥和喂牲畜,不能成为主食,更不能换来孩儿们的学费,要赚钱还得种麦子。在我生活的青衣江畔,有很多年,人们只靠麦子赚钱。唯有麦子,可以和那些不高不矮的丘陵立在一起,风吹不倒,雪压不下,夏天一到就是收成。山顶的角角落落里,能够存活的庄稼恐怕也只有麦子了。麦子不需要太多的水,成长过程中也不用施肥,一点土就够了,就像乡下长大的我们,一口饭,一碗水,就是整段人生。

收麦是件挺复杂又挺要紧的事。这时候就要提到镰刀了,它是半个夏天的主角。往往是旧镰刀,每家每户都有好几把,它不像家里的其他物件,碗筷可以不够,新衣服可以轮着穿,书包可以背姐姐用过的,但是镰刀不能,因为几乎每一个劳动力都要配一把,忙。这个劳动力并不是现在法定意义上的成年人,基本上,小孩十多岁,就要去地里忙。

镰刀虽然多,但都是旧的,已经没有人能说得清用了多少年。正因为这样,夏天的早晨,我听到最多的声音便是磨镰刀的声音。父亲早早地起来,第一件事就是磨镰刀。磨好了这一天就省力一些,割的麦子就多一点;磨不好,一整天都会收到各种各样的抱怨。对母亲来说,一把锋利的旧镰刀,就是父亲对她最贴心的爱。镰刀一刀一刀地擦过磨刀石,有时候急促,有时候缓而稳,就像我们偶尔波澜起伏而整体平静的生活,这样的日子,一过就是一个夏天。而我的镰刀,通常都是最新的,比他们的小一些,割麦子的范围也就少一点,而这丝毫不能成为偷懒的理由。

麦子是说熟就熟的,一阵风就能让夏天的农田遍地金黄,那是金灿灿的麦子,是孩儿们下年的学费,金贵得很,要不怎么会因为一垄麦子发生命案呢。我不记得有人教过我怎样拿镰刀,好像生下来就会。一人一个点,朝相同的方向割起麦子,这时候是需要两只手配合的。左手抓一把麦子,不能离麦穗太近,近了割断后麦秆就会散开,没法收集;也不能贴着地面割,割到土会伤了镰刀,心疼。右手很简单也最吃力,必须握紧,不然是割不断麦秆的。身体摆的姿势就更特殊了,站着不行,蹲着不行,只能弯着腰,一步一步地往前挪。有时候,我会在挪步的过程中把自己想象成麦子,大多数麦子熟透后也会弯腰的,它们有人收理,而我没有。就这样,我们一家三口小心翼翼又匆忙地割着麦子。镰刀割断麦秆的声音,是和磨刀石完全不一样的,这声音要沉闷得多,咯嘣一声,几十棵麦子倒下了。一小把割完,放下,再割一小把,放下,等能够凑齐一大捆了,父亲就把它们捆起来,立在地里,就像那些丘陵立在乡下,一动不动,结实得很。

我总是学不会捆麦子,因为没有专门的绳子。父亲左手挑几棵麦子,右手挑几棵麦子,然后利用顶端的麦穗三两下就打成一个结实的结,把麦子抱上,然后捆起来,再打一个结。这个结我也是不会打的,因为这个结至关重要,打不好,麦子会在运输过程中散开,再也收不起来。所以,我是不捆麦子的,从十岁到十五岁,我都没有捆过麦子,总以为麦子永远都不用我捆。直到有一年夏天父亲挑麦子累到了腰,我便开始捆起麦子,而我捆的麦子往往都不结实,抱着抱着就散了,说也奇怪,母亲并没有像以前一样训斥我。

割完的麦子是不能放在地里的,因为太阳一晒,麦粒就会落在土里,再也收不回。这时候需要打一个麦场,最主要的环节就是用石磙子反复地压地,所以麦场都是滚出来的。父亲把主要的地方滚好,剩下就交给我,滚麦场比割麦子轻松多了,就是用一根铁链子拉着石磙子反复地走,从地的一边走到另一边,如此往复,滚得越结实,将来打麦就越方便。而从麦地到麦场,是有很长一段路的,这时候镰刀不再是主角,扁担是。北方的扁担不像南方半根竹竿就够了,而要用笔直的槐木做成,扁担本身就有不轻的重量,这是因为要挑的东西会很重,包括麦子。新割的麦子,都是鲜活的,很重,加上沉甸甸的麦穗,想把它们一一收进麦场,可不容易。

最多的时候,父亲能挑八捆,那时候再结实的扁担都会弯,同麦穗一起下垂,想要回到土里的样子。父亲的腰却直了,这时候人如果也跟着扁担弯下去,就再也爬不起来。父亲挑着一担担麦子,从半山腰到麦场,一去就是半个多小时,回到麦地里,喝几口水就算休息,几分钟后又去挑麦了。必须要提的是路,麦地到麦场之间是没有路的,但是因为父亲每年来来回回挑麦,自然形成了一条山路。这路经过荒草和风雪的覆盖,到第二年就模糊起来,只是每当父亲走过,这条路就变得深刻无比,越来越清晰。后来,我们上麦地也走这条小径,渐渐地就成了路。以后的几十年,我走过各种各样的路,却没有一条比它更让人铭记于心。

麦子经过打麦机的"千刀万剐",终于修成正果,一捧捧地跑了出来,那时候的我们是最幸福的,汗水流过多少张脸,笑容就爬上多少张脸。除了晒干打出的麦子,还有一件重要的事,垛麦秆。说麦子全身是宝一点都不为过,留在地里的"麦桩"和麦粒脱掉的皮可以当肥料,更重要的麦秆则可以在冬天喂牲口,或者用来生火。而这一切的前提都是,要保管好麦秆,麦垛就是这时候建成的。这时候,我成了主角,父亲在下面打囤底,一叉一叉地把麦秆送到我脚下,然后不时地到远处看看歪了没有。歪了,他就重新开始,把多余的部分一一叉掉,直到麦垛齐整起来。我是什么也不用管的,只在上面反复地踩就好,确切地说是跳来跳去,越结实越好。是的,在乡下,所有的东西都是越结实越好。

怀念那些磨镰刀的声音,怀念那个烈日当头却又充满喜悦的晌午。好像几千年前就是这样,一家人,几把镰刀,一割就是一天,从没变过。父亲母亲在麦地里慢慢变老,我在麦地里突然长大。

二甲双胍

一

我的识字过程和大多数人不一样，还没摸过课本，就接触了一些莫名其妙的词，比如芬必得、阿莫西林、阿奇霉素、松龄血脉康、盐酸左氧氟沙星……我的第一本书应该就是药品说明书了，字很小，密密麻麻，多得让你喘不过气来，那些字到现在我都不能认全。学会使用字典后，我就开始查那些字，《新华字典》有时候不管用，因为那些字找不到一个词可以组合。由此，我认识的第一个词是胶囊，好像所有的包体都叫胶囊，白色的，红色的，绿色的，蓝色的，意识里的五颜六色来自于药物。最终这些药物都有一个去处，那就是我父亲或者母亲的口中，饭前或者饭后，他们一仰头就吞下去了，比电视上的那些英雄还要干脆。

我的体质遗传了父母，自幼多病，因此我也跟那些药物接触颇多。不同的是，我吃药，应该说是“咽”药，比他们困难得多。我咽药的过程大概可以写成一段精彩的小说了。需要准备三大碗水和一汤匙红糖，闭上眼睛，皱着眉头，深呼吸一口，把药送进去后，使劲地喝水，大口大口的。结果往往是水喝完了，药还藏在舌头底下。于是把药用手抠出来，再使劲往里塞一下，这时候的药都有点融化了，黏糊糊的。然后再大口大口地灌水，好不容易，药滑落下去了，但是因为药外层的包衣融化了，满嘴都是苦味，这时候就需要红糖了。把准备好的红糖全部吞下去，再饮尽最后一碗水，才算作罢。后来学习心理学，我总结了一下吃药困难的原因，大概是潜意识受父母影响，从小对药物有种排斥感，本能地拒绝。

有一种药物，是我家拒绝不了的，它像影子，整日整月整辈子地折磨着我们，离开它，这个家就会破灭，它叫二甲双胍。像许多金属矿物类的字一样，药物的生僻字读音一般都念半边，山东的秀才想出的办法，生病的时候最有用。“胍”的读音就是这样，它的解释是“有机化合物，是制药工业上的重要原料，供制磺胺脒等”。对于这个字，我的字面理解仅限于此，但是看到这个字，我总会想到关云长的刮骨疗毒，没错，是“刮”。这个药，就像刮关公的刀，一刀一刀地刮着我的家庭，刮进我药味十足的童年。不刮，命就没了。刮，那是生生的疼，一辈子的。

母亲没有直接告诉过我，那药苦不苦，那刮疼不疼，但是她一吃就是几十年，日复一日地，早就将这种疼从说明书上搬到了我的心里。在我十几岁的时候，我刚刚接触生物这门课的年纪，母亲开始有了生理反应，她说最近总是喜欢喝水，喝完水就想上厕所，每晚都要起来好几次。农村不像城里，厕所都在院子的角落里，半夜起来上厕所，是需要打开屋门，穿越整个院子的。冬天的时候，就会格外冷。这种体会，我也深深记得。小时候爱闹腾，夏天夜里经常去偷地里的西瓜，吃完了就得半夜上厕所，一趟一趟地，来回折腾，但是这种折腾是自己造成的，反而乐在其中。母亲就不同了，她是被病折腾的，一刀，一刀，刮。

冬天实在冷，她就在屋里放一个桶，那种专门盛牛羊小便的桶。农村人会过日子，收集了这些用来给庄稼施肥，时至今日，这种传统的施肥反而成了培育绿色食品的重要组成部分。母亲用它来当临时厕所，为了防止异味，她都会在桶里事先放半桶水。这些我是不知道的，因为我总是睡得比她早，起得比她晚。直到她的病越来越重的时候，我才知道这一切。那天邻居串门，她小声跟邻居说起来此事，邻居说，不会是糖尿病吧。

听到这个词，我惊了一下，刚好生物课上学过一点。凭着模糊的记忆，我感觉情况不妙，急忙去自己书包里翻生物课本，一本一本极速地翻，除了生物课本，其他的书几乎是被扔出来的。我看到了自己歪歪扭扭的笔记，“三多一少(吃得多，喝得多，尿得多，体重少)”，这个词在十年前，还没有那么流行。我听了母亲的对话，思考了很长时间，应该是八九不离十了。可是在农村，尤其是父母一辈，他们没有去医院的传统，从来都是有病了就忍忍，熬着生，熬着死。直到实在熬不过去了，便去村里或者邻村的小诊所拿点药，就是这样，我家里的药都够开一个诊所了。

说到诊所，不得不提一提邻村的那个大夫，姓葛，算起来和我是本家，我叫他叔。周围七八里地的村人生病了都会去找他，原因是他行医比其他地方的大夫多一个环节，就是无论是什么病，他都会让你大声“啊”，然后用一根筷子压一压你的舌头，看看你的病症。我想对于有些病，这是多此一举的，可正是因为多了这一个环节，乡下人觉得更安心，好像有什么病都能通过舌头和“啊”看出来。当然还有一个更重要的原因，就是他这边的药要便宜一些，乡下人穷怕了，都是从没吃没喝的年代过来的，能省一分是一分。

母亲的情况，我们的第一反应都是去找“叔”看看。但是我隐约感觉到，这次的病他看不了。我突然想起曾经在生物课的练习本上做过一道类似的题，那是一道关于糖尿病的，我做错了。于是我又开始拼命地翻自己的改错本，一页一页地找，找到最后一页也没有找到，我便一个字一个字地找，终于在一个不起眼的地方找到了。那道题的意思是，糖尿病患者的尿会引来蚂蚁。跟大多数人一样，我实在不想把这些不太雅观的词写在纸上，更不愿意提在嘴上，可是这是我们的生活，这是我的母亲。我把大概意思告诉了母亲，母亲说，哪里去找这些蚂蚁呢？

没有抬头看母亲那一刻的表情，我想那时候我们的表情应该是一样，满脸的复杂感。但是这件事并不会因为我们有意忽略或者故意不提而过去，半个月后，哥哥回来了。哥哥已经不再单纯是一个儿子，还是孩子的父亲了,这些年,哥哥受的苦一点不比父亲母亲少。苦难给予了哥哥满脸的沧桑,也让他积累了丰富的生活经验,他说走,现在就走,去医院看看。

几十里山路,另一端就是医院,一个决定生死的地方。验完血,又去验尿,在同一个化验窗口下,人们戴着不同的面具而来,怀着同样的担忧,等待着不同的结果。化验科的工作人员,往往面无表情,一副看透世事的样子,轻描淡写地陈述着化验结果。而玻璃的对面,却因为他们口中蹦出的几个字表情大变。因为下一步就是拿着单子去见大夫了。母亲大概没有这种概念,因为这是她第一次走这种程序,从踏进医院那一刻,母亲的心应该就是沉重的,她想的是查一次体要花多少钱,她想的是查出不好的病怎么办。更小的时候,我记得母亲就经常在家里念叨,她说如果将来自己得了不好的病就去死,不连累孩子和家人。我总是担心真的会有那么一天。

所以,母亲化验那天,更担忧的人可能是我。我怕查着查着,查出来更多更严重的病,我怕母亲活着活着就不活了,我也怕高昂的医药费会拖垮刚刚组建起家庭的哥哥。我不认为我的这种担忧是不孝,农村的孩子,很小就过着艰辛的日子,知道钱会救人,也会要人命。那个上午,仿佛是我经历的最漫长的几个小时,我看着走廊里的挂钟一秒一秒地挪步,就像一个断腿的人,艰难地走在雪地里,一不小心就会跌倒,爬不起来。母亲一脸若无其事的样子,其实我知道,她的心里复杂得很。哥哥最多的动作就是不停地去查化验结果,一秒,两秒,一秒,两秒,结果迟迟没有出来。我看到那个挂钟一脸木然,有节奏没节奏地转动,出再大的事,它也不会掉下来。

又过了十几分钟,结果出来了,10.5。哥哥就说了一个数字,我和母亲都不懂这意味着什么,哥哥一脸苦笑,说糖尿病呗。没想到结果是从哥哥嘴里说出来的,残忍度好像比从医生嘴里说出要轻些,好吧,还好,不是太绝症的病,后面的事就是拿药回家了。路上母亲说,没想到我也得了这个富贵病。富贵病,在鲁东南的农村,糖尿病都这么叫,倒也有它的道理。这个病最重要的是“忌口”，这不能吃，那也不能吃，但有一样东西是必须要吃的，二甲双胍。

二甲双胍、盐酸二甲双胍、二甲双胍格列本脲片、盐酸二甲双胍缓释片，无论盒子颜色或者名字怎么添字、减字，“二甲双胍”四个字是不会变的，糖尿病人专用药是不会变的，母亲的病和我的担忧也是不会变的。以后的日子，母亲便离不开它了，一日三餐，顿顿不舍。那种白白的药片，一盒盒，一瓶瓶，就这样雪花般敲开了我家的窗子，落在我们每个人心头上，冷得要命。

我开始记住母亲吃药的样子，倒在药瓶盖里都放不开，只好握在手心里，满满的一把。有时候颗粒不小心掉在地上，顺势滚到角落里，母亲总是戴上老花镜，趴在地上，一寸一寸地找，直到找到为止。然后用嘴吹一吹上面的灰尘，继续吃。有时候我就想，灰尘偶尔能吹走，病能走吗？如果病能走，我愿意天天跪在地上。母亲只用两口水就够了，那些药对她来说，微不足道。只见她微微仰起头，右手使劲往嘴里一按，一口水就没了。母亲仰头的瞬间，是我记忆最深并且出现次数最多的动作，那一次次瞬间，我看到母亲的白发一下子都散落下来，越来越接近地面。

二甲双胍来到我家后，我家就彻底变了。一切与糖有关的东西都没了。煎饼变成了粗粮的。水饺包子母亲都是包两种，一种是白面的，一种是荞麦的，有一次我偷偷尝了一个那种黑色的水饺，木木的，没有一点味道，我差点哭了出来。为了能在跟以前一样的时间吃上水饺，母亲得提前很长时间包，要和两份面，要准备更多的东西。在我的记忆中，母亲一生都在和面。初中的时候，我开始住校，一周回一次家，每次回去母亲干的第一件事就是和面。哥哥回家，母亲也是赶紧和面。其实包出来的水饺吃不了几个，但是母亲要的是那种还能做点什么的安慰。

还好，还有一个完整的家，这期间父亲还动过一次大手术，但是，还好。二甲双胍破坏了我的生活的同时，也教会了我珍惜生活。哥哥曾不止一次告诉我，糖尿病遗传概率是很大的，平时要多注意多检查，我没有太在意，因为我觉得，一切都是命中注定的，该来的，逃不掉。

二

2013年冬天的一个晚上，父亲刚打工回来，接到哥哥的电话，哥哥查出了糖尿病。这个消息是父亲转达给我的，他当时一脸的傻笑，用几乎滑稽的方式告诉我，“恁哥哥也得了那个毛病，嘿嘿。”我没有看到那笑背后的难过，但是我知道，这个冬天，我们一家子将会过得格外冷。我躺在床上，一动不动，好像得病的人是我。开着灯，世界却一片黑暗，我看到满屋子的影子在不停地舞蹈，那种近乎疯狂的摇摆。那盏夜里长明的灯，从天花板上慢慢向我靠近，就要掉了下来，我却没有能力接住它，它实在太恐怖了。我用力蜷了蜷身子，决定给哥哥发个短信。我说没事的，平时多注意点……哥哥回复我说，没事。那些煽情的话，我们都没有多说。

我继续看到二甲双胍，更频繁地看到。哥哥吃药的方式和母亲一样，干脆而有力，只是哥哥每次吃完都会发出一声短暂的叹气，因为他的背后也有一个家庭。小侄女什么也不懂，但是她的识字过程跟我一样了。跟她聊天，聊起那些药品说明书的生僻字，聊起各大医院的伙食和形形色色的护士，她聊得有声有色，我的眼泪却要流了出来。她说，她知道那个字念“gua”，跟西瓜的瓜一样的读音，她查过字典了，在奶奶家就见过。哥哥也曾经试图用别的方式代替它，比如用柿子叶泡水、用玉竹炖鸡、用南瓜秧和玉米须泡酒，比如每天加强锻炼、减少饮食，比如针灸和火罐，但是无论哪一种都不能把“三高”降下来，除了二甲双胍。半年后，哥哥放弃了，老老实实地吃药，一天三顿，一年一千多粒，加上其他辅助药物，足足可以开个药店了。

2014年，一个春光明媚的日子，母亲的血糖突然高到了10.2，这是个危险的临界值，而发现的时候，10.2 不知道已经持续了多少天。我们都很担心。我和哥哥的紧张相似，我们都焦急地在医院挪动小小的步子，这种挪步不是优雅的舞步，不是无聊的走动，而是本能的、原始的担忧。父亲总是一脸漠然，不多说话，也不表示什么，但是我分明看到，他的旱烟卷烧到了中指的中间部分，他没有喊疼。我们也没有。医生给开了一些新的药物，当然还是包括那种药，也包括泡脚的中草药、口服胶囊、维生素、六味地黄丸……白的，黄的，黑的，五颜六色这个词再次撞进了我的世界，让人害怕。又花了很多钱，这就是个富贵病啊，这总是母亲走出医院的第一句话，也是唯一一句。那个时候，我们应该哭的。

经过几番调理，母亲的气色好了许多，但是这花费了两千多块钱，这个数字对她来说，绝对是天文数字，因为我们家一年收入也到不了几千块钱。母亲开始省吃药的钱。本来一天三顿的，她一天两顿；本来一次吃五片的，她只吃两片。偶尔我回家发现后，都会狠狠地说她一顿，她只是"嘿嘿"地一笑。我知道，我是说不过她的，她都是算着一片药多少钱地吃。这样的家庭可能不在少数，他们像我家一样，或早或晚地接受二甲双胍。他们也曾经抗争过，拒绝过，但是没有人能够成功，糖尿病已经成为国际疾病，二甲双胍是唯一的间歇性解药，一片一片地飞入寻常百姓家。但是我们也看到，那些家庭还在，那些生产二甲双胍的制药厂还在，我们的希望也就还在。

2015 年，我的大学接近尾声，想着以后可以多赚点钱多给家里买点药，不让母亲那么省。可是，好像受二甲双胍的影响太深，我渐渐感到口渴，每天晚上都要喝很多水，却依然口渴，早上醒来的时候嘴唇都干得发白。很显然，这是糖尿病的症状。不止一次去过医院，查血，验尿，手指一个个被扎破，结果很出人意料，血糖 5.2。身体的反应越来越像糖尿病，可是化验结果却不是，不知道怎么了。每次医生都说，多喝水，多喝水。实在不敢多喝了，每次喝水我都会想起母亲和哥哥喝药的样子，只有糖尿病人才会不断地需要水，并且越喝越渴，我不想，不想成为母亲和哥哥，这个家不能再生病了。

我开始本能地拒绝水，每次渴到喉咙发火，声音变了，才会勉强喝点，每天的进水除了一点粥，就是一杯水。从小就知道的一件事是每人每天要喝八杯水，可我观察周边的同学，没有一个能喝八杯的，他们不是一样好好地活着？早上带着那杯水去教室，上课，下课，休息，上课，下课，午饭时间到了，那杯水还站在桌子上，一动不动。下午，上课，下课，休息，上课，下课，放学，那杯水彻底凉了，从内到外的。因为它的主人嫌弃它，即使凉透了，也不会喝。最终的结局就是倒掉，关于倒水，我喜欢在教室最后一个窗子的位置。下面是棵很高大的桃树，即使水再凉，它也能够承受得了，因为它的高大和健康。而我的身体不行，它遗传了母亲的虚弱，一年三百六十五天，每天都会有个部位出毛病，自始至终的是我的口渴。可我总是感到一丝庆幸，因为我还没有患上糖尿病。哥哥说，有事没事多查查身体，那病遗传概率太大，等得上了就晚了。每次听到这句话，我就很难过，不只是因为可能会得病，而是我会更远地想到，我的女朋友将来和我结婚了，生的孩子会不会遗传我，然后继续体弱多病，甚至继续吃那个药，会不会他认识的第一个字是“胍”，二甲双胍的“胍”。对于女朋友，对于将来的孩子，这是不公平的，残忍的。只有一种方法能够解决这件事，那就是我永远不娶妻生子，可是，这对不起我患病的父亲母亲。我的惶恐和不安，与生俱来，也无法消除。日子就这样一点一点地过去了，我们谁都没有离开，包括母亲、哥哥、二甲双胍、我的担忧和内疚。

今天是大雪节气，哥哥和我准备回一趟老家，已经半个月没回去了，不知道母亲在家有没有按时吃药。途中我们下车买了两盒二甲双胍，哥哥说，咱娘的药估计快吃没了，这次多给她买一盒，下次回家可能会遇上大雪，不一定回得去。

顾彼曦 作品

顾彼曦，1990年生，甘肃文县人。文字散见于《诗刊》《美文》《延河》《作品》《飞天》《时代文学》《四川文学》等刊物，作品入选多种年度诗歌选本。

爱是另一种抵达

几个月前,我在工作的城市突然见到堂弟,堂弟说他刚刚辞去推销员的工作,现在在一家汽修厂上班。尽管今年我离家近了,但出来大半年了,还是没有时间回去看一看。见到村里来的人,格外亲切,总会聊起村里的点点滴滴。

堂弟说,他刚刚从家里过来,近些天很忙,等有时间了去我住的地方好好聊聊。在我的印象中,堂弟是不干农活的。三大是镇上干部,三妈是人民教师,家里条件优越,虽然也种地,但就一个孩子,从小到大都舍不得让下地。对于他嘴里说忙,我多少还是有点惊讶。我问他家里忙些什么,他说二大爷死了,忙着送二大爷。家族庞大,爷爷兄弟多,二大爷三大爷也就多了起来。我从脑海里不停地搜索过滤,想了很久都没有想到会是那个身体硬朗的二大爷。

我问堂弟二大爷得的啥子病,堂弟说喝老鼠药自杀的。喝药自杀在我们村不足为奇,大多都是因为夫妻吵架,婆媳不和,一口气出不上来一瓶老鼠药就走了。记忆最深刻的就是我的小姑姑,跟姑父吵架,不甘委屈,死于鼠药。近些年来,家家日子都松活了,很少再听到有人上吊,喝药自杀。偶尔也会出现一个,女人们就会扎堆在一起惋惜,随后开始可怜孩子和年迈的老人,最后因为死因喋喋不休,这时候,就会有人站出来用阴阳学解释说这是鬼附身了才想不开的,是鬼勾走了人的魂魄,让人糊里糊涂走了。大家都愿意接受这种解释,至少为死者留存了颜面。假如这时候看到那家有亲戚走过来,大家就会带着怜惜的心情四散而去。如今二大爷却以这种方式死去，我不知道人们会不会扎堆一起讨论死因，想到这里的时候我心里说不出的难过。

记得年时去看望二大爷，精气神衰退了很多，但身子骨还算硬朗，还能干些农活。没有想到，这竟然是与他的诀别。陪我一起去的还有女朋友，当时，二大爷还住在毛坯屋子里，即便通了一百瓦的白炽灯，也照不透屋内的幽暗，炉火的光已经盖过了白炽灯暗黄色的光。二大爷坐在炉火旁，三脚架上放着生满锈的烧水壶。一杆老旱烟斗不停地伸进火堆里，吧嗒吧嗒地吸着。等到我们进去后，二大爷才把三脚架移开，水壶放在火炉旁边，火苗在空中跳了起来。我只有弯下腰才能通过那扇木房门。走到门口的时候，我故意大喊道："二大爷，我来看您来啦。"

二大爷年过七旬，视力不太好，耳朵也不中用了。听不出我声音的时候，他就凑近了看我，等认出我的那一刻，无比激动。

"啥时候回来的，都没听说你要回来。"

"刚回来的，这不刚回来就来看望您和二婆了嘛！"我回答道。

"好好好，有出息了就好，我们命苦，一辈子只能吃洋芋蛋，公家的饭不容易吃，还是要让娃们读书呢！你大和妈有远见，将来有清福享了，也不枉供你们读书一场。"二大爷边抖擞旱烟管里的烟灰，边自个儿嘀咕道。

等抖擞完烟管里的烟灰后，二大爷的目光开始打量在女朋友身上，他充满疑惑地问道："这娃是你同学？"

"二大爷，这是我对象。"我故意提高了嗓门，也想让他知道，我也是有对象的人。因为在我们村，你赚了多少钱，人们不觉得你有多出息，但如果你能找一个媳妇，最好是在没有过门时，这个媳妇还捧着个大肚子，那村民们就会用异样的眼光看待你。再加上近些年，不知道是受了哪股风气影响，礼钱高得离谱，从一万逐渐涨到了十几万，甚至比这还多。有一个亲戚领着孩子去提亲，对方居然要了三十九万，吓得那亲戚丢了两千多块钱的礼品,带着儿子提腿就跑。曾经有人开玩笑说:有人问一对男女,生了男孩还是女孩,对方答男孩。这人进一步说,你们命好,又生了一个顶梁柱。对方则唉声叹气地说,命好啥,本来想要个女娃,早知道是男娃,就不要了,这把祸害生下了。玩笑归玩笑,但现实却也是如此。如今给孩子找对象成了村里人最愁的事情。那一年的春节,村里人说,父亲的腰背伸直了,在村里走起路来,路边的落叶也会被带起。

女朋友后来还对我说:“你会不会也像你们村里人那样,想让我怀孕,然后我就不得不嫁给你?如果那样想的话,你还是找你们的村花去吧!”说到这里的时候,我总会忍不住大笑起来,至于为什么会笑,其实我也不知道。我带着怪异的表情回答道:“我是那种人吗?”其实,当我说出这句话的时候,心里是难过的。城市化的进程,带给了我们文明的曙光,也让另一种野蛮病毒一样滋生。我甚至不敢想象,当我们村的女孩全部都嫁给城里人,外边的女孩娶不进来的时候,我们这些常年漂泊在外的游子,再回到故土,还能不能找到故乡。

二大爷听到是我对象的时候激动地连忙说:“好、好、好,赶快让人家娃坐下,这房子里乱,别脏了人家娃新衣服。”

等到我们坐下后,二大爷才坐了下来。

围着炉火,我给二大爷递上了一根硬盒兰州烟,二大爷以为我抽烟,起身从柜子里取出五元钱的软盒红塔山烟来给我装,我赶忙挡住二大爷说:“我不抽烟,我这烟是专门拿着给您抽的。”

出门前,父亲给我裤兜里扔了一包烟,语气生硬地说:“把烟装上,见人了就给人家装上。”那一刻,我才猛然发现,父亲老了,一支烟的沉重,从此要从父亲身上转移给我。

二大爷又坐了下来,我看着他紧锁的眉骨,好像吸纸烟让他很不过瘾,一会儿的工夫一支烟就从头烧到了手指,我赶忙又递上一支。炉火的光把二大爷的脸照得通红,因为我们的到来,二大爷满脸的惆怅随着火光渐渐散去了。火焰忽明忽灭,二大爷不停地加柴,又不停地用吹火筒加风,于是烟尘升起,火又旺了起来。这些年,我常年在外求学,毕业后又在外地工作,很少回家,回去了也就待个三五天。坐在二大爷那里,仿佛又回到了小时候。那时候因为穷,漫漫冬夜里常跟父亲一起去别人家烤火取暖,大家围着炉火,谈张家的小麦长势好,李家的儿媳攒劲,王家的婆娘又跑娘家去了。那时候家家都穷,念着同一本难念的经,家里有三五把板凳的就算大户人家了。没有想到,时隔多年后,二大爷还在这座老屋子里,屋内也不过三把凳子。

我怕女朋友被柴烟呛着眼睛,不太习惯,便找了个理由跟二大爷匆匆作别。走之前,我故意提高了嗓子,表示我是专门来看他和二婆的,同时传递一个信息,这也是父亲的意思。那时候的二婆躺在炕上,耳朵听不见了,还能认得人,用二大爷的话来说,等死着。

二大爷放开声音对着二婆的耳孔说:“蒿湾里的孙子看你来了,还有他的媳妇。”

“哪个儿噢?”二婆儿化音拖得老长,通过声音已经能明显感受到气数已尽,只剩下落日余晖。

“就是上大学的那个。”二大爷再次解释道。

“哦,回来了就好,过年呢,都回来好,你大和妈不容易,供你们两个。”话刚说完又睡去了。

我问二大爷:“看医生了吗?有啥困难了给我说。”

尽管我知道,面对死亡,这句话也是多余的,但说出去后,心里舒畅多了。

二大爷解释说:“啥都有呢,这小人们也孝顺,好吃的给端着,药都给捡着,人老了,不行了,打针也扎不进去针了,这就等死着。”二大爷的语气，显示出人面对死亡的无能为力，以及由此而不得不做出的从容达观。

出门后，想到二婆的手是冰冷的，二大爷的话也是冰冷的，那座破败的屋子更是冰冷的，我胸口突然很闷。这又让我想起了爷爷，他挣扎了半个月，也没有逃脱死神的魔爪，遗憾而去。我走远后默默遥望那座屋子，有一缕烟从烟囱里冒出来，好像遇到冷气就会降下一阵雨来，我想，那雨水里一定伴随着一代人的泪水。

二大爷二婆这样的孤寡老人村里原本还有很多，只是近些年日子好过了，而且多数都已无奈地死去了。可以说，二大爷是他们那一代最后一批孤独死去的人。

二大爷有两儿一女。女儿嫁得远，家里也穷，帮不上忙。大儿在我上小学的时候死于疾病，留下遗孀抚养三个男孩子，一生坎坷，过得不容易。小二初中没读完就辍学打工了，生了两个男孩。大家都过着紧张的日子。二大爷一生没有做过伤天害理的事情，比起村里其他老人也没有受过多大委屈。老两个自打我记事起，就跟儿子分家过着。在我们村，大多数老人和小人之间都是分开过着，好像这样就会少产生些矛盾，倒也有几分道理。后来也有过两个儿子之间轮养的时候，但没过多久，老两个又开始单独过了。但是小人们的畜生，他们还是给放养着。

二大爷是村里最早的艺人，他们那个年代，有点手艺是很了不起的。我父亲干木活的时候，还经常让我去问二大爷借个撬子斧子啥的。二大爷也很少给人帮忙，说是老早就向外宣布，退出木匠界了，再也不过问木工，但好多手艺，还得他来指导，尤其遇到关系很铁的人家，抹不开情面的时候，二大爷也会破戒出山。

二大爷能娶到二婆也是因为高超的手艺。二婆年轻的时候长得水灵灵的，高挑的个子，是隔壁村的。那个村叫水湾，但却一点水都没有。我不知道为什么会叫这个名字，现在想想，很讽刺。水湾尽管自古以来缺水，但却是方圆百里公认的出美女的地方，而二婆可以说是水湾村花级别的美女。在我最初的记忆里，二婆面善慈祥，见人就笑。用村里人的话说，人长得好看，也很殷勤，是个好媳妇。

二大爷能娶到二婆很幸运，所以过了一辈子，很少听到他们吵架。钱袋子二婆也管了一辈子，直到二大爷去世后，钱袋子里还留给后人皱巴巴的几千元钱。当时看到的人都惊呆了。回去后，女人们开始数落自己公公婆婆的不是，但也有后生惋惜，说这两位老人很傻，不懂享福。

二大爷跟二婆的婚姻不是自由恋爱的。在我们村，包括父辈那一代人，很少听到通过自由恋爱结婚的，有也常常会被指责为大逆不道。大多数都是媒妁之言，只要彼此还能看得下去，这一生就相守为夫妻。

二婆去田里锄草了，二大爷会送去热饭；二婆放牛去了，二大爷会去接送。他们一生没有走出过方圆百里，更没有见过火车。乡间田野里，每条路上有多少他们的脚印，难以说清。只是，二大爷这次再也没有接到二婆。只有一双脚印留在那片田野上，显得孤独而悲壮。

在二大爷去世百天的时候，我跟二妈通电话，向她提到二大爷的事情。从她那里得知，二大爷在二婆送葬的时候，抓着二婆的棺材伤心地说，“等一百天到了我就来陪你，不会让你一个人走的。”谁也没有想到，等到二婆逝世百日的那天，二大爷选择同样的时辰走了。百期纸在村里是很有讲究的，说人死后丈夫或妻子要烧百天纸，儿女要守三年孝，这样死去的人在去天堂的路上才有路费。二大爷遵守了民俗，没有让二婆的葬礼缺少一样，让二婆活着体面，死后也要体面。我想这才是他对二婆最好的爱。

二大爷一生不懂浪漫，没有轰轰烈烈的追求，也不懂得朗诵情诗讨好。他一辈子跟二婆住在低矮的草房子里，一辈子朴素地生活。但是在二婆离世之后，二大爷没有选择留在残余的时光里，或许苟活于世对于有骨头的他来说是种耻辱，于是他选择了一个庄稼长势最好的月份，用一包老鼠药结束了自己悲苦的一生。我想二大爷在去天堂的路上，定会遇到二婆，他们还会相识相知，不必说我爱你，情便了然于胸。

外公进城

外公第一次去西安的时候，盛夏刚过去。那时候，我还在西安上班。在这之前，我刚刚度过了毕业以来最艰难的两年，从城中村民房搬到了老小区民房。听上去好像都是民房，其实还是有差别的，至少名字上不叫城中村了，听着高大上，给了两个漂泊的青年人一丝迟来的安慰。最重要的是，每天还能洗上热水澡。在城中村生活的两年里，对家的渴望时常让我在梦里惊醒。搬到新住处后，旋开热水器，一股热水流下来，打在肩膀上，就能忘掉白天的劳累和委屈。家的感觉似乎在每个夜里才会离我们更近一点。

1

自从爷爷去世后，心里就一直很愧疚，没能在老人在世的时候多陪伴他。有时候，想到外公年龄比爷爷也小不了几岁，便不免心生些许担忧，怕他会像爷爷一样带着遗憾离世。刚好那段时间，弟弟也经过西安。我们都是性情中人，所以有亲人的地方都当作是故乡。我给他打电话，再三嘱咐他务必要带外公来西安。之前，我也在电话里咨询过外公的意思，他支支吾吾半天，最终也没有说出个所以然。作为被外公一手养大的孩子，我太了解他了，多么像我的母亲啊，面对黄土勇敢了一辈子，到老的时候，却胆小得像个离家的孩子。这是每个人成长路上必经的路途，就像龙应台说的那样:“我慢慢地,慢慢地了解到,所谓父女母子一场,只不过意味着,你和他的缘分就是今生今世不断地目送他的背影渐行渐远。你站在小路的另一边,看着他逐渐消失在小路转弯的地方,而且,他用背影默默地告诉你:不必追。”

外公很想来西安,但怕遭到舅舅的反对,不敢为此而轻易吱声,或许他在这时慢慢理解年老也是一件悲凉的事。我拨通了舅舅的电话,或许碍于我的请求,他不好电话里直接回拒,便只好答应了。

外公和弟弟一起到西安的那天,是我去三府湾长途汽车站接的。见到好久没见的外公,我心里有说不出的激动和难受。这一年里,外公老了很多,跟他一生在王家山种植的麦子一样,一阵风的时间就黄遍了整个山弯。外公看上去精气神不错,大概是第一次来西安和见到在大城市工作的外孙的缘故吧。在乡下,有子女到城里工作被看作是一件了不起的事情。我想,从踏上西安的土地的那一刻起,他复杂而激动的心情便难以平复。当我们回到出租屋的时候,女朋友已备好了水饺。平时,我们很难吃到饺子,只有在特殊的节日里女朋友才会包饺子,饺子理所当然成为我的最爱。这份爱,我们背负得过于沉重。

我和女朋友大学毕业后,两个人因为年少无所畏惧,搭上东北小城的火车直接到了西安。下火车的时候,街道上乞讨的人群用他们奇异的眼神告诉我们,漫长而艰苦的日子即将到来。在这之前,我们本来想投奔一个网上认识的朋友,他诗写得不错,得到圈里人一致夸赞。每天在空间里都能看到他出入各种活动的动态,让人甚是羡慕。聊天的时候,我表达了想去西安发展的意思,他倒也十分热情,可去了之后才发现,一切都跟预想的截然相反。

我们在他住的巷子里面租了一个单间,屋子很简陋,有两个窗子,朝向一南一北,下面就是两条巷子。窗子没有窗帘,我们便把大学时候上铺的床单挂在了窗子上,这样就有了一个隐秘的空间。那时候他和他的女朋友还生活在一起,每天从城中村的巷子里出出进进,像只小鸟,无拘无束,看上去让人很羡慕。对于后来他们的分手,我们也感到很惋惜。毕竟人的一生太短暂,用力去爱还来不及呢。但人们时常迫于生活的压力不得已而为之。世故,就成了我们难以逃避的词语。

我们两家之间虽然只隔着一条巷子,但他家的屋子比我们的好多了,我们有时候会去他们那里洗澡,出于人情世故,去之前总会带一些水果。凡是租住在这条巷子周围的人,都是当时染上“漂泊无依”这种病的可怜人,渐渐让我懂得了繁华背后必有沧桑。女朋友还没有工作就“提前失业”了,而我还没有准备好养活自己,就要提前承担起一个男人的责任。

好在我很快找到了一份工作,公司是小公司,但工资还不错,每月能拿到两千多元钱,这在当时的毕业生来说,已经算很不错了。公司出于对自己利益的考虑,会压员工一个多月的工资,有的甚至更长。刚开始的那段时间尤其难熬。我们都是面对家人谈起钱就难以启齿的人,手头的钱交完两个月七百多元的房租后所剩无几了。好在我那年出了一本书,电子版权卖了六百元, 这笔钱便成了我们暂时维持生活的一根稻草。后来听人说,那一年的西安比任何一年都炎热,我不知道这种现象是否与我的到来有关。我们待在屋子里只是坐着就汗流浃背,到了晚上的时候,地上就洒满水,但无济于事,因为天气太热,很快水就被蒸发干。我和女朋友把毛巾淋湿,相互用湿毛巾扬风,以为这样就能抵抗那年的夏天。身单力薄的我们低估生活了。

白天的时候,我跑七站路的路程去上班,女朋友就去外边躲热。我还曾对她说:“有个地方特别好,我不在的时候你可以去地铁下面。”她去内蒙古的半个月,我大多数时间都是在那里度过的。

那段时间,除了找工作,她还有一个重要的任务,就是给我做饭。中午我也要跑步回去吃饭的,我们每天的生活费规定不能超过六元,超过这个预算,就会有饿肚子的危险。有段时间,她很想吃酸菜面,这个愿望给我说了多次。我那天早晨和中午没吃饭,让她一个人去吃面,结果她为了省钱,只喝了一碗酸菜汤,并且没有一片酸菜飘起来,老板居然收了她四元钱,她后悔了很久。从此以后,我们再也没有在那家面馆吃过饭。直到我开始领取工资后,我们才花了五十元钱买了一个小电风扇。有了电风扇后,我们每晚都让电风扇对着身体吹,但还是热得难以睡着。记得有一次,她回老家,我热得难以入睡,只好跑到楼顶上去睡,半夜突然下起了大雨,我差点从楼顶上跑下去,下面是一条水泥巷子,现在想来都十分后怕。

2

一场雨后,天气突然就凉了下来,我们相互望着,喜极而泣。可是这场雨后,天凉了,我们却没有一床被子,半夜只得紧紧地抱着对方。当时女朋友唯一的一件外套成了我们在异乡的被子,我们半夜悄悄给彼此匀让,这个情景让我难以忘怀。等到能吃饱肚子的时候,西安便开始步入冬天。我们又搬家了,搬的地方不远,就在隔壁,都是民房,最吸引我们的就是有一张很厚的床垫子,不用再担心半夜睡着睡着床突然塌了。每周都能吃到一顿饺子, 而且每次女朋友都会很得意地说:“这顿饺子总共才花了不到六块钱,明天你要努力工作,我就给你再包饺子吃。”这就是那个时候一个女孩对一个男孩的鼓励,她相信,只要你足够努力,日子总有过好的那天。现在回想起来,那时候的她多么像我的母亲啊! 在最艰难的日子里,我们能够相依为命地活下来,或许这也是一个很好的理由。面对她,我即使泪流满面,都不觉得是一种妥协和软弱。此生,我会倍加珍惜这份感情。

外公来的时候,我刚刚失业,这是我两年来第三次失业了,不是工资低就是被皮包公司欺骗。经济上并不宽裕,但相对于两年前好多了。有时候女朋友会问我，假如她失业了我会不会养不活她，我的回答往往没有力气，因为她每次问我的时候，我都很心虚。所以，面对外公的询问，我一样是心虚的，更怕他心里会多想，只能骗他说在一家报社当记者。女朋友是个很会照顾老人的女孩，村里人都夸过她。面对老人的唠叨，她不急不忙，很健谈，所以我们一致认为她适合当老师，可是这个职业于她又是那么遥不可及。那个时候，我创建的自媒体平台已经做了半年多了，每天都要排版更新，十分辛苦，却磨炼了我的意志。直到今天，我都认为一个人的精力有限，一生能做好一件事不容易，更加钦佩一生只爱一个人的人。我把外公留给女朋友照顾，他们坐在沙发上唠长嗑短，看上去非常开心，像是几十年前的老朋友，直到很晚才睡觉。

第二天，我们带外公去逛街。走出北马道巷的时候，面对外公和旁边的弟弟，我拼尽全力为他们解释这里一砖一瓦的历史，并为此感到无比自信与自豪，好像这就是我的故土。实际上我们都是外来人，只是面对这个陌生的地方，我比他们来得更早一些罢了。站在城墙下，女朋友给我们拍照纪念。外公站在我和弟弟中间，他尽量让自己站得挺直，我们尽量向他靠拢以消除他的拘束。用手臂半拥着他的时候，他成了一个孩子，瘦得可以用手指摸清他肩背几块骨骼。那是我们从小长大唯一一次跟外公拍照，那张照片来的时候太晚，我即将步入而立之年，以至于即使外公使尽了力气，也未能阻挡住岁月带给他的沧桑。

我和女朋友曾经促膝长谈，讲到为什么茫茫人海之中，我们能够在一起，我们一致认为，是因为彼此的善良。所以游览西安的时候，我们拼尽全力留给弟弟和外公强势的一面，不让这座城市带来的陌生感增加他们内心的恐惧。我们去的路线是从玉祥门站倒地铁到纬二街站，再转公交到大唐芙蓉园。这一路上，外公对现代化城市的发展步伐惊叹不已，他甚至误以为地铁也是一种变异的动物，就像恐龙一样可以满天飞。地铁上，他看着挤满的人群,眼睛里充满了惊慌,我告诉他地铁跟火车一样平稳,不用紧张,其实当时我不应该这么给他比喻,因为外公也没有见过火车。他问我西安有没有兰州大的时候, 我被他的话逗笑了。我说西安比七个兰州大,其实我也不知道西安多大,兰州多大,只是随口一说。外公好像对我的回答很失望,只是轻轻“噢”了一声。或许,我误解他了,他并不为此失望,反而更加欣慰,因为他也在不断地挑战自己的人生,至于为什么会陷入沉思,我想当时的他可能正在脑海里拼凑七个兰州的样子。

说到兰州, 我想, 这座城市对于外公来说也是生命中不能抹去的记忆。外公是王家山第一个去大城市坐飞机的老人,地点就是兰州。尽管他坐的不是真飞机,但他见过黄河,游览过五泉山。所有亲戚里面只有舅爷去过兰州,还留下了一张黑白照片,照片里的五泉山也只是一座山、几个亭子而已,而这竟成了舅爷逢人就说的骄傲。外公去兰州的那年,我刚读小学二年级,村里没有通路,照明的方式还是煤油灯。那年小舅师范刚毕业,分配到一个叫临江的小学教书。小舅带外公去兰州逛的原因,我想可能是大舅走后,怕外公就他一个儿子孤单,外公省吃俭用一辈子供他读书也不容易,想让外公出去舒舒心。那两年外公承受了常人难以承受的生命之重。他的长子结婚不久后因为肥胖病去世,外婆也相继走了。一夜之间,杏花落了整整半个麦场,一家人走得好像只剩下了他一个人,平日里热闹的房子顿时就空了下来。他难以接受命运给他这样的安排,无力面对王家山的一抔黄土,整天把自己灌得烂醉。喝完酒后的外公常常躺在台阶上面的廊椅上,看着天空傻傻发呆,以为酒可以帮他遗忘悲伤。这一切被年少的我看在了眼里。他对着天空的时候,时常会有眼泪流下来。

3

外公一家在王家山具有很高的威望, 不仅是因为培养出了两个干部儿子。用外公的话说，他在人民公社运动时期，作为大队生产队队长，没有贪污过一粒粮食，欺负过一个人，哪怕是挨批斗的分子。他一生都与人无争，和蔼可亲。所以在他家遇到不幸的时候，没有一个人给予嘲讽，村里人干完农活后，常常还要来家里陪他聊天，开导他，就好像他的不幸是村里人的不幸，是整个王家山的不幸。而我也是在那年为了陪伴外公去了王家山读书，那所小学只有两个年级，等到读三年级的时候，我就回到了父母身边。

那年的外公失去了往日的严肃，也没有一点和蔼的样子，完全变了个模样，很少说话，我不免对他产生些许害怕。他不在家的时候，我常常偷偷跑到大舅生前的屋子里翻找书籍和信件看，平日里那个屋子是锁着的，听别人说，大舅的灵魂会经常飞回来，我半信半疑，每次藏在那个屋子里读书的时候，听到门外有点声响，都会颤抖很久。从那个时候起，我便以这样的方式跟文学产生了联系。长大后，当别人问起我的文学之路的时候，我时常解释为贫穷，没有玩具，其实还有最重要的部分，那就是孤独和好奇。

外公从兰州回来的时候，带了很多照片，好几张是彩色的，装订在相框里，比舅爷的好看多了。村里人来外公家坐都会被柜子上面的照片吸引住，尽管这在当时应该是一件非常让人羡慕的事情，可是从大家的眼神里看到的更多是一种难以掩饰的怜惜，好像外公跟快要死的人一样，这是一个回光返照的现象。所以外公说起兰州的时候，我开始投之以不屑，后来逐渐思绪万千，心生怜惜。

到了大唐芙蓉园，我们给外公办了免费门票，给弟弟买了一张学生票。我和女朋友没有进去，在门外等着。在这之前，我们曾多次来过这里，也曾很想进去。那道门为普罗大众无限敞开着，但我们已经习惯城中村艰难的日子，保持着小心翼翼地活着的状态，始终没有勇气迈过那道门。直到现在，我们已经熟悉了芙蓉园周围的一切，也没有进去过，在大门外看看就已经很知足了。

有时候为了安慰彼此，女朋友会说，天下所有的风景都一个样子，栽几棵树，放几个文物，花几十块钱进去还不如多吃几顿米线。有时候我们也会拿小雁塔和大雁塔比较。能够在当时找到彼此都愿意接受的理由，说明那时候的我们并不笨拙，而对生活充满了智慧和幽默。就是后来我回到了老家，还不忘电话里常给女朋友说，等下次去西安了，我们就去华山看日出。说出这句话的时候，犹如在祈望遥遥无期的人生。

等到快中午的时候，外公和弟弟游览完了芙蓉园。他们拍了很多照片，照片里的外公比他去兰州的时候洒脱多了，站在唐王的雕塑前，他的骄傲不比唐王逊色，所剩无几的几颗黄牙也无所顾忌地暴露在聚焦镜头里，显得那么自信从容。

接着，我们去了大雁塔地下美食城吃午饭。路过美食城的时候，有很多发广告单的青年人，他们热情的样子有时候让人难以接受。外公和弟弟走过去时，他们权当作没有看见，而是把打折的活动单给了后面的我。从小我就对身边的事物过于敏感，所以吃饭的时候，给弟弟说："这就是现实，不努力，连发广告单的人都看不起你。"而这种被漠视的感觉，我之前经受得太多了。至于坐在旁边的外公，他听不懂这些世态变幻，即使来到城里，也难以改变乡下人的耿直淳朴。坐在饭馆里，他的眼睛骨碌骨碌到处转，看到墙上的画，他会惊讶地给弟弟说："那墙上的画里的碗才大，那一碗多少钱，还不吃饱两三个老汉？"我和女朋友两个人要了一碗面，为了怕引他们多想，就故意跟女朋友一起，说我们早上吃得多，一般肚子饱的时候，两个人吃一碗刚合适，多了就浪费了。

弟弟因为赶火车，晚饭后就直接去了火车站。那天晚上西安下起了大雨。这也是后来听弟弟说才知道的，火车晚点了两次，导致他在西安火车站的地上坐了整整一个晚上，差点没被冻死。这就是我一直以来打心里钦佩弟弟的原因，他身上有一股我所没有的与生俱来的韧性和不怕苦的精神。而那晚的我们因为白天陪外公逛街太累，老早就睡了。要不是弟弟后来说起，我至今都不知道那夜的西安下了雨。至于外公第二天突然要回家，我不知道与这场雨有没有关系。我们都知道，听雨在乡下是一种享受，雨水打在屋檐上，水滴的声音伴随着我们入眠，而城里的雨只会猛烈地打击窗子，没有一点诗意的样子，反而会把人从梦里惊醒，让人产生一种颠沛流离的感觉。尤其对于一个在乡下生活久了的老人。他的身体和年龄已经不允许他彻夜长眠。

4

第二天是星期一，女朋友去上班了，我也刚刚被凤城区的一家小公司通知去上班，外公只好一个人留在出租屋里。我去的那个公司有三个职工，加上我一共四个。另外两个女孩是刚毕业的大学生，负责美工，而我是他们招去做网站和微信的。我去了之后，老板对我寄予厚望，工资直接从之前的两千三百元涨到了三千五百元。但是我无法想象能在那里得到好的发展。我一直都是缺少安全感的人，思索再三，我趁着中午的时间溜了。在地铁上，我给那个公司的老板发了一条含蓄的短信，表达了我对他的感谢，也表达了我不能胜任的理由。

等我从玉祥门地铁口出来的时候，接到了舅舅的电话，他说要去山西，知道我在西安住了下来，让我过去接他，他找不着来城里的路。他们所处的位置在高新区最北面，离我所在的地方还有很远的距离，我便匆忙赶回了租住的地方。上楼之前，我已经在脑海里想象过饿着肚子的外公在屋子里来回折腾的情形了，但当我开门后，意外地发现外公坐在窗子前，静静地望着天空，那份衰老后的平静的成熟让我顿生敬意，同时让我回想起小时候外公常常望着天空泪流满面的样子，内心有一点难过。我给外公下了两碗面条，让他赶快趁热吃，出门前没有给他过多的交代，只说舅舅来了，我要去接，让他在家别乱跑，吃完饭就在那儿坐着，一会儿我们就回来了。

接到舅舅后，我们去了小雁塔，去小雁塔没有带外公，女朋友说即将放中秋节假期了，有大把的时间带外公去玩。谁也没有想到，这竟成了永远的遗憾。第二天，舅舅没有去山西，转而匆忙回老家了。外公也一同跟着回去了。回去之前，我和女朋友给他描绘了很多美好的场景，希望能留住他，让他好好玩几天。他来的时候就像个孩子一样不止一次地对我说，他要待到八月十五去呢。谁也没想到两天的时间就让他厌烦了。外公走的时候，跟来时一样兴奋，我曾在一首诗里写过这个场景：

他来的时候，十分激动
像个孩子一样天真地对我说：
“我要待到八月十五后才走呢！”
好像怕我赶他一样
没有想到这么快，他就自我背叛了意愿
外公走后，我开始想象这些天
他是怎样一个人过来的
比如，在窗子前坐下来，直直地看着窗外
那里有城墙、楼房，以及空气
反反复复，从不变样
不像王家山还有春秋和冬夏
他走的那天，也不再提去新疆的想法
而且走的时候，步子比来时还要快很多

我用这样一首诗歌来缅怀这段经历。曾经爱好写作的大舅,没有机会把外公写进文章里便带着外婆去了天堂。作为外孙,我只好替大舅来为他写首诗,同时也以此来宽慰自己,因为邀请外公来西安更多的是因为爷爷的过世。作为爷爷第一个大学毕业的孙子,没有让他享到清福,没有让他看到过城市与火车,眼睁睁看着他死去,竟没有能力送他到医院进行抢救。在他的葬礼上,我没有三叩头。听村里人说,爷爷死得并不甘心,他一直都在等父亲回去,听说他生前的枕头里还装满了钱,谁也不让靠近。我知道钱不会太多,毕竟他一个老人,即便奶奶在的时候种植了一点药材卖了点钱,也已经吃了十多年了。但能想象得到,这点钱对爷爷是很重要的。所以听到有人说这个事的时候,我知道是村里人曲解了爷爷的意思,他长时间不闭眼,并不是要等父亲回去,而是想把钱留给弟弟,他不放心。爷爷去世后,弟弟很难过。弟弟对爷爷好,全村人都知道。虽然他有很多子女,但我觉得都抵不上弟弟一个孙子。反比自己,我顿生惭愧之意。为了救赎自己,免受心灵的责难,我只好在外公身上尽孝,我想爷爷在天之灵也会为之欣慰。

在外公来之前,我就给女朋友表达了我的想法。她是个善良的女子,所以欣然同意我的请求,她也清楚爷爷的去世让我一直无法释怀。可是外公突然回去了,让人瞬间发蒙。人生在世,世事难料,好些事情我们要趁着有机会的时候加倍珍惜。比如亲情,比如早些年陪你一起吃苦的人,因为她也将会是你最后的亲人。

5

外公离开西安的半年后,我选择回老家发展,离开西安之前,正是我事业有起色的时候,但我和女朋友思考再三,还是选择了回家。我们都清楚,彼此是那种不好争的人,面对城市的压力,这种软弱的态度难以立足。

加上这两年里我们受尽了折磨和欺骗,看清了很多东西,就不会再对辉煌的灯光保有过多幻想。

这一次外公来是我亲自去接的，我所工作的城市不大，生活节奏很慢,就像女朋友说的那样,很适合我生活。实际上我在这里依然充满了孤独感与失落,我很少去市里闲逛,整天除了工作就是看书。外公来的那段时间,我就带他去市里一些高档点的休闲厅坐坐。这里无法跟西安比,但是外公却生活了一个月才回家。我想最大的原因就是他可以一个人出去逛街,不用担心自己成为笼中鸟,全城就两条街,我也不用担心他走丢。这一个月里他也给我讲了很多往事,尽管他每次讲到过去的时候,我都无比难受,但还是坚持听了下来。我了解到了他们那一代人的故事,虽然信仰使他们常常把希望只寄托于某一个领袖,但是那种全民拥有信仰的力量,常常让我感到震撼。外公回去的那天,一再表示他想去新疆,这个话他在西安的时候就说过,说等逛完西安就去新疆。二阿姨一家早些年迁居到新疆,一直没有回来。我想外公不仅是想去新疆看大漠孤烟直的景色,还因为已经觉察到自己在人间的气数不多了,不想留下遗憾。对于他去新疆的想法,全家人都反对。父亲和母亲电话里说新疆热,也没什么玩的,其实是怕外公去了给二阿姨添麻烦。母亲一再强调,二阿姨两个孩子上学,负担本来就重,外公去了,就又多一个人要照顾。舅舅则考虑得更多,比如身体问题。我一直都支持外公出去逛逛,见见世面,不枉来世上一场,尤其是对于我们这些农村人来说,一辈子能走出大山太不容易了。但这次我也不同意他去,所以外公这次除了开心,也带着些许遗憾回王家山去了。

前几天,我打电话给外公,问他花椒摘得怎么样了,我知道外公早些年在老家种了一排花椒树,这么多年过去没有施肥,枯死得差不多了,但还能摘几斤。外公说,他摘了两斤多,还有两三斤的样子,腰疼得摘不动了,在家里已经休息两天了。又过了几天,舅舅去广元,路过我工作的小城,对我说外公过段时间会来一趟,到时候让我带他去医院检查一下。我已经隐约觉察到外公身体越来越不行了。就跟村口的老槐树一样,一开始是树叶变得稀疏,转而枝干被蚂蚁捅得千疮百孔。等到器官都衰竭了,人和树一样,离天堂也就不远了。

金小杰 作品

金小杰，1992 年生于山东青岛。教书，写诗。作品散见于《中国诗歌》《时代文学》《诗选刊》等。

北平原

一

北平原的景致是极其平淡的，无非是冬天落几场雪，夏天下几滴雨。北平原上的大事也无非是那么几件，本村的婚丧嫁娶，邻镇的满月席宴。这里的村庄也是千篇一律，矮砖墙，红瓦房，每家每户都有一个几尺见方的小院，大多用来种一些瓜果蔬菜，少有几个则会在小院里养花弄草。我就降生在这样一个其貌不扬的地方。

传闻，我舅姥爷家曾经非常有钱。上溯到上上个世纪，白沙子路上还跑着人力马车，私塾里的教书先生还在摇头晃脑讲授着《三字经》，镇上药店的郎中还在称量着草药……我的舅姥爷们就在镇上最繁华的那条街上合伙开了一家酒馆。听父亲说，酒馆后面是一个顶宽敞的大院，大院的东墙根儿有一排青砖小瓦房，瓦房里摆着一溜溜半人高的大酒缸。补货的时候，店小二挑着酒，一桶一桶地往里倒，仿佛那些酒跟水似的不要钱。大院往里是一大片菜地，里面种着辣椒、茄子、韭菜这些常见的蔬菜。再往北是一口青石井，酒馆里吃水全都靠它。最北边是一大排白杨树，三舅姥爷小的时候常在树下铺张席子，听着燥热的蝉声，一睡就是半晌。

我的舅姥爷们喜欢打鸟。酒馆出门往西五里地是镇上的坟地，坟地里挨挨挤挤地种满松柏。傍晚落日的时候，会有大片大片的乌鸦“哇哇”大叫着落下。店里的伙计和街坊邻居的那些年轻小伙经常撺掇着大舅姥爷去打鸟。每到傍晚，常有人把头探进酒馆的大厅：“大掌柜的，鸦儿开始落了，打去吧！”大舅姥爷通常会把头从账房的小窗口探出来，“啪啪”地把算盘珠子拨响:“你先坐下喝杯,等我对完这账,咱就走!”

舅姥爷打鸟用的是一杆土枪。在那个土匪猖狂的年代,稍有点家底的人,家里就会藏枪。舅姥爷打鸟的那杆土枪每次开枪前都需要往枪膛里填药。每次填完药,舅姥爷都会用一块红布,细细地把枪口擦亮。等到鸦儿落到不远处的松树上,“砰”的一声,就会传来鸦群惊慌失措的惨叫。这个时候,小年轻们就会腿脚麻利地跑上前去,捡起那些直接被打死或者被铁砂打伤的乌鸦,然后屁颠屁颠地跑回大舅姥爷面前恭维一番。至于打下来的那些乌鸦,大舅姥爷从来都不屑往家带,大多是分给那些伙计或者街坊邻居,回家煺毛清炒当了下酒菜。

大舅姥爷出事那天听说乌鸦落得特别多。那天坟上的乌鸦黑压压的落了一片,打下来的乌鸦在面前堆成了一座小山,大舅姥爷的枪口也都打得隐隐发烫。太阳完全落山的时候,大舅姥爷开心地擦着枪口:“今儿咱再开最后一枪就打道回府。”大舅姥爷擦完枪口又顺手给枪上了一遍火药。举枪,瞄准,扣动扳机,所有人都捂住耳朵期待最后一枪的成果。“轰”的一声巨响,火药出膛的同时枪管爆炸,鸦群爆发出一阵前所未有的惨叫,大舅姥爷什么都没来得及说,就往相反的方向直直地挺了过去。在漫天翻飞的羽毛中和乌鸦的惨叫声里,人们慌乱地上前察看。那把上了两遍火药的土枪,最后成了夺走大舅姥爷生命的一颗炸弹。再后来,听说那群小伙在坟地捡被炸死的乌鸦,足足捡了两小推车。

大舅姥爷走后,酒馆里的大掌柜的就换成了二舅姥爷。到了落鸦儿的傍晚,也极少再有人撺掇二舅姥爷去打鸟。

二

二舅姥爷接手后,酒馆的生意就开始不温不火,但是日子还和以前一样,并没受多大影响。大舅姥爷走后留下了两个孩子,大的叫大胜,小的叫二胜。两个孩子跟着大舅姥娘过活，倒也没受多大委屈。

二胜八岁那年，大中午溜出家门去镇东头的三里河洗澡，还没望见河沿，就被人一条麻袋从头套到脚，绑走了。那个年代，我们当地人都管土匪叫“胡子”。胡子绑人，无非是两个原因，有仇的报仇，没仇的拿钱。二胜被胡子绑票后，可把大舅姥娘给急坏了。一家人聚在一起，细细数落这些年做生意得罪过谁，跟谁有过矛盾。那段日子，大舅姥娘在家里昏天黑地地抹眼泪，二舅姥爷在镇子上东奔西跑地打听到底是哪个山头的胡子把二胜“请”了去。大概就这样鸡飞狗跳地过了三四天，二舅姥爷在自家酒馆碰到了镇上常做“线人”的李福盛。这个李福盛平日里喜欢做点偷鸡摸狗的勾当，闲下来的时候还喜欢喝点酒，和各个山头的小喽啰们称兄道弟，一来二去胡子绑了人就习惯通过李福盛放出话头：这是死票，还是活票，活票多钱能赎。虽然这营生并不光彩，但镇子上也没有什么人敢动他一手指头。

传闻那一天李福盛赌赢了几个小钱，大摇大摆地走进二舅姥爷家的酒馆，蓝布褂子一展，一屁股坐在了长板凳中央：“掌柜的，你们家二胜‘做客’还没回来？”二舅姥爷一听便感觉里面有戏，忙吩咐伙计上一桌好酒好菜。“不瞒您说，二胜这小子走的时候也不打声招呼，也不知道住哪个山头好吃好喝去了。”二舅姥爷用自己的袖子给李福盛擦了擦桌子，忙接过伙计手中的酒壶，斟了满满一盅，弓着腰递了过去。“依我看，多半是往北去了。”李福盛耷拉着眼皮，把先上桌的几盘凉菜扫视了一遍。“小二！抓紧时间上热菜！别让李爷等急了！”二舅姥爷冲着后厨喊。“那能不能麻烦李爷……”“这都是小事。”李福盛慢条斯理地捡起筷子。

当天中午，李福盛吃饱喝足后剔着牙出了酒馆的门，结果不到傍晚就屁滚尿流地回到了镇上。原来，二胜并没有往北去，并且这次的“线人”不是李福盛，而是另有他人。不知情的李福盛去了北边的山头，被胡子们好一顿奚落,碰了一鼻子的灰,还好最后带回一句话:“往北不行,你往南试试。”这天晚上,一家人围着豆大的油灯琢磨镇上的“线人”都有谁。最后还是大舅姥娘一拍脑门,说出了一个人的人名:“袁为金!”二舅姥娘拨了拨灯芯:“他不做‘线人’两三年了吧。最近这几年他出着小摊卖些小孩子玩意儿,也算是老实本分的一个人,不可能吧?”“咱镇上最大的‘线人’李福盛不是,那这次的‘线头’到底是谁?”“但袁为金怎么看也不像是啊。”“是不是,明天我去看看。”二舅姥爷终于开了腔。

次日,二舅姥爷提着一只竹篮急匆匆地往袁为金家里去。篮子里放着两只烧鸡,两坛烧酒,还有前些日子烧锅把头孝敬他的上等点心。袁为金的院子在老巷子的最里面,院子门前栽了一棵火红的石榴树,竟也占去了大半边道路。两扇木门正往里开着,袁为金坐在葡萄架下正跟小儿子一起给手头的泥人上色。“袁爷,忙着呢?”二舅姥爷站在门外,满脸堆笑。“大掌柜的!看你说啥来!快快快!进来坐!”袁为金嘴上忙着,但并没有起身。二舅姥爷瞬间便明白了几分,“袁爷,我家二胜这段日子去‘做客’了,能不能麻烦袁爷……”袁为金抬眼看了一眼二舅姥爷,二舅姥爷打了一个哆嗦。“你看我只是一个做小生意的,接二少爷回家,我总不能不雇辆马车吧?”“瞧您说的!我这车钱早就给你准备好了。”二舅姥爷掏出一吊铜钱递了过去。“既然大掌柜都这么说了,我就跑一趟吧。”“麻烦袁爷了。”

后面的事便变得顺利起来,胡子要了四千个铜板后,便给了一个地址。二舅姥爷带着大舅姥娘、二舅姥娘等一大家子赶过去的时候,二胜正被严严实实地绑在树上,嘴里塞着一块破布,两只眼睛分别糊着一块狗皮膏药。大舅姥娘“哇”的一声哭出来,扑过去狠狠地抱住二胜。二舅姥爷狠狠地跺着脚说:“人不可貌相!人不可貌相!”

二胜回家后,二舅姥爷重新购置了几杆土枪,加强了戒备。偶尔逢集的时候,二舅姥爷他们还能在酒馆门前看到袁为金挑着担子卖泥人,他的担子旁边挤满了兴高采烈的小孩。阳光下,袁为金举着几个色彩鲜艳的泥人,笑得灿烂。

三

那个年代是十分混乱的。二胜被绑票之后,二舅姥爷就对看家护院格外上心起来。起先,二舅姥爷只是添置了几把新枪,后来便在自家大门上方设置了一个小小的门楼,用来盛放一种叫"炸子"的土炸药。做炸子的原料是红药,红药是极其容易爆炸的,碰撞、摔打等都能让它"一触即发"。做炸子的工序也十分简单,只需将红药按斤按量的一份份称开包好即可。夜里遇见胡子来绑票抢人,人只要站在门楼内侧,把这些炸子扔出去就能爆炸。虽然这些炸子威力不大,但炸伤炸残也是有的。

这天下午,二舅姥爷带着三舅姥爷在炕上做炸子。二舅姥爷面前放着一大盆红药,旁边摆着一摞裁得整整齐齐的黄纸,"三弟啊,做炸子一定要专心。每份炸子的量是一定的,少了不响,多了容易炸死人。那些胡子大多也是穷人,咱们吓唬吓唬就成了。"二舅姥爷提起那杆精致的小秤,把秤砣往外拨了拨,读了读秤杆上的黄铜准星,随后又拿起小铜勺,往称子上加了一点儿红药。柜子上的那顶西洋钟晃着摆锤"铛铛铛"地响了几下,三舅姥爷年纪还小,看了一会儿就坐不住了,一个人爬到土炕内侧的木楞格子窗上吊着玩。屋子里极静,只听见包红药时的"窸窣"声,以及秤砣与炕沿碰撞时发出的细微响动。三舅姥爷靠在窗户边上看他二哥熟练地称红药,那柄油光滑亮的秤杆在他手中起起落落。正当三舅姥爷眼皮睁不动时,二舅姥爷"啊"的一声,秤砣以措手不及的速度落进了眼前的红药盆里,伴随着一声冲天巨响, 一股强大的推力把三舅姥爷和他身后的窗户一块儿抛到了院子中间,而三间瓦房的屋顶连带着二舅姥爷的性命,一同被"轰"上了天。当天晚上,街坊邻居就开始议论:"老刘家前辈子肯定造孽了,两个儿子都被炮子轰上了天。这日子啊,恐怕也是要败了。”

二舅姥爷归西时三舅姥爷年纪还小,大舅姥娘脾气温和并没有什么做长辈的威严,所以家里的担子都落在了二舅姥娘身上。那个时候的二舅姥娘也只不过十八岁,嫁过来也才三四个月,膝下无儿无女,但为人处世却极为干脆利落。二舅姥爷走后,二舅姥娘就发誓不再改嫁,说是无论如何要将家里的这一大堆孩子拉扯成人。乡下的日子波澜不惊,偶尔小打小闹也是过眼烟云。酒馆的生意没有衰落,也没有起色。一切都维持着两三年前的模样。如果硬要说一点变化,那就是二舅姥娘在这期间出了大神。

乡下人仿佛历来就对鬼神怀有敬畏之心,二舅姥爷走后,二舅姥娘就迷上了供奉鬼神。我们镇往南十五里有一座小山,人称南山,南山上有个菩萨,说是叫南山老母。某天晚上,二舅姥娘睡醒一觉,突然又哭又闹,说是南山老母寻了她,让她顶替神仙在人间除恶行善。就这样要死要活地闹了大半月,家族里的长辈最终还是寻了南山道士,请回牌位,供了挂像。自此,二舅姥娘独住的西屋总是烟火缭绕,阴气森森。

四

大舅姥娘和二舅姥娘的关系是极其融洽的,大胜和二胜待二舅姥娘也同亲妈一样,家里只要有一口好的吃食,俩人必定端着碗抢着去西屋给二舅姥娘送些去。这样的日子虽然融洽,但也耐不住寡妇门前是非多。

大舅姥爷去世五六年后,大舅姥娘动了改嫁的心思。改嫁的对象是邻村丧妻的小伙,听说模样长得俊俏,虎背蜂腰,平时下地干活挽着青黑土布的裤腿,一双大脚丫子踩在泥地里,浑身上下有着使不完的力气。

在当年,改嫁并不是一件光彩的事,大多时候是要女方在夜里偷偷摸摸地带着盘缠家什去男方家里。夜里只要一进男方家门,这也就算是改嫁成功了。大舅姥娘要改嫁的对象家里并不富裕,大舅姥娘背着家里开始偷偷准备。显眼的大件家具肯定不要，一是容易闹得动静太大，二是那些家具并不值几个钱。大舅姥爷在世时给大舅姥娘置办了不少头面，金耳坠、玉手镯、银项链……这些通通被大舅姥娘拾掇进了小包袱。另外，老刘家开酒馆也有些年岁了，每年年关家里都会按人头分红，这些年下来大舅姥娘手里也攒了不少闲钱。大舅姥娘忙里忙外的同时，二舅姥娘也没闲着。每到入夜，二舅姥娘住的西屋就开始热闹起来。

乡下人白天下了一天的地，晚上通常睡得早。每当夜深人静的时候，二舅姥娘都会把烛火调得极暗。就着影影绰绰的烛光，二舅姥娘便用喑哑的声音一遍遍地哭诉："南山老母啊，我大嫂要改嫁了，改嫁后那小伙穷啊，揭不开锅，你快劝劝她吧。"二舅姥娘抓起一把铜钱就扬，"你看在我老刘家这日子多舒坦，你听！你听这铜钱！""哗——哗——哗——"满屋都是钱撞钱的声音。次日清晨，二舅姥娘住的西屋地上就会铺满厚厚的一层铜钱，那些没见过多大世面的晚辈们就会手忙脚乱地开始收拾。这样的日子持续了小半个月。某天，妯娌俩同街坊邻居的小媳妇们坐在一块儿绣花，一行人说说笑笑，突然二舅姥娘变了脸色，鼻涕眼泪不受控制地往下淌，随后张牙舞爪地说："呔！大家别说了！南山老母随后就到，先派我这座前童子来看看！"话刚说完，整个人往后一仰，眼白已经翻上去大半。众人吓得噤若寒蝉。大概过了一两分钟，二舅姥娘手脚哆嗦地坐起来，瓮声瓮气地说："我听说王春花(大舅姥娘的名字)要嫁给刘东山(大舅姥娘私底找的婆家)了，听说钱都装好了，藏在东屋柜子的底下。听说，过去的日子(嫁过去的日子)也定了，是这样吗？"大舅姥娘被骇得脸色大变，跪在地上不住地磕头。在那个年代，改嫁是一件极其隐晦的事，大舅姥娘改嫁的事被当众揭穿，街坊邻居的口舌也开始多了起来。终于，大舅姥娘决定，过完小年就过去。

小年当天，妯娌俩头对头地包着水饺，前些日子的事，谁也不会去提。

包了大半个时辰后，大舅姥娘觉得有些口渴，指着灶台上的一碗凉白开问:“二妹儿,这水是你倒的?我喝了成不?”“嫂子你喝就成,我再倒。”大舅姥娘端起水碗几口就喝光了，没设防二舅姥娘中午专门把菜做得咸了些,并在水里加了信石(砒霜)。这一下就要了大舅姥娘的命。真是防神防鬼,终究没能防住整日在身边一起吃喝拉撒睡的人。

大舅姥娘死后,二舅姥娘就去了东屋,果真在东屋柜子下面翻出了一大麻袋的铜钱。外人问起大舅姥娘的死因,二舅姥娘也只是惋惜地说,她俩当时闹着玩说要尝尝信石什么味道,没想到大舅姥娘真喝了,可惜。

五

三舅姥爷长到十七八岁的时候终于娶了媳妇当了家。三舅姥爷是一位极其仗义疏财的人,这些年来家里靠开酒馆积攒下不少的钱财,三舅姥爷除了购置大片的良田,还买了七八匹壮硕的骡子。农忙的时候,家里用完骡子就把它们拴在门口,成套的农具也堆在街门外,那些买不起牲口的穷苦人家打个招呼就可以直接牵去下地，所以镇上的人都恭敬地喊三舅姥爷一声“刘善人”。

三舅姥爷虽然行善积德，但结婚三四年后，舅姥娘的肚子一直没动静。一直住在一起的二舅姥娘着了急。二舅姥娘不知道从何方请了一位“大仙”给三舅姥爷卜了一卦,卦上说三舅姥爷需要休妻重娶,娶一位嫁过来肚子里就带孩子的媳妇,只有这样才能把子孙后代“带”过来。三舅姥爷就这样休了三舅姥娘,恰好邻村也有一位刚刚离婚肚子里怀娃的媳妇,三舅姥爷就顺理成章地跟她结了亲。

三舅姥爷重新娶妻后,原来的三舅姥娘并没有走,刘家地大房多,原来的三舅姥娘就搬去了后院,也算是独门独院地过起了日子。新来的三舅姥娘肚子争气,前前后后给三舅姥爷生了七个孩子。孩子一多,人手就开始短缺起来。原来的三舅姥娘就帮着三舅姥爷看孩子,视如己出,一看就看了一辈子。直到前些年,两个三舅姥娘才先后去世,一大群孩子围在榻前,嘘寒问暖。两个三舅姥娘生前也一直和和气气,不争不吵地在同一个屋檐下,走完了各自的一生。

最为壮观的还应当是三舅姥爷的葬礼。三舅姥爷无病无灾,高龄,喜丧。出葬当天,凡是受过三舅姥爷恩惠和帮助的都前来吊唁。另外,三舅姥爷辈分高,各家外甥、重孙也都前来吊唁。满满当当地在街上竟也摆起了几百号人的长龙。

再后来, 大舅姥爷的孩子和三舅姥爷家的孩子终于分家各过各的日子了。一起走过大半辈子的一大家子,也终于散了。那万贯的家产,东分西舍,也终究七零八落不成样子了。北平原上的风又刮了起来,生生死死,魑魅魍魉,也不过是这般样子。

大运河

一

高中教材上经常会出现这样的一条河:在简化的中国版图的东方,有一条蜿蜒曲折细若游丝的河——京杭运河,史上最长的一条人工运河。

大运河就像是一条历史的长线,串连起中国的过去、现在、未来。上溯黄帝、炎帝、蚩尤,下至徐本禹、李昆仑、陈金良。一个个名字的背后隐藏着一段段神秘动人的故事,彰显着中华文化的博大精深。时间追溯到春秋时期,在构筑长城的思想还了无踪迹的年代里,吴王夫差已经组织百姓开挖邗沟,大运河的诞生初见端倪。如果说长城的修筑过程独占了中国古代封建王朝的半壁江山，那么大运河的开挖将会占据更加广阔的时间和空间。大运河先于长城修筑之前开挖,如今长城已经隐退回历史的角落,像一位花甲的老人一样养花喂鱼安享晚年，而大运河在今日依旧活力无限地发挥着她的社会作用。时至今日,大运河不仅拥有一千一百多千米的季节性通航里程,而且还肩负着南水北调东线输水的重任。古老的大运河上号子声、吆喝声依旧不断,大运河不会因为时间的推移而老去。

古老的大运河开掘于春秋,完成于隋朝,繁荣于唐宋,取直于元朝,疏通于明清(从公元前486年始凿,至公元1293年全线通航),前后共持续了1779年。这近两千年的历史中,大运河的水节节延伸,几乎贯穿了中国古代史的始终。提及大运河,就不得不想到长城。秦始皇当年在北方筑起了一堵暗灰冰冷的城墙(长城),借以抵御匈奴的马蹄和狂野的号叫,而秦始皇也不曾忘记在南方开挖一条灵动的河(灵渠,奠定了以后江南运河的走向),借以滋润千里沃野,喂饱封建王朝的肚皮。由此流传开了“北有长城,南有灵渠”的美丽说法。明清时期,大运河的发展曾达到一个小小的鼎盛时期。运河河面上运粮的漕船,来往的运兵船,以及做生意的商船一度使宽阔的河面变得狭窄。但如今,山陕会馆等商人集资“祀神明而联桑梓”所建的会馆门前是否还车水马龙?颠覆了中国古代以政治、军事为中心而兴起的商业市镇,是否还演绎着中国古代史绝无仅有的奇迹?一条人工河就是一条流动的血脉,贯穿了中国的古代史,见证着一个民族历史的兴衰发展。

二

如果把陆地的车马艺术比作一件件静止的石像雕塑，运河的舟子文化更像是一首首传奇动人的歌谣诗赋。古往今来,文人墨客习惯于把文字写在水面上,借此流向未知的远方。如今,大川高丘上唱响“逝者如斯夫”的孔子还在惆怅叹息，湖水边披发赤足的屈子还在悲恸欲绝，乌江江畔“无颜面对江东父老”的霸王还在仰天长啸,赤壁之下东坡的一叶扁舟依旧超然自在。此刻,又有谁在大运河的河畔行走吟唱?出言为论、落笔成文的曹子建还在,高唱“三千里路云和月”的岳飞还在,“鬼狐有性格,笑骂成文章”的蒲松龄还在。大运河的水滋养着中华民族的精神智慧:伊尹、孙膑、鲁仲连、淳于髡、傅以渐、谢臻、吴承恩……每个人的背后都有一段与大运河解不开的情缘。

当年谢灵运赞美曹植“天下才有一石,曹子建独占八斗”时,可曾体会到七步诗的水润秀气?生在水边葬在水边的曹植占山为王,封号东阿王,可惜后人没有提及他管理城池的丰功伟绩。相反,饱蘸运河水写下的七步诗至今水汽淋漓地在人群中流传，他爱的那个洛神也像他的诗一样长久地活在每个人的心中。大运河的水不仅盛产诗词歌赋,而且还盛产散文小说。淮安大运河入淮口东岸古镇码头下的吴承恩,他用出乎意料的想象力构筑起一个令人惊叹的神话世界,让我们叹为观止。除此之外,《水浒传》《老残游记》《金瓶梅》等无一不与大运河有着千丝万缕的联系。大运河成就了它们,它们也成就了大运河。乘船游览一遍大运河就仿佛游览了一遍从古代诗歌到现代之学的发展史。当然,大运河的文化不单单局限于无形的意识形态,大运河的文化也依附于有力的物质载体。

与“铁琴铜剑楼”“八千卷楼”“皕宋楼”并称清代四大私人藏书楼的海源阁超越时空的限制,带着一身潮润的水汽依旧站在大运河的身边,守护着这一抹流动的文化。现如今,我们早已望不见修筑藏书楼的杨以增的温文尔雅,可是海源阁所代表的对文化的渴求欲依然存在。海源阁望着从过去流向未来的大运河,气定神闲地守着一方土地,等待着文化从运河河面上舶来,在这里沉淀后再重新起航。集与散的文化传播过程,使文化保持了新鲜感,不至于轻浮,不至于晦暗。胡乔木给海源阁题写的"一人致力万人受惠,四代藏书百代流芳"匾额用在这里恰到好处。海源阁是运河文化的一部分,运河文化的辉煌也离不开海源阁。

真正的文化不应该是文人的专属,它更应该属于每一个人;文化的表现形式也不应该局限于文字纸张的单调，而是应该拥有缤纷多彩的存在姿态。早在几千年前,运河文化就证明了这一点。出土的大汶口时期的灰陶证明了文化可以是一种可供审美的日常器皿,阳谷景阳冈的"牛祭"证明了文化可以是一种狂欢似的神圣仪式，东阿梵呗寺的梵呗音证明了文化可以是一种音乐,晋商的"非必杀身成仁,问我辈谁全节义;漫说通经致用,笑书生空读春秋"更证明了文化是一种实践。

大运河的文化就如同运河的水一样相互流通,相互汇合,永远新鲜,生机盎然。

三

没来聊城之前,就听说聊城的湖河面积占了城区的三分之一,聊城因此被称为"中国北方威尼斯"。这座处于山东省西北部的小城,出人意料地没有内陆城市的干燥、粗糙,相反却拥有湖的神韵,河的灵秀,构成了城中有水,水中有城,城水一体,交相辉映童话般的美丽。

我是在夏末秋初的季节里到达的聊城。初到聊城,我就迫不及待地去看大运河。一个人徒步走了很久,古城区的青石板街上很安静,可以听到自己鞋底的"嚓嚓"声。这样走了一个多小时,远远地望见一条被花木掩映着的浅绿色的河,没有听到隐约的流水声,没有闻到河里的鱼腥味,触目可及的是树木的葱郁,扑面而来的是花草泥土的清香。大运河安静地躺在花木的拥抱中,平静得像一位乡村母亲。我们的母亲河——黄河还时常以"闹脾气"的方式引起我们的注意,大运河却按照我们给她拟定好的路线,波澜不惊地滋养起两岸的美丽。当我们赞美运河两岸的绿树红花时，当我们视而不见大运河的贡献时，大运河没有像黄河那样暴跳如雷，甩给我们一个狠狠的巴掌。与自然的奇迹(黄河、长江)相比，大运河更是人类智慧开出的一朵奇葩。走近大运河，才得以看清水流的方向。我看过大海的波涛汹涌，大海的水是一种磅礴的气势，是一种力量的彰显，它的激荡人心让人忘记了水的柔美，忘记了水滴石穿的永恒力量。站在大运河的身边，才体验到水可掬可捧的真实，才体会到水是女性阴柔的象征。我坐在潮湿的临水台阶上，看脚边的水从容不迫地向着同一个方向流去，心绪如眼前的一抹运河水悠悠地流向未知的远方。

沿河走一遭，沿途可以看到系满红绸带像老顽童似的国槐。宋代隆兴寺锈迹斑斑的铁塔还站在运河边洗濯着自己古旧的倒影。横穿古城区时远远望到晴空之下的"天下第一楼"——光岳楼。乾隆九过东昌，六登光岳楼时留下的墨迹未干，《南巡盛典》中记载的乾隆行宫(光岳楼二楼)的烛光闪烁，可以隐约看到宫中舞女的婀娜身影。"泰山东峙，黄河面临，岳色涛声，凭栏把酒无限好；层台射书，微乡明志，人杰地灵，登楼怀古有余馨。"这是后人对光岳楼的赞美。一条河，一座楼，一段水汽淋漓的故事让人浮想联翩。穿过古城区，重新临水而行，依次路经中国运河博物馆、孔繁森纪念馆、水城明珠广场。大运河在东昌湖稍作休整，又继续前行。沿河南行不久，就看到清代晋商所建的山陕会馆。如今，馆内戏台上是否还有水袖油彩金甲玉衣，山门前是否还有来往不息的马车、商船，古老的账房里老先生的算盘是否会伴着如豆的烛光响到天亮？步行走完聊城段的大运河，我站在城墙上眺望远去的运河：运河的地理文化远远不止这些，聊城凭借一条河就获得了"江北水城，运河古都"的美誉，那么整条运河沿岸的城市风光又会是怎样的繁华盛况呢？

此外，大运河的水之所以如此平和，不得不称赞早已难见踪迹的祖先们。就拿聊城做例,聊城郊外至今还保留着大大小小的闸、坝、堰、堤这些水利工程的遗迹,它们的存在强有力地证明了大运河的贡献和祖先们的智慧。当运河水依次流过这些软坝、硬坝时,温顺的水流就成了甘露,顺从地听从人们的调配,滋养起一方土地。当然,由于某些特殊地势的原因,大运河也一度向人们发难。在地图上有一个不起眼的小城:南旺。就在这个不起眼的名字背后却隐藏着运河开挖的一个难题。在大运河流经的路线中南旺处在地势最高点。由于地势过高,导致南旺到天津的水流由南向北倒流。南旺就像一只拦路虎,突然出现在运河河道的中段,截断了运河南去的路线,运河水顿时慌乱了,纷纷扭头回流。聪明的祖先们就在南旺建分水坝,打水库,结合当地季节的变化蓄水放水,安抚了受惊的大运河。这一次大运河又顺从了人的意愿,南来北往的运河水在海河处交汇,一同流向了大海。同样,在南旺以南的长江流域,运河水和长江水也相安无事地汇入了东海。大运河河水"两上两下"的难题就此解决,并形成了运河水"七分朝天子,三分下江南"的说法。

大运河没有"无闸运河(苏伊士运河)"优越的自然地理环境,没有荷兰阿姆斯特丹运河的繁忙,大运河悠悠地从古代流向现在,带着一身花草的清香,带着祖先们治河的智慧,与沿岸的自然地理环境和睦相处,正是由于与自然地理气候相融合,大运河的美丽在今天才愈加清晰。

四

斗转星移,许许多多人为构建的僵硬冰冷的建筑早已经失去了它们原本的社会功效,它们也只能退隐回历史舞台的边缘,成为一件曾经辉煌过的带有历史象征的文物。大运河则不同。大运河虽然也是人力开挖修缮的一项浩大的工程,可是当长城、故宫等一系列皇家建筑随着封建王朝的没落而昏然入睡时,大运河则信心百倍地迎来了一个崭新的时代。

时至今日,会通河酒的酒香已经漂洋过海,老舍先生赞美过的“铁公鸡”也早已闻名遐迩,用“莲花土”烧制的临清贡砖“漂”到北京还在构建我们的北大校园，季羡林老先生喜爱的蓝绿眼睛的狮猫依然娇憨可爱……这些小事情虽然看起来微不足道，但实实在在地说明了大运河依旧富有朝气。

连亭 作品

连亭，本名廖莲婷，壮族，1990年生。小说、散文作品散见于《散文·海外版》《散文选刊》《美文》《文艺报》《作品》《青年文学》《民族文学》等刊，并入选多种选本。出版散文集《南方的河》。

有没有一袭桃花落在水中

入冬以来,村子里已有七个人过世了。祖母说。

她说话的语气,就像是说田里的庄稼枯死了一样。我想起了很多张生动的脸。还有轻轻的,淡淡的,草木灰的漠然的味道。和满天纷飞的雨丝一样,这些草木灰轻微,却丝丝冷入骨髓。

祖母早就耳聋了,眼也早已看不真切,可是她说她知道冬天的冷。她越来越能知道冬天的冷了。

上一个冬天,她娘家的姑嫂来看了她一次。她说,我觉得你好面熟但就是不知道你是谁了。

挂在门角用以辟邪的桃叶已经又一次干枯。风呼呼地吹动,干掉的桃叶发出沙沙的声音,随即像被解开纽扣般脱落,被风带到很远的地方。

每当村里有死人,祖母都会吩咐母亲到溪边折回一截桃树枝,挂在门角,这种习俗很多年前就已在南方村落里生根,祖母坚守不已。这桃叶一次次插上新的,看着我母亲插桃叶的手,祖母的脸都会一次次地抽动。

每当黄昏降临, 风中就飘荡祖母的一声叹息。孩子们不理会她的心思,赶着在吃饭前玩最后一次游戏。祖母坐在门槛,眼睛无神地望着远处的雨丝,仿佛那远处有什么声音在召唤她。

时间柔软而疲倦地摆动着。纷飞的雨用眼睛压低了树木, 压低了村庄。寒冷有时在祖母的肩上,有时在祖母混浊的嗓子中,蜷缩的熟眠,已在冬天离她而去。

南方之南, 渔民晾晒一个个日子的地方, 岁月已像一把无情的杀猪刀,将一个佝偻的老太婆变成了一个坐在半掩的门前看雨的木头。

小雨落在暮色里，暮色带了几分潮湿的灰暗。小雨落在村头的稻田里,稻田里的青蛙迟迟没有醒来。小雨钻进祖母白花花的鬓发,粘在干皱松弛的脸颊上,布满皱纹的脸更苍老了。那些熟悉的小路在雨中缓缓伸向远处,隐隐约约梳洗着那些故事里的遥远人物的脸庞。

“老五……”

祖母在娘家村口远远叫唤着六十多岁的弟弟。她刚进村口。弟弟戴着草帽在稻田里割稻谷。她的两个弟弟和一个妹妹已经在几年里过世了。现在这个弟弟,和她站在一起,根本区别不出年龄,他们都一样老态,干瘪。

十一月的和风吹着金灿灿的稻田,那是祖母生命中最后一个秋天了。在那个秋天里,她最后一次回娘家。

“大姐,你今年来得好早。”

“老五啊,明年我可能就不来了。”

老小弟像往年一样提着老大姐的蛇皮袋,一边走一边聊着。

田里的黄稻被风一浪一浪地推向天边。

这生养了祖母和她的兄弟姐妹的村落是怎样的村庄呢?从柳州出发,沿着柳邕国道驱车两小时,就会到达武宣县。从武宣县逆黔江的源流武来河而上,两岸山体越见雄奇。过瑶族、汉族和壮族杂居的桐岭镇,进入龙山达开水库自然保护区,葱葱郁郁的山峦开始收拢,河床变得幽深,一头扎进水库里,然后沿着黑水湾向外流去。那水库据说是当年长毛留下的。金田起义未发前,大长毛带着小长毛,轰轰烈烈干了几个月,垒成这水库。后面跟了石达开的名,叫“达开水库”。洪秀全坏事后,有改叫“福来”的,有改叫“富安”的,武宣解放后有叫“卫红”的,如今兴起保护传统文化的浪潮,村长一次开会回村后,振臂一呼,仍叫回“达开水库”。水库的水平静郁秀,阳光下清明灵动,闪着活泼的粼光。水上的树林子和草莽苍翠得发黑。水库被树林子环抱着，像被拢紧，又像要被团团的苍翠抛出去。林子后面有一片山茶树，圈着十几户人家。一户家门半开着，夜里扑拉扑拉摇曳着一点灯火，光影在横梁上晃来荡去。这就是祖母的娘家了，现在是她的老五弟住着。

那一片山茶树，是祖母在二十世纪五十年代种的，每年春季都开花，散发着浓郁的香气，弥漫整个后山。

老小弟靠在门角喝稀粥，老大姐在厨房里叨叨，应该收拾几样菜哩，老五，你这日子过得也太俭省了些。

大姐，我一个人早习惯了。

你最不让我省心啊。祖母像小时候般照顾她的兄弟。时间过去了七十多年，二十世纪四十年代的习惯保持至今。

几十年前，山区里的战争像麻雀一样叽叽喳喳地飞来，又叽叽喳喳地飞走。祖母藏好家里的粮食，拉扯着她四个弟弟妹妹往山里躲。村民已经陆陆续续疏散离村，大家都要到百花山里等待战争的过去。二弟抱着酸菜坛子，三妹抱着一小袋红薯，老四老五最不争气，临着离村了还只顾瞎玩，把一只鸡的腿绑到树根，害得那只鸡扑腾着翅膀"咯咯咯"乱叫，一个鸡蛋就滚到了树根。老三叔不肯走哩，快过年了，他说他看不见了，守着老屋子，死就死吧，一把年纪也不亏了。十五岁大的祖母硬拉着他也不走，急得直哭。老三叔最疼人了，还真就被进村的鬼子害了，家里能吃能带的全被拿了，油缸里的油鬼子带不走，鬼子还在油缸里拉了一坨屎。祖母说着，抹了一把泪。她的记忆那么遥远，实际上也越来越少了。

家里没米了，阿爹让我拿一篮鸡蛋到镇上换米，家里这么多口人，可不能饿着。村里到镇上二十几里路，坑坑洼洼，磕磕绊绊，谁知一根茅草把我拽倒了，篮子里的鸡蛋打在路上，全烂了。回家阿爹是一顿鞭子，说饿着你们四个弟妹。还是老三叔救了我，让阿爹停手才没打死我。

大姐放牛时在水沟里捞的鱼也换了米喂我们哩。我们没娘,大姐养活我们。

那是秋天的事了，秋天她老五弟怎么也想不到开春要来我们村给她送终。

我们都记得那个春天,记住桃花开的日子。一场绵绵不尽的雨后,天气渐渐变得晴和。空气里隐隐约约有了阳光的味道,却始终无法捕捉。

从晨曦到日落,桃花舒展它的五个花瓣,几分微妙、几分醉人、几分清淡、几分甜腻。

那时我在读池莉的文字,其中有写道:“苏醒是熬出来的,人生的春也是熬出来的。每个人的人生热透一次,冷透一次,爱透一次 ,恨透一次,苦透一次,甜透一次,梦透一次,醒透一次,笑透一次,哭透一次,于是乎,人生也就不那么平庸了。”

祖母平凡的一生是不是也是如此？雨后的第一个日头刚刚升出了地平线,像没熟透的西瓜瓤,红得有些惨白。

春天微冷的阳光下,桃花瓣握在手中,真切的湿冷。冷彻手心,冷香四溢,像是用它的冷艳述说,动人的不止梨花一枝春带雨,桃花的煽情同样不只是浮艳。

“桃花开了,春天来了。”祖母说这句话的时候,稀薄的阳光透过花枝投在她的身上,闪着湿润的光斑。谁也不知,年迈的祖母前一天还能微笑着告诉她的子孙“春天来了”,第二天她就去了天堂。

天堂了结了她辛劳的一生。是否如此？

她的观念里从未出现过天堂这些字眼。和许多老人一样,他们走了,我记下几个字:草木一生。谁都不例外。他们活着时,像庄稼一样茂盛,该开花的开花,该结果的结果。他们走了,像收割后田里剩下的秸秆,被翻进土里,变成下一季稻的肥料。

开春了,祖母要下田插秧。祖母耳聋了,眼睛看不清了,还要坚持下田插秧,我爸妈不让她去,她唠唠叨叨吵着坚持要去。我爸妈没法,只好让她去了。我妈说:“娘想爹了。”是啊,布谷叫的时候,祖母都说是爷爷来看她,于是她就要去下田插秧了。

祖母系上头巾,穿上蓝壮衫,提着簸箕弓着腰背走过走了几十年的路,去村子外的水田拔秧苗。秧苗一畦畦青青地长在水田里,祖母把它们从秧田里拔出来,码齐了,带到别的水田,弯着腰一行一行地插下去,秧苗就精神地整齐地长在稻田里,吸足绿肥,喝饱田水,来日长出稻穗,长成金灿灿的谷物。

曙色正往芦苇一点一点渗透。人浑身上下冷踏踏的。没有鸟叫,没有虫鸣。只有从脚底往上灌的寒气。不时一只野鸭从芦苇荡蹿出,低低飞过水面,往树林里去,也没有打扰到祖母。

祖母被浓重的开春气息包围,水田映着她,映着天,分不清天和地、禾苗和泥土。她弯着腰,身子前倾,摸索着往水土里插秧。从远处看去,稠密的浓雾中,她整个人融化在里面,只有一个模糊的身体的轮廓,在白晃晃的水田里。

当太阳把光热融进河流和水田的时候,祖母插了两分田,她的速度明显慢了很多。她以前可是种田模范。大生产运动的时候集体劳作,别人都贼着心眼想偷懒,祖母却勤快而麻利。那时粮食太少,田地太多,耕种的季节,下雨天人们也不休息,各自赤了小脚,冒着雨,从烂泥巴村路上走到田野,一边谈论着东家长西家短,一边跟着生产队长种田。他们在田里把脚拉开成八字,弯下腰,垂下两手,一丁一丁往水里插秧苗。待到田种好,各人身上早已湿透,就回到田沿,把湿衣服脱下,妻子帮着丈夫,姐姐帮着弟弟,相互拧去雨水。实行家庭联产承包责任制后,祖母总是在祖父耙好田后,一个人早早地种完自家的田。种好自家的,还去帮别家儿种田,人人都夸她心眼好，别人都说“廖大家里的”人爽劲，干活不含糊，一早上能插好半亩田。

祖母是很爱庄稼，很喜欢种田的，这点我们家都知道。1998 年祖母六十五岁的时候，我弟弟出生，父亲喜得儿子，从此打算留在家中好好尽孝道。他开始思量着为他母亲过生日。可是一问祖母，祖母并不知道自己出生的日子，她说家里孩子多了，她父母亲就不记得她的生日了。父亲一再要她回忆着说出一个日子来，她最后说她父亲叫她桃，大概是桃花开的时节吧。于是父亲张罗着，要在 1998 年桃花开的时候，给祖母过六十五大寿。那年，桃花夹道缤纷，大厅里摆上各色菜等，左邻右舍亲戚朋友都来齐了，父亲却找不着祖母了。

大家忙里忙外地为祖母过寿，我祖母拉着我，往水田插秧去了。我站在田边看着白茫茫的水田，一只青蛙扑通一声打开水面，声音越过空旷的田野，在草丛、树枝、牛头、人耳中回响，人们就知道春天真的来了。

我如今依然记得那年桃花开的震颤中，万物告别冬眠，在一个下雨的夜晚迁移，把消息放进祖母的油灯。一群喜鹊从祖母早醒的第一天就开始聚集，一只，两只，三只，然后是一群，在说着话的祖母的手上冲破纸窗，在人们的头顶上叫到日出。

我问祖母怎么知道什么时候要种田啊。树上的桃花开了，人心就暖了，人心暖了就要种粮食。祖母答道。

那你怎么那么喜欢种田啊？你看我爸妈他们都没来种田，他们都在家里的。

你爷爷拉我来的哩。布谷——布谷——你爷爷从山那边喊我来的哩。

“布谷鸟叫我就来”，这句话在祖母耳边响了大半生。这声音穿越河面，穿越滩涂，涉水过溪，一定记得祖父祖母的一切，在每一个过去的日子，给庄稼人带来温暖。

种了稻谷,锅中煮几碗香米,热气腾腾地捏成饭团,成为出村干活做事人的美餐。如不是分别,耕田劳作的事,一定都是祖父祖母伉俪合作,劳作中掺和着壮乡人特有的笑谑和恼怒时的娇嗔数落,在那些长长的有所期待的日子,他们一起叮咛着擦去哭闹儿女的眼泪,和所有的黔江壮族人一样。

祖母小时候不太会种田,祖母喜欢上种田,是嫁给爷爷之后。祖母十八岁嫁给爷爷,也把自己的爱带给了田里的庄稼。

爷爷参军离家时对祖母说,你守着田地养大孩子,有一天日子总会好起来的。打仗总有打完的一天,敌人被打死了,仗就不打了,稻子却总能一季一季地插下去,我们就年年都有粮食。只要你守好田地,布谷叫的季节我就回来看你和孩子。

祖母去世的那个春天,河边的芦苇只是冒出青白的芽尖,河水依然清冷。祖母赤脚涉过浅浅的一片河水,河水波动着,把她映在河面上的影子捣碎了,灰白的头发在水影中拉得好长。她有时低下头看见自己的影子,就说,我认识你哩,你这会子来做什么,我没空搭理你,我要去插秧了。

那天祖母一个人在田里鼓捣了好长时间。路过水田的人都说她一直在絮絮叨叨地说着什么。别人喊她,她听不见,她只是偶尔抬起头来“嘿嘿”地对着别人笑,露出空洞的嘴巴。赖三叔问她好,她说小韦你长这么高了。小韦叔问她好,她说阿赖你老几岁了。我的祖母人已认不清了,但她仍记得怎么把秧苗在田里插好。

风从水面穿出来,吹乱她的鬓发,她笑了笑,脸上的皱纹挤作一堆,更难看了。雾气渐渐升腾起来,在她身边滚动着。岭南早春的天气就是这样,早上放晴,傍晚却飘起雨来。祖母直到天黑才带着咳嗽声回到家中。

这突如其来的咳嗽声把我母亲吓坏了,不住地自责起来,对着我爸说怎么着也不该应着娘去的。祖母一生很少生病,也很少让人照顾,她不愿成为别人的拖累，让别人照顾，她会心里难受，所以过去的几十年里，无论怎样不舒服她都自己忍着，没让母亲照顾她。而这一次，她微笑着安静地躺在木床上，任凭我母亲给她烧热水擦洗身子。

祖母发着烧不停地喃着些胡话，没有人听懂她在说什么，只有一两次我爸说祖母在喊我爷爷的小名。

爷爷是在我五岁时走的。爷爷年轻时丢下一大家子给祖母，一腔热血地参军，经历了与越南的战争，战后仍在队伍中负责背冰，生病后退伍回村，由于不注意医疗和保养，渐渐发展成肺结核，一米八几的人就一病不起，不济事了。祖母日思夜想地盼回来的丈夫，却不想已是个病号子，但她没有怨言。她在爷爷多年不在家的日子里照顾着我那九十多岁的曾祖母，那会子又照顾起自己的丈夫。

我五岁的时候爷爷去世了，年近百岁的曾祖母并不知道，全家人瞒着这个十岁就作为童养媳嫁入我们家，后来又因为早年丧夫而变得性情古怪的老人。古怪的曾祖母每天对着给她送饭的祖母叨叨我爷爷怎么这么久没来看她，祖母说他在外忙着哩。她不搭理祖母的话，眼睛直望着深长的屋子，半天不说一句话，也不吃饭。我进屋去拿她的扇子，她就狠狠地骂了我，把我吓哭。祖母只好牵着我的手走出曾祖母深长的屋子。我磕到门槛时脑袋抬了起来，却看见她眼角湿湿的，我自己就不敢再哭了。我六岁半的时候，曾祖母也离开了人世，家里就只剩祖母这个老人了。

我爷爷是怎么在二十岁上娶了我祖母呢？

河川里的细流流了许多年。稻田里摇曳着新鲜的禾苗，清冷的风变得舒缓暖和，拂动在水波上，唤起了黔江岸边人的回忆。

农历三月三是杜鹃花开的季节，或红或紫地爬满整个山坡，山雀叽叽喳喳在松树林嬉戏，壮乡的赛歌绵延整个河川。有一些船只隐没在春日的芬芳中，蜂群伴着花朵起舞，燕子飞来了，在天空点缀许多的音符，紧接着歌声从年轻人的生命中诞生，人的呼吸如潮湿的藤蔓，河流首尾相接，水漫过黔江人发芽的歌声，欢笑的露水沾湿树叶装饰的图腾，露水落在泥土中，泥土发热，雨水在深黑的屋檐下发酵着，春的心脏开始活泛起来。

我爷爷骑着果下马穿越整个河川。果下马是来自山林的马，我爷爷是来自凤凰山的小伙子。

姑娘的采茶歌娇滴滴的像露水，壮小伙的渔歌悠长辽阔穿越整个河面。姑娘壮锦裁成的服装映满河水，小伙子结实的壮衫白又白。我回忆起故乡时，耳旁就响起摇船人催橹的歌声，如果下起了小雨，心情就湿湿的。这里的男子都穿短小精悍的壮衫，女子则是上身穿斜扣的衣衫，下身围过膝的蓝布裙。赛歌人或骑马而来，或乘着小船，浮江而下。

“嗨咯——”长长一声穿破晨曦的雾霭，河滩上一个小伙放出洪亮的嗓音，喜得姑娘们争拥着上去与之对歌，十几个回合下来，没有姑娘对得上，都羞答答地败下阵来。这时小伙子们开始骄傲起来了，指着花花绿绿的姑娘们说，快认输吧，认输了跟哥哥回家去做媳妇儿。姑娘们羞得恼怒了，这时一个女孩儿喊道，快叫大姐儿来，叫大姐儿来把他唱下去。于是两个姑娘急急忙忙地跑到祖母家，把正在给弟弟妹妹做饭的祖母拉到赛歌场上。

这个哥人高马大的，可能唱了，我们也不服气哩，大姐儿丫头中最能唱，你把那高个儿唱下去，给我们丫头争口气哩。她们边往河川赶边说着。

我的祖父和我的祖母就这么遇见了。他们分别代表着男女两个阵营，咿咿呀呀地唱，唱过茶歌唱渔歌，唱过渔歌唱酒歌，唱过酒歌唱花歌……从日中唱到日落，又从日落唱到日出。

于是，黔江两岸的人都知道廖家大少和黄家大姐儿对歌对了一天一夜。人们开始疯传他们对歌后双双作为迎春代表走入花丛。我的祖父祖母,结结实实地恋爱了。

祖母生养了三个儿子和一个女儿。我姑妈嫁给了小学校长,另外两个儿子在上世纪六十年代喜欢上同班女同学没钱娶回家，至今还守着初恋那份情。只有我的父亲娶了我的母亲,并为祖母生了我们几个孙儿。

祖母一生为别人操尽了心,却唯独不管伯叔二人的婚事,他们之间似乎达成一种许久的默契,闭口不提成家之事。那些我不能触摸的事物,有着和水一样缓慢的生命，而整个湖水都是树木花朵的眼泪；土壤中的密码,在期待中发黑的种子,泥土深处小小新生命的嘤嘤的呢喃,重复着花木的童音;被风编织的树叶,手拉手踩过月亮的水面和天空,在唯一没有记忆的地方留下波痕。

直到有一次，叔叔整整三天三夜不归家，祖母开始向人打听他的去向。有人说曾看见叔叔着魔似的,扛着一坛酒往后山上去。也有夜里寻牛的人说好像听到有人在山茶树下,又是哭,又是笑,又是唱,还有酒坛子打破的声音,以为是酒鬼还魂了。也有放鸭子的人说天亮的时候,发现他躺在山沟的石头上,白花花的山茶花从树上落下来,覆盖着他。

祖母终于是坐不住了,没等父亲回来,没等天亮,就战战兢兢拿手电筒出门寻找。月夜,满地白晃晃的,山茶香气从月光中出来,山头、树木、村子在黑夜里拉长影子,遮遮掩掩,躲躲闪闪,虚虚实实,有有无无,撩得人发悚。祖母拉紧衣领,颤着身子,向前迈步,偶尔踩到软绵绵的东西,低头仔细用电筒一照,是一朵花,更浓的香气从脚底直扑向鼻孔。祖母心里一急,用手把残花骨朵移开,踉踉跄跄跑开了。一只老鼠赶在她前头死命窜到茶树根底下。

第二天祖母在厨房做早饭,心里正犯嘀咕。太阳出来了,叔叔却站在门口,眼睛直勾勾地盯着山茶花。我从山茶树缝望过去,看见祖母从厨房拐角处一颠一颠向他走去。

叔叔向祖母交代了所有的事情。

春天的夜里，我的叔叔抱着酒坛，在山茶香中失去知觉。山茶花香搅得他心烦意乱，于是他独自往后山野鸭渡去过活。岭南的山岭中常有宽阔的湖泊，储蓄深山流出的细水，他路过湖泊，路过水库，寂寥的湖面上，连水鸟都没有。幽幽的水面在晨光熹微中变得很模糊，朝霞点在湖面，湖面不断更替颜色，灰白、灰黑白、灰褐、墨绿、鹅黄、橙红、赤红……万万千千的颜色在湖里安静地扭动、发酵……像叔叔手中爷爷当年酿的陈酒。

阳光变成一条白鳗鱼，润湿，平滑，在湖面游动着，闪电一般。叔叔想用网去网，却精疲力竭地躺在了湖边。然后他梦见耕地，他摸索着，翻耕着，这边种上玉米，这边种上黄豆，这边种上花生……

于是在那样的事情之后，我们都知道了叔叔年轻时和茶花女同学的秘密。

叔叔和祖母的默契持续了多久，好像没有人可以说清楚。他们仿佛是在一夜之间达成共识，然后就一直这样。生活发生的开头和结尾会让人蠢蠢欲动，但谁也没有足够的精力和时间耗着，去追究那千丝万缕的细节。

这几年，即使是在我们黔江，这样甘蔗地遍野的穷乡，趁大人在地里干活偷偷用糖拐走儿童贩卖的人贩子也是来了一茬又一茬。男人或者女人，穿得整整齐齐的，打扮成学生模样，脸却是贼溜贼溜的，混进村边的官道，另外的人开着面包车远远躲着接应。地里的庄稼人在冒着大汗干活，收工了却不见了自家儿女。

渔村是个鱼篓的形状，三面被黔江环抱，两面河岸又有山，实在适合作案后躲避撤离。山林，更是总被一层水般的雾气笼罩着，慢慢地在时间里拉长，飘荡。这古老、苍翠的山林春天坐落在冷雨中，见过许多人来了又去，有些人，被它高高托入早晨太阳的光辉里；还有另外的一些人，他们像秋风中的落叶，灰蒙蒙的，埋入土里，毫无色彩，指向遗忘和死亡。山林外黔江流逝着，宽阔的河流里的波浪一排排打着石岸，更显安静，人们几乎什么也觉察不到。只有河里静静的漩涡，令人想起它们和过去的某种东西相似，而也只有山林意识到它们的存在。春雨，在这座偏僻的村庄静静的时空中，缔造了一种充满等待充满寂静的默契。红色的大地在延伸，往不知名的深处。

渔村内外传说那个歌喉漂亮的女人，传说那个善良的女人；他们从自家里屋缓缓走出来，一边喝稀饭，一边抽着点到头的烟，和人谈论着那个女人。我知道，他们讲的是祖母。

祖母偏瘦，而且有一张瓜子脸，挺鼻梁，黑眼睛，脸上黑黑的留着太阳的痕迹。而她从来不在乎她的肤色，因为她是庄稼人。

她会在傍晚从田里收工回来的时间，走到村口地头，把那些贪玩舍不得回家的孩子一个个劝回家。男孩子很淘气，想玩多久就玩多久，大人也管不着。祖母就会变戏法一样从口袋里掏出一块糖或者一块巧克力。只要小孩把手洗干净回家吃饭，她就把糖果给小孩吃。从此，村里丢小孩的事情少了。时间久了，嘴馋的孩子会故意呆坐在村口等着祖母，什么也不干，直愣愣看着水田的方向。祖母心软，就早早地收工了。卖画糖的老婶子问祖母，你的糖怎么总是买得多，祖母只是微笑着，乐呵呵地点着头。

祖母总是笑眯眯的。不知道为什么。村里的老人都会问，你为什么这么开心。她说我和我那老鬼给孩子们分糖了。

她是善良的，对长辈，对丈夫，对儿女，对他人，都是如此。她就像粮食一般，从不挑拣食客，不区分民族，一点一点奉献自己的能量。

关于她的善良，黔江还流传着一个故事。那些日子是冬天，大片大片的甘蔗地被人们割得光秃秃。一大捆一大捆装上车，车下两个黑黝黝的汉子，嘿哟嘿哟往车架上扛蔗秆。一辆辆冒着黑烟的农用车打村庄开过。堆得高半截的甘蔗堆被颠簸得一摇一摆。孩子们最不安生，在悠长的午后，掩藏在自家的木门缝里，在甘蔗车经过时，他们冲出门，枯黄的头发被风吹向遥远的天际。事情就在午后人们最恍惚眨巴睡眼的时候发生了。小孩在车头掠过门缝的一刹那，飞快地闪身而出，在蜡黄的甘蔗头上狠狠地抓了一把，几乎就要被打转的车甩到车轮下。正准备出村察看田地的祖母伸出簸箕，罩住小孩，像捞鱼般把小孩捞了出来。她的手却因为用力过猛，落下病根，在下雨的日子总会风湿疼痛。

如今祖母躺在床上，她爱插秧的双手安静地搁在被子上，伯叔姑妈父母亲还有我们几个孙儿都守在她身边。她没什么遗憾了，她始终微笑着，一句遗言也不说，我们都知道她要去见爷爷了。

祖母第二天早上在我们身旁告别了自己的段落。母亲和姑妈从箱子里翻出寿衣给她穿上。那是她几年前眼睛还看得清时缝的，颜色像河水一样碧蓝碧蓝的，整个祠堂都沁润在一片水蓝中。父母亲走了出去，在长长的早上日光的斜照中，父亲和母亲都表情肃静而庄严地把家里门窗上的桃叶和艾叶卸下来，挂上白布。那白布衬着树上红红的开得甜腻的桃花，几瓣被吹落，掉在了来奔丧的人的脚边。

我看着桃花，想着她不能再给我扎红头绳，鼻子酸酸地哭了。长长的午后，我坐在盛开的桃花树下，开始进行我人生的第一次对祖母的回忆。芭蕉叶大栀子肥，祖母每天把温暖的手伸向我，在我翘翘的发辫上系上红头绳。然后我挂着祖母的红头绳，跨出家门，在河川听春天的儿女们对歌，在溪边的桃树林追蝴蝶，在村弄一带燕子一样掠过，走过春天，走过秋天，慢慢地长大。

可从那天起，她不再给我系红头绳了。南归的鸟再一次回到村庄，颤动着翅膀在屋外唱歌。桃花在柔和中消逝，土地打开尘封的皮肤听见花朵凋落的声音。泉水饶过花瓣的嘴唇，石头、绿叶装点了尘封在冬天的事物，微小的生物在春天舒展成另一些花朵，季节在妊娠的悸动中繁茂如人的头发。水从生命流过,摇摇晃晃的石头中有迷茫的花香,时间膨胀得像一个饱满的黄昏的水潭,轻轻拂去黑夜留下的皱纹。

匆忙的葬礼过后,坟上燃过的纸灰还有余温,风吹过,变成凌空飞舞的黑蝴蝶,被雨打湿落下来,和桃花瓣一起融进泥土。那一刻祖母一定心满意足,土地在她的发下,露珠在她的肩上,她和河流一齐并肩躺下,带着月亮流向远方。生长歌声的河川,岁月是一次涨潮和与之相同的退潮。河水带来故事,如带来星星般的鱼虾,带走人们,如带走一艘平凡的木船。

之后,我们在桃花盛开后的村庄外面,继续种未种完的稻田。之后,我在毫无秩序的春天为树叶系上铃铛,在收割的秋日做过许多梦,但从来没有在冬天的某一天再遇见祖母。冬天的黄昏是寂寥的水,平整的冷风吹过空荡荡的田野时如一支忧郁落寞的长笛,将一点点若有若无的云彩分割成冰冷的手指,在深夜揭开熟睡人的棉被。

春天河水仍旧咚咚地敲响,小孩子跳着,凌乱的脚印像一张地图。春天来了,就会有一条一条的河流过,桃花随风戏蝶翩跹起舞。春天浓了,河边牛儿饮水,歌声朝饮水的嘴唇流过来。人们收拾好包袱,献上歌声,重新在泥土中扎根发芽,成长为一棵棵庄稼。我从橱窗和报纸中间探出头来,几乎一下子就找到了所有和我有关的人,他们大多数藏在一句句熟人互相打招呼的话中。

冷冬

一条灰黄的河流养育了这座年轻的骄傲的城市。整个冬天,冷雨大风断断续续,如同婴孩的啼哭。从宿舍窄小的窗户,可以窥见从河边升起的高楼,钢筋骨架直插云霄,天空被烟雾熏染,河面被阳光涂亮。我早已熟悉这样的景象了,都市不断向外辐射,人的心被现代化的步伐和物价的起伏牵动。

冷雨不断打湿水泥路面,浸润瑟缩发冷的膝盖骨,人越发地不想动了。古运河把河水带入小区,连通已经萎缩的湖泊,老旧的蒋公堂陆续出现了几个罕见的游客。他们草草地看了几眼木质建筑,抱怨着阴晦的天气,随即穿过弄堂,用手机呼叫了一辆出租车,很快就消失在雨雾里。潮湿的古建筑又恢复了沉寂。

我的房间位于公寓的五楼,十五平米,摆着一张床、一张桌子、一把椅子,没有暖气,空调只能开冷风。我买了几个保温水壶,每日到热水器旁灌满它们,储存在宿舍里。脚冷得实在受不了了,往桶里倒上一些,兑上点冷水,便把冻僵的脚放到桶里,水温从脚板底沿着脚往上走,人就舒服多了。等把几壶的热水用完,一天也便过去了。

楼里的租客很多都无法按时交房租,甚至交不起房租,房东每次来都会抱怨。她每次都会说,这年头谁都不容易,包租婆也不好当,都不交房租,不是让人喝西北风吗。她这次来,我以为她还会重复老调子,没想到她却提起了过年的事。眼下就要过年了,她说,有几户终于结清账回家了,年关最是要紧。末了她问我回不回家,我说不回,把房租钱给了她,仍旧埋头做自己的事。许久之后,仍能听到她楼上楼下地和别的租客大声说话。

靠近楼梯的那一户,是一对中年夫妇,看上去像民工。每次路过,要是他们的门开着,我就会看到女人在慢悠悠地收拾屋子,男人则坐在床沿,要么抽烟,要么有一搭没一搭和他女人说话。房东每次见到他们都会说,她也知道农民工的难处,政府不是专门制定政策照顾民工了吗,克扣工钱的事这些年也少了,何况是过年了。坐在床沿的男人,听了房东的话,只是默不作声地从口袋里掏出皱巴巴的钱,然后默不作声地递给房东。房东走后,他轻轻地关上了门。从屋外可以听到他们夫妇俩商量着过年要在工地加班不回家的事。

我的对门是一位老人,住在这里好几年了。他总是独自一个人,没有人见过他和什么人有来往。房东每次见到他,几乎都是半哭丧着脸半发狠地对他说,必须得按时交房租,她也得吃饭,要不然就请他搬到别处去住。老人则嗫嚅着说,下个月我会全部交清的,年底老板一定会给我发工钱。房东只好作罢,走了还回过头来冲着他窄小的房门喊,下个月我会来催的啊。一天,我听到楼道里有人大声打电话,吵得我没法安心写稿。开门出去一看,是老人和家里通话。兴许耳朵不太好,他喊得特别大声,电话那边像是他孙女。他乐呵呵地冲着电话说,爷爷不辛苦,爷爷能赚好多好多钱,爷爷下次回家给梅梅买新衣服。电话挂断之后, 只见他怅然若失地站了许久。我轻轻地掩上门,心上像被抽了一鞭子。

在楼顶有个简易小阁楼,住着一个清洁工。除了扫大街,她每天会打扫整栋楼的楼梯和楼道,这样她就可以抵消掉一点房租。她每天回屋,要爬六层楼梯。她往上爬的时候,要用一只手按着膝盖,那里一下雨就疼痛不止。她的另一只手也没闲着,拿着她的扫帚,时不时停下扫一扫尘土和碎屑。不知什么时候起,她总是抱怨楼梯太陡了,简直跟爬云梯一般。而我们都知道,是她年纪大了,头发已经渐渐露出了灰白。

她抱怨的时候,嗓音尖厉,租客们受不了这声音,也就不太搭理她。她爬一层楼梯,就会停下来喘口气,挥舞几下她的扫帚,有时还能打死几只蟑螂。她每次都会说她家里有很多地,儿子也孝顺。媳妇嘛,她顿了顿,眼睛眯了一下,然后慢吞吞地说,也很孝顺。我们都知道她在扯谎,上次她在雨地里走路,不小心摔坏了腿,躺在楼顶的阁楼一个月才恢复。我们在她屋里找到她家的电话,叫她儿子接她回去,她儿子吞吞吐吐地半天说不了一句话,最后媳妇把电话抢了过去说,又不是什么大病大伤,死不了,休息几天就行了,家里哪有地方再住一个人呢,说完就把电话挂了。负责打电话的人摇头叹气,她不好意思地笑着解释说,儿子住的地方小,就一室一厅,她也不想回去和他们一起挤的。

烦闷的时候,我会到楼顶走动,看看老妇人,扯扯闲话。她说她腿骨一定长了虫子,咬得她生疼。我说那是风湿,劝她多休息,注意保暖。这时她往水盆倒了点水,洗了洗脸,又用手指擦了擦牙,算是刷牙了。她坐到一张矮凳上,然后再往盆里加了点水,脱下鞋子袜子,把皮肉松弛的脚放到盆里泡,嘴里发出哧呼哧呼的声音。我问她:“过年了不回家吗?”她说不用回,到时儿子会给她送点年货过来。说完她问我:“我儿子很孝顺是吧?”我不答她,又问她:“晚上做什么菜吃?”她说她会做一锅姜末炖菜,吃了身上暖和。

一天我到楼上去,看见她屁股垫着报纸坐在地上,头上也扣着一张报纸遮雨,那样子像是在观察水洼里的虫子。风潮湿阴冷,雨丝细密,寒气刺着她的膝盖,人就快冻僵了。我问她怎么了,她说她忘了带钥匙,虫子咬得厉害就摔了一跤,站不起来了,还好扫地的时候捡到几张报纸,派上用场了。我说您不会喊人吗,您一喊有人听见了就会来帮忙。她说她怕一喊整栋楼都听见了,都跑过来就糟了,她不想被太多人看见,那样她就在这里住不下去了。我跑到楼下叫了个男人帮她撬开了锁,又把她扶到床上,打了热水给她擦洗。老妇人意志坚强,留下的信念坚定,积极吃药治疗,但她最终还是没能继续住在楼顶,她爬不动楼梯了,发起了高烧,病得越来越厉害,生活没法自理,整栋楼的人不会让她独自待在楼上,房东也不会,大家联合起来,强迫她儿子把她接走了。

每天早晨,我会看到一些房客从楼里出去,走过潮湿的水泥路,横穿过河上的桥,搭公车去工地上班。有些失去工作的房客,也会每天都早起,到城里四处找工作。他们每天都精神抖擞地出去,傍晚疲惫地垂丧着头回来。

我只会在要买吃食时才出去。偶尔看到一些路人被雨困在公交车站,举着被风吹得鼓胀的伞,在风雨中歪歪斜斜,裤子湿透了,然而车还没有来。几个无家可归的流浪汉蹲在墙角,用报纸遮盖在头上挡雨。天实在太冷了,他们的报纸很快湿透了。

河上,有一些挖沙船在作业,马达声发着沉闷的喘息。一些货船停在港口装货,码头工人全都穿着绿色的雨衣,穿行在灰蒙蒙的河岸上。一些货船缓缓地行驶在宽阔的河面,像例行拜访的客人,稍作停留就去往下一站。水上公园的码头有几艘空荡荡的游船,寂寞地泊在岸边,看来是很久没有游客到来了,售票点都关起了门。

有时,我会到楼道尽头住着的一个姑娘那里说说话。冬季实在太无聊了,我们边吃着零食,边谈找工作的事情。这不,大学毕业大半年了,然而城市还没有给我们提供一个合适的岗位。她是学工商管理学的,前几年还很吃香的专业,碰上这阵子的经济萧条,也落到了冷门的地步。至于我这个文科生,百无一用,门前冷落车马稀,更是不用说的了。我们用坚强的心脏和极大的信心,慢条斯理地爱着冬天。有时我们也会谈起春天,憧憬经济回转,股市上升,大批的岗位招揽新人。细雨中,我能清晰地听到远处的清真寺传出礼拜的声音。

我的时间极其充裕。除了写稿子挣饭钱,我大部分时间都坐在窗前。天气越发冷了,早晨和晚上路面都结了冰,窗户蒙着蚯蚓般的水迹。我用食指肚划开窗玻璃上的水汽,窥视着外面的世界。有一天,我发现窗台的一盆水仙花冒出了骨朵儿。

情形会慢慢好转的,上了年岁的有经验的人说道。

楼里的妇人们开始置办起年货了,男人们忙着工地的事,她们就两个三个的结队到大超市购买年货,有的女人还给自己添置了新衣裳。点子多的女人,在附近的农贸市场买到了糯米和粽子叶,居然包起了粽子。时不时地,还看到几个女人聚集在楼道里,舞动着剪刀裁剪红纸。她们说,家乡的对联都是女人们裁剪出来的,从来都不会买现成的。

终于过年了。细碎的雪花从天空飘下来,还没落到地面就融化了。看着灰蒙蒙的天空,越发觉得这一天实在是太长了。租客里没有和我年纪相仿的留下来了,楼道尽头的姑娘新找了个男朋友,几天前就说过要在男朋友那边过年, 叫我不用等她守夜。几个大学同学打来电话约我出去下馆子,我拒绝了。

我到银行往父亲的卡上存了三千块钱,又给家里打了电话,他们轮流拿着电话向我送来祝福。母亲照例说她做了许多菜,有鸡鸭鱼等,还做了我爱吃的糯米糍粑,说我要是在家准能美美地吃上一阵子。我说,这些我都能在超市买,不缺的。母亲说,超市的哪能和她做的比呢。我不和母亲争论,眼泪差点流下来。

往回走的时候,抬头看见除了楼顶的阁楼,所有的房间都灯火通明。进了楼,意外地发现大家都聚在了一起,脸上喜气洋洋的,穿上了最好看的衣裳。大家都把桌子摆出来凑到一块儿,铺上报纸,放满各种吃食,女人们边嗑瓜子边聊天,男人们边喝酒边高声说话。他们招呼我加入,说反正都要守夜,也没电视看,凑在一块儿热闹。我靠着女人堆坐下,听她们谈论家乡过年的吃食以及各自的手艺。临近午夜时,一个男人举着酒杯站起来说,过年了,一起干一杯!

是啊,过完年就是春天了,这该死的冷冬就过去了。为了这个,所有的人都激动地举起了酒杯。

路魃 作品

路魃，1993 年生于广东肇庆。有小说和散文作品发表于《天涯》《文艺报》《西部》《作品》《青春》《青年作家》《广州文艺》等。

双生

我右手关节长出来的突骨,是父亲后来失去的两根指骨;我敏感的听觉,是祖父早年被夺走的听力;他们遗失的、渴望的,早晚会在我身上得到重现和补偿。

我们家族的男人在肢体器官上总有或大或小的缺陷,都是后天造成的,仿佛古代犯人进牢子前,在身体烙下的印记。出生后,那昏冥中的神灵,就要在我们身上打上苦难的烙印,昭示着我们将背着沉重的枷锁,在人世的牢笼中存活,并企图看我们如何逃脱。

我曾以为自己将延续家族链条下的宿命,比如也失去两根指骨,失去双耳的听觉。不过相反,我骨折的右手长出了多余的骨头,耳朵对外部声音敏感得近乎自虐。在那个水汽蒸腾的卫生间里,淋浴的水冲刷出来的噼啪声,像锥子拧进耳膜,我看着镜子里模糊的脸,以及那只畸形右手的弯曲轮廓时,我这么相信:这种强行浇注进我身体里生理性的、互补式的变异,属于一个家庭内部,乃至整个外部宇宙的生命平衡机制。

关于父亲的断指,这些年来我不曾回忆起更多的画面,只有那个黄昏的沉默,一直充当我推开家里那扇门时的背景声。十年前,我在一段日记里,描写过推开门时的那个永世难忘的场景。十年后的今天——或者事情的发生就是昨天——我仍执意要重新描述那个场景。

回到乡村的黄昏,我把嗅觉交给新鲜的牛粪味,把视觉交给橘红色的云,把听觉交给蚊子缠绕而成的旋风——它们是我用来回忆的外部感官。放学的黄昏,一个蚊子旋涡尾随着我,我带着如此躁动的心,推开那扇木门。父亲就坐在厅的正前方，坐在两个房门之间的墙壁下。他弓着腰，跷着腿，坐在木椅上。他左手托着变成一团纱布的右手，侧着头看我一眼。记忆的错觉使眼中的幻想变得像一场梦，那扇木门突然变得很高大，门楣一直往天空延伸，通向门厅的水泥板在融化、翻腾、旋转。父亲消失在水泥板的褶皱中。

我站在门口，父亲坐在屋内。屋外的光打在他身上，他落寞的形象如此残酷地被抛在光线中。我叫了声“爸”，他“嗯”了一声。记忆在这里戛然而止。我在这里完成自我叙述，即使此刻我决定掉头重返记忆的现场，摸索到的也只剩一片黑暗，人物毫无意义的行走，断续的问候，只能重复那个短短几秒的视角，上千万遍。

我试着把意识转移到父亲的脑中，演绎那场悲剧的经过——

“我把最后一块木板放在电锯台上。木屑已经铺了一地，电锯削出来的木屑又细又有烧焦的香味，并不像老爹在木匠房里用刨子刨出来的卷花木屑那样。他削好一块木，要一天，我只需要一下子就好了。果然不能等。他说，要等我儿子上了大学才建新房子。那时候，物价已经涨到无法负担材料费和人工费了。我已经从外面的城市回来好几年，城里人已经不怎么请散工装修房子了。镇上还有些大户人家请我去装修，只要这么干几年，再向亲戚凑几万，房子的钱就应该够了。

“很快，木板就分成了完整的两块落在地上。我的背部被阳光照耀着，我转过头，看着那个太阳，尽管我精疲力竭，刺眼的阳光还是让我感到了振奋。眼中残留的光晕是幸福的余象，久久不从我的视网膜消失。我伸手到电锯台下，去关掉电源。我好像碰到了什么，只是那么一下子，有什么跌落了。可我看不清，揉揉眼睛，脸就湿漉漉的。血味像生锈的水管那样冰凉。我的小指和拇指不见了，只剩一截短短的骨头，露出白色的断口。我叫了一声，电锯声把它盖过去了。我俯下身，在那堆木屑中找到了两根手指。

“我坐在去医院的摩托车后座，握着手指，血润湿了我的裤子。来到医院时，那两截断指的血已经流光了，软绵绵的，像干萝卜。医生说，由于截断面附近组织损伤严重，再植的难度很大，这手指就算接上了，也不能保证它会不会有天坏死，那还得重做一次手术。

“医生，这手指我不要了。

“那两根手指已经不属于我的身体。我把它们留在了医院。我要回家。我慢慢坐下来，家里很寂静，这间房子多么潮湿，多么昏暗啊。尽快搬到新房子的愿望总是折磨着我，我的断指一阵阵剧痛。我感觉那些手指还在，只不过我看不见它们，可是我感觉得到。

“好像谁回来了？门闩在拉开。我下意识地把手往侧边挪了。‘爸。’是儿子。‘嗯。’我答了一句。进来后，他在沙发那里坐着，看着我，我们就这样一同坐着。”

父亲很刚强，很倔，他放弃断指没有别的什么原因。假如家里的经济不那么拮据，或许还能在这件事上考虑一阵。既然再植的可能不大，他就直接放弃了。

父亲在太阳底下张开他的五指，准确地说，张开他残缺的手指。时间久了，他的手就会感到麻痹，他动动手指，地上的影子有个缺口，看起来更像一只被打死的家蛛。皮肉已经愈合，被电锯切出来的截面隐约还能看到薄薄的皮底下骨头的白色。指关节愈合的地方圆圆的，好像那里从来就没有长出过别的组织一样，那么自然。

我想，他再也不能自己一个人解开细细的绳结，只有一截粗大骨头的手指有时也夹不住物品。在失去手指的最开始阶段，父亲或许认为它们还在，拿东西的时候，脑中意识判断手与事物的距离时，依然保持着失去手指前的反射，所以当他企图用手指去勾住什么东西时，发现抓空了，才知道那一截手指已经不在了。

失去手指后的父亲,脾气变得无常,同时面对爷爷的耳聋和年老的固执,他在生活细节上表现得更加暴躁。母亲忍受着这一切。有一次,父亲对她说了句什么——我没听清,当时正坐在门口的石凳上望着天空——而母亲正蹲在天井处砍肉,她扔下刀,就离开了家。刀在地上的哐当声伴随着我的童年,那是我第一次在心灵深处知道了成人间的怨怼。我遵循着从我出生伊始就根植于意识里名叫"沉默"的基因蠕虫的暗示,从不敢作声。

在此之前,我面对的是整个乡村的孤独时期,偏居山坳中,雨露落在这个腹地,然后循环成天上的云雾,这么循环着,似乎外部的世界从来不存在过,缠绕在这种生活的皮肤之上的,是父母婚姻与生活间的暗涌。我把更多时间花在野外,观察和养殖各种动植物,并发现那些夏天在我手上的事物总是处于极易衰败死亡的状态。我从别人手中得到了一棵已经结籽的向日葵,冒着暴雨把它种在门外的菜畦中,没多久,它就枯萎了,我只好把花盘拧下来,一粒粒剥下瓜子,坐在地里一粒粒放进嘴里啃。我还种了白菜。菜畦下面的阴沟里,有一丛马兜铃,带刺,有毒,我小心翼翼地观察它,又忍不住用手指去摩擦那些毒刺。我一心一意地在这片菜畦上耕种我的另一种生活。在它的侧面,是一间破屋,墙体颓圮,直到它的主人来拆房子时,我才知道这片菜畦也是他的。我站在地里哭,看着瓦片和泥砖坍塌,砸死了我全部的菜苗和马兜铃,无能为力。夏天是生命蓬勃的时期,我却认为,那些夏天总是与死亡联结在一起。我制造了一次死亡,在那条巷子中,我拾起一块石头,敲死了一只雏鸡,把它塞进墙洞,它的身体挤成一团软趴趴的球。我亲手结束它的性命,是否缘于童年时期的残忍与蒙昧?还是伴随着我出生的罪与恶,往往伺机而动?在同一条巷子,我掏了一个鸟窝,那是一种非常难养活的白脸鸟,早知道它们会死在我手上,我还是把幼崽拿了下来。在巷子露出的一线天空上,几只成年大鸟在盘旋,成了一个旋涡,哀鸣着。我抬头看着,真令人困倦啊,太阳就在那个旋涡的中央,又像是一个黑洞。

也许是神灵为了惩罚我年幼的罪恶，我那天遇上了一只狗。它追赶我,我在巷子中逃窜,被一块石头绊了,手肘敲在地上。狗停下来,嗅嗅我的手,喷喷鼻子,不知所以地走开。我感觉手不能动了。我回家,坐在石凳上哭。母亲在我的关节处轻轻扭了一下,我听到了骨头碎片的刮擦声,嘎啦嘎啦。惊奇、恐惧,那种声音是我体内发出来的,是骨头粉碎后的声音。

母亲带着我去医院。医生给我打了夹板。我是打着夹板度过那个夏季的。骨折的部位在愈合的过程中,非常刺痒。我不安地用手指去抠夹板间的药膏,每掉出一块,心里就舒畅一分。仿佛只要把药膏都抠出来,就能顺便祛除缠绕我整个身体的忧郁感。去医院换药时,医生用蘸了消毒水的棉花,抹掉关节上的小水泡。一抹下去,似乎把我的肉也刮掉了一样。我的血肉总在流失,我感觉这么下去,我的手臂迟早只剩一根骨头。

每日每夜,母亲帮我用中药熬出来的药水擦洗那只伤手。那时,母亲正怀着即将出生的妹妹。那么妹妹将带着什么印记来到这世上呢?

之后,我又打了一阵子的夹板,到了拆夹板的那天,我发现自己的手长歪了。

关节的右侧长出了一块骨头,撑起了那片皮肤,而左侧凹了进去。我常背对着镜子,从后面看着右手的关节,就像是小树干上的疙瘩。父亲载着我去医院。但我没有进去,我站在医院楼下的大厅等待。后来父亲出来说,要做手术把骨头切了。他犹疑一阵,又说这会很疼,问我想切掉它吗。我出于一个孩子最天然的恐惧,说了不。就这样,我带着这只手一直活下去。去异地上学的日子,我多么不想招人注意,因为别人从后面能清楚看到那只弯曲的右手,以一个最佳的角度。我似作为一种异物混进了人群中那般,时常感到羞耻和不堪。不知道父亲在失去手指的最初,是否也为这种缺陷有过挣扎。或许,我们都曾体验过同一种精神困顿。

我期望过上离群索居的日子，但我必须得上学，进入充满喧闹的群体。老师赞美我是守纪律的孩子，事实是我不愿与其他同学攀谈，他们的开朗总让我感到局促。还有，老师在讲台上说，我甚至不会给其他同学起花名，然而事实又是另一个模样：我曾经为了尝试融入那个集体，听从其他同学的怂恿，给一个女同学起了花名，引得大家大笑。从我的手变形后开始，我就告诫自己要过上远离人群的生活，还要躲避别人的目光，提防那道目光瞟到右手的关节。即使在如今成年后，我依然对街上陌生人的一个不经意的眼光感到尴尬，甚至会感到愤怒，把它当成一种审判与蔑视。每到广播体操的时候，涉及肢体伸展的运动，我一律敷衍而过，尽量把手虚晃一下，便垂下来，还要保持小幅度的动作，避免右手由于静止而过于显眼。因此，许多年里，我的右手一直过着黑暗中的生活，如同畏罪潜逃、隐姓埋名的人。

它是寄生于我身体里的怪物。直到父亲失去了两根指骨后，我猜想，或许去医院把我肘关节多出来的骨头切掉，骨量恰好就是那两根指骨的分量。这种肉体上的平衡，使我对它的抗拒变成了一种认同，它是我活着的标志，是父亲失去的指骨的寄生地。很多年以后，我终于把它当作了我身体的一部分。它也将那些童年的孤独与罪恶一同收纳进去。我的身体里似乎承载了太多东西，稍有不慎，就会胀裂。天生的敏感使这种胀裂感变本加厉。

妹妹提前两个月就出生了，她睡在保温箱里，浑身乌黑，能清楚看到皮肤底下的血脉。医生说她可能活不了了。姑妈不信，把她带回家，放在藤篮里养活了，那幼小的身躯有了血色。她的早产，是我右手灾难的延续。由于每天接触擦洗右手的中药，胎儿受到影响，母亲早早就把这个女孩诞下。我的右手与她的生命，又联结在了一起。

妹妹出生六个月后的一个夜晚，我们在家里等父亲从外地骑车回来。

但他没有回来。母亲去医院看他。他由于撞到脑子，整夜打嗝，说着梦话，胡言乱语。父亲在镇医院躺了几天都没有好转，在别人的建议下，转去了市医院。医生说，要是来晚一天，他就没救了。接下来，父亲就像当初妹妹被姑妈接回家养活了那样，逐渐有了血色。他像回到刚出生的时期，脆弱、混沌，而后慢慢苏醒。

我的胸腔可能穿了一个洞，那天站在窗户前，背后的影子一片斑驳。我撩起衣服，检查了一下，除了被臭虫叮出来的几个浅浅的血洞，并没有发现任何穿透我身体的伤口。到了夜晚，我躺上床，关了灯，蛰伏了一天的蟑螂从角落里爬出来，六条细小的腿在床头蓝色的墙纸上，发出毛茸茸触感的刮擦声。我几乎捕捉到了黑夜之物最细微的声音，这是祖父失聪的背面，是另一端的极致。祖父坐在椅子上，可以一天都不说话，外部的声音早已断绝。在他的体内，他应该听到了另一种来自深处的声音，是他自己与自己的对谈，也可能是来自地府阴风的呼啸。

蟑螂在走动。我枕着枕头，仰躺着，眼睛朝斜上方看，发现它在我眼前几公分的位置，攀附在起褶皱的墙纸上。从这种角度看，是一个视角反转的世界，看起来它是匍匐在一片温柔起伏的蓝色水波上。

一动不动，它有时是这样的，对抗着黑夜的无聊，也不知道哪里有食物。它喜欢吃人身上掉下来的皮屑吧。反正我也一动不动。或许我一动，它就会受惊，抖动翅膀飞几下，重心不稳，落在我的嘴里，在我积了一夜的唾液中奋力挣扎，六条细小的腿在一个充满淀粉酶的游泳池里划动。蟑螂这玩意儿总能轻易引起我的战栗。出租屋的日与夜，都充满了折磨人的细节，比如白天的阳光，会穿透你的身体，但你说不清为什么；晚上则有蟑螂在你床头，毫无目的地与你对峙着。那栋楼的楼梯到处都是死蟑螂，蟑螂死了恶心，活着时发出的刮擦声也让我几欲崩溃。我发现自己对周围异常的动静有一种深入灵肉的条件反射，这或许可以说明为什么当我选择写作来缓解这一切时，纸上的情节依然是这些可怕事物的再现，是我无路可逃吗？不是的，我逐渐认识到，那再也不是单纯的纸上情节再现，而是绕到了事物的背后。

成年后的生活早就在童年的混沌之土里埋下了，只等发芽。每当我在梦幻里回到过去，在每个细节每种事物的背后，都能找到一条通往成年生活的线索。死去的男人，疯掉的女人，古怪的孩子，狂吠的狗，盘旋的鸟……它们都是我的化身，我什么也不是，不是神，不是鬼，但也什么都是。

我带着畸形的右手度过的凌晨，父亲凝望断指的破晓，母亲四处奔波的清早，妹妹从死亡边缘走过来的黄昏，祖父耳聋的傍晚，祖母被蚂蚁咬死的深夜，春生秋杀。可是春生秋杀从来与外部宇宙无关，尽管它一再主导着世界的运转。真相是在这个家庭的内部，每个人之间宛如一个神经元到另一个神经元的无限交杂，每个人的生命都在敏感的神经网络上缔结，循环，衰败，再复苏。

肉体上的疤与痕，随着我的出生后而来，而灵魂上的恶与痛，却不因我的死亡而去。

死与蜜

多年后，我终于接受婆婆被蚂蚁咬死的事实。

我偶尔掂量，生与死，爱与愁，孰轻孰重。最后都抵不过时间。婆婆死后，有一种异质的体验潜进了我心里，我得以找到重启未来的钥匙。这似乎是从她的死亡中获利，用她的死亡来哺育我的新生，怎么说，我都摆脱不了一种深深的负罪感。

我妈跟我讲,在一个夏日的暴雨天里,年约二十的婆婆,在几个同村伙夫和姑娘的护送下,穿过大山,绕过水库,嫁来这个村庄,从此没怎么回去。她也在这里死去,这里是她肉体的归宿吧,只是不知道她的灵魂是否安于此地。嫁出去的女人像是身心的双重流浪, 何况是她这种沉默的女人。我曾看见她坐在门口的凳子上哭,但从未说过一句不好听的话。我知道她的痛苦,但她这个痛苦的人,往往能给我以质感诡异的安抚,给了我最初的温暖,也是我矛盾和苦痛的源头。这种矛盾和苦痛在一年后阿公去世时,达到了高峰。

说回那场事故。婆婆失踪的那一天,同样是一个夏日。村庄最高的那一幢青砖楼上的广播声,萦绕在村庄暴烈的上空,不断地宣告着婆婆失踪的消息。村里的男人和女人,在山头河边处奔走寻找。无奈之下,我们还请来了神婆。在一个人们慌乱无措的气氛下,神婆胡诌和凭空指点,但谁也不敢怀疑。她认为婆婆现在应该在隔壁村子里头,要我们赶快去找。可想而知,终究还是一无所获。古老国度的人,在无法解释、手足无措或关乎生死存亡的关头,宁愿去相信所谓会通灵的人的言辞。夜色浓稠,我们打着电筒,在野林中彻夜奔走,企图驱赶整个夜晚。这种情况下,在黑暗的山林里,禁不起任何一丝的疏漏。不过,树木是天然的屏障,其实村长已经好几次经过婆婆休克倒下的那一个山坳。等我们发现她时,是在翌日的清晨,山上起雾,树叶淌下露珠。她的嘴巴、耳朵里,全爬满了蚂蚁,血迹斑斑。它们是不是想躲在婆婆的身体里,逃避夜里一场突降的寒潮呢?她给了我温暖,生命终结前,用自己最后一点体温,拯救了一群蚂蚁。哦,它们还说要吃她的血肉取暖呢。她能说什么吗?不,昏厥的老女人一声不吭。不吭声就是默认吗?不是吧,她对她在这里的痛苦生活也没吭过一声,难道对现实就有任何篡改吗?可她有爱人的本事,虽然有那么点古怪,现在想起来倒是温情脉脉，她用从阁楼里抓到的老鼠和黑豆，熬了一锅童年时光里最奇异的汤，端到我面前，滋养了我那敏感脆弱的心，长达二十二年。

不远处的小石路上传来清脆的唢呐声。阳光里又是同样的送葬队伍，同样的表情，同样的鞭炮声响彻山野；飘动的白旗子荡开白色的烟气，圆形冥纸飘散，在潮湿的空气里再也飞不高；长队伍缓缓前行，默默的人群荡开时，像圈圈的涟漪。这就像当初我走在给阿公送葬的队伍里的情景，一样的仪式来送别死去的人，一样的心情。而我却没有参加婆婆的葬礼。人们把婆婆抱起来，送到了医院。我曾在医院里见过她。我去抓住她的手。她依然处于半昏迷状态，她的手在我的手里颤抖。过后，我回了城里的学校，因为大家说，她会没事的。那是我最后一次见她。婆婆在我探望她的第二天的午夜，便咽下了气。没人告诉我这一切，说怕我悲伤，影响学习。我在那段不知情的日子里默默地祈祷婆婆会挺过来，而放假回到家后，留给我的不过是一个空空的床位，和不断的安慰声，甚至连葬礼都早就结束了。

那个傍晚回到家里，我问我妈："阿婆在哪儿？"

"阿婆她没了。"我妈站在门口对我说。她还想说更多，但还是没说下去。

我滑进一片异域的黑暗中。那是我第一次直面亲人的死亡，悲伤神秘，瓦解了我对于死亡一无所知的感官世界。那年我十五岁，虚张声势、刻意回避、佯装无知、自欺，是我对付死亡仅有的蹩脚手段。谁都无法阻止一个少年对死亡的天然恐惧，将其视作肉体的终结。我延续着逃避的本能，写下纪念婆婆的文章，定格某种瞬间即逝的表层形象，以为就能让死亡脱离她的肉体。事与愿违，我找不到一个超越一般性回忆的深层意义，这带给我一种更深的负担：死亡的阴影化作了实体，将我驱赶进一个自我束缚的泥淖中。

那夜得知婆婆去世后，我看见阿公蹲在灶口处烧柴火。阿公用疲倦的眼睛看着我。阿公的生命在那个时候，就像是灶膛里燃烧的枯柴一样，被剧烈地侵蚀、焚烧，悄无声息。婆婆的死亡是加速他生命燃烧的风。

我在阿公身边陪他走完最后一个月的时光。我从婆婆那里知道了什么叫死亡，而从阿公那里，我则深切明白何为等待、忍耐和无能为力。

阿公将要去世的那个夏天，天气时冷时热，潮湿的空气还弥留了几天。

我放假回家，看见阿公坐在房间的躺椅上。那一瞬间，我看到了一份凝固的孤独。他像塑像一样躺在竹椅上，双颊凹陷，双腿瘦削而发肿。他用黯然而平和的双眼看着我走到他面前。我试着轻轻抱着他。我清楚地看见他脸颊上的褐斑，耳边还有一块未痊愈的伤疤。他说是前不久理发的时候，被理发师傅弄伤的。

接下来一个月的日子里，我看着他的生命慢慢流走。婆婆已经早他一步离开，我代替去工作的父母照顾阿公。他说有孙子照顾他，心里其实挺安乐。

阿公有胃癌，咽不下也消化不了硬硬的饭食，每次都只吃几口就停止进食。我给他粥，他就把里头的菜挑出来，说消化不了。他只对煎堆和烧饼的胃口不减，还特意叫我到镇里买回来。阿妈问他，可不可以多坚持几年，看看孙子上大学？阿公苦笑着说："我这副骨头还能挺多久呀？"

阿公开始咳嗽了，我常常在半夜听到他呼唤我的名字，低沉而延续，宛如某种召唤的咒语；我跟阿公的房间只隔了一堵墙的距离，却被夜的浓稠拉长了好多倍，嘶哑低沉的声音已经不知道持续了多久后，才让一个熟睡的少年醒了过来；我在梦里惊醒，掀开被子，穿过夜的黑暗和微凉，赤脚跑到他的床边。阿公喊我，可能饿了，也可能要上厕所了，更多是因为他喉咙里大量的痰液让他无法呼吸。我打开一盏黄色光的白炽灯，他孤单的身影在帐子上不断晃动，扭曲得宛如夜魅。我扶起他轻得吓人的躯体，用痰盂帮他接痰液，他的喘气声沉重而短促。

头痛无可避免。他说服下那种白色头痛药就可以恢复过来，每次的药剂量从原先的一包到后来的两包。我把白色的药粉倒在开水里,药粉很快就溶化不见,看着那杯澄清的药水,感觉像拿着凶器。阿公知道这药不可多服,它不过是一种麻痹人的毒品,在给予他暂时的舒适后,又夺走他的一部分生命力作为代价。

由于窗外的一堵墙,房间的光线只能从瓦缝和墙角的罅隙挤进来。我偶尔把阿公移到门口的阳光处坐坐。扶阿公是一件艰难而可怕的事情,他几乎无力支撑他瘦弱的身体。有一次,我放开扶着阿公的双手去端水。阿公一个趔趄往后倒去,头撞上了床边的墙壁。阿公大叫一声。那种沉重且空洞的撞击声在我的神经之间疯狂地乱窜,我赶紧往伤口上抹药,语无伦次地问道:“阿公!是不是很痛呀?”但他几乎是在一瞬间就平静了下来,竟拿起烧饼慢悠悠地吃起来,没有想象中的痛苦,还平淡地说:“是呀,当然痛了。”阿公的肉体或许已经濒临死亡,但残存的思想让他感受到世界的存在。而每当想起婆婆的事,阿公总是痛心疾首,说她这么好的一个女人,就这么走了。在这之前,阿公从未说过一句关于婆婆的好话。现在却情绪泛滥,去想起那个与他无言相处几十载,为他生了四个孩子的女人。

门口那里阳光明媚,对于一个快死的人来说,算是有了安宁的时刻。看着阿公躺在阳光里,我想:阳光寂静,死生同一。这句话是我从史铁生的诗里看到的。当阿公临靠死亡的河流,渡魂之船即将载其而归,任何肉体的痛苦都比不上那种临死的虚无感。

当某一天,我也处于最接近死亡的时刻,若看着阳光,是否也会觉得世间已经是死生同一?死亡已经无可避免,唯有在最后的时光里垂怜自己的思想,肉体轻浮,而思想沉重。

早上醒来,看见阿公睡得平稳安静,我就会担心他是不是已经死去。当能够轻轻唤醒他时,我才安了心。他吃了一点食物后,就会继续睡过去。我没有想过阿公能活到什么时候,面对一个活着的人,不应该去想他什么时候死去,能活着一天就算是一天。不知道阿公有没有想过,他会在哪一次睡过去后就不再醒来呢?记得那一个月里,阿公只谈论过一次关于生死的话题,没有去安排所谓的后事,他不过是在安安静静地等待着渡魂船把他载走。人生自有归处。阿公安静地坐在床边时,会跟我说个话,问一些让我无法真实回答的问题。我不得已要骗他,让他放下心来。毕竟,剩下来的都不过是俗世事务,不必留给他操心。阿公谈起过父亲,总是充满着痛心和愤恨。要说父亲跟阿公一生为敌也不为过,父子之间紧张的关系总是填充着他们彼此的空间,无法靠近。但在这段父子关系里,没有谁对谁错,这种不调和像是一种天然的特质,没有处方,也没有解药。一切只有随着死亡而烟消云散,然后慢慢对往事释然,才知道那些爱与恨,都是同一条血脉里的产物。

那天,他给我一串钥匙,叫我打开床尾的黑色柜子,把他的钱包拿出来。那个雕花的黑色小柜子,是他的杰作。他是个木匠,婆婆生前睡的那张雕花的黑色大床,也是他当初为她做的。小时候,我喜欢在这张床的雕花大板后面躲着婆婆,躲着伙伴们,舔舐着黑暗的醇美。床外有一片不大的光亮,那是从屋顶的天窗漏下来的光,而床里面总是黑暗的,放着女儿们为她准备的羊皮大被子,厚实温暖。在上面睡了一夜的我,在早上发现嘴里含着一只半夜脱落的牙齿。神奇的床带走了痛感。而阿公则垫着他自己做的木枕睡了几十年,木枕光滑无棱,那是岁月的杰作。我幻想过,阿公为婆婆做的那张床的黑暗床底下,会有一条老蛇蜷缩了几载,有一个神秘的世界,有一条隧道通往异域……

我照吩咐打开钱包。钱包里有八百块钱。他说让我留着,好用来读书。那个空的钱包现在放在柜子里,跟婆婆留给我的最后一个红包夹在一起。我喜欢做这些琐碎的事,又怕年月久了,这些记忆终会流落四方,毫无意义。

2009 年 7 月 31 日,姑姑来看阿公,我于是到离家不远的河里游水。后来回家时,我看见的又是一张空荡凌乱的床,仿佛婆婆去世后的光景重现。

在村子西头的旧屋里,我轻轻把手放在阿公的心脏处。二爷说:“算了吧,你阿公走啦。”我凑近阿公,发现他耳边的伤疤仍未痊愈。不知道是我离开的疏忽让他意外死去,还是他选择在我走开时默默离开人世。我至今无法释怀,死亡从不给我任何预兆。

大人们忙着处理葬礼事务。我走出旧屋,绕到侧面。旧屋的屋檐伸出很多新绿,那是我多年前无意撒下来的花种子发芽长成的。那个屋顶开满了不知名的花,新生的叶子和死去的枝丫占据着同一片瓦顶。我们在瓦顶下度过那些漫长的岁月,在烟火袅袅中围抱一起,却又处身孤独。

旧屋右面是阿公生前做木工的泥砖房,那本是旧时的购销部。里面放着他的工具。我喜欢坐在那个重重的大铁墩子上,看他削木头、打铁条,等他完工了,我就捡那些被削得卷卷的木屑去玩。他有一双灵巧的手和一个智慧的脑袋,总是可以把木头和铁器进行一番改造,造出一些神奇的玩意儿。他曾把我破掉的小三轮车卸开,把得到的一些钢珠、滚轮收集起来,安装到他改造过的木头模型上,得到了一辆结实的拖车。这辆车就像是阿公的手,在以后的日子里,将一袋袋的谷子拉进谷仓。他也乐意为村民们编簸箕、做拖车、做捕鱼笼,不收取任何费用。

阎连科在《我与父辈》里说:他所收的或还的,只是世间人情和乡里之间为生存彼此的帮扶和照应。这样形容阿公,最恰当不过吧。

阿公是几个兄弟姐妹里的长兄。葬礼那一天,阿公的妹妹不敢去看阿公的遗体,她畏惧什么呢?是死亡吗?还是对一具遗体纯粹的恐惧?

在一个月的时间里,死亡在阿公身边如影随形,他们两个之间的交谈,窸窸窣窣的碎音,时高时低。我只是一个听客,无法过多插手,只能让这场交谈进行得尽量的长。

真菌长在坟茔上,也长在脆弱的肉体表面。肉体的灵魂即将出窍,对此无感无知。灵魂施舍最后的仁慈，给这些自然里弱小的生灵一个安身的落脚点。这种小生灵的生长，在另一生灵的死亡后的潮湿天里悄然发生，它们不断寻找着死去的生命，在上面再度生长，完成着短暂生命的再次延续。对于整个世界来说，人也不过是这样到处漂泊的孢子，我们立身于地球施舍给我们的一方土地之上。

如今，我依然能听到泥砖房里，传出阿公敲打锥子的清脆声音，依然能感觉到黑色雕花床的厚实黑暗，依然能闻到阿公临终前所住的房间的药味，那种死亡和温情结合的气息。

后来，二爷也去世了。一个人来了又去，其他人本无能力去改变。阿公和二爷这两兄弟，还有婆婆，上了那艘渡魂船后，是否在同一个码头登岸了呢？他们或许没有上那趟船，他们依然在屋对面的土地里安静地听着每天的鸡鸣狗吠，依然在茶余饭后闲聊庄稼的收成好坏。在阿公死后，我有过一段模棱两可的生活，生死相交。我用他的死亡来搭建我的想象王国，他的爱与恨在我的小说里得到了变形，没有升华，也没有堕落，只仿佛独立了起来。在写作中，对往事的利用总是使我焦虑万分，唯有下意识地将其模糊处理。但每一个意象的背后，都能挖出一段真实的往事，我只是用词句将它们掩埋在半明半灭的火灰下，只稍一吹，便可重燃。死亡，如今像是轻轻落在我鼻尖上的木屑，我能嗅到它淡淡的木香，诱我清醒，却也感觉到它的无比沉重。

死亡的脚步越密集，我的写作便越紧张。我就是带着这种不可理喻的紧迫感，像波德莱尔的诗篇中的人，“背着个巨大的怪物，其重量犹如一袋面粉，一袋煤或是罗马步兵的行袋”，“被一种不可控制的行走欲推动着”，走进了文学世界寻求答案，这是个只会越趋紧张、越趋混乱的过程，可死亡已裹上了一层文学的蜜，里头有多苦？反正表面还甜，这剂药还是得趁早服下的。

王东旭作品

王东旭,1992 年生。出版散文集《我愿向着太阳生长》《谁不是咬牙坚持才赢得掌声》,作品散见于《作品》《时代青年》《散文选刊》《洪都》《山花》等。

穿过这泥泞的人世间

一

我出生在二十世纪九十年代初,是家里的第三个孩子,上面有两个姐姐。那时候计划生育执行得非常严,极度不安的母亲为了让我活着出生,驾起驴车赶路六十里,躲在了我大姨家中。

后来,大姨一家进城生活,母亲和父亲离婚后带着我们三个孩子在那里定居下来。

或许是当时年纪尚小,我对那个院子和房子的最初记忆是细碎的,有些不连续。只记得院子里有一个猪圈和一片糖萝卜地,房后种着玉米。冬天的时候,那些熟透的玉米会被掰下来,留下的秆子立在寒风里,或者被几个大人砍下来填进土炕,点燃后散发出温热。

在玉米地与老房子连接的地垄上,有一个很深的兔子洞,老兔子被我们家的黑狗咬死后,我和母亲将洞里几只刚出生不久的小兔子抱回家里。

由于没有养护经验,很快它们就夭折得只剩下一只。那是一只纯白色的兔子,我对它格外珍惜,爱护得很。

等到来年春天,土地开始松软的时候,我和母亲在老房子的边墙角挖了一个很深的坑。母亲说兔子的打洞能力很强,于是我们又在坑里铺了一层红色的砖。我挑选出最柔软的干草,给兔子搭建了一个窝。

陕北的春天风沙很大,那天母亲戴着防风纱巾,一只手叉着腰,另一只手握着铁锹,她对我说:“这兔子长大了会生很多小兔子,到时我们留几只养,剩下的能卖钱也能吃肉,也能留几只给你亲手养。”

看到白兔子有些慌乱地嗅着它的新家,我感到很温暖。离开父亲和家乡的生活就像眼前的兔子窝一样,让我有了很多美好的想象。

后来每次放骡子的时候,我都不忘给白兔拔一些鲜绿的草。等到菜园里的油菜和白菜长得稍大些, 我会背着母亲把它们拔下来给兔子改善伙食。

我偶尔会把它从窝里抱出来晒晒太阳, 或者拿到村子晒粮食的大场上跟同龄的孩子炫耀。

在那一群孩子中间,我至今能够清晰记忆起来的是邻居明明。他年纪最大,个子也高,所有小孩子都听他的号令,包括我。但不论我怎么表现,他就是不喜欢我这个外来的小孩,就像他父母不喜欢我母亲一样。

那个时候的陕北农村还很贫困,吃鲜肉的机会很少,只有等到集市或者是什么节令时才能解馋。谁家买了鲜肉,都会给附近的邻居送一小碗。明明家离我们最近,可他们自始至终都没给我们送过一次鲜肉,反倒是母亲,每次吃肉的时候都会用很大的洋瓷碗装一碗让我送去。她会在碗的顶端放一块很大的肉,连着骨头的那种。母亲说那样的造型很好看,显得我们很有诚意。

长大之后,我才明白母亲所说的“诚意”二字的意思,其实就是臣服或者讨好的表示。对于无依无靠的单亲外来户来说,受到排挤是再寻常不过的;但在一个闭塞的村庄,如果因为不会“做人”而被隔离,那种痛苦远比我们想象中的大。

要想落脚生根,就得忍。

那年夏天,我的白兔子已经长大,到了可以交配的时候。我一开始并不知道兔子的性别,直到明明到我家的兔窝“视察”一番,说要借我的兔子给他们家的母兔配种,我才知道那是只公兔。

我和母亲没多想,让他把兔子带回了家,说好过几日便还回来。

夏季的农村很忙碌，每天放学回家帮大姐干完地里的活之后，我就会拿着手电筒跑到明明家看我的兔子。他们家的兔窝也在墙角，我通常不跟他们打招呼，只是看一眼我的兔子就离开。他家的狗会察觉到我的存在，但也不会叫得太大声，也许它知道，我才是这兔子的主人。

秋天的时候，他们家的母兔下了一窝小兔子，那时我才意识到我的兔子已经在他们家待得太久，早已完成自己的使命。

我决定去要回我的兔子。母亲告诉我，她打算从姥爷家要一只母兔，到第二年春天，我们家的兔子也会和明明家的一样多。

我翻过低矮的围墙，径直来到明明家的兔子窝旁边。他们家的小兔子已经很大，兔窝有些拥挤了。我告诉明明要把兔子抱回家，还笑着炫耀了母亲的打算。他拿着一个苹果从屋子里走出来，没说话，摆摆手示意让我回去。我再一次说明来意，他还是一样的反应。

我知道了明明的意图，他是要霸占我的兔子，就像他父母把我们两家公用的地垄铲平种菜还摆出“你想怎样”的姿态。只是这次我孤身一人。

我没有理会他，抱起兔子准备离开。我已经忘记和他争执了多久，现在能够回忆起来的是，我被打得流了鼻血，又眼睁睁看着他抢过兔子，用一根很粗的木棒在兔头上敲了好几下，声音清脆。白兔子在空中蹬了几下四肢，身子舒展开来，然后被明明丢在地上，再没有动弹。

我到现在都不敢相信在我的生命里会有这样的经历，它对我的冲击极大，就像一个朋友在我面前杀死了另一个手无寸铁的朋友一样，我被镇住了。

母亲和大姐闻讯而来，我本以为母亲会有什么作为，可她只是客气地回复了明明母亲的道歉，然后一手拉着我，一手提着被打死的兔子离开了。

回到家后，母亲给兔子剥皮，姐姐忙着拾捡柴火，她们准备把兔子炒了吃。我坐在院子里，直到天黑。我回过头看向那三间房子，只有厨房透出轻微的光亮，母亲系着围裙忙碌着，灶火已经亮堂起来。

我第一次意识到这就是我的家，我的生活。

那一晚，我端着满满当当的一碗兔子肉送去明明家。他们的黑狗闻到了兔肉的香味，开始对着我狂吠。我把母亲交代的话一字不差地说给接兔子肉的明明母亲，她跑回屋子给我端来一盘苹果，让我拿回去吃。

我端着苹果回到院子里，看着清冷的月光照在三间房屋上，偷偷地哭了。

二

我们住的房子已经有些年头，夏天每逢下雨，大房就会漏水，炕上和地上会摆满大大小小接水的盆子。那天屋里已经没了下脚的地儿，母亲干脆带着我们仨去厨房炒瓜子——每到下雨天，我们家都会炒瓜子。

我和二姐坐在板凳上，看着大姐熟练地往灶膛里喂柴火，拉风箱，火光把她的衣服和头发都照得变了颜色，很温暖。母亲套上黑色的围裙，手里抓着一把筷子翻炒着锅里的瓜子，声音密密麻麻，很热闹。她回过头来对我们说，等庄稼都收拾停当，卖了钱，咱们几个把这老屋子收拾收拾。

那年秋天，家里的收成很好，我们费了好些日子才把庄稼收回到院子里，向日葵还没有晾干就被城里来的人收走了，价钱不错。于是，母亲就真的开始盘算着修房子。她说要从房顶开始。

油毡的防漏效果最好，但是太贵，母亲决定在房顶铺几层塑料布，再在上面盖一层胶土，这样和油毡的防漏效果就差不离了。

那天母亲坐着邻居的拖拉机，去村南边的镇上买修房和过冬的东西，一整天都没回来。到很晚，母亲才被人送回来。她右脚肿得厉害，颜色乌青。她从拖拉机上摔了下来，被抬回来之前已经被镇上的医生处理过了。

母亲和姐姐很伤感，觉得房子修不了了——买回的塑料布如果不好好防护很可能被风化,钱也就白花了。

房子还是要修的。我说。

我和姐姐们接手了修房子的事。把胶土运回家再铺上房顶,对于年幼的我们是项浩大的工程,中途还出了一次意外。

大姐在厨房给母亲做饭的时候,被漏电的电线击中。等我听到一声惨叫赶到的时候,她已经躺在地上没什么意识了。我看到大姐头发毛糙,手的颜色也因为电击而发生了变化,绝望和恐惧瞬间淹没了我。我疯狂地摇晃着大姐,身子抖动起来,直到她苏醒过来,我才放肆地号啕大哭。

家里的主力都卧床休养,只剩下两个不满十岁的孩子。母亲说,修房的事以后再说。

房子是一定要修的。我又说。

在胶土还没有被冻实落之前，我和二姐驾着骡车来到村子西头的水塘边。谁家盖房子、修房子,都会到塘边取胶土,这儿的胶土黏性很好。

我忘记我们挖了多久,感觉没有想象中的那么艰难。舅舅赶来帮我们把胶土搬到房顶上,铺好塑料布。弄停当后,我说,来年下再大的雨也不用拿盆子接水了。

从房顶上下来,望着修葺好的房子,我心里有了很强烈的安全感和归属感。

母亲没有评价工程的好坏,只是说了句:呀,我们蓉蓉和辉娃长大了!

蓉蓉和辉娃是二姐与我的乳名。

三

村子里陆续有人外出打工,母亲就把别人家闲置的土地包下来,租金用庄稼抵销。之后,我们又在院子的北边开了一小片地,撒上粪后种了一拨儿西瓜。

突然就觉得日子红火起来了。

同样这样想的,还有很多父亲的债主。

许久未与父亲见面,我似乎已经忘记了他的存在。因为好赌,他欠下许多赌债。母亲当年带我们离开那个家,也是不想再与他和那些债务有什么牵扯。可路是死的,人是活的,在我们家收成最好的时候,那些债主就结伙来向母亲收父亲的旧账了。

其实母亲脚受伤的时候,他们就已经来过一次,当时因为于心不忍才空手离开。这次再来,肯定没那么容易打发了。

一群穿着黑色衣服的人围着院里的玉米和糖萝卜晃悠着,我明白他们的盘算。

母亲把柜子里的茶叶给他们泡着喝了,还放了白糖,不过没有给他们做饭吃。我和姐姐没有参与谈话,不知道他们和母亲说了一些什么,只记得没有发生什么争吵和不愉快。

等到那群人离开,天已经暗了。我把炕烧上,那个炕不知道为何总是在烧的时候冒很大的烟,不过只要是我烧炕,烟就相对小些。母亲坐在上面,说已经能感受到炕热了。

“他们要把咱们的庄稼拿走卖了,顶你爸的旧账。”母亲心情不怎么好,即使她想表现得云淡风轻些,但还是被我看出来了。不过我分不清她的不高兴是因为旧账还是因为再一次想到了父亲。

“我们是把玉米打籽装在袋子里,还是就这样散着让他们搬走?”我问母亲。

我和姐姐看得很开,觉得没什么值得愤恨的,他们拿走就拿走,来年还是会有收成,我们需要的是平静的生活。

“打籽装袋太费人了,他们自己想办法弄走就行了,你们现在把糖萝卜装几袋子放进地窖,我今年还打算给你们熬点糖吃。”

第二天,我和姐姐站在院子里看着那群人把我们的庄稼装车。完事后一个男人走到我跟前,说娃娃你几岁了,我说,属猴的。

其实我很想跑上前去和他们理论,希望他们能留下些什么,这样我们的冬天就不会过得太辛苦,但我忍住了。那群人走后,姐姐把地上的残渣清理干净,院子一下子显得很宽阔、空洞。

四

从兔子的死到修房子再到庄稼被人搬走，我从一个儿童长成一个少年,我明白了生命中最应该学会的事情不是斗争,而是相处。

所以,等到母亲决定带着我和姐姐离开那盘院子和房子,到城市里打工生活的时候,我并没有什么特别的反应。

把屋子收拾妥当后,我们想找一家能帮忙照看房子的人,可找了半天都没有找到。村子里已经没什么人可以托付了,明明一家已经赶在我们之前离开了这里。

屋里能带走的东西不多，只有脚边立着的几个包袱。母亲把窗帘拉好,用布将那些无法搬走的东西都盖起来。我找了很久才找到一个塑料袋子,我想把门上的锁包起来,不然会生锈。

我们站在院子门口,望着房子,没有矫情地哭或者感伤。我朝着兔子窝的方向看去,它在我的视线盲区,被骡圈和猪圈挡着。其实就算我走到院子里也看不到兔子窝了,那里摆了许多杂物,它早已被掩盖,不存在了。

离开后,我们再也没回去过。

前段时间,表哥(大姨的儿子)回去过一次,给我发来一张照片。画面里有一排杨树,西边是一排残墙和矮小的三间无窗房子,房后能看到平坦的土地,油绿的庄稼在上面舒展开来。

我想,这张照片应该是初夏时拍的。

母亲的房子

不知道母亲能否读到这篇文章,我想还是不要的好。

一

1970年左右,母亲此生居住过的第一所房子因为她爷爷的政治问题而被推倒,于是他们一家六口就借住在了被村里人废弃的几间房子里,直到1980年。

姥爷是个嗜赌的人,如今七十几岁,依然会骑着摩托车到处找寻老朋友敲上几个小时的麻将或是摇一摇骰盅。1980年夏天,他赌了一场大的,并且输了。十几个恶狠狠的男人来到家里要钱,家徒四壁,于是他们抄着家伙把房子里不多的器物拿得一件不留,走的时候还把土炕的炕皮也敲碎了。那时,我的两个舅舅还没有成年,小舅也才七八岁的样子,想象起来,一家无处可去的人无助地站在破败的家里哭着喊着,还是会令人动容。

母亲那年十七岁,当姥爷提出要将她嫁到陕北山沟里换彩礼,再用彩礼钱给她母亲和两个弟弟盖房子的时候,她并没有抵抗。母亲在给我讲述那段历史的时候,轻描淡写地说:我看到了你舅舅的袖子已经破得很厉害,脚也冻得皴裂了,我还看见地上有一个空着的蓝沿儿大碗,你姥姥还坐在烂炕上哭呢。

于是,她嫁给了我的父亲,开始了一生都不曾幸福过的婚姻生活。

用我母亲换来的那盘院落我是见过的,到现在还记忆清晰。院子里有三间住人的平房,西边还有几间非常破败的棚子,我见到棚子的时候,它们就已经被弃用,用作牲口的饲料房,里面尽是些玉米和晒干的苜蓿。那三间住人的平房是土坯房,很矮小,颜色和北方的黄土一样,从远处看,它们与土地混为一体,只能看见三口窗户,窗户上时常贴着各种颜色、形状的窗花,走近些看,窗花也并没有那么艳丽了。院子的门墙是用泥土混着麦秸夯成的,而大门则是几根用铁丝连接着的木桩,一开一合之间,已经让地面有了一条不深不浅的壑路。大门一旁拴着一条黄色的狗,后来,又换了几条颜色不同的,狗窝的南边有一个猪圈,我能记忆起姥姥在那里面养着一头年龄很大的母猪, 隔一段时间它就产一窝猪崽, 贴补贫穷的家庭。

2004年,父母已经离婚,我也小学毕业。姥爷把家里的人都喊回了那盘院子,说是要将那排土坯房推倒,连西边的棚子也是,再建起来新的砖瓦房。

姥爷说那排土坯房算是母亲的房子,所以他想问问母亲的意愿。但我母亲一句话都不说,其他人盘腿坐在炕上吵闹着,她把地上的玉米秸用膝盖折断,填进土炕,我看见母亲的脸被炕洞里的火照得通红。

姥爷最终还是请阴阳先生算好了日子、时辰,在阳光下晒了很久的鞭炮终于发出了刺耳的爆裂声。浅红色的鞭炮衣被炸上空中再缓缓落地,没有风,它们就安静地定在地上,被很多大人的脚踩踏着。大人们用很粗的麻绳把三间土坯房包裹住,像是包扎一块被子一样,很密实的线络。准备就绪,大舅喊了一句——“起咯”,于是,每个人的手里都攥紧绳子,又把绳子扛上肩膀,垫着棉布,使劲地向前拉着,像极了我后来在电影当中看到的拉纤的纤夫,喊着响亮的口号。终于,轰隆一声,三间土坯房倒地了,向着南方倒地了。那是我从出生到那时所见过的最大阵仗,我立在院子的远处一动不动,看着黄蓬蓬的土升腾而起,久久不落。那一声轰隆巨响也从院子出发蔓延了好远,将树上的鸟惊飞了,随即从远处传来混乱惊慌的狗吠。

西边的太阳就要落下去了，照着院子外围的树木，它们已经没了树叶，干枯的树影像是插进了土地一般。

我看向母亲的方向，她站在不远的山坡上，用袖子擦着眼泪，不知是怎样的心绪。

二

母亲从平坦的水源地嫁入陕北的一个深山沟，也就是我度过童年的地方，叫作砖井。二十世纪八十年代，我的爷爷和奶奶在砖井还操持着一个富裕的家，他们倾全家之力，为身为长子的父亲建造了全村第一排半砖半土结构的婚房，迎娶我的母亲。

我们家的院子在村子的南头，地势很高，即使是发了山水，也没有像旁人的窑洞那样受到损坏。那排房子一共有三间，宽敞的大房用来接待客人，里面有一盘能够容七八人睡觉的大炕，除了大炕占去一面墙之外，剩下的三面墙边分别摆着衣柜和盛放粮食的大柜子，中间是一架火炉。我现在仍然能够记忆起那些漂亮的大柜子，上面画着非常好看的图案，有龙凤还有许多雀跃的鸟儿，炉子在冬天的时候是火红的，母亲在炉子上面蒸着土豆或者是馒头。

大房的两侧是两间比较小的卧室，靠西边的住着我们一家，后来，二爸结婚，东边的那间就住上了二爸一家。

我在很多文章里提及过我住了整整七年的那间小卧房，尤其是炕上的那张粉红色的木桌子，桌子上面总是摆着能够抵抗饥饿的食物以及一把自制的扫炕笤帚。虽然说那是非常小的一间卧房，如今有了平米的概念，算下来也就是二十几个平米的样子，但是它盛放了我整个童年的喜怒哀乐、母亲的十余年光阴，以及母亲与它的纠葛。

正对着我们家小卧房的是一排窑洞，等到我有了记忆的时候，它们就已经变得颓败，甚至连一个像样的窗户和门都没有，里面堆放着许多杂物。那排窑洞里有一孔窑还是有炕的，炕上经常有一个用干草堆成的鸡窝，在干草上会卧着一只母鸡，肚子下面是温热的蛋。我记得有一年的夏天，可能是由于年久失修，那孔有母鸡孵蛋的窑洞突然在漆黑的夜晚发出了一声巨响，倒塌了。母亲拿着银色的手电筒冲了出去，我光着身子跟着她。母亲把手电筒递给我，并嘱咐我把那圈不怎么亮的光正对着一堆废墟，于是，我看到母亲用两只手扒着黄土，动作迅捷，直到她把一只疲软的鸡提在空中。

母亲哭了。她曾经幻想着那群小鸡可以孵出来，长成大鸡，变成绵羊再变成黄牛。确实是美好，但是它们随着窑洞的倒塌破灭了。我母亲坐在废墟上缓着、喘着粗气，右手提着一只已经死亡的母鸡，鸡的胸脯那里还沾染着蛋黄。我听话地照着母亲的方向，看到她满身的黄土以及凌乱的头发，有些狼狈和绝望。天空已经微微亮了，父亲玩麻将还没有回家，母亲等不到父亲的帮助了，她走进厨房架起灶火，把那只母鸡开膛破肚，毕竟不能把它白白地丢在沟里。

等到我睡醒的时候，小卧房里的粉红色方桌子上就放了一盆鸡肉，散发着诱人的香气，桌子的边儿上也已经围满了等着开饭的村里的亲戚。

那顿丰盛的早餐到底有多美味、吃了多久我已经忘记，但我知道等到父亲下午回到家中后，母亲就一直在委屈地抱怨，抱怨父亲只顾赌博而没有及时地加固窑洞，抱怨一只母鸡和许多即将出世的小鸡被黄土埋没。父亲不怎么还嘴，但我能看见他正在做爆发前的酝酿。

其实自打我记事儿起，父亲与母亲的关系就只能用“维持”来形容，他们总是因为诸如洗脸水的温度这类的琐事而发生争吵以致厮打，每次厮打过后，父亲都会离家数日，有时候母亲也会领着我跑到她的娘家。然而母鸡被压死的那次,他们二人谁都没有走,吵架的声音越来越大,母亲开始将柜子上的花瓶摔到地上,红色花瓶里插着几支不怎么艳丽的花儿,混杂在细碎的玻璃碴子之间。我心里突然兵荒马乱，有一种特别不好的感觉,那个时候还不知道预感一词,只觉着心口有很重的东西压迫着。

父亲从大门外的柴垛上一次又一次地抱着柴火进到大房里，再把那些柴火堆在房间的正中间,很高的一堆,像一座坟冢一样,即将触碰到大房的屋顶。父亲一边咒骂着一边用火柴从柴堆的底部出发,点燃了柴火。烟和火苗同时升腾起来,干柴烈火,发出嘎巴嘎巴的响声,随之而来的还有热浪,就要逼得我无法呼吸。

无助的我开始最大声的号啕，用手揪扯着头发，母亲也瘫坐在了地上。

闻讯赶来的村里人一齐把熊熊的火扑灭了。火焰卷及房梁的椽子,我能看到屋顶被烟熏得很黑,隔开大房和小卧房的门帘完全被烧毁了,我不知道那门帘是什么质地,只看到它被烧作一团,它上边画着的喜鹊也被烧没了脚和头,留下一个身子勉强地吊在门框上。大房炕上的床单也因为飞溅的火星而留下大大小小的洞，再加上满地的灰烬和玻璃碴子以及各种喊叫与哭声,那个场景真的非常狼藉。即使是过去了很多年,我依然不愿意过多描写。

我的父亲要把我们的房子烧掉,到现在我都不能理解父亲的行为,更不用说原谅。但我一直都知道他与母亲的矛盾不仅仅是因为一孔窑洞或者一只母鸡,也并不能确认到底他们二人谁的责任更大些,因为年龄小的原因,我知道的并不是很深入,在后来的日子里也没有勇气问任何人。

除了之后的法庭相见，那次事故应该是父亲与母亲最后一次面对面的冲突,此后,他们分开生活。那几日,也是我母亲住在她的第二所房子里最后的几日。

母亲再也没有踏回过那盘院子半步,甚至都不曾提起。

后来,村子里的人越来越少,那盘曾经为了迎娶母亲建起的院落因为无人看护而被弃用,短短几年,已经变成残墙,零零落落地定在院子中间,看上去还真有一些深沉的感伤。

三

作为远近几个村子中第一个与男人离婚的女人,母亲已经不能在家乡待下去了,甚至我姥爷也放出气话来要与母亲断绝关系。受压的母亲先是带着我们几个孩子到另一个村子生活了几年。后来,中国农村人外出打工的浪潮席卷陕北的农村。我母亲毅然地带上我与姐姐,到外省的一个小镇投奔我的大姨,来到了她生命中的第三处房子。

大姨和姨夫经营着一家养鸡场,母亲帮忙饲养,也时常会带着鸡蛋和鸡肉到市场上销售,我和姐姐一边上学一边做些零碎的活儿。那时,我们与大姨一家住在一盘租来的院子里,房子的质量非常差,在那个小镇里算是危房,十几间房子的墙面上都画满了用白色圈圈围着的“拆”字。

二十一世纪初,我们落脚的小镇正在大力开采煤炭,坐落在小镇周围的几个大型电厂也拔地而起。随着小镇快速发展的还有大姨的养鸡场,姨夫已经从老家雇佣了四五个工人,一切都是那么忙碌红火。

我母亲的娘家还是那么贫穷,由着大姨的关系,我的小舅一家以及大舅一家,加起来有十个人左右,都陆续来到小镇谋生。大姨托人把小舅安排在了当地的一所学校食堂,做些馒头和糕饼,而大舅则是向大姨借了一笔钱,在小镇的中心地带开起了一家小饭馆。虽说都有了自己的生意,但是还未盈利,于是他们全部寄住在大姨的养鸡场里,一时间,原本就拥挤的养鸡场变得更加紧张,大姨夫的脾气也是越来越大,院子中亲戚之间的矛盾都在合情合理的预想中积蓄着。

我与母亲以及姐姐住在鸡场院子的最东边，靠近厨房。我们的房子里有一台非常大的冰柜，里面放着被褪毛开膛的鸡肉，以供第二天的销售，似乎全家人的生计都在指望那台发出声响的冰柜。有一天，不知道是院子里的谁偷走了几只冰柜里的鸡并且卖给了当地的一家饭店，我的大姨夫真的是绝望的愤怒，他怒吼着要将大姨的娘家人全部赶出院子。姨夫站在冰柜的边上，把冰柜的盖子揭开再非常用力地盖上，反反复复，在那一揭一摔之间，我的心跟着蹦跳着，非常恐慌。

不知道是谁非常大声地告诉所有人"鸡是辉娃偷的"，辉娃是我的小名。也就是在我还一头雾水的时候，大姨一脚踢在了我的屁股上，很重的一脚，我随即趴在了砖地上，一时间并不知道如何求饶与哭泣，也并没有人阻拦。大姨又提着我的领子，把我拎到了院子里。我记得，我当时躲在一架装水的车子旁边蜷缩着，紧紧地抓着车子的栏杆。大姨拿起院子里的一把扫帚，扫帚的把儿是实木的，那根实木的棍子敲打在我的身上，不知多少下之后，它断成了两截。

大姨夫叹气拉开了大姨，说着，别把辉娃打坏了。

我看到大姨坐在院子里委屈地哭了起来，我能感觉到她比我难受。

所有人都知道那些鸡并不是我偷卖的，但在那样紧急的时刻，需要有人替罪，需要有人将姨夫的愤怒转移到同情之上。我不知道为什么那个人是我，在有了成熟的思想之后，我想到，自己被打能够换来我母亲以及她的娘家人可以继续寄住在大姨家，就觉着很值得，甚至还有一些微微的感动，而我也并不会怪罪什么人，在那样复杂并且难挨的日子之中，任何人都不比我轻松，任何人都比我委屈和伤感。

后来，小镇开始了大规模的拆迁和重建，原本租来的大院子也要被推倒了。大姨在小镇的边角处买了一块地方，打算用所有的积蓄建起一盘属于自己的院子。那时，母亲已经有了一些积蓄，大姨建议母亲把积蓄添在一起,等到房子建好,能够分给我们几间明亮的大房子,那样,母亲与我就真的有了属于自己的容身之处,姨夫也同意了。但我母亲拒绝了。

我一直都不敢说自己很了解我的母亲,就像我并不能完全理解她为何要拒绝大姨的善意。前几年,当我问起母亲这件事的时候,她淡淡说了一句:“我怕你和你姐再被打。”

我突然有一点难受,但也说不上是哪里难受,只觉着不怎么言语的母亲有那么强烈的寄人篱下的痛苦,只觉着我与母亲的弱势感以及内心不容侵犯的自尊是那么相像,彼此矛盾但却令人欣慰。

大姨兴建的三十六间房子拔地而起,四排呈阶梯状,最高的那一排房子还贴上了光亮的瓷砖,非常大气漂亮。当喜庆的鞭炮声响起,姨夫从房顶上向前来道贺的人们撒糖,母亲欢乐地捡着地上的糖果,动作夸张、笑容真实,再急匆匆地塞给我和姐姐。

在一阵喜庆之后,母亲领着我与姐姐站在了路边,手里提着大大小小的行李,姨夫的三轮车上还有送给我们的两张旧床和一张很小的桌子。我们打算就此离开大姨独自生活。

在大姨的养鸡场工作了五六年之后,因为长期把手掌泡进清洗鸡肉的冷水里,母亲的关节变形严重。这应该是我能想到的母亲离开的最直接的原因,还有别的什么原因,我并不是很清楚。于是,拿着糖果的我们成为那个小镇无家可归的人,也是从那时开始,母亲开始了漫长的租房生活。

四

母亲第一次租住的是我同学家的房子,有二十平米左右,还有一个只能放得下一张单人床的隔间,她把那个隔间分配给了我。房子有白色的吊顶,刚装修过,之前的租户不知道因为什么把房子引燃,一时间惊动了好几辆消防车灭火。母亲因最低的租金选择了被旁人认为是不吉利的房子。

很草率的,我们就住进了母亲的第四所房子。

这所并不是很大的房子,说起来,也是母亲从农村到城市谋生之后第一处用自己的努力租来的房子,所以她似乎很激动。那一整天母亲都戴着麻色的头巾一直忙碌,还去市场上的布店扯了一大块花布,裁裁剪剪之后竟然也还漂亮地挂在了窗户上。母亲还买回来一面蛮大的梳妆镜,镜子周围镶着放香皂以及梳子的盒子,很精致漂亮。那天收拾妥当之后,母亲带着我到刚刚拆迁过的废墟那里又拾回了一个被人丢弃的沙发,暗红色,她把白色的带有喜鹊的床单折叠之后用作沙发的套子,非常合适。细细看起来,一间被大火烧过的房子在我们的一阵布置之后竟然也有了温情,产生了一丝家的感觉。

一盏四十五瓦的白炽灯投下来昏黄的光,母亲摘下头巾,仔细看了一阵屋子里的简单家具以及坐在沙发上的我和姐姐,她很满意地说:呀,美气!

母亲是个非常能干并且节俭的人,自打她决定离开大姨那时起,我就知道她心里萌生了一个宏大的目标——买房,平房或者是单元楼房都可以。母亲经过熟人介绍获得了一份工作:将机器制作出来的楼板修补完整,再用非常巨大的铁钳子把多出来的钢筋剪短,简单却辛苦。再后来母亲还在晚上兼职给宾馆打扫卫生。在母亲攒钱买房的那几年时间里,我觉着自己生活得很辛苦,所有的零花钱都来自于勤工俭学以及暑假的时候会伙着其他孩子到工地上捡拾别人不要的铁皮或者钢筋。而母亲也逐渐进入一个疯狂的、充满精力的阶段。她又辞掉了手上的两份工作,艰难地与我的大舅妈合伙开起了小饭馆,早晨卖些早点,中午和晚上卖陕北的炒菜和面食,还请了一个服务员。

狭小的厨房里到处都是让人不能呼吸的油烟,黑色的换气扇发出笨重的声音,靠近灶台的玻璃上布满了油渍,傍晚的阳光就是从那布满油渍的玻璃射进了厨房,微弱地照在我母亲的围裙上、脸上。她正在小锅里炒着一盘菜,旁边的大锅里是沸腾的面汤和零星的几个饺子。我已经站在水缸那里给我母亲说了三遍我要一百块钱,并且很急。那时我已经读到了初中, 勤工俭学已经不能够支撑我的日常花销, 所以时常会伸手向母亲讨要。但我不知道是因为忙碌还是别的什么原因,母亲一直紧锁眉头没有给我答复。

太阳越来越低,就要到晚自习的时间了,这时候,服务员掀开门帘冲着母亲喊了一声:“阿姨,催菜了,催菜了!”母亲把锅里的菜放在小碗里尝了一下,准备装盘,而我作为一个叛逆期的男孩儿,已经在极大地控制着自己的情绪。

“给我一百块钱,听到了么!”我声音很大。

我母亲毫无征兆地给了我一个用尽全力的巴掌, 巴掌落在我的脸上后,她又将炒菜的勺子敲在我的后背上。我的眼泪不由自主地落了下来,要知道,自从父亲离开我们之后我便很少哭泣,而那次的眼泪怎么都止不住,甚至到最后我因为哽咽而无法站立,用一只手扶着水缸,全身都在发抖。在那一刻我是恨母亲的,攒钱买房是母亲的愿望而不是我的,房子对当时的我来说只是用来睡觉的地方,而母亲之所以想要一套自己的房子,不过是虚荣地想要证明自己的能耐罢了。那时的我,确实是这么想的。

成年之后,我时常与母亲聊起她过去打我的事情,那一巴掌也每次都会被提起。母亲告诉我她已经忘了那件事儿,但她说如果联系起当时的状况, 应该是她在拼命赚钱、攒钱的过程中也积蓄了无处排解的委屈和仇恨。是的,母亲非常真实地诉说着如果不是我与姐姐的拖累,她会生活得轻松许多,于是,有时候她会将生活的苦难转变成对我与姐姐的仇恨。而当我问到为什么在那个傍晚用一个巴掌纾解仇恨,并且对象是我的时候,她说那只是一个巧合。

2007年,我初中二年级,母亲的存款已经够买一套售价五万左右的单元楼房。虽然母亲没有告诉我什么,但是我能感受到她从心底发出的兴奋和慌张。她每天中午都会到小镇的角落转悠,在告示栏的位置站立许久。我母亲也悄悄地托熟人帮她注意有谁要卖房子。而那个被嘱托的人一定是大张着嘴,表情夸张地看着母亲:"春霞,你要买房了?!"随后,那人会有一些动情,甚至熟识母亲的几人在得知母亲要买房子的时候都落了眼泪。此情此景,我的母亲先是佯装着拍打那个人的肩膀,再声音很小地说:"哎呀,你悄悄的,不敢声张!"

一个周末的晚上,母亲领着我和二姐去看房。那套房子是煤矿职工的家属楼,在三层,朝阳。我们小心地走进那间不算很新的房子,问了主人是否需要换鞋。八十平米左右的房子是两室一厅的结构,地板还是比较落后的水泥地,客厅的墙上挂着一幅我忘记了内容的画。房子的阳台很大,上面养着花草,还放着一个空空的鸟笼。可能是因为水汽还是别的什么原因,阳台的墙面开始有白皮翘起来,也有落在地上的,但是总体看起来还是非常不错的。母亲细致地看着那一切,把我的手握得很紧,她嘴里嘟嘟囔囔地说着什么,房子的主人有一搭没一搭地回复着。

"辉娃,这间小卧室你住,我再给你弄个书桌子,你也能把同学领回来写作业。我和你二姐住大卧室,等到你大姐放假回来,我们母女三个挤一挤!"我们站在那间小卧室的门口,母亲手扶着门框,她动了感情,所以说话的声音生硬并带着一丝哽咽。

交了一千块钱的押金,我们下了楼。那时正是初秋,天气温热,各种昆虫都发出响亮的叫声,还没有被污染的小镇也能看到很多星星。母亲左手拉着我,右手拉着二姐,我们到公用电话亭给姥姥报喜,当母亲说出第一个"妈……"字的时候,她就已经痛哭起来,说了许久才算交代明白她将在两个月后拥有一套属于自己的房子,而电话的那头也随即痛哭起来。

即使尚未成年，我也完全可以理解母亲与姥姥痛哭的缘由，我可以体味那中间复杂并且隐忍了数十年的委屈，毕竟母亲是因为房子才开始了她苦难的婚姻生活。于是，在我看来，任何动情的表达都不算过分，都是合情合理的。

同年中秋节，大姐领着一个男人回到我们的出租屋，带了很多礼品。那年大姐二十二岁，已经在省城打工超过六年时间，她打工所赚的钱也大都上交母亲贴补家用。饭桌上，大姐告诉我们，她要结婚了，婚礼想定在那年的元旦。

不论那套已经交了定金的房子在母亲心里占据着多么重要的位置，但从根本出发，她是一个母亲。当大姐说出要结婚的那一刻，我想，母亲就已经打定主意要暂缓买房，她要把一部分钱给大姐，当作嫁妆。她甚至再一次莫名其妙地激动起来。

大姐回省城之后，母亲单枪匹马再一次踏进那套已经交了定金的房子中，我不知道她用了什么方式，流了多少眼泪，要回了那一千定金中的五百块。

母亲为大姐操办的婚礼很简单，虽然父亲没有参加，但是母亲准备了所有娘家人应该准备的东西，大到一床红色被子，就是那种绣着龙凤的被子，小到两双绣着百年好合的鞋垫。母亲还偷偷交给大姐一万元现金，哭着对大姐说她对不起大姐，没有让大姐受到好的教育，受了苦难。

婚礼之后，母亲积攒的财产折半，那时候我们并不懂分期付款，所以母亲买房子的计划似乎还要再等上几年才会有实现的可能。而也是从那时起，我的母亲似乎意识到了她拉扯的孩子已经长大，两个女儿陆续到了适嫁的年龄，她的儿子也肯定要培养至大学毕业。慢慢地，她生命中出现了很多比买房子更紧急更令她放不下的事情。2008 年前后，小镇拥入了非常多的电厂化工厂工人，当地房价也以近乎不可想象的速度翻涨，于是,母亲很少再谈及买房的事情。

五

在2008年之后的很长一段时间里，我母亲都是租住在旁人的房子里,有大有小,有好有坏,而我那时已经进入省城的一所高中读书,所以很少与她同住。母亲后来租住过多处房子，我对于其中的一间有极深的印象。

那时是冬天,我放假回家看望母亲。那套房子装修蛮好,瓷砖和吊顶都有,还有沙发、电视。晚些时候,我趴在靠近火炉的地方睡觉,迷迷糊糊睁开眼睛,看到母亲在灶台忙活着。炉子上面放着一口砂锅,能看到有水汽从砂锅的缝隙弥漫出来。她腰间系着围裙,穿着一双棉拖鞋,黑色的袜子,弯着腰也驼着背。我看到母亲老了,身体微微胖了起来,切菜的动作也慢了许多。她用刀面盛着类似于香菜一样的东西,走到火炉旁,把砂锅的盖子揭开,再把那香菜倒进锅中。最后,她又走向我,轻轻把我的被子掀开说:“辉娃,别睡了,来,妈给你炖了土鸡。”

吃过鸡肉已是黄昏,我背起背包打算搭车到省城的学校报到。走在空空的土路上,两旁稀稀拉拉的树没有了叶子,显得很萧条。我回头望去,母亲站在我的身后,穿着深色的宽大的棉衣,她身后是一座小小的租来的房子,炊烟还在缓慢升起。我发现我的鼻子和眼睛酸涩得厉害。

你可能不会相信,那是我母亲第一次站在门口张望我。与旁人的母亲比起来,我的母亲是一个受了很多人不曾受过的苦难的母亲,她也像是一个刺猬一样,时常用尖刺刺疼她的儿女。她在我的记忆里是那个说话绵软却力道十足、一天兼工两份、独自拉扯三个孩子长大的坚强女性,这是真的。然而,当回头看的时候,我看到冬天寒风里的她,我确认了她的衰老,与衰老同时出现在母亲身体里的还有柔软，那是我一想起便想要保护和落泪的柔软。原来，时光以及那一套套纠缠着母亲的房子将母亲蹂躏到柔软。我柔软的母亲。

2012年，我已经是大学二年级。那时母亲已经把我二姐嫁了出去。母亲在电话里自豪地告诉我，除去二姐的嫁妆，她的存款还剩着六位数，我知道柔软的母亲本性难改，买一套房子的心火又在她心里烧了起来。

母亲托了很多人拐弯抹角地问我想要在哪里安家，我也知道，母亲想把房子买成我的婚房。从最初想要给自己的孩子买一个容身之所到如今想要给自己的小儿子买一套婚房，这之间是超过十年的时光，旁人看起来或许会认为有些滑稽，甚至会有人觉着我的母亲没有足够的能力。但作为一个已经懂事的男人，回想起那十年，我是五味杂陈的，有一种自豪以及无以为报的感恩。我想我不能再自私地阻碍母亲的路，即使我深知自己不会再回到小镇生活，但我多次坚定地告诉母亲，我要把家安在那个小镇，就是那个她一直想要买房的小镇。母亲说："太好了！"

那年夏天，母亲将半生的积蓄从银行取了出来，她还将自己的商业保险存款也取了出来，全部交给了我二姐的婆婆，托她找认识的人，买一套价格最实惠的房子。可能是心急，母亲与二姐的婆婆连一张字据都没有写下。

2015年末的时候，房子还没有交到母亲的手上，她着急起来。那时，母亲还是居住在出租房中，两个姐姐多次要接母亲到她们家中都被母亲拒绝。北方的冬天特别寒冷，母亲的出租屋内生着火炉，但是她的腿依然因为风寒而不能走路，我强拉着母亲到二姐家过年。

在年夜饭的桌子上，二姐与她的婆婆谈起母亲房子的事情，当说到母亲目前居住在出租房，并且膝关节变形的时候，她哭得很伤心，像是这一切都是她造成的一般。

和平圆满的年夜饭变得紧张并且严肃起来，最后演变成二姐与她婆婆的骂战，再后来我的姐夫因为二姐的出言不逊而扇了她耳光。我和二姐共同生活患难超过十八年，当我看到她被打之时，我的眼里瞬间充满眼泪。

当我和姐夫厮打过后，桌子上的餐具落得满地都是，破碎着，饮料也倒在了地上。这一切让我想起父亲在十几年前烧房子的情景，一样的狼藉。刚会走路的小外甥女站在地上发出凄厉的哭喊，小小的身子一闪一闪的，像极了当时我面对那堆大火时的反应。我在那一刻才真正悲痛起来，我很委屈，我想母亲比我更加委屈，我们一齐努力了十几年，但是时光好像倒退回去了一样，只是主角变成了母亲的女儿，为什么我们要像被诅咒了一样摆脱不掉苦难呢？我们感到委屈，这一切都是凭什么？

给二姐的婆婆鞠过躬，道过歉，我又得到了姐夫的原谅。我陪着哭泣的二姐把那残局收拾干净。等到我收拾完毕，母亲也已经把我们的行李准备好了。我们没有让任何人挽留，也非常残忍地没有去理会哭泣的二姐，只是给我的外甥女留下了压岁钱，打开铁门，离开了。

街上什么人都没有，天还没有完全黑下来，但是路灯全部亮起来了。路上的雪也没有化，我与母亲踩上去，发出巨大的响声，似乎那个傍晚寂静到只能听到我们的脚步声。路过人家，水汽已经在玻璃上布满了，我们看不到人家里的情景，无数个窗户都是这样，虽然看不到屋内的红火，但是从红色的窗花那里透出来的光亮还是能品到几分温暖和喜庆。我看向母亲，她已经和我一样平静。

大舅开车把我和母亲送回了出租屋，灶台那里放着几根做饺子馅剩下的白萝卜，已经冻得硬邦邦的了，地上的暖瓶也冻裂了。母亲用煤油和柴火将炉子点燃，屋子渐渐有了温度，炉子上烧着的水也冒出了充足的白汽。母亲让我打开电视，她说春晚快要结束了。我心情放松并且舒适地问母亲：“妈，你怎么不哭？”

母亲笑着说了一句什么,我没有听清,她给我的怀里丢进来一瓶已经焐热的黄桃罐头。霎时间,门外面的鞭炮噼里啪啦地响起来,烟花"嗖嗖"地冲上天空,然后发出爆裂声,出现美丽的火花。

六

2016年,距离姥爷将母亲嫁到山里、用母亲的彩礼建房已经有三十余年,父亲烧房的事情也过去了将近二十年。而我在那时已经大学毕业开始工作,还出版了自己的书,生活都向着好的方向发展。

春节后,我回到广州开始工作。母亲打电话说要告诉我一个消息,二姐的婆婆已经拿到了房子,小高层,我们那套在五楼,135平米,她让我迅速回家办理手续,免得夜长梦多。

母亲在电话里的语气比我想象的要平和,反倒是我不太淡定,连夜请了假,赶动车、飞机、火车和汽车,一路狂奔回到母亲的出租屋。

农历三月末的一天,西北的风在那日尤其大。四条车道上连一辆行驶的车子都找不到,大风将才生出芽子的柳条吹得很高,飘荡着。我走在母亲的左侧,在路沿的下面,母亲在路沿的上面,我们两人刚好能并肩。母亲戴着浅色的口罩和帽子,许多银白色的头发从帽檐儿散落了出来,口罩没能遮挡住的鬓角,从根部出发白了一大片,还有在飞舞的头发之间隐约能看到的眼袋和皱纹,不能再重一点儿也不能再多一条。

母亲确实是旁人说的那样了,她老了。

"你确定那些手续和证明都带着了吗?"母亲从早上出发就不厌其烦地问我这句话,我没有回答她,只是应付着笑了一下。

"一会儿登记的时候,我跟着你,我怕你把名字写错了!"母亲小心翼翼,声音突然小得就要淹没在大风里了。

"你的房子写我的名字干吗,只写你的名字啊!您老人家老糊涂了吗？”我抬起手，非常轻松地搭在母亲的肩膀上。

而我的母亲，突然停步，终于放下所有的伪装，泣不成声。

那是我与母亲第一次谈及房子归属的问题，我从心底里觉着那套凝聚了母亲一辈子心血的房子只能属于母亲一个人，房产所有人的名字也只能是她的名字，并不需要讨论。但自从被通知办理手续开始，她就陷入一个矛盾、纠缠，甚至失眠的境地，几次试探性地问我“房子写你的名字吗”，但还没等我开口她就转移话题。母亲认为，她的房子是为我买的，并且她时常说自从与父亲分开生活之后，我就成了一家之主，房子理应是写我的名字。所以，她才能在电话里那般平和。但她终究要回忆起那些与无数房子的情泪瓜葛以及自己的苦难。于是，她进入崩溃的沼泽，寸步难行。等到我斩钉截铁地告诉她“你的房子只写你的名字”时，她终于释放了一切深埋着的情感，瘫软了下去。

她手扶着距她最近的一棵柳树，口罩被摘了下来，捏在手里。大风灌进她微张的嘴，噎住她的喉咙，我能听到母亲柔弱委屈的哭声在风里断断续续。

终于，母亲拥有了属于自己的房子。

七

前天，母亲打电话给我，她最后选了乳白色的实木门，厕所的墙面决定用马赛克样式的瓷砖，厨房的灶台会做成大理石的，可以切菜而且容易清理，她也不打算请人给墙壁刮腻子了，母亲说贴上壁纸更加实惠些。家电和沙发也有了着落，她的两个女婿已经承包。老太太说个不停，我能感受到那份快乐。

“辉娃，我再跟你商量个事儿！”母亲放慢了语调，试探着。

“等到这套房子装修好了，就把它抵押给银行。我用贷款再给你买一套婚房,买到省城去。贷款我慢慢还,你安心工作就行了!”

母亲不是在商量,她已经决定了。

王闷闷 作品

王闷闷，本名王震，1993年生于陕西子洲。陕西文学院第四届签约作家，西北大学作家班学员。现供职于某高校。作品散见于《延河》《海燕》《作品》《散文选刊》等。出版长篇小说《咸的人》《米粒》。获第三届青年产业工人文学奖长篇小说奖。

世间的踟蹰

1

刚刚一顿能扯断肠胃的呕吐，使得眼泪溢满眼窝，眼睛一阵酸涩，脑海中不知为何却想到了“踟蹰”二字。看到这两个字，不禁会想到恋人间的那般不舍与动情。汉乐府《陌上桑》里有“使君从南来，五马立踟蹰。”《诗经·邶风·静女》里有“搔首踟蹰”。等坐回到椅子上时，整个世界都静寂下来了，我也不过是其中一个分子而已。如梦初醒，细致地想想那会儿所做的思索，只剩下了“踟蹰”两个字。为何会蹦出这两个字，且这么不合时宜呢？

外面是夜，深浓到了看不到对面楼的模样，一盏亮灯都没有，但这并不影响我对它们的想象依然清晰。看眼手机，三点过五分，也是，这么晚了，学校宿舍十一点半就断电，这会儿的深黑是合情合理的。我现在的呕吐及其他反应，估计是九点多那会儿在操场上不要命地奔跑造成的。在细雨中呼喊是我欢喜的，我一直认为阴雨天就是上天对我的一种恩赐，是让我不断选择活下来的一剂续命药。当然我不会像阴雨天的存在那样天长地久，我也不愿意，生命的长度太长，会显得臃肿累赘。所想的这一切和踟蹰没什么关系，此刻我头痛欲裂，身体蜷缩在椅子上，像一条被人踩到的垂死挣扎的虫子，想在紧缩加之极力挤压身体的过程中，得到一种力量。与其说是力量，倒不如说是一种可以扼杀头痛的疼痛，可惜我失败了，仿佛若是这样就可以让头痛消停，一切便太过轻易了。晚睡是我的习惯，对于二十三岁的我来说，这确实还不会产生什么明显的影响，第二天可以照样很有精神地去做每一件需要做的事情。

听到外面淅淅沥沥的雨声，我脑海突然浮现在呕吐时想到的那格格不入的“踟蹰”二字。踟蹰像是家乡的黄土高原，身体上有无数宽窄深浅不一的沟壑，这些是已经无法数得清的多少次的痛楚造成的，肇事者中有我欢喜的雨，且是主谋。宿舍外面的雨下得越来越欢，母亲在临睡时打来电话。我问家里那边下雨着不，母亲说白日里天瞪得簇蓝，夜里的星宿稠得睁不开眼睛。我身体里的一个东西飞了出去，站在大地的上空，看着一股暖湿强劲的气流从南方不断涌上来，可至秦岭往北没多久，速度就缓慢下来，仿佛成了八九十岁的小脚老太，半天走不出一步，又像马勺里荡漾着的水，洒出去的几滴连个地皮都洒不湿。不久后，那部分又欣喜地回到我的身体，摇摆不定的暖湿气流何尝不可用踟蹰一词，多么贴切。我的疼痛成了那股暖湿气流，成了变幻闪烁的霓虹灯。

我看到一个落寞而且狼狈的年轻人，他的行动也在不断地诠释着“踟蹰”二字。

我把他引到宿舍，起身给他倒了一杯水，我说，热的，喝了吧。他伸出粗糙的手，接过水杯，在那无数的本不该有的纹路里，我看到了泥土、沙子、脏水、铁锈……看他把热水喝下，我得到了些许安慰。他抿了几下嘴，干裂的嘴唇被浇灌得湿润起来，他开始说话。

在他说话的过程中，我插了一两句，被他骂得狗血喷头。我纳闷儿起来，我把你引到宿舍，你才不至于流浪街头，还给了你热滚滚的水，不感恩就罢了还骂我，这是何道理？我不愿与他争吵，因为在他的言语中，我听得出，他是家乡人，所以这一切我都容忍了。

2

因为是同乡，或许我在包容他的同时，也是在自我怜悯。我和他一样，甚至比他更糟糕。属于我们的那个故乡在不断消失，城镇化的进程，步伐很快,但就我个人切身的体会,城市并没有给我带来多少惊喜。四年的大学生活,说是在大城市,实则窝在秦岭脚下的一个小山村。我看到这里也在经受城镇化的濡染,而且速度很快。城镇化给我的感觉,是身体与精神上的双重蜕变,记忆在不住气地被同化,哪哪都是宽阔的柏油马路、叠加几十层的楼房,车水马龙的街道,人挨人,如蚂蚁混颗油腻的饭粒一样挤黏一起。

父亲做盐滩营生，这个营生自然在我的生命里留下了浓墨重彩的一笔。从记事起,我就整天和盐滩、盐窑、烟锅这些做盐的场所及工具打交道。小学毕业时我已经懂得了做盐的所有工序,可以熟练地把它们像拴狗链子的环扣一样，井然有序地连接到一起。那几年也是家里最艰难的时期,处处不顺,父母硬是咬着牙,承受着巨大的劳苦,一步一步地走了过来。

记得小时候,父亲做盐滩,从锅里捞出白花花的盐,倒在寒窑自家的盐场上,地上的碱性土潮湿黝黑,与一堆堆雪白的盐形成了鲜明对比,白的显得更白了。夏上热得紧,到了西瓜上架的时节。滚烫到沸腾的晌午,卖瓜人推着车子站在离盐窑不远的公路畔树荫地歇息，不时拿搭在脖子上的手巾揩擦脸上的汗道道,使劲儿吆喝。那时家里贫困,听到这样的叫卖声,就想到了西瓜绿皮里的红瓤,点缀着星星点点的西瓜子,一切两半,挖上一勺,香甜到不能自抑地咽唾沫。父亲为满足我的胃口,和卖瓜人商量,用最原始的办法进行物物交换。西瓜一斤两毛钱,盐也一斤两毛钱,正好,一斤盐换一斤西瓜。父亲一气儿换了十几颗,看着地上的西瓜,我恨不得全吃进肚子,开心得不得了。按着想象的吃法大口地吃,西瓜的汁液顺着嘴角滴答答流下,不好,我赶快起身,因为这可口的西瓜汁一落到衣裳上就很难洗掉了,可是已经迟了。

盐在父辈的生命中是不可或缺的。那时的乡村都模样简单,是花眉大眼就花眉大眼,是眉清目秀就眉清目秀。可对于一个陕北的村庄来说,这些文字都稍显绵软。川地少,山地多,沟壑爬满全身。我所在的村子,川地里一部分是庄稼,一部分是盐滩,本来就是靠天吃饭。种地要雨水多,做盐滩要太阳猛劲晒,今天想来,村里人相处和睦得真是到了一种境界,不过这个也没办法争夺,谁能主宰老天爷呢?这大概也是没有闹矛盾的主要原因。我常去盐滩给父亲送饭。母亲拾掇完碗筷也来了,帮衬着往灶火里加炭添盐水。那时家里没有电视,我就到卖货的小卖部里看,要不就听熬盐人在夜幕降临的盐窑外拉话,现在都听不到了。父母在盐滩上拼命劳作,砌起了现在住的三孔窑洞,修建房屋在农村来说是一辈子的大事,更莫说是平地起窑。等我读完了初中到高中,情形就不一样了,社会发展的速度真是快得令人难以预料。

前天还和楼管阿姨聊,因为上了大学,我才见识到了很多本该早已见到和体验过的事物。我常说我是小地方来的人,不是谦虚,是实实在在的真话。我要去省城上大学,才第一次坐火车、坐投币公交车。原先没出过远门,连县城的边边都没有看到过。县城的公交车仅有两路,七八辆车从农村到县城倒着跑。没有站牌,招手即停,车票当然得有人来收。大学第一个假期里出去玩时才第一次吃汉堡。面对着别人不以为意的门店,我却止步不前,做了好久勇气的积聚。当真正进到店里的那一刻,我的心跌宕起伏,慌张地来到点餐处,装作很熟练地任意一指,等拿到后却发觉难吃到想哭。看着别人吃的才是自己想吃的那款,唉,只能独咽苦果。其实,说了再多对新环境的新奇兴奋,我依然怀念我那可怜巴巴的,甚至现在说来已经是有些面目全非的家乡。

3

世间的一切都是变化着的,有时候,很多传言就在大家都不以为然时变成了事实。几年前听说村里的川地上要修建火车站,村人都呆愣了,火车对村人来说是新奇的,偶尔在电视上才能看到,不久的将来,不仅可以看到而且就在跟前,这样的惊喜百年不遇。紧接着就涉及占地问题。当时我只顾着学习,脑海被美丽的大学幻想占据,根本没心思想这些事。和其他村人一样,觉得修建火车站是天大的好事,这样以后上大学也不用到邻县去坐火车了,就在自家门口,去西安就相当于坐长途公交车,我满心欢喜。

村里人出现了分歧,有两种声音。一种是地不能征。这是老祖宗留下的吃饭钵子,若是被征走,以后靠什么生活?即使能得到赔偿金,毕竟不是地,没有"野火烧不尽,春风吹又生"的生命力,可以一茬一茬养育庄稼,钱花一个就少一个,迟早会花完。另一种声音是要征就征走,反正现在地里也没多大收成,就是做盐也没有多少利润,煤炭价格飞涨,熬盐离不开煤炭而且需求还不小,现在征走好,能得几个现钱,凑合着过了夏天。今年太旱,地里的庄稼半死不活,不要指望有收成,更别说好收成了,把肥料与种子钱挣回来就不错。做盐的虽说有利,能做不少盐土,可人家说了,盐土按价赔偿,多好的事情,何乐而不为?后一种声音把前面的声音碾轧得稀碎。

我假期待在家里,看着已经面目全非的村庄,突然开始怀念这里原先的模样。人们也逐渐失去了刚得到钱时的欣喜,没怎么出过门的他们低着头,在村里闲逛,唉声叹气,觉得自己仿佛在一夜间就被抽空了,活着的就是具行尸走肉。老辈们留下的话是"土地不会亏人",可村人亏了土地。

让我感触最深的是父母,他们可以说是幸运的。为什么这么说?因为他们起码还有营生可做。当然,受苦人就是再怎么转变受苦方式到头来还是受苦。他们给做盐滩时生意上的伙伴干活,说定了工钱,还是凭着辛苦挣钱。所以家乡的人都会特别严格地要求自家孩子,要好好学习将来出人头地,逃离这片艰难荒凉的土地,考上大学,去偌大的城市,看尽高楼大厦车水马龙灯红酒绿的繁华，做城市人。他们不顾一切地供孩子读书。那会儿，父母不管是花钱还是厚着脸皮去找微弱及遥远的关系，只要能让我到县城的中学上学，就觉得一切都是值得的。更有甚者，很多人选择陪读撂下村里的家、家里的房子、土地、男人，和孩子来到县城，租赁逼仄却昂贵的房子，每天给孩子做饭，为孩子解决除学习以外的所有事情，使其避免干扰从而把余下时间全部用在学习上。我没让父母这样做，因为我知道，如果母亲来县城陪我读书，就没人给家里的父亲做饭了。父亲每天活儿那么重，再吃不应时，最后的结果只能是倒下，父亲如果倒下了这个家也就坍塌了。几年来，我一直都努力学习，无奈似乎是命中注定吃不动这碗饭，任凭怎么努力都没有办法弥补自己的愚笨，到头来只能认命。高考自然不如人意，我体会到了什么是绝望。中考失败虽说让我失落但还不至于绝望，可当失败不停重复，那就是对伤口无数次的戳弄。绝望又能如何？接受命运安排是伤心后最好的选择，我只能接续起满是荆棘的绳子，挽在腿上继续前行。

村庄换模样后，一切的一切都陌生起来，人们不再像原先那样亲热了，见面打招呼起初还敷衍了事地做做，后来连敷衍都懒得做了，大家直接沉默下来。原来总以为，火车站修建起来会给村庄带来系列的经济效益，事实上，受益的只不过那么七八个人。这里就是个小站，好多列车都是经过，不停留，好多货车也根本不屑在这里停留。即使有客车停站，也是短暂的几分钟罢了，人流量也没有想象中的那么大。一个个老实巴交的受苦人，失去土地就是失去了依靠，在这个世界上，他们成为了浮萍，没有了归宿与寄托。

每次放寒暑假回到家乡，村庄的变化其实没有多少，但我总觉得哪里不对，却又说不上来。假期基本都待在家里，看书写东西，要是出去，也是一个人到村里及邻村走走转转。没有哪里可去，小时去的地方不是消失就是改头换面或着残缺不堪。想起张爱玲说过一句话，这里尽管有些不对题，我还是低语出来，“再也回不去了”。通常傍晚是热闹的，做盐那会儿，路上见了人都会很熟络地打招呼，还有好些人在小卖部的门前拉话，到十一点多还不尽兴，约定明晚继续。那天在散步的路上遇到村里不少人，我给他们打招呼，他们有的很清淡地“嗯”一声，有的连“嗯”一声都没有，径直走过去。顿时我找到了前面迷惑良久的原因，村庄的模样环境变化都是次要的，症结在这里——人们的心变了，变得没有波澜，不是静如止水，而是死水一潭。

我坐在家里大门外的石床上对着铁路发呆，不时有飞驰而过的火车经过，载着远方的人去向另一个远方。它们去过太多地方，难以数计，所以不会特别在乎路过的这些地方，仅是过往的话，即使重复一百次一千次也不会有印象。我相信，终有一天，它也会带上这里的人去向另一个远方，丢掉曾经拥有的过往。

4

毕业在即的我不敢回家，觉得难以面对那个生命里不能忘却可现在已然开始逐渐衰落的斑斑驳驳的村庄，它不知道自己要成为什么样，生活在其中的人们更是处境艰难。这也是我回不去的缘由所在，虽然是我的家乡，但父母已经不在那里了，我对那里产生了前所未有的孤寂感与失落感。你也许会说，那就去父母所在的地方，尴尬的是，对于很是念旧以及留恋故土的我来说，对那里更是难以亲近，去之前我就能想到去了之后的情状。

父母到那里不是去享受生活的，而是去寻找营生，在家乡闲着时他们就不知对我说过多少次，不能这么待下去，得出去找生活。他们闲下来并没有多久，满打满算两年，还是因为父亲害了病，做了手术需要修养恢复才闲下来。否则,我想这会儿他们早已熟悉那片陌生的地方。父亲在恢复期间患上抑郁症,我们曾坐下来多次长谈。我说,爸,有什么想不开的,开心过好每一天,有什么事情,现在我可以做了。母亲在边上鼓劲说,就是,娃娃们现在大了,家里一切都挺好,就欠下的那几个钱,等你恢复差不多了,两三年就能还完。父亲沉思良久,终于说出自己的心里话,我能看得出他很痛苦,每个字都是从心里生硬地掏出来的。他说,唉,你们说的我都晓得,但我老是不由得就胡思乱想,我想不通啊,我拼命地想,我怎么突然间就成了这样,到底发生了什么?我以前多刚强,百斤的蛇皮袋子一下就扛起来,现在呢?连一塑料袋东西都不敢提,力气都去哪里了?我想得晚上睡不着,想找个说法,你们谁都不帮我。还有,就是我头上做这么大的手术,到底能不能好?若是好不了,死我不怕,就是怕苦了娃娃们和你。说着说着,我看到他的眼里打转的热泪,掉在了干巴巴的地面上,渗透开来。原来父亲蕴藏着这么多的柔弱,整整藏了几十年,此刻的他难以再用坚强的外表做掩护,泪水在虚弱的身体的控制下泄出,掉在坚硬如铁的水泥地上,渗透漫延开。我在这一刻只有沉默。

在父亲休养的第三个年头,他们决定去外面找生活。我劝说他们不用出去,我马上就毕业了,可以开始挣钱了,并向他们承诺绝对可以养活自己,不用他们管。我的话非但没起到劝说挽留的作用,反而坚定了他们必须要出去的信念。他们说,你将来还要面临许多事情,比如成家结婚,都需要钱。我们现在还能动弹,能挣多少挣多少,能给你减轻一分压力是一分。不用管我们,我们这样整天闲着也不是办法,你爸待不住,村里现在也没人了。待着有什么意思?我们出去还能走走转转,生活做了,也看了世界。我说不过他们,只能任他们自己做决定。

一天,我像往常一样,接起母亲每天必定要打来的电话,首先肯定是问吃过饭了没。我简单回答说吃过了。只要我再回问一句,整个通话就能顺畅自然地说下去,但我偏偏没说,故意让话语中断。其实每次通话结束我都后悔不已,但没有什么用,已经把她伤害了。她停顿了一会儿,看我没有说话,就自己强忍着难受重开话头:“我今天端着盘子去卖面条,有个婆姨也在卖,前面就吵嚷过几次,她让我走,说这里是她的地盘,我没有走。今天去了,她没来,但派她儿子来了,说要是我再不离开就要动手。我说,你要是胆大就打,我就不走……”听到这里我的心颤动不止,紧张激愤到极点,打断她的话语,说:“不行就不卖了,不和她计较,若是他真敢把你动动,我弄死他。”我也不知道自己怎么会说出这样偏激的话语,而且是脱口而出。她说:“没事,他不敢,你放心,你念你的书,有什么需要给家里说。”挂断电话后,我思考许久,认真分析了自己的处境。真有自己想象的那么洒脱吗?我开始摇摆不定,没了主意。

5

外面的雨下得紧,比起之前愈加细密,踟蹰还在,只不过开始剧烈晃动了。我回哪里去呢?坐着的老乡说,回那个现在已经很是繁华的村庄吧。我说,回不去了,那里已经没有我至亲至爱的人,你先回吧。最后还是决定先回父母在的那个陌生的地方,但我不会久留,顶多两天,主要是为了去看看许久没见的他们。

我想,所有人在这个踟蹰的世间都会失去故乡。要重新建立起故乡的概念,恐怕要在遥远的以后了吧。不如这样说:每个人都是踟蹰的浮萍。

踟蹰的不仅是我,还有那些古老的村庄,天上的云彩,和地上的人们。

是整个世间的踟蹰。

忘言书

1

羊吃草,狼吃肉,人吃五谷亦吃肉。若追究其中原因,生物学家会说一通,他们的话是权威。但对普通人而言,羊本来就吃草,狼本来就吃肉,人本来就既吃五谷也吃肉。这样的说法看似胡言乱语,想想又确是这般。在路上走,看地上快速爬行的蚂蚁,不知它们在忙什么,估计是如我一样去上班去吃饭去游玩吧。我失笑着想,它们肯定以为自己已经爬得很快了。我看看对面的山,收回散落在阳光里的微笑,忽然觉得自己才最可笑,是山河乃至天空宇宙的笑柄。它们不需多看我,只是微乎其微地动,卑微如尘的我们难以感知,自身却已垂垂老矣。

近来常会遇到两种鸟,觉得甚是有趣。一种站在树上叽叽喳喳叫个不停,我想靠近一些听它们言语欢叫的内容,谁想还离得老远,它们便惊慌而逃,飞到与我距离更远的位置,站在树枝上继续叽喳。另一种就不同,在地上悠然自在地蹦跳、碎步走,花样百出,我走近再走近,都打不破扰不乱它散漫的情致,倒是我心生无限的惊诧。我想,先前想不透摸不清的思想,何不问问它们?我还没来得及张口,它们就仿佛知道我要干什么似的,全部飞走了。它们各自站在高处,转动着圆滚滚的脑袋及亮晶晶的眼睛看我,我微笑,它们依然看我。我慨叹道,高明啊。想到一个成语,不求甚解,初识在陶渊明《五柳先生传》:“闲静少言,不慕荣利。好读书,不求甚解;每有会意,便欣然忘食。”不放在语境里,单独看单独想,这个词是贬义,而且是有理有据的,不是胡诌。看书不求甚解,想做什么?想囫囵吞咽?初中写作文这样想时吓了一跳，赶紧换它的反义词，比如细嚼慢咽、追根究底、细致入微等，方松了一口气。和鸟儿相视数秒的这次经历让我惊得厉害，浑身颤抖，额头上渗出了细密的汗。仔细想想更有感觉。这才是自然妙处，一切浑然天成，其中的意蕴是由内而外徐徐弥散出的，那份动人那份欣喜那份湛蓝，我不能表述，任何举止行动都是煞笔，只需静默，用心领会。后来，无心间翻阅《道德经》，起句便把我迷住：道可道，非常道；名可名，非常名。玄妙啊。联想到《庄子·知北游》中，泰清问无穷是否懂道，无穷答不知；泰清问无为，无为答知，且进行了详细解读；泰清把这件事告知无始，无始说，不知为深，知为浅。泰清郁闷，为甚知为不知，不知反为知？最后泰清明白过来，全仗不求甚解。陶渊明有名句："此中有真意，欲辨已忘言。"书画、音乐、建筑，世间万物皆是如此吧。

有了这般感悟后，我心里欢喜不已，迫不及待地想用文章呈现，硬是压住了，故意让自己去平静，去忘却这些思绪。其实，写文章最好头脑空空白白，让文思如青山间的溪流，顺势而动，弹奏出潺潺之音，任其荡漾，靡靡不绝。草木、虫鱼鸟兽会闻知。风不服，有动静，想有个高低，却最终与之成了水乳交融状。我想在这样的山水里忘却自己，随意而动，若是能够飘忽不定或者变换自如，也很好。

2

下班到超市买了包烟，还没到房间门口，就径直到了边上的朋友家。敲几下门，他应声而来，房间里只有三两光亮。我知道了，他刚才在写东西，他曾说过这样容易得到理想的感觉及情绪。我不管扰到他没，有理似的坐下，拆了烟递他。他点燃后深吸一口，在吞吐的烟雾里对我说："工作如何？"我说："活着。"他笑言，"不错。"我苦笑着问："还不错？"他用手指弹弹烟灰，说："你没有选择去死。"这句话着实让我震惊，难道活着就算不错？那整个世界密密麻麻的几十亿人都活着，敢情都不错？他看出我的心思，说："聊会儿文学吧。"这个我喜欢。我说："原先看过好多书，最近像老牛反刍一样，不住往上涌，再想想现下的生活，觉得愈想愈没趣。"他说："比如呢？"我说："比如奈保尔的'生活如此绝望，每个人却都兴高采烈地活着。'说得多好；再比如米兰·昆德拉的《庆祝无意义》，雷蒙德·卡佛的《你们为什么不跳个舞》，读完我更加明白了生活的本质。"他起身给我倒了杯水，我想要他开灯，终于又没有说，这样黑着其实也没有哪里不好，起初进来也许感到突兀难适，逐渐适应了就觉得还不错。他把水递给我，抽着烟，手搓抹了一把头发，长舒一口气说："每次到小寨的时候，站在天桥上，面对无止休的人流，总有种怪怪的感觉。"我说："孤独？"他说："没这么简单。"我想也是，孤独是随口说出来的，里面潜藏着的奇奇怪怪的因子不知道有多少。肉眼难以看清，连显微镜下也说不准，人们出门又不带这玩意儿，只好视而不见，欺骗自己那不过是幻想、是虚假、是个别存在。到处是人，却到处说不得话，生活永远没有那么单纯。再一想，也不太对，症结到底是生活还是人呢？我没了主意。他拿起旁边的书，翻几页就合上了。他快毕业了，为人真诚。我比他早一年步入社会，时间虽然不长，却深知社会上的复杂，生存于他有太多不利因素了。我不知自己在怀疑什么，他的厚道毋庸置疑。他说："我相信社会文明程度的提高终究是好的。"我反驳他说："不一定。我老是感觉我们在做无用功，好像一切努力都是徒劳的。人类的进化到头来会成什么模样，是不是重新回到原始人那般？我说不清。圆圈式的运转，是起点也是终点，中国的先哲圣贤始终在强调这个道理。太极图有黑白两色的圆圈，要说明什么道理？人们还在探索。老子站在至高点看待整个世间宇宙，用五千言便说透说尽此中道理。庄子说得多些，而且时常拿孔子做例子说明自己要表达的，这样看来，孔子怎么也比不过他们高明。"他说："不然，老庄看透所有，这不假。但你以为孔子就没看透？

真是傻乎乎地四处游说，到处推行自己的主张，喜欢折腾喜欢吃苦？这不过是他的生活方式。看透就好了？”我在微弱的光圈里看着他。他说：“看透很可怕，正儿八经厉害之人是看透了，然后继续活着。有句话，忘了是萨特还是加缪说的，或许都不是，那句话的大体意思是，看透一切的时候，要么死去，要么活着，要么逃避。”我说：“到头来终究是梦，万境归空，好一似食尽鸟投林，落了片白茫茫大地真干净。”身子忽然绵软无力，直往下倒，感到空乏无力。我笑着说“聊这么半天，都抽了半包烟，却感觉什么都没说，说的都是多余的话。”他端正身子，点了根烟，说：“不尽然，本质就是这样，我们却要在这个基础上活出无数诗意。”

由此慨叹，我们也只能这样，死去总不是办法，与这世间千丝万缕的联系让我们不能这么做。回到自己的房间后，我无法入眠，盯着半新不旧的房顶。曾几何时，有人也像我此刻般躺着无眠看它吗？这些人现今过得如何，顺风顺水，还是艰难坎坷？回想每天的生活，早晨起床收拾后到办公室帮领导看材料写材料或看四处跑动，下班吃饭，晚上睡觉。日复一日。重复不断是不可否认的事实。转念想想，若是每天不再重复，我又能做些什么呢？完整无暇的空白难道真就胜过重复不断的密集线条？我难以回答。皑皑白雪落地，遮蔽世间万千不堪，可终不会长久，太阳会再次出现，温暖会带走纯粹的白，先前的不堪也会再次出现，而且更加清晰，被更多人看在眼里。思来想去还是无法绕出已有的圆圈，快天亮时，睡意终于带走一切，我理所当然又似有所得地沉沉睡去。

3

走在路上，路面泛起涟漪，心想是不是自己看花了眼，把湖面当作路面。光看不放心，蹲下用手摸，确定路面果真虚软无比。既然这样，我怎么没掉下去或陷进去呢？摸着路边的电线杆，身边的车流蠕动。我在哪里？左右环顾，放眼望去，高楼林立，天桥的台阶似空幻的水流，又不失形状，我小心翼翼踏上去，生怕踩空，掉到不知所以的地方。好容易上到天桥，手试探着摸护栏，感觉尚能依靠。来往的人匆忙走过，绝不停留，我像是一个傻子。为避免尴尬，我顺着护栏走，不时抚摸着护栏，装作自己也很忙碌。这时手指突然一阵剧痛，鲜血流开来，原来是护栏上有铁丝头，阻碍了手的前行，扯拽几回后，手只好投降。我心里一阵憋屈，没去擦血包伤口，用带着血的手恨恨地拍护栏。我拍得一下比一下重，却感觉好舒服，疼痛与舒服交杂着。我的手掌开始发青发紫，慢慢肿胀起来，由内渗出一种麻木感。

我看到一只皲裂肿胀青紫的手，裹缠着白胶布，不禁难受起来，脱口而出，“疼吗？”有声音说：“不疼”。奇怪，哪里来的声音，环顾四周，并没有人。不过我像是换了地方，前面有扇窄门，天桥、车流、人群通通消失得不知所踪。在进退两难之际，我想，何不推开那扇门，看里面有何景致？

门开犹花蕾绽放，徐徐冉冉。定睛一看，是村落，熟悉又陌生，我恍惚不已。我顺着小路前行，走到一处塌墙烂院，大门不过几根木头结绳而成，确认没有家犬，方才推门而入。院里一派好风光，整齐精致的菜园子，有黄瓜、青椒、西红柿、茄子、韭菜，看得人眼花。门道坐着一位老人，她身边卧着一只白猫，那猫好像病着一般，眼睛无神，睁眼看看我又闭上。院里有鸡叫猪哼羊咩响起，老人正在专心使针线，说了一句，“刚喂过，叫什么，直肠子吗？”我不知该站在哪里，便走上前去，想和老人说说话，影子却捷足先登，遮蔽了老人的阳光。老人抬头察看，我有些不好意思，只好用微笑化解。看到老人面容，我诧异得合不拢嘴，踉踉跄跄往后退了几步。朗朗乾坤，这白日里如何能看见已去之人？老人却对我说：“莫怕，我回来看看。”我为将才的惊慌羞愧，以前她多么疼爱我，我为什么会感到恐慌呢？不管她如何出现，我都应该保持镇定自若。平复了心情，我说：“您回来看看当然好，那边怎么样？不好吗？”她缝补着被罩上补丁处的破烂，细针不时在头发林划几下,说:“好,就是回来看看。”我心中悲痛,抑制着眼泪,她故去时想和我说说话,无奈我那时远在千里外,回来时她早已没了气息,身体僵硬地躺在门板的干草上。这幻境里的重逢算是她去后我们的初次相见,我能感觉得到,她还是她。手里的线做完,再穿上一根,她皲裂红肿青紫的手,拿着针对着阳光穿线。几次都没成,原来是线头不够尖细,她举起一根在嘴里抿,对着阳光重新来。我看不过去,给她帮忙。

我说:“你受罪了。”她说:“没有的,饿了家里有米饭菜,还有方便面。”我进去一看,锅里温着米饭菜和馍,石台上的盆里放着碗,碗上盖着平展的方便面袋。瓮里有酸奶、鸡蛋和一些我叫不出名字的吃的。我坐在门道,看着少有生气的猫,它的毛发光亮。她又穿不上线了,我说,“给我吧。”她给了我。我边穿边说:“你还是受罪啊。”她对我说:“不受罪。”我忍不住:“不受罪难不成还享着福?”她说:“不是吗?”我说:“当然不是,你病了一辈子,买什么都舍不得,连很平常的吃穿用度都没有。”她接过针线,继续缝补,身体比起在世时更加瘦削,说道,“人生本就禁不起细思慢想,花开花落草荣草枯天明天黑,有什么意思?没意思。怎么是享福?”她这么一说,我没有多想就直接说:“起码得和大部分人一样。”她说:“这就是享福?”我身体感到渐渐空虚,有看不见的东西在缓慢流失,好在脑袋还好好的,我欲言又止,用点头回答。她说:“我是没有过那样的吃穿用度,世间没那么多的相同,大家都一样的只有生死。我吃酸菜土豆,穿补丁衣裳,盖补丁被子,没出过县城,几乎一辈子都在这个院子,早就忘了苦难与享福的差别。我的吃穿用度都挺好的,早起有阳光,晚睡有星辰。病着的时候是疼,我那时孤单地躺在院子,不时因疼痛难忍哼唧几声,反而明白了自己就是自己。或许你现在不懂,生活的乐趣到处都有,我就是这样。”我哑然,她说的好像有些道理,我想不出如何反驳。

我顺着原路返回时又经过那扇窄门。我问自己,走过窄门后不又回到狭小空间了吗？何不留在这里，这里有宽阔的天地，可以过随自然万物生息，不争夺不闹腾的日子。再想想又觉得，这样会不会被人骂虚假，正是风华正茂的年纪，却说要清净淡泊。身即使可为，心当真可为？我犹豫着，徘徊在大路上，突然柳絮飞扬，天旋地转起来，我晕眩不已，本来以为会害怕的，可那时却有一股幸福感涌上来，在身体里穿梭不止。

4

清醒过来，发现自己不在天桥亦不在村里，是在图书馆。下午两点过来，没看几页书就出现了这种情状，我拿着笔，盯着书上的文字愣怔。怎么会这样呢，胡思乱想这么久。我不得不对自己近来的状态表示怀疑，好像总是一会儿空白一会儿满溢。在梦幻状态中过了两个多小时，如果不是发生在自己身上，真不能相信。管理员要锁门了，我只好从图书馆出来，按理得去吃饭，我却没有胃口。坐了一天，去活动活动吧。于是拿起书随处走走。

看手机时，不小心点到相册，于是翻看里面的照片。去年拍的那个地方，在不知现住着谁。那是一个逼仄低矮的房间，两个铁架子床合并到一起，上面放些零碎家具，下面铺着褥子。白亮的灯光照耀着这个临时的家，母亲做饭，父亲坐在床上抽烟。透过门帘，可以看见对面房东及其他住户的大房间。天气很炎热，对于父母身体的危险因素又增多了。那两天我的心情非常糟糕，要他们赶快回家。再不济，我也能养活他们，别人吃好的，我们吃差点，温饱是绝对可以维持的。他们说待在家里不是事，眼看着我就要到成家的年纪了，他们应该出来多少挣些，也好帮衬我。我自认为自己的理由胜过他们的。他们在外边，挣不到钱不说，身体本来就不好，万一有什么意外，家里缺人少手的，到时怎么办？最好就是待在家里，养好身体,我也安心在外边奋斗。在亲戚朋友劝说下,他们终于回去了,答应我不再出门打工。前些日子,母亲经常打来电话,说有个亲戚给问到了好工作,非常合适他们,轻省,他们想去试试。我本来以为自己会阻挡,会说好多好多话拦住他们。可是当听母亲说完,我却沉默了,母亲问我怎么样,我只说了几句,大体意思是随你们,我没什么意见。我仿佛进到一个难以形容的空间,不记得自己要说什么。

近来遇到许多事,我的处理方式也有所变化。要是以前,一定会去解释去争辩,情绪控制不好的时候,甚至会去驳斥,闹出诸多不快。现在会去听别人说话,去想想事情的本质或想想其他事情,然后回以一笑,以此了结。对父母再次去打工这件事,我不再有任何异议。我坐在椅子上琢磨,为什么?是我的心变了,变得铁石心肠变得连只言片语都不想说了?还是破罐破摔,对其他所有事情爱怎么样便怎么样?苦闷、焦虑、惆怅、绝望向我侵袭,只好不住抽烟,希望能有所缓解,别说,还真有效果。荒唐也好,可笑也罢,这是很个人化的感觉。喝茶的人很多,我多次去大大小小的寺庙,也见过喝过浓淡不一的各种茶。有次在一座小庙,环境安静至极,鸟语花香尽在,处在其中有通透身心之感。修行人在给不多的人讲佛法,老和尚在旁边翻地种菜,录音机里放着大悲咒。歇息之余,他站直身子,手扶锄把,看天空看树看山,若有所思。我站在边上看。晌午,我去找他说话,问他该如何看待日常生活,他放下锄头,邀我去喝茶。看着茶壶悬空,茶水倾泻,落于杯底,我突然有所感触,却难以言表。我们喝着茶,无言静坐。品茶中,我问:“喝白开水不是更好?”他说:“茶也能喝出白开水的境界。”我似懂非懂,说:“白开水里能喝出五味陈杂,茶水里也能喝出白开水的清淡,孰高孰低?”他笑而不语,拿起我身边的玻璃杯,放进一簇茶叶,倒上水搁在我面前说:“看吧。”我仔仔细细地去看去想,直至茶水凉透,也没看出个所以然。他说:“不在孰高孰低,在的是你的沉浮,茶叶初见水时浮于水面,随时间流逝，会舒展开蜷缩的身子，一片两片地沉下去。”我有所感悟，想听他再说，他却不再说话。后晌我离开，他看我出庙门后便转身回去了。

此刻坐在温暖的台阶上，浑身好似长出绒毛一般。阳光普照，微风轻拂，我接受着宇宙万物的恩惠。我好像想明白了些。白日有太阳，夜里有星月，皆在天上。春生夏长，秋枯冬收。我们有很多种想法，一会儿想变成花草一会儿想变成鸟鱼，一会儿想变成星辰一会儿想变成山水。变来变去，我们的欣喜却在不断缩减，直至不想再变化，原本是什么便是什么，原本在哪里便在哪里，白云自白云，青山自青山。折腾许久，还是自己的身体和原本的位置舒适。

生活要自寻乐趣，比如我，感觉抽烟多了就去刷牙，刷了牙再去抽烟，这样弄得牙齿又酸又凉，歇上半天，稍好一点再刷牙抽烟。我觉得这样挺有意思。前天在报道里，看到作家弋舟说，虚岁四十六岁了，渐渐地接受了自己的无能和平庸。细想一下，谁又何尝不是呢。从前像一只新晨立在枝头叽喳的鸟儿，不能接受树林里其他飞的跑的、高的矮的、胖的瘦的，看到什么都想评说几句；后来逐渐飞得多见得多听得多了，就不想再叽叽喳喳，反而更愿意安静立在枝头聆听宇宙万物的声响。大概是欲说还休吧。现在，也许是觉得飞累了，于世界于自身也已经改变不了什么，那就去接受吧，从接受自己的渺小开始。

吴文星 作品

吴文星，1994年生。有习作发表于《诗刊》《星火》《中华文学》等。获全球华文青年文学奖、野草文学奖、“包商银行杯”全国高校征文奖等。

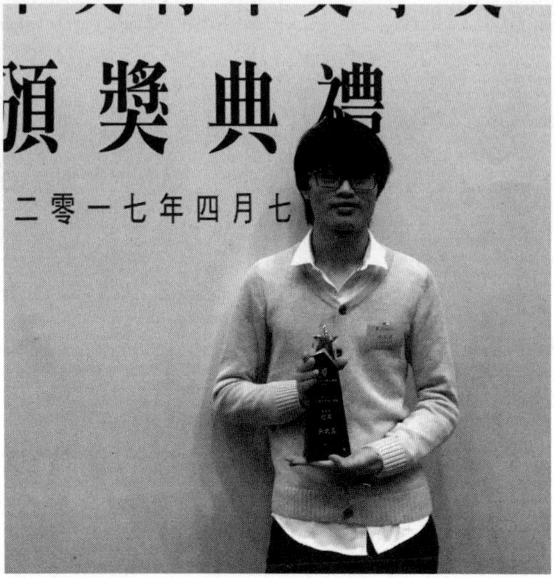

喊惊

魂兮归来！入修门些。

工祝招君，背行先些。

秦篝齐缕，郑绵络些。

招具该备，永啸呼些。

魂兮归来！反故居些。

——《楚辞·招魂》

一

“狗娃儿，唔惊唔吓呵，在哪东南西北吓着哩来归困觉了，狗娃哎，来归困觉了，在哪沟儿坎儿、山里坳里跌了撞了，吓着哩来归困觉了……社公老太各路菩萨佛祖保佑我家狗娃平平安安、脚踏四方、方方顺步，石头都不会绊倒一次呵，床公床母呵，保佑我家狗娃吃得困得，一觉困到大天光呵。”傍晚时分，外祖母靠门站着，手持三支线香，引颈西望，对着即将沉下来的茫茫夜色，高声呼喊，喊声由低到高，悠扬苍茫，邈远空蒙，一阵一阵，似徐徐吹过的晚风，越过田野，穿过村庄，攀上远处黛色山脉，纷纷扬扬，浩浩荡荡，漫浸在寂静如水的夜色中。

打记事起，每当我精神萎靡，吃不下饭，露出一副病恹恹的样子，外祖母必说我是受了惊吓，要为我“喊惊”招魂。说来也奇怪，只要经外祖母这么一喊，第二天我就能活蹦乱跳，恢复如初，“病”就这样神奇地祛除了。这远比打针吃药看医生来得管用。母亲不会“喊惊”，遇到这种情况，往往把我送到诊所查病打针，或是带回一大堆的西药让我吃，折腾了好几天，却不见什么起色，就算有效果也来得慢，远不及外祖母的“偏方”效果好。至今我也不能科学解释这“偏方”的奇效，可是这让外祖母在我眼中从小就有一种神祇般的光环。我知道的是，每当我丢了魂的时候，外祖母一声声熟悉而悠扬的喊惊声又会把我召回家。

记忆中，村子里会喊惊这门“手艺”的人并不多，外祖母并非神婆，但喊惊是她的“专利”。据外祖母说，喊惊分为两种，一种是在受惊者被吓的路口喊惊，另一种是如果受惊者已记不清被惊吓的具体地点，也可以在自家门前喊。家乡的喊惊一般就这两种，但据说广东惠州地区却分路口喊惊、求神喊惊、设坛喊惊三种，形式也和外祖母口中的略有不同。就我所看见的，喊惊并不简单，可以说是程序相当繁杂，毕竟，要把丢了的魂给找回来，马虎不得。在喊惊之前，要确定你是不是受了惊吓，以及施吓者的身份，即“查症”，外祖母的话是，有的是阴人吓的，有的是活人或者动物吓着的。外祖母往往会用酒饼(农村用来酿制烧酒的一种白色饼状的酵母)和黄栀子(栀子树的果实，成熟后呈橘黄色)用布包住捣烂，敷在受惊者手心，不断擦拭，用外祖母的话说，男左女右，待擦到大鱼际处开始泛青时，外祖母便能根据手掌纹路脉络大概推出受吓者受惊的地点和施吓者的身份，完成这一步，就算是“确诊”了。接下来就要做好喊惊的准备，路口喊惊的话，需要准备好香烛、纸钱、元宝，虔诚者还备有“三牲”和“水饭”。傍晚时分，外祖母便带着这些供品来到受吓者受惊的三岔路口，点燃香烛，焚完纸钱元宝，把供品摆好后，就开始向着空蒙的夜色高声呼喊：某某哎，唔惊唔吓呵，在哪东南西北吓着哩来归困觉了呵……这样把之前的喊词喊上七遍，喊一句就在路边拾一个小石子，拾够七个就可回家。把这些小石子压到受吓者的枕头底下，并在枕头上拍三下，念一遍“床公床母呵，保佑某某吃得困得一觉困到大天光呵”就算完成了整个喊惊仪式，受吓者丢失的魂魄也就招回来了。这里之所以用“某某”，因为村子里找外祖母帮忙喊惊的可不少哩。

小时候，以为喊惊是外祖母的专利，在村里，我没听过除外祖母以外的人喊惊，长大后才知道，“喊惊”作为汉族人民信仰的一种民俗，早在西周时就已十分盛行。《楚辞·招魂》中记载的招魂与外祖母的喊惊相类似，可见喊惊的文化渊源颇深。清人宋湘所作《盂兰词》这样描述喊惊：“鬼不怜人人怜鬼，盂兰大会夜如水。削竿挂衣钱剪纸，蜡泪倒流风旋起。”那是乾嘉年间的事，如今，惠州地区，衣服已多挂于屋檐或放在筲箕里，也有拿在神婆手中的，至于家乡，甚至已经不用受吓者的衣物了。

二

喊惊声从远古穿越而来，跨越千年，至今仍余音绕梁。很多年来，我一直在外祖母凄婉悠扬的喊惊声中寻寻觅觅，走进走出，跌倒了又爬起来，逐渐长大。可是外祖母，她为我，为许多人喊惊，卖力地喊，无休止地喊，终于有一天，我发现，外祖母就像那些被时间磨砺千年的喊词一般，无形中被岁月刻下了深深的烙印。近年来，她的身体越来越差，她的嗓音不再如从前那般铿锵有力，变得浑浊而嘶哑，她开始记不清那些熟悉的喊词。她终于把自己给喊老了。

我见证了许多事物的老去，都没有外祖母的慢慢老去来得触目惊心。春天的时候，外祖母得了一场重感冒，喉咙受到重创。我去看她的时候，她拢着一只烘箩（农村一种竹篾编制内盛瓦缸的取暖设备）坐在断墙下，静静地晒太阳，见到我来，想和我打招呼，却只能发出一些“呜呜嗯嗯”的喉音，她努力把嘴唇往上拢，想叫出我的名字，却发不出声来，最终只能任由干瘪的嘴唇向两边落下去。她很不好意思地笑笑，忙着把家里的零嘴都拎出来让我吃。那一刻，我内心突然滋生出一种前所未有的恐惧，我害怕她就这样永远地保持缄默,陷入寂静无声的泥淖里,让我再也听不到那散落村庄、田野和山坳的喊惊声。时间和人一起,把她消磨得疲惫不堪。

她年轻时就患上了皮肤病,是顽疾,说是坐月子时去干了农活,感染上了痒病,之后就一直没有根除。几十年来,不管刮风下雨,她都要走上几公里到镇上的小诊所去打针,尽管去一次只能维持几天的效果。病痛不断地抽走她身体中残存的那点青春。她把裤腿卷起来让我看,像受伤的猎物向猎人展示伤口。我注意到,那不是一条正常的腿,首先是出奇的小,和七八岁儿童的腿一般粗,腿上几乎没什么肉,只剩下一圈皱巴巴的皮慵懒地耷拉在上面,老年斑星罗棋布般占领了整条腿。最令人咋舌的是,由于整日用手抓挠,整条腿坑坑洼洼的伤口与老年斑交织在一起,有些甚至还在流血,红色和黑色像下围棋一般,都想霸占这副了无生机的皮囊,用血肉模糊形容都不为过。很多时候,外祖母都在扮演一个喊客的角色,她把许多人从荒野里喊回家,从小喊到大,从懵懂喊到成熟,喊不回来的是时间,是自己的青春。

"一觉困到大天光"是外祖母对许多人的祝福,可她自己却不在此列。近年来,她开始整夜整夜地睡不着觉。人老了,没什么别的娱乐活动,她早早地就上了床,可直至深夜,还能听见她在床上辗转反侧的声音。有时实在睡不着,她干脆爬起来,在她的老式衣柜里摸摸捡捡,整理衣服,有时是把归置好的东西又倒腾出来再整一遍。或是早早地到厨房去,把明天要煮的米先浸在水里,准备好锅碗瓢盆,以此来消磨无眠的漫漫长夜。到她觉得实在没什么值得动手时,才躺回床上眯一会儿,不知道有没有睡着,公鸡打第一声鸣时,又见她窸窸窣窣地爬起来,在黑暗中迎接新的一天。失眠让她的世界始终亮如白昼,却更加照出她的衰老,她的疲惫。

不知道人的衰老是从哪里开始的,是不是始于记忆的丧失。记忆可以取暖,那里面有关于位置的信息,当一个人开始丧失记忆,与此同时,她也迷失了方向,丧失了温暖。我去看她的时候,她经常把我的名字叫成我哥的名字,有时刚和她说完我在某地读书,转瞬她就自问自答地说:"你是和你妈在一块工作吧,离得近好啊,相互有照应,菩萨保佑我阿文顺顺利利、步步高升,赚的多嘞。"像一个不堪负重的行者,在时间的无涯里,丢包袱一般,她把许多记忆弄丢了。我想或许她并不是盼着我长大,只是时间在她身上留下太多痕迹,在她心里被无限地拉长,产生了时间溜走很多的错觉。她不能相信,自己已经满头银发,行将就木了,一手拉扯大的外孙身上却丝毫没有变化,年年月月,他一直在读书,却不见长大,那样的话,时间怎么是公平的呢?或许我尽快步入社会,赚钱很多一直是她的一个愿望,她希望我能在经济上接济她一点,因此她总认为我已经是个有经济能力的社会青年了。外祖母虽育有三子两女,可日子过得十分拮据,子女都是庄稼人,经济实力不太好,也不是什么孝顺的儿女,在老人的赡养问题上都采用能避则避的策略,互相推诿。她年轻时辛苦操劳一辈子,老了,境况仍然丝毫没有改善。她很希望自己的外孙能够早日长大,给她一点哪怕只是经济上的安慰。

在现实中得不到温暖的时候,人们都习惯于用记忆取暖,包括外祖母。在那些记忆逐渐流失的日子,她终于表现出前所未有的慌乱来。"老年痴呆"这个说法对外祖母来说未免过于残酷,过于冰冷,丝毫没有对生命的敬重,我不喜欢这个词。"阿尔茨海默症"太正式化了,太现代化了,没有人情味。外祖母是属于旧时光的,一生都在黄土地上耕耘的她,这样的词显得太过于陌生和生硬。外祖母只是在不咸不淡的平静日子中,安静地、本分地履行着大自然对她的生命所做的安排,一切都顺其自然,水到渠成。她对时光流逝有过反抗,也是顺其自然的。那些儿女们偶尔给她买的鱼肝油、合生元、脑白金,据说是可以提高记忆力、延缓衰老的,她都很自然地接受它们,每天按时服用,能不能见效就不是她能预料的了,她只是以天性的本能去对付时间,想留住一些东西。

可时间真要流走呢,留不住呢?那她也没办法,她必须接受。有时,她自己刚刚放好的东西,又找不到了,刚告诉她什么事,她立马又问你一遍,家人嘛,自然都能理解,倘是外人在的话,难免要闹出笑话。有时村里年轻一辈的来看她,带了大包小包的礼物,包了红包给她,她收好了,客人无意中说起这事,她却记不清了,矢口否认,弄得客人好不尴尬。待家人帮她翻找出来,送到她面前给她看,她便只能赔着笑脸道歉,说一些自己老糊涂了心慌眼瞎之类的话来揶揄自己,客人嘛,还好都大方和气,并不怪罪。

三

外祖母曾多次把我喊"回家",可是如今,她自己却离"家"越来越远。去年冬天,她生了一场大病,三个儿子商量了好一阵子才答应把她从县里的医院转到市里去接受治疗,不能说外祖母不心寒,也是从那时开始,她的记忆丧失达到极限,她开始对"家"产生十分强烈的归属的渴望。她出院的时候,两个儿子一个女儿去接她,在人来人往的火车站,她像个孩子一样,死死抓住铁栏杆不肯上车,她说她不想来这儿,她要回家。她甚至不认识她的儿女们,她说要"娇子"去接她回家,别的人她都不要,可是当时母亲就在她身边搀着她,她认不出来,她盯着母亲,直勾勾地看着她,带着几分恍惚,最后突然拼命地甩开母亲的手,大叫着:就是你,就是你,你把我家那个老不死的拐走了是不是?

很多时候,我觉得人就像是一只陀螺,被时间这条看不见的鞭子抽打着,无法停下来,即使是原地踏步,亦被速度控制和奴役。可是外祖母这只陀螺,却终究要停下来了,尽管时间没有偷懒,继续抽打着催促她前进,可她毕竟是累了,明显已经力不从心。她一生都在琐碎的生活中忙碌着:小时候忙着长大,忙着分担家务;长大后忙着结婚生子,盼孩子长大;后来忙着抱孙子，忙着老去，忙着了却这样那样的日子。夏天的时候，她忙着翻拣晒谷坪上的谷子，忙着晒干刚摘的青菜；冬天的时候，她忙着缝缝补补，为家人准备好过冬的衣裳，忙着敲碎小石潭冻起来的冰棱，洗掉一家人的脏衣服；春秋时分，她忙着播种和收获，在田头地垄卖力地挖坑刨土；晴天，她忙着到山上打两捆干柴；雨天，她忙着奔回家里收衣服……现在，她老了，她忙着回家。

外祖母的家不大，是一幢只有三个小房间的土坯房，逼仄而苍老。这儿间昏暗潮湿的土坯房承载了她的一生，她在这里结婚生子，在这里养儿育女，在这里生病老去，在这里晨钟暮鼓按部就班地经营着生活的柴米油盐，这是她的家。可是现在，她整日待在这个土坯房里，却越来越找不到家的位置，不知道这昏暗的小房子，把外祖母的家藏到了哪个角落。患病之后，她性情乖戾，像小孩子一般淘气，时常把喂到嘴边的饭菜弄得满身都是，故意把手边的碗碟摔碎，无缘无故把身边的人骂一顿……她时常吵着闹着要回家，母亲和姨妈们耐心地照顾她，跟她解释这就是她的家，好说歹说哄住她一会儿，过一会儿她又用狐疑的眼神盯着母亲，接着就跑到各个房间看一遍，出来后大声吵着这不是她的家，她那老鬼都不在这儿，他的床也不在了，墙上挂着一个陌生男人的照片，她不认识。其实外祖父的遗照已经挂在墙上好多年了。

我不知道这是不是外祖母和我们告别的一种方式，她知道不久后，她也要随外祖父而去，她用这种不讨喜的方式来折腾我们，消磨我们的耐心，让我们对她感到厌烦，以至于在她离开时，我们不至于悲痛欲绝。她大张旗鼓地去喧扰我们，恰恰是为了静悄悄地走。

长大后，我不再让外祖母为我喊惊了，从前我是她忠实的拥趸，如今我开始“迷信”一种叫科学的东西。村里请她喊惊的人也少了，谁家孩子有个伤风感冒、精神不振什么的都往医院、诊所送，他们不再请外祖母去给他们“查症”。尤其是一些年轻人，他们非但不相信外祖母的“医术”，甚至到处造谣诋毁她的人品。门前的桂花开了又谢，谢了又开，好多年，都不再有人来采去做桂花糕。自从门前冷清之后，每次我去看她，她都有一大堆的话和我聊，大多是以前的事。她和我讲以前我是怎样受的惊吓，喊惊的时候发生的趣事；和我讲我以前老爱喝水，把她的瓠瓢咬出一个大口子的事；和我说那些以前和外祖父在生产队挣工分的日子；和我说那年她怎样把邻居家生病的小孩救回来的故事……说所有那些旧时光里发生的事。

很多年后，我终于明白，外祖母想回又回不去的那个“家”，不在那个晦暗潮湿的土坯房，不在任何一个可触可感的地方，它早已不是一个空间概念，那是一段时光，一段回忆。

四

那个家，有她曾经懂事孝顺的儿女们，有调皮捣蛋的孙子们，有蜷在柴堆晒太阳的阿灰，有欢声笑语，有轻浅时光，日子有盼头，那时，外祖父也还在。外祖父的去世，首先让外祖母感到这个“家”的缺失，一些时光从此隐退，寂静的空气里，一种崩塌破碎的气息正在慢慢酝酿，弥漫了她整个黯淡的晚年。那段时间，她整日坐在那幽暗逼仄的小房间里，不进食，也不睡觉，头发一下子由灰白变成了银白，她瞬间老了许多。似乎是为了赶上外祖父的步子，来填补他们之间相差的那六年的距离，以为这样，就可以向外祖父靠近些。她的目光，穿过小木窗外照进来的一束阳光，许多尘埃在那里翻滚，跌落，最后逃出视线之外，她怔怔地望着对面空荡荡的床铺，眼睛都不眨一下，以前，那里睡的是外祖父，现在，只剩下几块寂寞的杉木床板，孤零零地躺在那儿，偶尔发出一些沉闷的“吱嘎”声。

人，总是在自己的哭声中走来，在别人的哭声中离去。外祖父去世的日子，在惊蛰的前两天。那天，外祖母把她一生的眼泪都哭出来了。我从没见过她那么长时间那么歇斯底里地哭过,即使是在那些最艰难的日子,她也相当克制。她的哭声推开那扇老式木房门,拂过庭前的桂花树,越过刚刚翻过土的田野,传到了全村人的耳朵里。声音比她的喊惊声要响亮得多,也凄楚得多,相同的是,那声音也招来许多苍老和年轻的灵魂。

外祖父得的是肺癌,从医院回来,已经在床上躺了好些日子,我们都知道迟早会有这么一天,父亲母亲、舅舅舅妈、姨夫姨妈各路亲戚都从打工的地方赶回来。那天下午,我在离外祖父几十公里的家里坐着,忽然有一种气闷心慌、心神不宁的感觉,半小时后,姨妈来电,电话那头,她泣不成声地说:“外祖父走了,你们过来吧。”来不及锁门,我和母亲便匆匆往外祖父家里赶,我知道,就算没有那通电话,外祖母撕心裂肺的哭声也会把我们的灵魂第一时间召回到外祖父身边。她的哭声,把这个噩耗传递给村里的人,于是,更多苍老和年轻的灵魂都陆陆续续聚拥过来,来送走一个安静而淳朴的灵魂。外祖母的哭声,让我想起那些没有风的夏天,那些在田间地垄劳作的日子。那时候,没有风吹过,感到热了,外祖父就停下手中的活计,直起身子,拄着锄头,双手曲成喇叭状放在嘴巴前,铆足了气劲,对着眼前开阔的田野,大喊一声“呜哎”,外祖父管这叫“喊风”。说也奇怪,经他这么一喊,马上就有一阵清凉的风拂过我们满是汗水的脸庞,好不惬意。遗憾的是,外祖母的哭声毕竟不像外祖父的“喊风”那般灵验,也没有她的喊惊声那般的奇效。她的哭声响彻了整个春天,可最终,她也没能把外祖父的魂灵给哭回来。

惊蛰之后,很快就到了谷雨,播种的季节,他们把外祖父种回了地里,一如他曾经种下的那些稻子、桂花、菖蒲草。打那以后,外祖母再没喊过惊。

五

游学多年,故乡的许多人,许多事,砖砖瓦瓦,祠堂小巷,许多风烟都在记忆中变得模糊，忘不掉的，只有那一声声悠扬苍茫的喊惊声。就像故乡那些准时在黄昏袅袅升起的炊烟，在我迷路时，它总能给我指引家的方向。童年的时候，喊惊对我来说意味着神秘和庄重，像个神圣的宗教仪式，看着外祖母准备好香烛、供品，口中念念有词，虔诚而庄重的样子，让我对这个繁杂的仪式不敢有丝毫的怠慢，充满敬畏。有时掉魂掉得严重，就要连续喊上七天，每天喊七七四十九遍，我像个等待受洗的基督徒，小心翼翼地待在家里不敢出去，生怕不小心破坏了这个仪式，再也找不回魂魄。

夏天是最热闹的季节，也是外祖母的季节。山里的孩子，在这个季节最野，在荒冈野地里乱钻，掏螃蟹，逮青蛙，黏知了，摸鸟窝，下河洗澡……不管水深路野，哪里有险往哪里钻，免不了要迷路，跌跌撞撞，受了惊吓。邻里邻舍的父母都带着孩子来请外祖母帮忙喊惊，于是到了傍晚，外祖母往往忙得不可开交，忙完“查症”又忙着准备喊惊的香烛供品，一个接一个地喊，整个村子在她的喊声中慢慢沉入梦境，喊完全部孩子，已经是晚上八九点钟了。喊累了，她就一手扶着门框喊，一直以来，简陋的柴门总有一处被磨得又黑又亮。得亏那时候外祖母有一副天生的好嗓门，喊了许多年，时间没有收回这副好嗓子，在一阵阵喊惊声的淬炼中，嗓音反而越发变得淳厚、敞亮、高昂有力。有时来的人多了，外祖母就早早地开始喊惊，那时太阳还没下山，外祖父还在田间干农活，一边是外祖母苍茫悠扬的喊惊声，一边是外祖父急促有力的喊风声，两相呼应，成了村子里一道独特的风景。故乡的村庄，就在这一唱一和的喊声中，卸掉了一天的疲累，开始享受一个有歌谣入梦的夜晚。

背井离乡的日子，外祖母常常来到我的梦里，唤我回家。夜阑人静时，记忆就不自觉地回溯到那些与她有关的日子。外祖母手艺很多，除了喊惊，她还会编竹篓，扎扫帚，给发烧的小孩扎耳朵放血，治咽喉肿痛，用草药医治那些被狗咬的人，做衣纳鞋，做好吃的黄元米果、籼米冻……她还认识许多草药,她把那些草药洗净晒干之后,储存起来,在那个医疗机制不太健全的年代,那些草药治好了许多村里人的伤风感冒。小时候,最喜欢吃外祖母做的籼米冻了,炎炎夏日,一碗晶莹剔透又清凉可口的籼米冻,加上少许白糖或陈醋,就是一顿珍馐美味。籼米冻不仅卖相好,与超市里的果冻并无二致,吃起来还滑润清爽,绝对是降温消夏的必备食品,许多漫长难熬的夏天,都在一碗碗籼米冻的滋润下,变成了快乐而易逝的时光。离开家乡后,吃上一碗简单的家乡的味道却成了一种奢望,每逢佳节,对家乡味道的渴望更加强烈,找到家乡的小吃铺子来一碗籼米冻,生活的琐屑和压抑就都溶解在这碗熟稔的味道里了。

离开了故乡,离开了外祖母,离开阵阵喊惊声,我继续生活了许多年。这期间走过许多地方的路,行过许多地方的桥,听了许多风格不同的歌谣,看了许多不同的风景,可所有这些,都抵不过故乡的一声喊惊声。我离开乡村,开始在城市生活,在霓虹闪烁的夜晚寻欢作乐,为生活、为所谓的梦想、为许多填不满的欲望摸爬滚打。可在夜幕降临、人走茶凉之后,孤独寂寞像潮水般涌过来,生活的失魂落魄在刺眼的灯光下暴露无遗的时候,我突然十分想念那些故乡的傍晚,那些悠扬苍茫的喊声。恍恍惚惚的梦里,我看见外祖母正倚着黑黢黢的门框,大声呼喊。

夜行人

一

一段时间之后,我们渐渐习惯了每天只睡三四个小时的生活。不算太累，可这种状态如飘忽云端，就像深入荒野丛林去探险，终究不能长久。随着冒险的契约精神逐日衰减，很快，我们的猎奇心被消磨殆尽。

许多个夜阑人静的夜晚，我们在梦中被人拖起，“醒来”成了我们后来最讨厌的词。这之后，我们在老前辈的引导下，渐渐习得了随时准备躺下的习惯，“能坐着绝不站着，能躺着绝不坐着，能藏着绝不出来”后来成了我们的箴言。

我们拒绝醒来，拒绝移动，身体在向我们发出抗议，似乎一醒来，就要被熊熊烈火燃烧。可当一束亮光灌进我们睡意蒙眬的双眼时，我们又习惯地穿衣、下楼、洗漱、奔向村口……一切完成得行云流水，像是从未被驱使。很长一段时间，我疑惑这动力从何而来，是怎样的诱惑让我们一次次地在茫茫黑夜里穿行。很明显不是钱，至少我们不是奔着钱来的，自然也不是梦想，我从未有过当演员的梦，何况我不是一个有演技的人。直到今天，我们即将告别这座小城、这个小村子、这群人，告别一种状态、一种生活，我依然没想明白，为什么我们能够违背生理的意愿，在许多个夜里，踏着黎明迎着星空，走出去又走回来。或许，除了金钱和梦想，生活里确有其他一些东西让人驻足。

我们走在这条乡村公路上，走在黎明的前面。村子早已进入梦乡，蛙鸣虫叫此起彼伏，杂乱而脆亮，两旁不知名的松科防护林一直延伸到路的尽头，在昏沉的路灯下，泛着幽光。不时有微弱的海风打在我们脸上，凉飕飕的，试图叫醒一群将醒未醒之人。

我们夜行在这条乡村公路上，三三两两，自顾自地揉搓惺忪的睡眼，很长时间不说话，像一群久未进食的丧尸，游荡荒郊。我们默不作声，低头往前走，偶尔有夜行的车辆在身边疾驰而过，显得匆忙，无意搭理我们。远近车灯交替打在我们身上，像牧羊人挥舞鞭子在驱赶一群病恹恹的羊，十分的疼，我们咒骂一句，马上又陷入岑寂。在我们到达目的地之前，我们努力驱赶睡意，因为在夜里行走，我们很不喜欢朦胧的感觉。

很多天，我们在夜里出发，夜里回来。中间漫长的白昼，我们在摄影棚，我们在影视城、在荒郊野地、在风景区、在海边，蔫头耷脑或昏昏欲睡，接受高温的炙烤。在我们启程的时候，晚风十分清爽，拂晓前的露水有时会打湿衣襟，可我们心情明朗。有时拍摄地点离村子远，我们乘车前往。那时正是夜里三四点，整个村子一片阒寂，只有路旁杳然几簇灯火为我们送行。车子从熟睡的村子溜出来，向着远处黛色山脉处驶去，两旁瓜田棚里的守夜人被车灯惊醒，慌忙地只穿着背心就出来察探情况，发现只是被我们虚晃一枪，无奈地摇摇头，又钻进窝棚里。翻过车子沿滨海公路继续行进，翻过一座座山，穿越一条又一条的隧道，拨开浓重的夜色，踽踽行在石浦渔港的野路上。浸着海风的夹竹桃的味道灌进车窗，弥散在车厢内，冷冷的，有一点微涩。

二

王朔说过，其实我们都是演员，扮演着各种相似的角色。对，我们这群人，就是演员，不，准确地说，我们是临时演员，或者叫群众演员。群演嘛，其实它还有另外一个名称，叫道具，活的道具。当明哥这样告诉我们时，我们其实是有点小悲凉的，更多的是无奈、不甘、愤恨，可是最后，很自然地，我们都会归于平静。

其实我觉得明哥说得不对，群众演员怎么能算是道具呢？我们有思想，有情感，有灵魂，有的还有演技，有血有肉，人家帕斯卡尔都说过：人是一棵会思考的苇草。这就否定了人只是简单道具的可能，况且，一部戏里，是不能没有群众演员的，群演是占有相当的重要性的，没有群演的戏怎么能拍出来呢？我差点得出了某种结论，为之欢欣，可是转念一想，一部戏也不能没有道具啊，没有道具的戏又怎么拍呢？那多么简陋，多么苍白，还有,会思考的苇草它还是苇草啊。我顿时感到心凉凉的。

明哥大我几岁,可他沧桑的脸庞,看起来实在像三四十岁的人,他在这里算是混得比较久的了,据他自己说,有一年多了。在这个人来来往往络绎不绝的地方,一年时间已经不算短了,可我觉得,他还是撒了谎,他双耳竖直,眼角发亮,一副机灵鬼的样子,明明混迹江湖多年才对,而且他的日子过得优哉游哉,不紧不慢,或者说毫不上进,从不像其他人一样为一个特约名额抢破脑袋,演戏一点不积极,我很怀疑他是不是想在这里了此残生。

作为这里混得久的资深群演,明哥把类似"能躺着就不坐着"等箴言贯彻得最为彻底。"比你优秀的人都在努力,那你努力还有什么用。"他时常这样告诫我们,防止我们有不切实际的幻想。有一段时间,我对这句话深以为然,尤其是在发盒饭的时候,我注意到,那帮主演、特约吃的和我们确实不一样。他们不吃黄瓜咸菜。明哥是资深群演,可他除了钱和名气没混到之外,其他倒是混得挺深的。比如说他的颈椎病、痱子腿,还有那个伤不起的肾,这些伤病搞得他经常要请假。当然还有那张和实际年龄对不上号的脸,满满都是岁月的印痕。

其实凭借明哥的资历,偶尔混个特约来干是没问题的,可他有个毛病,懒!出奇的懒!他想他来干群演也是看中了这个工作不必像在厂里上班一样累死累活。拍戏时当兵卒的时候,他老喜欢站队伍最后边,开始我还不明白为啥,我说你站个排头没准还能出出镜呢,可他死活不干,后来才知道,他是为了少走几步路。因为导演最喜欢说的一句就是"很好,这条很好,我们再来一遍",一个镜头不拍上四五遍导演是不会罢休的,这时,站最后的明哥由排尾变排头回原位时,就能省下几步。懒得没救啊!

其实对于明哥的"安于现状",我们并不过分苛责,无论怎样,生活都是自己的,抓住或者放开,没有对错。有些人早已看穿,对于生活,我们只是平静的叙述者，而不是下结论的那个人。可是，我们仍期望能有许许多多的故事发生。

一次，我们三个和明哥一起被剧组的车子落下了。我们在剧组的化妆间卸完妆，下楼后，早已车去人空。夜色苍茫如水，这时我们离村子至少还有五六里地，无奈之下，我们只能步行回去。一路上，我们把车上的人全骂了一遍，群头、司机，还有那群猪队友，一个没落下。望着一眼看不到头的公路，我们气得眼珠子都绿了，为了泄愤，我们决定报复。目标就是路两旁的绿油油的西瓜，只是可怜无辜的瓜农，毫无防备地成了替死鬼。

我们一路窸窸窣窣，探头探脑向两旁张望，寻找合适的目标下手，可黑灯瞎火的还真不容易。首先得找准目标，要是扑通跳下去是一片番薯地，那就是白搭，其次还得寻找那些没人看管的瓜地下手，要不然遇上个老年版的闰土，非得用钢叉追着我们打。走了好一段路没找着目标，老黄提议打开手机灯来提高成功率，总比摸黑来得强，这个提议被明哥一口否定，他说除非你想被人当猹子打，不然你就是想告诉守瓜老农说“我在这儿，我在这儿，我来偷你瓜喽。”老黄最终放弃了这个想法，我们继续往前搜索，在老黄正因为久久不得手而怏怏不乐时，明哥忽然提高了嗓音向我们大叫(只是口型算大叫，其实是在嘶哑地喊)就是这儿啦！就是这儿啦！我们三个立刻停下了脚步，朝着他手指的方向望去，村道上黑灯瞎火的，可我们一致觉得那就是瓜田没错，都能看到圆滚滚发亮的东西了。向四周瞅了瞅，老黄第一个跳了下去，他一向如此猴急，尤其是在吃东西和撩妹的时候。我当然不甘落后，晚了好瓜全让他给糟蹋了，就在我铆足了劲打算纵身一跃的时候，下边忽然传来一声惨叫——“哎呦！妈的，是块荒地，全是刺。”

我们带着受伤的老黄，顶着被惨叫声惊醒的守瓜大爷的追赶，硬是从旁边瓜地抱起一只大西瓜，落荒而逃，算是没有空手而归。我们把西瓜砸烂,就地分赃,一边吃着瓜,一边唱着歌,雄赳赳地开进村子。到了村口,正遇上打算来接我们的领队,看着我们四个手里还拿着没吃干净的西瓜皮,心生疑惑,他凛然问道:"你们这西瓜哪来的,不会是从人家瓜田偷来的吧?被人抓住可别说我没提醒你们,罚你个一千两千就知道厉害了。"我们正陶醉在凯旋归来的喜悦之中,被他这么一问就心虚了,差点慌了神,还是明哥急中生智应付道:"不是偷的,不是偷的,是它自己掉下来的。"我们都慌了神,也跟着附和道:对,掉下来的,掉下来的,这瓜是我们捡来的。领队"哦"了一声,又补充道:"不是偷的最好,最好别去干那祸害人的事。"之后扬长而去。领队走后,我想着多亏了明哥机智,刚想表扬他一下,等等,感觉哪里不对啊!

三

村子很小,只有二十几户人家,有一爿小商店,一家小网吧,很偏僻,后面靠着山,前边是一大片的橘子地、瓜地,景色不错,适合养老。刚来的那天,为了租间房子,阿桂把村子里所有的门都敲了个遍,结果一无所获。村民们或许是不愿被打扰,抑或是不信任。整个村子,就建筑风貌而言,它是新的,大部分是独立的西式小洋楼,精致而气派,只有几幢老房子伶俜地躺在中间,有点突兀。可是从人员组成结构来说,村子明显是老的,村子大部分的青壮年都外出了,儿童也少见,只剩下一群老人和一群整天叫不停的狗留守。

村子里几乎家家都养了狗,它们总在午夜狂吠不止,像是在驱赶我们这些异乡人。可是它们不是唯一发声的,比狗叫得更欢的是我们。我们这群从五湖四海汇聚到这来的人,承担不了村庄的前途,可我们承包了村子的夜。夜幕降临之前我们就开始狂欢,一天的疲累不能让我们倒下,其实我们怕的不是累,而是找不到自己。

在片场，我们扮演士兵、刺客、太监、乐师、大臣、宫女、侍女……各种不同的角色，不管身份如何变换，不管我们如何卖力地演，很多时候，我们只是深陷其中，难以察觉，是不清醒的。就像骄傲的河伯一样，一厢情愿地以为万滨之水都汇聚在自己这里。只有回到村子，站在清冷的月光下，倾听虫鸣鸟叫的郁郁寡欢，感受万籁俱寂的寂寞与凄凉之后，我们才惊觉，多么惊奢的一场戏，你我原来，却都只是局外人。而我们回到村子的时候却不是这样，村庄和片场有很大的反差，宁静的村子永远给我们一种熟悉的感觉，在这最接近人间的地方，我们很容易看清生活本来的面目，看清自己。在戏里，我们身处巍峨华贵的宫殿，感受不同人生的酸甜苦辣，翻手为云覆手为雨，肆意篡改历史、指点风云。而村子，它时常用最冷酷而质朴的方式一遍又一遍地提醒我们：人生如戏，戏如人生，何必在别人的故事里，流尽自己的眼泪。

在戏里得不到的，我们在现实中补偿。有多少期望，就有多少失望；有多少失望，就有多少疯狂。村子的静，因为我们这群人的入驻，被长久地打破，在许多夏天的夜里，村子被瓜分成两个极端：一头是早已进入梦乡的原住老人，守着本分和满足循序睡去；一边像是彻夜疯狂的派对，陷入欲望和不安的深渊，堆垒出一座埋葬愤恨、不满、无奈的坟茔。男男女女在这里歇斯底里地呐喊，向着夜空和家的方向，喊声溢出村庄，淹没尖锐的狗叫声，越过门前的青瓜地，隐没在几里开外的海潮声里。

我们因为不同的原因聚在一起，有的为了演员梦，有的为了工作养家，有的为了爱情，有的追求自由，有的为了了却一桩心愿，有的纯粹好奇……夜晚，我们又为各自得失伤心流泪，有人失恋，有人梦想破碎，有人遭遇变故……我们不仅在黑夜里行走，白天的时候，我们也摸黑前行。

村子里的日子，光阴似乎被偷走了大半，人行走其间，总有恍如隔世之感，许是物是人非变化太快，未及留恋，就已逝去，让人猝不及防。每一天,这里有人走有人留,故事没来得及展开就仓促收尾,上演着快餐式的悲欢离合。许是理想与现实相距甚远,许是在付出与回报之间考量犹豫,进退不决,又或是没有勇气与自己一决死战而临阵退缩。走的不需要理由,留下的,也不需要。

后来没过多久,因为父亲遭遇大病需要陪护,明哥也不得不提前告别了我们。那天晚上,我们坐在楼顶喝了很多酒,他喝得烂醉,可他一句也没提拍戏的事,他只是呜呜地说了许多话,说了什么,我没听清,估计大伙都没听清。他就那样一直自顾自地说下去,一直到天快亮,也不要人搭话,中间他一本正经地要给我们讲个笑话,一点不好笑,后来他只是一味地给自己灌酒,再也不说话。等天亮太阳照醒我们的时候,他已经离开了。

不过这样的日子过得倒不算黏稠。每天,我们等待着被安排不同的角色,有不同的戏份,对于未知,我们有期待,也常感到恐慌。每个人都有自己的位置,有些角色的位置有些尴尬,但没有角色好像更尴尬,尤其在这个每个人都有权利给自己贴标签的世界。可是这种被人排列组合的感觉,也常让我们茫然失措。

四

这些群演,让我想到一部电视剧,叫《我的团长我的团》,我们就像是那群迷失在异国黑森林里想要回家的中国士兵,是败兵、溃兵、逃兵、炮灰团,我们既渴望胜利,又害怕失去,于是在反抗与接受之间进退维谷犹豫不决。就像“孟凡了”对“龙文章”说的那句“你骗我们拥有了不该有的希望。”到底是生活欺骗了我们,还是我们自己?我很久没有想明白。

剧中段奕宏饰演的龙文章是一个疯狂的人物,他常常不按常理出牌,独特的叙述方式,几近癫狂的姿态,灵魂出窍般的表演。被庭审的时候他说:“我想让事情是它本来该有的样子。”事情该有的样子是什么样的呢?

生活从来不缺丑恶、困苦、污浊，当然也有美丽、宽容、光亮，当有一天我们不再偏向任何一个极端的时候，那就是生活本来该有的样子。也就是这种本来的样子，造就了“我们”，造就了“现在”。

每天黄昏的时候，最让我感到孤独，那时太阳收走了我的影子，星空还在路上，我等待的人，他们总在徘徊。走在空荡荡的乡村公路上，常有一种末日的孤独感袭过来，就像个在别人梦境里迷失的孩子一样，我急于让黑暗裹住我，让我有地方躲藏，最后，我能名正言顺地在黑夜里行走。

闲暇时，我们常到村东头那家小商店去，去买两根老冰棍解解暑，去拜访拜访阿姨、看看电视，或者只是去那里闲坐，讨个清静。村子其他地方也并非不清净，只是小店的老阿姨让我们感到亲切。阿姨育有两子一女，很少见面，很多时候，阿姨是独居的，偶尔能看见她的小孙女在店里玩耍。需要进货的时候，儿子才会准时出现帮忙搬运。其他时间，她都是一个人守着小店，坐在门口，拿着一把旧蒲扇在那摇啊摇，摇啊摇……看到我们来，她爽朗地笑，操着方言和我们打招呼，把蒲扇递给我们扇，请我们吃冰镇绿豆汤。阿姨的方言很重，只能说极少的普通话，可是这并不影响我们交谈，我们总能通过她热烈的眼神和手势，会意她要表达的内容。她并不和我们谈拍戏的事，尽管这成为这个村子的招牌，她讲她的儿女，讲她走了很多年的丈夫，讲她那条纯白色萨摩耶，讲她年轻时在外地的经历，有时候，她也讲到我们，她问我们的家乡，问我们的习俗，问我们那边有没有海……阿姨的眼睛不太好使，她经常把老黄看成明哥，有时又对着明哥喊我的名字，不过这也无可厚非，我们，本就是“一群人”。对了，阿姨的萨摩耶，有一个可口的名字——米糕。

无聊的时候，我们也去村口的网吧消遣，我们常在这里通宵达旦地厮杀。可老黄不在此列，他有自己的事要忙。刚来的第五天，他就勾搭上了楼下的一个妹子，四川人，口音不重，喜欢吃辣。老黄没事就冲着她们嘶吼：

山下的朋友,你们好吗?他的声音一出来,村子里的狗就叫得更欢了,房东养的那只小山羊倒是把身子翻转了下,朝着墙壁继续睡,兴趣索然的样子。可是楼下的姑娘们反应就热烈了,她们嬉笑怒骂,愿意和老黄开各种荤段子的玩笑,做一些我认为比较弱智的游戏,可是她们玩得很开心,像他乡遇故知一样,彻聊至深夜。

很快,出工时老黄就不和我们走一起了,那个四川姑娘,陪伴了他在象山之后的日子,直至我们离开。老黄其实有女朋友,挺多年了,可他有个坏毛病,喜欢撩妹,走到哪儿撩到哪儿,所以我们叫他渣男黄。可是我知道老黄并不是来真的,我和阿桂都知道,他说现在的生活挺好,很新奇,和在学校时不一样,他挺喜欢,可是这样的日子终究有些飘忽,终究要画上句号,到那一天,我又会是原来的我。对,我们知道,老黄还会回到原点,那个四川姑娘也会,他们这两条平行线,只是在某个路口短暂相交,很快,都要回到各自的轨道去。所以,我们并不担心老黄和谁鬼混,既然互不伤害,那一切就顺理成章。

不只是老黄,许多人,在戏里,做着做着就成了真。为戏而来,因戏生情,这本来是唯美故事的开端,许多寂寞的心得到了暂时的浇灌,可未曾发芽,就各奔东西了。有人要走,有人要留,有人为了生活起早摸黑,有人只在梦里憧憬未来,有人有梦想,有人只敢想,于是问题来了,既然志不同道不合,那就只好一拍两散,分道扬镳。生活的鸡毛蒜皮或是不同的价值信仰,总能让他们溃散。当然铁打的营盘流水的兵,也有那么一些成了的,他们抵住柴米油盐的琐碎叨唠,把生活缝缝补补,堵住缺口,总算把日子安定下来,接下里的时间,他们或坚守于此,或另寻良木而栖,也将匆匆忙忙奔向生活的下一个路口。

五

可是如果有梦想，就不该被掩埋，哪怕这个梦想在别人看来有多么可笑或是卑微，你也不能否定它的存在。这里有许多因着失望离去的，也有许多怀有梦想至今仍为之努力奋斗的，前赴后继。广东来的扑街仔是这样，北京来的胖歌神大宝是这样，四十多岁仍像小孩一样和我们玩的平叔是这样，弃学来这儿想要大红大紫的小丫也是这样……梦想这东西不能马上改变你的现状，也不能让你超人附体大逆袭。这种存在于精神世界的思维情感的种子，它的发芽和成长都是一个漫长的过程，有时你的精神意志不够坚定，土地营养不够，它甚至要枯萎，可是千百年来，人们一直没有想要把它扼杀致死的欲望。这些人是否能够成功，我无法预测，可是许多年后，当他们回首往事时，这也是他们的一段回忆。那些暮年的老人，他们先渐渐丧失记忆，后来他们就丧失生命力。人，许多时候，不就是靠回忆活着吗？

一个月之后，我们仨也走了，以决绝的姿态，临走前，我们狠狠地诅咒了这个“城”，顺便去寻了明哥，未果。

离开了村子，回到家乡，我不必在黑夜中摸索前行了。现在，我望着头顶家乡的那盘圆月，凉风越过稻田轻抚脸庞，我忽然意识到，我已经有很多年没有在家乡的田间地垄夜间漫步了，小时候和舅舅一起叉泥鳅、抓田鸡的日子都成了回忆。

我试着走出院子，走到月光更开阔的地方，走过一茬又一茬的荒草地，那时村子已经进入梦乡，月色忽明忽暗，我望着远处几点杳然的灯火，继续走，继续向夜的深处走去……

谢宝光 作品

谢宝光，1990年生，江西南康人。毕业于南昌大学共青学院。现居杭州。著有散文集《捡影子的人》。获第四届井冈山文学奖新锐奖。

独角戏

忽然就剩下我一个人,队伍被严台村的巷子给冲散了。

现在,我的左手边是一条薄而透明的小溪,几只金鱼与水交欢的娇喘声替代了嗡嗡响动的耳语。我一个人沿着溪走。一千多年前,另一个套在深色布袍里的人也整日无所事事沿着溪走。在溪面前,我不值一提,我只是走来走去的人群中的任何一个。一个偶然的闯入者,一个忽然在采风队伍中走失的落单者。另一个人则不同,他自觉剥离了与高官厚禄的裙带关系,从邻省的富春江畔翻山越岭逃到这里暂居,过着隐姓埋名的生活,每天研究着溪水的流速和鱼的繁衍进度。溪也每天描画着他日渐粗壮的须髯和唇角不明所以的蠕动。相比这条溪,富春江的确过于宏大和耀眼,终日款款的拍岸声不时惊醒一位北国帝王的睡眠。于他,这是一种没有尽时的危险警报,随时可能被它拽入不可测的江湖漩涡里。唯一的办法便是逃离。顺着江,西行。在野兽和榛莽间走出一条逆行的路。直到江瘦成了溪,鱼瘦成了虾,一口浑浊不清的越音也堕落成了清风明月中的无用摆设。在这条无名的溪边,人都是无用的摆设,只有虫鸟欢唱、风过树颤才是恒久的音色。在这里,把自己当作一个无用的人,把器官多余的功能彻底拆卸、废除掉,像溪水一样柔软无骨,舒朗自在,不被任何力量折断。这条小溪,终年叙说着一种清寡无用的哲学,风寒一样感染着一个叫严子陵的人。

一个叫作严台的村子,居然找不出一个姓严的人。问了几个村民,都说姓江。血脉上,严台村与严子陵完全切断了联系,没有一个人为了攀龙附凤而更名换姓。一个在这里逗留了十数年之久的人,居然什么也没有留下。子嗣、传说、风流韵事，哪怕片言只语，都没有。山还是那些山，溪也是这条溪，唯一可以追溯的线索是一座梁石结构的老廊桥，它从严氏故里借来一个身世显赫的名字：富春桥。桥上是终日无事在一副桥牌上欢快旅行的中年壮汉，背靠梁柱默默发呆的老人，和一些考古队一样眯着眼睛对着椽梁破瓦来回打探的游客。他们走来走去，这座桥也因此显得负债累累。但这，依然和他无关。一千多年了，所有有关的也都被云卷的卷，被风散的散，一位声名显赫的东汉隐士在风声鹤唳的一次次搜刮下瘦得仅剩一个其貌不扬的名字。我在严台村行走的时候，这个名字偶尔会冒出来一下，像一种锈迹斑斑的声响，迅疾又被晶亮的溪声淹没了。

和溪声并肩而行。乱石砌的矮院墙，碉堡一样盘踞溪边的村门楼子，乌黑笨拙随时可能掉落的瓦片，高傲翘起的徽派檐角，灰竹竿斜斜地搭在窗棂上，几件洗得掉色的旧布衣亡魂似的摊在上面晒太阳。村子里的门都开着，或半掩，有人或没有人门都敞亮着，谁都可以进来，左邻右舍的村民，像蝙蝠一样感官发达探头探脑的游客。没有警惕的狗吠，它们都无聊地跑到外面溜达去了。向一个倚坐在门边的古稀老人询问自来水龙头的位置，他眼神抹了蜜似的跟你挥手一指，喏，就在你前边的那扇院门里。一切都是这样懒散、无序，任他去，门就这样无止无休地开着，没有什么事发生，也不担心什么发生，这么多年了，该发生的事早发生过了，该来的躲也没有用，顶多就是变着花样的风雨雷电。墙上的"文革"标语也懒得擦掉，苔藓似的粘在墙上。谁知道。也不期待什么，各干各的活，择菜、浣洗、闲聊、发愣，在瓦楞下支起个砂炉烧水。水壶都烧成黑炭了，一圈圈冒着青绿的烟，没人管，主人上山采茶去了，就让它烧着，烧到柴火最后一粒火星子熄灭。县长在广场上激情洋溢地做着采茶节开幕式的演讲，周围也是零零星星几个人，浮着耳朵，似有若无地听，一些村民甚至家门也懒得迈出去，扬声器里的句子在村子上空趾高气扬地飘着，飘到西边最后一栋房子里，也就混沌一片了。

我在村子最后一栋徽派房子边发现一个小侧门（连门板都没有），径直走了进去，阳光瞬时掐灭了一半，感觉自己被一个虚无的朝代一口吞噬了，一脚滑进了它凋敝锈蚀的脏腑里，印象里只有黑，浓稠湿重的黑，一种掺杂了幽怨、哀伤与悲凉的黑。我仔细分辨着这黑里的成分：垒成一摞的木柴、东倒西歪的农具和一架架骨骼硬朗的榨油机器，长满齿轮的菜籽收割机，我猜想它是如何通过那扇窄门开进来的。这些坚硬而明亮的器械，与这栋内质黢黑的房子显得格格不入，它们无声地冲突、较量着，也许已经暗中博弈了数十年。这栋房子所代表的帝国就是在这样的博弈中沦陷了。我想，如果没有这些机械的介入，房子外是否还将无限循环着严子陵所代言的单调溪声？可牛羊的嗓门终究是要在机械的尖叫声中败下阵来的。一个帝国的真正退场，是从一头老黄牛开始的。只不过，它的退场在严台村明显放缓了步伐，就像这栋房子，仍旧保持着帝国晚期的黑白肤色，甚至，它还有意用墙上的纤微裂缝当作脐带来彰显与这个昔日帝国的母婴关系，这些散落在地的碎瓷片仿佛仍在悄悄拨打着雍正八年的电话，向正在衙门里睡午觉的督陶官年希尧呼救。当然，前来搭救的肯定不是年希尧，而是县博物馆派下来的文质彬彬的年轻考古队员。年岁与朝野的更迭，让它们获得了日常器物之外的另一重崭新身份，以及前所未有的体面和尊严。

不只这些瓷片，还有它的前身高岭土，以及已经绝迹的麻仓土，烟枪，温酒壶，斗篷，稻风车斗，梁上的雕花，账房的老算盘，等等，都在紧紧抱住旧帝国的裤脚，为它们的非日常化命运做最后一丝无力的抗争。我知道，当我的手机闪光灯一亮，它们就已经输了。像一块块躺在砧板上等待凌迟的鱼肉。整个严台村也输了。在我们鱼贯而入的时刻。严子陵输给了富春桥，溪声输给了扬声器，黄牛输给了收割机，算盘输给了计算器，画笔输给了相机……但,在我面前的一条木质楼梯还不肯认输,它固执地坚持着自己存在的理由,并用嘎吱作响的音乐律动向我做了近乎完美的解释。它慢慢将我抬升到一个光线更加充沛的高度,通过它,我似乎更加接近一个朝代的入口, 并拥有了从公元1907年向公元2017年某个庸常的乡村上午眺望的视角。介质是一扇无棂的窗牖,刚好构成一具画框,画的中央是一条青石铺成的鹅肠小道,两边的蕨草、油菜、韭菜在地里忘我地作画,并借着微弱的风势营造醉醺醺的挥毫动感,似乎,只有田野是无朝野之别的。区别它的是戴着白色圆顶礼帽沿着青石板缓缓走来的一个女人, 圆檐的帽子刚好藏住了她的脸, 宽松的连衣裙模糊了她的身材, 她低头看着手机,几乎迅疾的,滑出了那具春风浩荡的画框。这幅画,也再一次让人不辨年月。

从画中挣脱了视线,顺着木板延伸的方向,我继续寻找更多的佐证。脚下镶嵌的一块块木,有些已经霉掉了,被虫蚁蛀出了一个个不规则的空洞,我走的时候,蹑手蹑脚,深怕一步踩空。好像底下的梁木都是悬浮的,在水中漂着。想到浮梁这个县名,似乎与此境恰切。据说最早的浮梁县城其实并不紧挨着景德镇,而是在昌江上游某个山坳里,某年突发大水,整座城被淹,县令和居民们考虑另辟个地址再造个城,集体搬过去。于是乎伐木为梁,将一根根滚粗的梁木掷入昌江,浮将而去,漂到哪儿就在哪儿建城,后来新的县城便得名“浮梁”。真是任性。我不敢任性,每一块梁板都可能是陷阱,仿佛癌症缠身的时间,一不留神就会塌陷。我小心翼翼地走着,木头在脚底发出隐隐作痛的呻吟,在空荡的房子里回扬,像一种深切的自我哀悼。或许,对于它们,在沦为朽木之前,连疼痛都是可贵、弥足珍惜的。至少,这意味着发声,意味着它们仍垂死握着发声的权力。这样的发声早已日渐式微。因此,我理解并充分尊重它们通过我的脚向我传递的呼喊,在一片沸腾的哀悼声中,我从房子另一面的木质楼梯缓缓走下去。

这时,木头的喊叫忽然在一阵急促有力的马蹄声中衰弱下去,转到墙的侧面,就看见了声音的源头,是一台二十英寸的老式彩色电视机,架在高高的神台上。和我同时追逐这马蹄声的是一个五十岁上下的中年男人,他斜躺在一把竹藤椅上,保持着舒适的出神姿态。我的忽然闯入,不,不是闯入,这个词存在表达的逆差,从他的视角来说,我是从里屋逆光出来的,从里屋出来的一般都是自家人,而我不是,我是一个来历不明、形迹可疑的陌生人,在一个日常的上午,忽然从他家的里屋踱步而出,和正在看电视的主人迎面相视,而这,竟然没有诱发他丝毫的警惕!他的眼神只是在我身上蹭了一下,就转向了神台上的电视机,继续追踪那匹在江西二套节目里哒哒奔驰的白骏马。马鞍上跨着一名荷着大刀的年轻八路军,刀柄处垂下一条红缨带子。四周是被雪覆盖的荒凉的沟壑,这条带子是茫茫苍原唯一的红,也是这栋房子里唯一的红。这点红,在刀柄上蓄势待发,沿着荒冈延伸的方式,沿着河流奔跑的方向,沿着云朵飞行的方向,一点点浸染了整个华夏大地。包括赣东北某个山坳里的严台村,包括严台村最边缘的这栋徽派老房子。老房子最初的主人其实并非这个憨厚的中年男人,而是一个地主。地主是一种抽象的说法,它掩去了具体的肉身,成为一种原罪。然而,当初那茫茫荒原中的一枚星火已经长大成人,并且拥有了呼风唤雨的巨大力量。它乘着西北风呼啸而下,泅黄河,渡长江,翻山越岭,风尘仆仆,泥沙俱下,席卷大地上最后的黑色残余势力。这场风,穿过葳蕤的山林,最终还是刮到了严台村那最后一间房子里,一纸宣判,对正在账房里眯着眼睛拨着算珠清点岁末余账的地主老爷下了驱逐令。六十八年之后的一个上午,一个憨厚的中年男人正悠闲地斜躺在地主老爷曾经躺过的那把竹藤椅上观看一部抗战神剧时,另一个陌生的青年男子从里屋缓缓地走出来,并饶有兴致向他追问这栋房子的历史。他告诉这位青年,这里就是当年地主叉着腰向他爷爷收租的地方。在他身后,杵着一个柜台高耸的账房,一把锈蚀的算珠仍在独自清算着余债未了的历史。

这个来路不明的青年像一颗多余的硬核被那栋房子咳了出来,他从一间发霉的历史仓库里撤回到了公元2017年4月8日的阳光下。他想,这个世界,也许只有阳光的质感是永恒不变的,尤其是当它和着4月的春风,在他发丝、鼻翼和肩上踮着脚尖欢唱时,简直像是神的莅临演说。这时,他才恍然意识到,这条青石路上只有他一个听众。其他人去哪儿了呢?他所属的团队呢?他们人在哪儿?他们又是谁呢?他们中的大部分人,他在前一天晚上才刚刚认识,他甚至还来不及将名字与具体的脸一一对上号,他们从四面八方而来,像风一样忽然在一个叫浮梁的古县城聚拢,一番交头接耳后,便集体启程,辗转刮到一个叫严台的小村子里。一个小时前,他们还是一个整体,一个形近神散混合着油墨味的文人群体,一个由诗人、散文家、小说家和编剧构成的二十多人的采风团队。一辆大巴载着他们在陶瓷的祖籍大地上飞奔,坐在车尾部的一位戴眼镜的男作家,舌尖机翼式地从《诗经》一路滑翔到了当代先锋诗,他则一路瞌睡,偶尔睁开眼,打探一下窗外的世界切换到了什么频道。当车子最终停下,他发现自己睡过了一部皇皇诗歌史。车门打开,阳光闪了一下他的眼睛,他混迹于队伍中间,向一座千年樟树下的廊桥走去。现在他不是一个人,而是队伍的一部分,是队伍构成中的一个不起眼的器官。他不能够信马由缰,任性乱来。团队有团队的规则、秩序、流程,他从签名报到的那一刻开始,就正式融入了团队,意味着一切行动必须服从团队的安排。他不能像严子陵一样一言不合就放皇帝的鸽子,躲进深山老林,过自己一个人的逍遥日子。用现在的话说,严子陵就是一个没有团队观念的人。他可不行,他要是甩开团队一走了之,就没有车子接他回去了。为此,他自觉地修正了头颅里耸动的自由主义苗头,与团队保持着匀称合理的距离,既不独立其外,又不刻意靠拢,像一条精明而怯懦的鱼游离其间。严台村小溪里的那些金鱼也是这样,它们总是抱团游行,即便几条落单的鱼,也与岸边保持着警惕的小段距离。

可始料未及的是,下车后不到十分钟,整个团队就从一锅浓粥涣散成了一地稀泥,拍照的拍照,出神的出神,一个整齐划一的团队立马被严台村的飞檐翘角给瓦解了。瓦解是相互的,团队瓦解了他,他也瓦解了团队。现在,团队从他们瘦成了他,他重新夺回了属于个人的基本权力,可以独立自主地对自己发号施令了。他可以走走停停,停停走走,可以随意释放嗓子里挤压多时的欲望,引吭高歌了。可是,当他的嘴巴、耳朵、眼睛、鼻翼、四肢和大脑神经在一栋徽派老房子里一个个宣读完自由纲领后,却忽然感到一阵不知何来的被遗弃的惶恐与不安。这简直不可思议,一个刚刚品尝完自由甘露的人,居然缅怀起了被统治的感觉。何况,那统治他的,仅仅是一个前一天晚上刚刚宣布成立的临时团队。他甚至还未来得及熟悉其中的每一个人,他们的名字、年龄、来历、样貌与秉性。这些,他一无所知。他仅仅知道,现在他是这个二十多人团队中的一员,他无法割断与他们的联系。而现在,他就像一根断线的风筝,丧失了来自地面的牵引力,他一时竟不知该飞向何方。当务之急就是找到那根断掉的绳子,重新系上,与团队接驳,接受它新的召唤。于是,他向他的嘴巴、耳朵、眼睛、鼻翼、四肢和大脑神经吹响了集结令,准备立即商讨出一个对策来。它们像几大常委坐在一块儿开会,很快就有了一致的决议,那就是先找到团队的源头——那辆停在村广场边的大巴车。找到了车就是找到了根据地,到了根据地,就可以摆脱困局,转危为安了。他沿着溪边的小路往前走,溪声牵引着他,广场上的扬声器也在召唤他,他到了广场,找到了那辆大巴,车门紧闭,一个人都没有。县长的讲话仍在村子上空热情地飘扬,说欢迎作家们远道而来。于是他调整视线,往主席台下的座位间搜索,试图从一张张陌生的面孔甄别出几张相对眼熟的来,可是台下除了一些着装统一的采茶女，剩下的就是表情单一的村民了。这些人里，没有一个县长所提到的作家，他们都消失了，被房子和巷子吞噬了，成了这砖瓦草木的一部分。这个团队像一个瓷瓶一样碎掉了、分解了、没有了，他的根据地顿时成了一个空壳，一个乌托邦式的虚无空壳，他守在这个空壳边，像一个落寞的前朝遗老。但他仍未绝望，他坚持守在空壳边，他相信壳就是一块内力强大的磁铁，一种归宿，只要壳还在，就有复兴的希望。守住壳，就是守住了希望，守住了革命的本钱。那辆大巴车停在广场边，被阳光团团围住，被一车子的虚无团团围住。对车子而言，他几乎是它唯一的氧气瓶，只要他还在，团队就在，根据地就不是一副徒有其形的铁架子。现在，他和大巴车相互对望着，用眼神相互依偎，相互勉励与告慰。

在守望的过程中，他再次深切体会到，时间是一种弹性极大的物质，可以被任意压缩与拉伸，并往一个方向奔至极限。比如现在，一分钟已经被这辆空空的大巴车拉伸到了一天的长度，如果始终不见团队归影，这个极限还将一再被突破。他预示到了时间变形后的危险性，它在拉伸的过程中正逐渐成长为一枚尖锐而修长的刺，这枚刺的一头，刚好对准了他皮肉之下的心脏。他必须马上予以阻止。唯一的办法就是设法改变时间的形状，而改变形状的第一步就是必须扭正它的生长方式，让这枚急速生长的刺刹车，然后掉头，退回它的原点去。而要做到这一点，他就不能再在大巴车边守株待兔，得起身，与时间相向而行，走进那些迷宫式歧路丛生的巷子里，主动寻找团队的身影。他穿过广场，过桥，走到那个碉堡似的村门楼子下。上面“嚴溪鎖鑰”。当地村民说，锁钥就是用这条溪锁住整个村子，这扇门是全村唯一的出入口，大有一夫当关万夫莫开的意思。他想，他的团队肯定是被锁在里面了。可是，他不打算守在这楼下瞎等，而是直闯而入，渔夫入海似的去打捞他的队员们。他沿着巷子提供的路径一点点深入，被诱导至半山腰的一座廊亭下，亭子的大半部分被房子屋檐遮住了，他只能看到一个角。不过,房檐没法遮住声音,一串玲珑的笑声顺着两栋房子间的空隙爬了过来,钻进了他的耳朵里。他仔细地检索这一夜的记忆,甄别着这柴火似捆扎成一团的声音,看是否能匹配上。可是,记忆的薄弱加上声音的驳杂,他没能做出有效的判断。于是他干脆把这串声音当作一根粗绳,用力地拽住它,顺势攀上了这个山腰上的亭子。可是,炮制这根粗绳的并非他团队里的任何一个人,而是几个和他一样陌生的外地游客。他们看到外人介入,立马知趣地离开了。他顺势占领了他们的地盘,自立为王。这个亭子的地理位置绝佳,可以俯瞰整个瓦楞鱼鳞般起伏的严台村。但视线没办法穿越瓦片和墙体制造的重重阻碍,他只能离开亭子,下山,回到村子里去。他知道,每一个巷子的拐角,每一扇门扉背后,都可能藏匿着他的队友们。这就像他小时候玩过的捉迷藏游戏,童年的冒险精神在他身上忽然复活了,他怀揣着理想主义的信念,满心欢喜地汇入了纵横交错的巷弄里。他完全没有意识到这项游戏背后的荒诞成分,那就是整个团队中,没有一个人知道他在找他们,这是他一个人的独角戏。甚至,他们中的很多人,压根就不知道他的存在。就像他也未来得及了解他们中大部分人的存在一样。那么,他在风尘仆仆、挥汗如雨地寻找着什么呢?如果终于被他寻找到了,意义又在哪里呢?如果毫无意义,他是否应该立即停止这项正进行得如火如荼的独角游戏?可当游戏停止,他又该干点什么?他为什么来到这里?和一群陌生人。仅仅是为了学习考古队员来一场走马观花蜻蜓点水式的所谓考察吗?这里又是哪里?这个村庄和他的村庄有什么区别吗?他为何对别人的村庄感兴趣,而对自家村庄文化与精神意义上的衰败没落熟视无睹?他又是谁?他为何没有直视自己灵魂缺陷的勇气,转而使用第三人称呢?

我不知道。

我的耳朵被黄蜂们洪水般的声音包围了。退出游戏后,我在村子尽头的一棵苦槠树下重新回到了自己，也就是说，我的眼睛和双腿，此刻，只为我一个人服务。它们不再隶属于哪个团队。不再听从集体的召唤。自由主义在我的头颅里重新恢复了生产。就像头顶这棵枝繁叶茂的苦槠树，它在地上制造了一团厚厚的阴凉，和一地细碎的叶子。叶子无人打扫，大地坐享其成。在树下，我成为阴影的一部分。我和阴影合而为一。就这样，时间似乎要纯粹地永无休止。把我从阴影中分离出去的是一群大黄蜂。它们羽翅扇动的巨大波浪把我脚下那片安宁的阴影给捣碎了。我在一地碎片中起身，决心找出肇事者。我没有意识到，新的游戏开始了。我只是追随耳朵的旨意，放纵双腿的墙头草式的不良习性，穿过一块菜地，就来到了黄蜂们的聚集地。一栋青砖和梁木共同垒成的老房子。黄蜂们把它当成了飞行训练场，在梁檐下不停地飞来飞去，溅起一滩滩分贝极高的声浪。我处在声浪的中心，感受到风雨欲来的摇晃感。我的面前是一堵墙，墙面有些泛黄，像被谁泼了一桶和着水的黄泥，在未被黄泥染色的开阔地带，我发现了一行字，上面写着“光绪丙午年……门楼照……墙本屋……”，竖排了好几列，我没工夫细看，也不关心它的意思。我一心想逮住那些聒噪的肇事者，我的视线贴着墙往上爬，果然看见了好几只，空警似的绕着房梁一圈圈逡巡着，除了翅膀在阳光下闪着两瓣金光，整个脑壳、腹部、脊背均是稠黑一片，腰围很粗，腆着肚子，受孕了似的。脑袋上还斜插着两根雷达触须。依此情形，我肯定不是它们的对手，数量和武器装备上都逊了一大截，何况，它们拥有着可以为自己炮制高度的身体器官，倏忽间便将我愤怒的目光改造成了一种崇拜式的仰望。它们在自己虚构的关于我的仰望心态中飞扬跋扈地制造着更加粗暴的声浪，把我的耳朵当成了声音的垃圾回收站。为了捍卫尊严，我也开启了反制措施。一个人是没法和一个群体对抗的，那是以卵击石。我在等待一个机会，等待哪只黄蜂像我一样落了单，掉落到四面楚歌举目无亲的境地去，这样我们才势均力敌，站在了一个公平的擂台上。果然,飞来一只,体格相对其他要小,未成年。我用手机把它逼进了墙上的两块砖之间的缝里。两个物种之间的较量,我作为人类的代表,不能拉低了格调。鞋子、棍棒、石头、树枝等等生产暴力的工具被排除在擂台之外。我必须寻找一种暴力之外也能够压制对手的工具,最好是随身携带之物,时间不容许我犹豫,它很可能转身便扑闪而去。我想到了手机,对,正好握在手里。在人类世界,手机业已发展为一种自戕式的隐形武器。尤其是它的照相功能,堪称杀人不见血的冷兵器。咔嚓。你听。多么瘆人。它一方面预防和抑制着罪恶的光临,一方面却又是罪恶的温床。用它来对付这只小黄蜂再合适不过了,曝光它!镜头对准,摁下快门,再对准,再摁,如是反复十次。它毫发未损,却等同于被我杀死十次。每一张,都是它在时间面前的尸体。

我在专心收集这只黄蜂尸体的时候,一位刚从山上采茶归来的老农用一句话点醒了我。他问,进来喝茶吗?夹带着一半方言的普通话。我愣了一下,环顾左右,确定他是在跟我说话。在此之前,已经一个小时没有人和我说话了。我一直忙着和自己说话,和这个陌生的村子说话,和鱼、溪水、瓷片、木头、中年男人、地主、大巴车、严子陵、苦槠树、黄蜂……说话。我把它们通通安排进我的独角戏里,和我一一过招。作为导演,我不允许它们囿居在私人的词语属性里,不断号令它们走进新的角色,用新的皮肤和器官说话并奔跑。我们并非对立的角色,而是相互依存,相互融入,相互促进,不断繁衍,像树枝一样旁逸斜出。我走进它们的身体,它们同样也在我的身体里游荡。我们在一个小时的时间里完成了精神的对流与灵魂的碰撞。以至于不辨你我,物我相忘。可这位忽然出现的老农是个局外人,他没有被预先写入剧本,而是临时出现的一个群众演员。现在,他贸贸然闯进了我的镜头,我也不推辞,将戏就戏,走进他的家,喝上一杯他亲手炒制的新茶。我并不懂茶,也完全不讲究喝茶的程序和道法。叶子还未散开,却一口猛将下去，烫了舌头。说话就有点不着调，刨根问底，几乎要翻阅他的家谱。他端来一张长板凳，坐了上去，卷着裤腿，赤脚悬空，和我面对面坐着，聊天。像祖孙俩。他的年纪其实仅比我爸长了五岁，脸上的沟壑却要纵深至少十年。他生于1954年，刚学会说话就碰上了“大跃进”，砸锅炼钢吃公社；刚会跑几步就又扎进了“重大的饥馑”，无米下锅野菜充饥；及至垂髫，“文革”爆发，目睹父亲挂牌游街挨批斗，只因出身不良，祖上世代为地主。幼年，家中阔房让给了贫农，家眷悉数而出，数十年随祖辈赁居而活，结果遇上大火，木质梁房被席卷一空，又得另觅新居，采茶以工代酬，朝至祁门换得几块铜板，至夜踏月而归。常是一口稀粥匀着喝，碗空了添水，求个腹饱。“文革”后，自筹资金，买地造房，总算挺胸昂头过日子。忆及往事，这个老农倒也不悲不叹，咧嘴痴笑，一口热茶下肚，一切忘乎所以。正说着，猫身便上了阁楼，拎下一个蛇皮袋，袋中复套着袋，如陈年旧月，环环相扣。袋中红茶一摞，炒于廿年前，封存至今，早已风干了茶香，他仍双手合十，掬起一团，送至鼻前，猛嗅。似要嗅出这茶的前世今生，这年岁的浮浮沉沉。问到其祖居地，竟然正是村东那栋敞阔的徽派楼房，而那中年男人口中的地主老爷，正是其仙逝一甲子的祖父。

无力介入

站在一艘模型帆船桅杆下，想象城市是海，我是水手，破浪而行。

附近一带的别墅区簇新而奢华，一栋栋春笋拔节，从废墟中冒出。那天和妻子骑电动车游荡到城市边缘，再往前就没有路了。一条大河，把城市发达的触角砉然斩断。

脚下的帆船正对一个叫璞悦湾的售楼大厅，里面设计得像一个博物馆，宽敞，精致，不着一丝灰尘。一个大沙盘，展示楼盘的立体结构，空白的墙壁被白炽灯照射出油亮黏稠的光泽。我和妻子假装是看房者，在里面转悠。业务员走过来，问看房吗。我说只是看看，你忙你的吧。他不屑地走开了。

墙边两根木条架起一块牌子，分析了此楼盘的种种不理想环境因素，粗看以为是开发商真诚的自我解剖，细看，原来是拐着弯的推销——“南二百米有之江大桥，可能有噪音影响；北三百米有学校，可能有噪音影响；东面有大型超市，可能有噪音影响……”相同的句式，列举了十余项，我暗笑，这文字游戏玩得够一本正经。

近来，买房的想法偶尔会在妻子的脑际发热一下。当然她也知道以我们目前的工资水平，这不切实际到约等于跪求银行绑架，然后再乖乖地向其分期缴纳赎金。在售楼部，数着待售房那些明净、敞亮的窗格子，有点像在清点饥肠辘辘的野兽数量。我从来不打算成为它的盘中餐。

不讳言，对这座城市的审美，几年来一直建立在过客式的心理定位上——不准备长久介入，也未立马卷铺盖走人。这些年，即便在城市内部，我们的迁徙也一直处于未完成时的状态——从城东北到城东，再从城南到城西南，一次比一次偏远，我们的居所沿着城市腹背画了一条长达十公里的曲线，最后落在联庄20号这个点上。

不到半年，这个点便开始松动了。今年3月的某天，房东太太语气恶毒地对我们下了逐客令，理由五花八门，比如你们被子不叠、在房间里做饭、地上不干净等等。没有一个具有说服力。我频繁出差，妻子也早出晚归，我们无力应付搬家这项大工程，便提出每月房租加价五十元作为妥协，延缓期限。这个数字在4月份翻了一倍后，依旧无法阻挡她对于我们日常生活的窥伺和闲言碎语,有一次甚至发展到破门而入,进行了一通长达一个半小时的谩骂……

我不知道这十公里的迁徙曲线又将往何处延伸。从售楼大厅出来,我们回到大街上,继续向郊外游荡,市声慢慢的,由鼎沸而冷寂,人影渐无。没有人的地方,草木旺盛,颜色丰润,城市的阴影笼罩不到。我从它的势力范围挣脱了,体内涌动着一股新鲜的快感。

路边隆起的小土坡,给了我们舒展视线的极佳角度。我慢慢走上去,下面是一抹由芭蕉、竹子和香樟树构成的小树林,疏密错落,让人感到一种寂静的喧哗。站在高处,看万顷绿叶,深浅高低,一浪一浪缓缓地向远处翻卷,楼群在两百米之外的地方接替它们继续向前,奔跑成一座不着边际的城市。

灰色起伏的建筑,人在其间隐秘而汹涌地流动,构织一个重复循环、无休无止的强大系统。而我,一枚微不足道的零件从中掉落,丝毫不影响它的正常运转。

妻子在接电话。一位父亲向她询问女儿在学校的功课情况,她滔滔讲述,向其提供建设性意见。妻子从二十年前的学生,升格为这座城市某学校教师,浩浩荡荡的时间流程,几可忽略。生命一轮轮无休止重复,一只麻雀忽从林间振翅跃起,我不知道它和二十年前老家屋后柚子树上的那只有什么区别。

举起手机,将一棵清瘦孤立的毛竹和三百米外一栋高楼装在一个空间里,试图营造一种自然与文明之间的对峙感。接着切换别的角度,继续对着城市的某个部位进行窥视。

我发现,即便置身郊外,我的注意力依旧被城市控制,被强力拽回到那个持续动荡的现场。每天清早,我看见密密麻麻的车辆蝗虫般过江入城,仿佛一场浩大的示威游行,在路上制造着末日般的沸腾。想来真是触目惊心——那么多迥异的个体,竟预谋好了似的,每天早晨七八点怀揣同一个信念向城市中心凶猛进发。

而每天,混迹于成群的电动车队伍中,我都强烈感觉到自己身份的模糊性。我是谁?我为什么是我,而不是另一辆车上那个人?我去往何方?如果车祸突然降临,这个热血而具体的人,以及他的职业、经历、思想、罪行等等一切,是否将被彻底取消,成为当天新闻里几死几伤的一串枯燥数字?

两个月前的一个清早,下着雪,我骑车赶去火车站接我妈,撞上一辆出租车后翻滚在地。电动车被这股突如其来的力肢解得七零八落,幸运的是,我身体所有器官均完好无损。仰面躺在冰冷的马路上,一些人停下车看我,冷冷地看着,像我曾经冷冷地看着那些躺在地上呻吟的陌生人一样。

在街道上,人的存在似乎比消失更容易被忘却。每次等红绿灯的时候,我都会下意识环顾左右,发现又是一批生面孔,昨天那个人被街道淘洗掉了,消失了,也许永远也不再被人看见。这或许便是城市的魔障——呈现一成不变的生动假象,而从不过问具体。

走在街上,你的一举一动,脸上或喜或悲的细微神经变化,从来只被阳光关注。持续牵引我留在城市的潜因素是,在这零度的空荡荡的大房间里,你是自由的隐形人,世相丰沛的每处细节都使你深刻体察存在之苍白。而你活着的所有努力,都是破罐子破摔后的自在而为。

出差到一座著名古城,我常常一个人到被时代冷落的老街巷行走。有次在一寺庙门口,见一十二岁左右的小男孩坐在轮椅上,守着木板车兜售零食。每当有人经过,他便哀求道:“买点吧。”路人漠然,拐过墙角,消失,他的声音仍在空空的石板街上传荡。我绕到他身后,从侧面观察他——瘦而白皙,头歪斜着,缩在轮椅上,身体一部分陷在朱墙阴影里。叫卖声像卷皱的磁带,从放音机里有一波没一波地发出,囫囵不清。

一条四米宽的小溪，夹在两排古旧乌黑的房子间，在夕阳下闪着粼光,有点刺眼。我和男孩之间,隔着牌坊的一根柱子,这是我故意选择的位置。“哥哥,买一个吧。”他发现了我,央求道。这句话重复到第五遍时,我走上前。摊位上是饼干、辣条和可乐一类的食品,我没有什么要买的,就随手挑了一块绿箭口香糖。正要付钱,他似乎有点不乐意,努嘴支吾说着什么。

他指了指张挂在板车上的一排剪纸,说:“哥哥,买一张吧。”原来他的目的是推销这些素净的剪纸,零食只是陪衬。我问他多少钱,他说二十块。不便宜。犹豫了会儿,还是在同情心鼓动下,挑了一张灯笼状的剪纸,把钱递到他手上。这时,男孩妈妈从巷子某扇门框里出来,见有人购买,眉间窃喜。窃喜转换为倾诉的欲望,她告诉我男孩得了先天性肌肉萎缩症,只能依靠轮椅行走。课余,师从古城某大师学习剪纸这项传统艺术。每天下午放学后,他便独自一人坐在寺庙门口,向路人反复兜售零食和他的剪纸作品。

她告诉我,丈夫去年在车祸中亡故。现仅靠打零工,只身抚养俩小孩。另一个,是女孩,五岁。她掏出手机:

“你看，这是我儿子和红孩儿扮演者的合影……他在城里小有名气了,剪纸已经在博物馆展览、拍卖,一幅作品最高价是八百元……上个月,有个省城记者说要来采访我儿子,但迟迟没来,算了……”

听到“记者”这个词,我心里咯噔一下。这正是我目前的职业呀。我告诉她,我也是名记者。“哦,是吗?”她瞳孔里闪过一丝光亮。那光亮告诉我,她多么渴望男孩的事迹被挖掘,被报道,被更多的人关注。她希冀媒体的聚光灯能将她一贫如洗的家庭照亮,并且带来光泽。可那句话刚说完我就后悔了。与综合性报纸不同,我只是一名交通行业的小记者,有着明确的取材限制,并不能为男孩做什么。我只能像个普通路人,掏钱购买一份他的剪纸,表达我的善意,仅此而已。

那天,摇摆在这样一个故事前,我没有继续深入探索的想法,浅尝辄止后,打算离开。我对男孩说:加油,将来成为一名艺术家。男孩不回应,仍以哀求声,机械重复请我再买几张剪纸。而她母亲,眼神如荒林间一汪沉睡的深潭,望着我,期待我将采访进一步深入,将她沉闷而凝滞的生活搅出一些动静。与男孩不同,母亲被自尊牵绊,她并未将渴望转化为具体的请求传达给我。或者,她认为身为记者的我会像嗅觉敏锐的探测仪一样主动挖掘更多的真相。

她失望了。

临别,我礼貌性地,给她留了联系方式。后来,通过QQ,她试探性地联系过我两次,我均未回复。自知没有能力以新闻的方式帮助她和她的家庭,便作罢,相忘于江湖。同时,困顿于现实生活的我,根本无力去介入他人的生活。我只是路人一枚。每个人都是彼此的路人。

日常中,我披记者外衣,携采访本,常常是临时介入某些事件、某些人的生活,然后便匆匆撤退,回到自己的生活轨道中。

我回到一辆电动车上,穿过大半个城市,猫入深巷中的出租屋,推开房门,卸下背包,看见满屋子的鞋袜、积木、塑料袋、瓶瓶罐罐和堆在墙角很久也没翻开一页的书籍。然后一个四岁小男孩蹦着跳着扑入怀中,喊我爸爸——我知道,这才是我应该深度介入的生活。

女人可以有故乡

我们又一次在回家的问题上争吵起来。具体点说，是在回哪个家过年的问题上。整个晚上，我们为此论战不休，弄得面红耳赤。常常如此，我们好像隔着一条河相互遥望，谁都认定自己所在才是正宗的此岸。而彼岸的义务就是严格尊重并执行此岸的意愿。

这条河的名字叫婚姻，尽管路线时常因故摇摆，至少方向一致。

在此事上的严重分歧，让我们再次窥见了婚姻内部结构的复杂与荒谬。

五年前那场仓促的婚礼使我们凭空多出一个陌生的新家，并繁衍出各种七七八八的全新身份。多年来，我们都在扮演和适应那些套在自己身上的新角色，甚至免不了要做些削足适履的事。把婚姻视为一个国度，一个家庭就是一个党派，纲领、政策、价值观念和思维模式均不尽相同。两个人结婚，好比把两个党派绑在一块儿，无法绕过谁来执政、如何执政的问题。按传统观念看，男方家庭无疑是执政党，女方家庭则是在野党。在“回家过年”这件关系党派形象和权力意志的事情上，似乎并无多少回旋余地。

毫无疑问，我们春节的方向是与浙江版图一线之隔的江西省，而越过省界，矛盾就开始凸显了——是先在上饶站下车去往妻子在广丰县的某个小镇，还是继续让荒凉的铁轨驮着我们消磨六百公里无聊时光回到我的老家南康？春节有限的几天假期又该如何分配给两个相隔遥远的家庭才算公平？

整个晚上,两个对立的想法飞来窜去,一会儿拥抱,一会儿掐架,把房间弄得像一个失去控制的音响,嗡嗡轰鸣。

几乎是每年此时的惯例。

硬碰硬地争论没有效果,我便发挥专长,拉长战线,使用了两个事例来强调并说服妻子接受某项既定现实。我的一位女性朋友,去年国庆结了婚,从老家南康远嫁到两百多公里外的另一座城市。往年春节,我们都会在县城聚聚。最近,她告诉我,2 月 4 号以后人就不在南康了,恐无时间再聚。我先是一愣,继而忽然意识到:哦,她嫁了人,以后便要到夫君家里过年了。从理论上来说,南康这座小县城,从此和她的关系便已经不大了。当然,她仍可以时常回家里看看,可以和往常一样操着麻利正宗的客家方言串门走亲戚,话家常。只要父母不嫌弃,她大可以待上十天半个月,甚至常住,但她的身份已经无形中被切换了,从主人沦为了客人。这点在格致的散文《女人没有故乡》里阐述得更为残酷,格致原意是写萧红,实际却另辟蹊径,一针见血地揭示了天下所有女性的悲剧宿命——生来没有故乡。

这一点,在我们母辈以上的女性身上体现得可能更为真切。试想,一个女人用二十多年时间搭建起来的人际网与生活经验,在轿子抬起、唢呐奏响的那一刻,全部被切断、清零,一切都在日常范围内烟消云散,身体被抛入另一个完全陌生的地方,慢慢终老。过去的种种关系与念想,只能靠一年中偶尔的几次探亲来勉强维系,直至日渐疏远,再无瓜葛。从这个意义来说,女人的生命,是从嫁入夫家的那天开始重新计算的。

我奶奶去世前的一年,曾带我回到她的老家——不远,就在邻镇的一个村子。她固执地要回去看看,实际那个家已经没什么可供她追忆的了。早年的泥瓦房已被拆掉,连地基和一页瓦片也看不到了。过去的亲人与玩伴,也嫁的嫁,去世的去世,搬走的搬走。剩一弟弟,也已风烛残年,我叫他舅爷。舅爷过去喜欢教训我,说我一块口香糖嚼老半天,没规矩。十多年前，他在旧居不远处盖了栋新楼，延续着家族血脉。那天，我们端了条长板凳在门外晒太阳，屋前是一块干瘪的稻田，檐下一棵李子树寂寞地吐着新芽，奶奶和舅爷悠悠地说着些陈旧的话，有一句没一句，时而叹气，时而沉默。舅爷的子嗣们在一边客串热情，辈分更小的子嗣则在旁边遥控玩具车，自在耍闹，完全不理会大人们的交谈，他们不知道这个陌生的老人是谁。

一年后，奶奶去世，和爷爷合葬在村边一个小山冈上，再也不能回到她的故乡。

不出意外，我的母亲、妻子、儿媳甚至孙媳都将参照这样的剧本走完这已经开始或尚未开始的一生……

直到，我的妻子站出来，喊了声：不！

那天晚上，我的男权主义思想严重戳伤了妻子的神经。话未言毕，她就霍地从凳子上跳起来："你不要和我谈你的朋友还有什么格致、萧红，我不是她们。我就是我，我是饶翠菊！"说完，脸一红，转身就跑去卫生间，不理我了。我那四岁还不到的儿子谢了了见势不对，赶紧凑到我跟前教育起我来："爸爸，有话好好说，不要惹妈妈生气！"

回想起来，我的言论(不是语调)显然有些过激了。原意无非是想强调一下这个古往今来沿袭不易的习俗规矩，使其做出适当让步。没想到话一出口，就长腿似的，拐弯抹角扯到什么"女人没有故乡"的话题上，把妻子给惹怒了。"别和我谈什么传统，我们是传统的人吗？我们结婚是按传统规矩结的吗？你看看我的手指，有戒指吗？"妻子一连串反问把我给噎住了。噎住我的不是那枚在婚姻中长期缺席的戒指，而是明明自己并非循规蹈矩之人，却站到传统的立场上大言不惭地说教了半天。相当于扇了自己一嘴巴，自找没趣。

妻子对我口中所谓的传统发出抗议。她试图质疑和动摇的对象显然也不仅是我，更是剑指这五千年来以男权为中心所炮制出的一系列世俗规则。现在,她对着一堵看不见的千年高墙大声喊了出来,她把我当作那堵墙进行了愤怒而有力的回击,为自己,也为天下所有没有故乡的女性。

是的,我尊重她拥有与回到故乡的权利,接受了她的呼喊,并协助她以我们的婚姻为试验田,完成了一次对传统与女性宿命的骁勇反叛。

徐晓 作品

徐晓，1992年生，山东高密人。研究生在读。作品散见于《人民文学》《作品》《诗刊》等并入选《2013年中国短篇小说排行榜》等选本。著有长篇小说《爱上你几乎就幸福了》《请你抱紧我》，诗集《局外人》。获第二届人民文学诗歌奖等。

隐痛的肉身

她瘦小的身体蜷缩在床角,像一个发育不良的孩子。她瘦得只剩下一身干巴巴的骨头,仿佛只要一碰就会松散开来一样。她紧闭着双眼,脸上的皱纹聚集成一朵干枯的野菊花,嘴巴夸张地咧着,疼痛的呻吟声穿过她的肺腑、神经、咽喉、舌头和仅有的几颗牙齿抵达这个冰冷的世界,传到我们的耳朵里。她每天说得最多的就是:“哎呦,疼哟……”那些疼痛没有固定的停靠地点,有时是手,有时是背,有时是肚子,有时是腿,有时是每一丝皮肉和骨骼……奶奶真的老了。人老了各种疾病各种疼痛就像消失多年的债主自己找上门来。我们眼睁睁地看着一把把的药片钻进奶奶的身体去进行其应有的化学反应,结果却毫无效用。

一个人从出生到死亡,需要经历多少大风大浪的淘洗?需要多少次独自突围生命中那些不期而遇的困境?而对于一个已走到人生冬季的老人来说,她头顶上的风雪与尘沙早已被岁月侵蚀,镌刻在她的每一缕呼吸每一滴血液里。当我凝望着那日日夜夜与疼痛做斗争的奶奶的身体时,巨大的困惑和震撼向我涌来——生而为人,生而为女人,在她生命的尽头,在她的末日时分,她能给这个世界留下什么?她又能给自己挽留住什么呢?而疼痛对于一个女人漫长的一生又到底意味着什么?仅仅是构成作为女人那华丽饱满而又忧伤绝望的生命中的一部分吗?

而实际上,女人的一生,要承受太多的伤痛,与生俱来的,以及后天的。她们要忍受例假、分娩的疼痛与煎熬,要面对来自家庭与社会的压力,她们得到的永远比自身所需要的多得多,爱、疼痛和黑暗。

在我的左腿上藏着一道十几年的伤痕，它就像是长在我身体里的一个记号，每当看到它，我就会陷入对曾经一段模糊往事的追忆里。

年幼时某个夏日的午后，世界安静得只剩下聒噪的蝉鸣，为了打发无聊的炎热时光，我与邻居家的小朋友在家门口玩捉迷藏游戏，成排的大树和草垛是我们天然的屏障。

就在我用红领巾蒙上双眼并边数数边转圈的时候，我的世界仿佛在那一刻发生了异样。我头顶上鲜红的天空在我右脚凌空的瞬间，变为灰色，紧接着又变为黑色，无底的黑暗。我的身体坠入黑洞，坠入深渊，坠入一个未知的逼仄的狭小空间——终于，门前那个我曾多次靠近却不敢近前的土沟，把我结结实实地吞没。跟随我落地的，除了我幼小的身体，还有被我身体重力带下来的尘土、碎石，以及一些不知名的花花草草。面对冰凉阴暗的土沟，潮湿而陌生的气息，我来不及多想，来不及环顾一下周围，甚至来不及哭泣，就朝着狭长的通道一溜烟跑了出来，跑到土沟上面，跑回家。带着一种说不出的恐惧与莫名的委屈，那个下午，我沉沉地睡去。

当我醒来后，丝丝缕缕的疼痛袭来，我轻微地转动着身体，确认自己是在家中。天已经黑透了，我的身边静静地躺着一小堆野酸枣，那是父亲去山上劳作时顺便采摘的。野酸枣的存在丝毫没有减弱我身上的疼痛感，我的胳膊、手、背、腿都不同程度地划伤了，那些伤痕一道道的，微微灼烧着我的神经，让我清醒地意识到，自己在痛着，活着。真真正正地活着。

对疼痛的感知让我有生以来第一次明确地认知到了自己在世间的存在。那次跌落留给我的还有一道伴随一生的伤疤。它在一年年地变淡，甚至不注意观察根本发现不了它的存在，但是，肉身受到的伤害，就像是小刀划在树上，即使旧的伤痕愈合了，那抹浅浅的痕迹也会永远地镌刻在树身。树犹如此，人何以堪？多年之后，我发现不仅仅是肉身，划在心上的伤痕,即使随着时间流逝最后愈合了,它也再不能恢复原样了。

冥冥之中,我预感我的一生都将被突袭的疼痛光顾,这种生命的暗示在那段无知无畏的少年时光中成为一个隐喻，它时常令我在享受快乐时突然紧张起来,提醒我接下来该警惕一点,因为一切不可预知的突发性事件都有可能随时降临,如同,灵感于一个写作者。

青春期是伴随着潮湿的雨季到来的，对性的困惑是所有少男少女都面临的问题。身体的变化不受个人思想意志的控制,每个人的内心都在蠢蠢欲动,不知道该做什么,但是内心无端涌动的冲动常常令人陷入无边的苦恼。

在我还是一个懵懵懂懂的小女孩的时候，我的女友早已在爱河里翻滚得热火朝天。女友长得美,学习又好,特别招老师和男生的喜欢。当她有一天郑重其事地对我说“我谈恋爱了”的时候,我并没有感到特别的惊讶,对方是我们班的班长,阳光帅气,高大挺拔。在私底下,知情的人都说他们俩郎才女貌,在那个充满禁忌的年代,“早恋”这个词一般人轻易不敢去碰触,因此他们俩的大胆相爱在相当程度上给我们做了表率。直到有一天,这事被老班知道了——在我们每个人的初中时代,都会有那么一个严厉、刻板的女班主任吧。事情的起因是他们俩在校园的某个隐蔽的小花园里亲吻,不巧被我们的一个任课老师看到了,任课老师便向她告了密——那也是个告密盛行的年代,不仅在学生与学生、学生与老师之间盛行,这些规则在学校里的成人之间也同样适用。

老班用整整一节班会的时间点名道姓地冷嘲热讽了他们一顿，言辞之犀利,语气之狠毒,令班上所有的同学都抬不起头,人人都感到难堪和困惑——爱情,不是青春中最亮丽的一抹色彩吗？怎么在老班的嘴里就那么龌龊、肮脏呢？我们心生惶惑,唯恐触碰了禁忌——爱情是毒瘤,早恋是罪恶的,趁早把暗恋的种子扼杀在萌芽之中,好好学习,天天向上。我们像背书一样将老师的教诲牢记于心,为了所谓的前途,我们活成了一群傀儡。

我的女友和她的男朋友并没有在老班的威逼下投降, 反而势头愈来愈凶猛,有点跟老班作对的意思,男方最后被撤掉了班长的职务,他自嘲那是他为爱情付出的惨重代价。老班也丝毫不退让,三天两头请家长,一周几次在班里开批斗会。那段日子,是我们班同学最亢奋的一段时光,终于可以不用上老班的课了,虽然她的批斗会同样让我们饱经折磨,但是她骂归骂,骂的毕竟不是我们自己,看热闹并没有罪——看客心理的劣根性总是能占上风。我不知道女友和她的男朋友当时的心理状态是怎样的,反正我如坐针毡,心如刀绞,我感觉老班嘴里吐出的利刃都射向了我心里。她每说一句话,我对成人世界的向往就减少一分;她每说一个词,我对爱情的渴望就减退一分;她每说一个字,我对自我身体的恐惧就增加一分。

在小小校园里红极一时的热恋情侣最终还是被迫分了手。分手的原因是我女友怀孕了。她被她父母领回了家,打胎,休养,后来搬家,转学,再后来初中没念完就退了学,去外面的大城市里打工。从此,关于她的消息,再无后续。

女友走后, 老班似乎变得更加嚣张起来, 她起初将矛头主要指向女生,现在她将道德的利剑又指向男生,最后把那个男生也逼得转了学。

这段风波之后,一些陌生的字眼涌上了我的大脑。诸如怀孕、堕胎这些在日常生活中很少出现的词。同时我又想到了每个人的来路——人人都无法摆脱作为人的社会属性。我们不提及,并不代表事实不存在。而在那个年纪里,我对爱情的理解仅限于语文课本中的“窈窕淑女,君子好逑”以及广场上的一对对年轻人互相牵手拥抱, 顶多像电影镜头里的情人在街头抱着热吻。我相信绝大多数青春期的孩子像我一样,心目中的爱情是个名词,而不是动词。而我的女友在她的爱情中到底经历了什么呢?我闭着眼睛，试探性地用手抚摸小腹，再向下，那个神秘的地方似乎产生了片刻的痉挛。因着这种奇妙的感觉，我为肉身的深不可测感到惊叹和羞耻。

女性自少年时期开始，在感情中似乎一直处于弱势的地位，男人掌控着一切，他们享受外界赐予他们的荣耀、权利、光明与仰望，而女人得到的多是恐惧、疼痛与伤害。这不公平的关系，注定让绝大多数女人成为爱情的牺牲品。

女性的成长，必然要伴随着险境，总会面临有意或无意的侵犯，总会遇到意想不到的麻烦。她们对世界的了解始于他人，然后才是自身，而对自身的了解，通常是来自于对生殖秘密的了解。初潮，往往是女孩揭开身体秘密的开端，而在那之前，我曾对自己正在成长发育的女性身体感到厌恶——瘦小的身躯，苍白的脸色，弱不禁风的背影。后来我才知道困扰我的并非是自我形象，而是我作为一个异乡人对异地的不适应。

那年我转学到一所新的学校读三年级，学期将近的时候，因为转学手续办得不全，而上级又要来学校检查，我作为非正式注册的学生被迫被班主任送回了家。我身体僵直地坐在班主任的自行车后座上，一路上享受着来自同班同学们艳羡的目光，他们讶异于我何以能够得到如此待遇。只有我心如明镜，虽然被遣送回家的滋味在年幼的我心中没有什么概念，但我的内心一定是感受到了一种侮辱性的尴尬。到了家门口，我在高大的自行车上不知道该怎样下来，犹豫之间，班主任的双手便伸了过来，他潦草地把我抱了下来。

来自金属的坚硬与我身体的柔软就是在那时发生了巧妙的对接与碰撞——尖锐的疼，锥心的疼，来自身体最柔软之处的疼。我几乎窒息，但是自小我便有着顽固的隐忍，从不肯在外人面前示弱，于是我忍着剧痛把班主任领到屋里，然后就去床上静静躺着，感受那从隐秘之处传来的隐痛。

我的脑海里蹦出了“撕裂”这个词,我想那个地方一定像丝绸一样柔软,像鸡蛋一样脆弱,如今它该是怎样一幅惨烈的图景,我不敢想象,更不敢看,我只有昏睡过去,让睡眠来掩盖疼痛的蔓延。

我不记得最后我是怎样恢复了的,也许根本就没有伤到要害,但只要一想到那种隐痛,我的后背便会沁出一层凉汗。那种痛不同于身体的任何部位遭受的创伤,生殖器官因其隐秘性更增加了个人感官的主观性,它让我在某个瞬间产生了一种不洁感,一种无法言说的困扰。同时令我确认了它是一个危险的存在——我在童年就已接受世界与我达成的协议，接受提前到来的疼痛,以及疼痛所带来的早熟。这个秘密无异乎潜伏于身体深处的一颗定时爆炸，让我在漫长的童年及少年时期仿佛行走在一个未知的谜中,我对它一知半解,却找不到解答它的出口。它让本就天性孤僻的我变得更加沉默。

十几岁的时候,我曾去医院陪护过我的表姐。她因割腕自杀而住进医院,当我看见她的时候,她的左手腕被纱布厚厚地包裹着,左手肿胀得像个馒头,她的脸色枯黄,头发凌乱,身体因为消瘦和失血过多而看起来更加虚弱。我坐在床边给她剥香蕉、削苹果,表姐木然地吃着,仿佛吃东西的那个人并不是她自己。

其间听大人们断断续续的谈论中,我得知了表姐割腕的原因。再俗套不过的情节了——为了一个男人,已婚男人。表姐大学毕业后回到家乡的一所小学教书已快一年，这段时间家里人和同事都争先恐后地给她介绍对象,唯恐她嫁不出去,而表姐一个也没看上。谁也没想到姿色平平的表姐竟然和她学校的校长搅和在了一起。任性的表姐想要一纸婚姻,然而身居高位的校长怎么可能轻易离婚呢?那个男人来看过她一趟,当然名义上他是代表学校来慰问表姐的。他身材高大，有着中年男人微微发福的肚子，而那张脸也实在是太普通不过了——这样一个放在人堆里就认不出来的男人怎么会吸引了表姐呢？表姐完全不顾忌我们还在边上，就噘起了嘴巴，娇嗔地招呼校长，示意他过去亲她，那一刻我突然觉得外表普通的表姐心中其实有着别人不懂的小浪漫，或许每个女孩心中都有一个童话的梦吧。但是校长只是淡淡地说了几句客套话就走了。有那么一瞬间，我为表姐感到不值。

有时候表姐会忽然喊疼，她的伤口其实已经没有什么大碍，她只不过是以此来引起我们的注意。有时候她也会突然变得脾气很坏，把被子掀翻，把桌子上的水果推到地上，大声地嚷叫。这些，我们都默默容忍了。我们可能无法理解一个病人心中的狂躁到底是怎么样的，但是我们愿意原谅她，包容她，因为她是我们的亲人。

表姐喜欢趁病房里人少的时候给校长打电话，那个时候的表姐跟摔东西的表姐判若两人，她温柔、娴静、娇弱，声音比溪水还清澈，比月光还柔软，她总是喜欢问他："你爱我吗？你会娶我吗？我等你。"然后她会对着电话哧哧地笑，俨然一个热恋中的女子。我就有些不懂了，既然他们那么相爱，为何表姐要以死相逼？有一次只有我在边上陪护，表姐给校长打电话："我来例假了，你帮我买一包卫生巾送来吧……就是我之前一直用的牌子……哎呀，我妹妹小，不懂……快点来。"她当着我的面跟一个男人说关于女人的如此私密的事情，使我感到一阵难堪，当时我的脸一定红了。那段时间始终有一个问题困扰着我：女孩长大后都会像表姐那样旁若无人般地对世界敞开吗？

我不知道表姐的幸福是不是她自己臆想出来的假象，她让我觉得爱情太过于遥远而不切实际。我开始思考表姐的身体，她那么年轻、青春，她正处在一个女人最好的年纪里，可是她的身体却遭受着一场看不见的战争。她手腕上流着血，将来还会落下疤，她的下体流着血，也许心里的某个地方也在流血。而那个男人，毫无疑问就是折磨表姐的罪魁祸首。她痛吗？我不知道，但我的心却在隐隐地痛着。我不敢想象假如我的未来也是这么混乱的话，我会不会淡定自若如表姐。

女人，太过柔弱的物种，当我们委屈、愤怒、失望，我们想要摧毁什么东西的时候，却发现我们除了自己的身体之外，一无所有。或许，每个人内心深处都潜藏着施加于自身的暴力倾向，我们唯有释放，才能平息下来。

多年之后，当我不再囿于少女单薄狭小的世界里顾影自怜，我所看见的一切生活图景都显得开阔起来。女性的成长仿若一棵历尽艰辛的树，她沐浴阳光雨露，也遭受风吹雨打，她会开花，会结出果实，也会苍老和走向衰亡。这是必然会降临的过程，我们无法抗拒命运的安排。

有一天我也有了我爱的人，他紧紧地拥我入怀，宽大的手掌轻轻摩挲着我的背，我感受到了来自身体内部从未有过的绽放。像一整个春天的繁花霎时绽放。那种美妙的感觉夹杂着丝丝缕缕的隐痛，我知道，童年时期覆盖在我身上的阴影注定伴随我终生。夜色微醺，而我行走在云端，人间再与我无关。那时我终于理解了我年少时期的女友和我那当年正值青春花季的表姐。

爱，是会让人陷入疯狂而不自知的。

我也知道，我还无法用我短暂的二十几年的时光去理解我那八十多岁的奶奶的一生，而我迟早会沿着她走过的路去追寻那片照耀我余生的光芒，然后踏入我自己的命途。我将像世间的任何一个女子一样，以这柔软而美丽的肉身顽强地对抗时间和尘俗的侵蚀，并在不断走向衰老的过程中，用爱、温暖和鲜血浇灌出只属于我自己的那朵璀璨的花朵。

隐秘成长

1

黎戈在《私语书》里说:“很希望自己是一棵树,守静,向光,安然,敏感的神经末梢,触着流云和微风,窃窃地欢喜。脚下踩着泥,很踏实。还有,每一天都在隐秘成长。”

这样的状态一直是我心之向往的,静静地生长,明媚却不张扬,安静而不消沉。默默地看这红尘的起起伏伏,而内心不为之所动,做一个淡然如水的女子,将悲欢离合都交付与一个浅浅的微笑。

不依附,不骄纵,便是独立。那样洒脱而决绝的姿态,恰如炎炎夏日里从古井深处刚刚打上来的一桶水,在年岁久远的木桶里晃晃荡荡地摇摆,冒出丝丝凉气,宛若在林间小憩时做的一个清凉的梦。

2

宋代禅宗大师青原惟信提出参禅的三重境界:“参禅之初,看山是山,看水是水;禅有悟时,看山不是山,看水不是水;禅中彻悟,看山仍然是山,看水仍然是水。”

在这喧嚣的尘世间,世事时而包裹着它隐蔽的玄机与心思,时而张开它巨大的欲望之口,不动声色地看着我们,光影交叠处,明明灭灭的幻象扑面而来。我尝试着不被外界的纷扰所围困,掩卷而思,任思绪在山水之间游走,在圣人的思想中徘徊。或许,当人真正卸下心中的包袱,放低内心如泉涌般的欲望时,便能看到真正平静而美好的世界。

这样一个静谧的天地，有声若无声，无声仿有声，一切都在自己的心间，一切皆如过眼云烟。

3

在异乡待得久了，我开始对明月情有独钟。喜欢有月的夜晚，喜欢在月色笼罩下那模糊朦胧的气氛。更多的时候，有月的夜晚，舍不得睡眠。在月明星稀的夜里，泡一杯香茗，独坐窗前，让身心完全沉浸在这如水的月华中，月光在灵魂中缓慢升腾，向周身弥漫。沉夜静寂，万籁有声，就这样漫步在月影中，任思绪飘逸，往事倏然造访，这份心境是再洁净安然不过的了。

日本作家清少纳言在《枕草子》一书中有这样一句话："在月光非常明亮的晚上，极其鲜明的红色的纸上面，只写道'并无别事'，叫使者送来，放在廊下，映着月光看时，实在觉得很有趣味。"这清清爽爽的文字，暗含着遥远地域涌来的芳香，穿越大洋彼岸悠悠地飘来，唯美而略显忧伤，读后便过目不忘，心隐隐地疼着，为着那寂静谦和的女子，如水般温婉薄凉。

我想，当清少纳言年老时回忆当年的自己时也会欣慰地微笑，她穿着淡紫色的衬衣，外面又套了白皙的罩衫，一肩垂发，纹丝不乱。想来这刻骨而悠然的美使月亮也迷醉了。她这一世定是阅尽华美，历经沧桑，却淡定自如地看风吹落叶，静望月之柔美。而爱情，深刻到骨子里的痛，早已是昨日的一道风吹即散的残景，不堪回首，却无法忘怀。

4

相信所有人都曾经与那些凋零在生命中的花朵面面相觑过。我清楚地记得曾经某个时期的撕扯所带来的疼痛，如寒冬腊月的风雪侵入骨髓。

那种挣扎，多是借着外部世界的一个小小的引子，继而在内心深处独自发酵、酝酿,直至爆发,缘于天性的敏感,我变得多愁善感,甚至愤世嫉俗,与所有人作对,与生活作对,以自认为清高孤绝的姿态与世界对峙。

最后,我明白了,其实每个人都在进行着一场战争,一个人的搏斗史在心灵深处激烈地上演,每个人都心比天高,都在与世界上某个不知名的角落里的另一个自己抗衡着,那种抗衡,对自己来说轰轰烈烈,惊天动地,然而在别人看来,你只是再平凡不过的一个人。于是,这种挣扎就显得更为煎熬,这种厮杀更为残忍。

也许人一出世就被抛入粗粝的风沙中,命中注定要走一条荒芜孤寂漫长的路,但我是一个顽固到发傻的奋斗者,铁样的黑,我擎着微弱的火烛面对空阔的天与地,孤独地背靠时间而书写。

时间永恒,而每个人所存在的个体却不能永恒。在阳光渐渐变旧变老的过程中,我坐在阴影里,坐在所剩无几的午后里,我握笔的姿势是多么孤独,又是多么孱弱,我的生命中有着一种不死的顽固,我拒绝看清结局,因为过早地摊开一切会是一种碎裂,清清的河流底下都是淤泥。至少在生与死的必经之路上,我还能安然地寻找下一个可能的结果。

5

在很多个夜晚,我都感觉到被一只巨大的手掌推进生命的寂寥之中,我听到一个声音在呼唤我,它说,你要回归,才能重生。我越来越清楚这是冥冥之中一种来自命运深处的洞悉和暗示,这种感觉无法言喻,只是它随着空气慢慢地渗透到我的身体中,试图去挖掘那些一直挤压在我心中不曾言说的隐秘。我力图把心口收紧,不让循环流动的声音把我隐藏多年的秘密掏空。

没有人知道,儿时的我便在心里怀揣着一个梦,那个维持了十几年的梦也是我至今最高的目标,成为一名作家。这对于一个并不聪颖的孩子来说，无疑是信口开河，黄粱一梦，是自己给自己划开的致命的伤口，我只有用勤奋的借口堵住来自四面八方的明枪暗箭。所以它始终埋藏在我内心最隐秘的领地，轻易不肯与人言说。

这个梦就像一条幽暗的河流一样在岁月的冲刷下兀自流动着，仿佛一旦暴露于阳光之下，那些飘浮在空中的尘埃就会将它吞噬、毁灭。我把自己逼到山穷水尽，毫无退路可走，或疾驰或匍匐，或五体投地，或破釜沉舟。只有这样，骨子里的决绝和无畏才可能会适时爆发出来。有时候无法预料和把握的偶然性，常常发挥着意想不到的作用。

6

累了的时候，我喜欢静静地聆听岁月欲言又止的秘语。

拂袖擦泪，在青春的出口，我再次踮起脚尖向远方眺望。在时光的罅隙里，风声渐渐止于喧嚣的尘埃，我想象自己成为一棵树，像头顶上的蓝天一样尝试着接受生命里不期而遇的苦涩、沉重与疼痛。

我看不清命运的轨迹，生活却开始浮出地平线。年轮搁浅，我的灵魂在河床的缝隙里来回游走。对于一种意义的追寻和接纳，我有着打马狂欢的急切。合上眼睛，我看见了一团白茫茫的雾水。

岁月的刀痕刻在柔韧的黑夜里。斗转星移，沧海桑田。我饮尽最后一杯烈酒，把忧伤还给黑夜。归期不远，迟疑的弓箭蓄势待发。前方的岛屿，是我即将抵达的黎明。

梦里，我驾着时光的马车，驮着我的体温以及魂魄，一路飞翔。

7

我看到很多人都攥紧命运的绳子，拉拽着所剩无几的青春，却如一枚枚凋零的落叶，最终在秋风的怀抱里落下帷幕。我看到不停奔走的流年，我看到屋顶闪烁的灯突然暗了下来。我还未来得及掩面,红尘就覆上我光洁的额头。

而我必须容忍,这无法触及的今生和来世,并且相信,在这片世世代代流传下来的土地上,时光永无止息地轮回。

就像我们的一生,被迫地卷入一场场相遇和分离。这强大的永恒,暗中操纵着我们在世间游弋的轨迹。

立在旷野中央,这是没有灯火的黑夜,我不急于离开,一切都有各自的使命。我怀揣世代的因果,凝望那束温暖我多年的烟火。

或许我也可以等来属于我自己的火焰,看它在光影中上升,上升,最后绚丽地绽放。

诗意地栖居

荷尔德林说:“人充满劳绩,但还诗意地栖居在这片大地上。”我相信在每一个漂泊者的内心都深深地珍藏着一个回味无穷的故乡，在他们的回忆中,这个故乡是温情和诗意的,尽管在别人眼中,它可能只是一个贫困凋敝的僻壤,它充满了生命的沉重和生存的苦痛,但只要他们愿意,便可以把自己所有的依恋寄存在那个扎根于心中的故乡，然后义无反顾地奔向相反的方向。

当一个人从童年时就离开故乡,漂泊远方,不管他走多远,飞多高,他并不是悬浮于这个世界之上,他会离他的村庄、他的乡人、他的祖先越来越近。故乡的魂魄会以梦魇的形式游走于游子的心中,这个孩子会在本应天真快乐的年纪里被一种孤独的汁液浸泡，接而不断地发酵，在青春时期这种饱满的成熟的忧郁气质就会如陈年好酒突然揭开盖子溢出的清香一般清洌、甘醇。一个人处于这样的情况是被迫的，但是你无力抗拒，只要你还活在世上，这种忧郁就会不断生长，直到开出诗意的花朵。俄罗斯诗人叶赛宁在《可爱的家乡啊》一诗中写道："我欢迎一切，忍受一切，历尽折磨也满怀欢悦。我匆匆来到这片大地啊——就为了更快地与它离别。"一个离乡的孩子，眼眸里盛满了哀伤的泪水，他活在心中那个诗意的栖息地，那个天与地、山与水、人与动物共同叙写生活的地方，在不断地追寻与逃离中独自回望故乡演绎着天上人间的质朴无华。

我一直在行走着，随着时间的延续而行走着，我的故乡也在蔓延。当我归来时，村口的老人熟练地喊出了我的名字，我却惊慌地不知所措。历史的尘沙裹挟在他们苍白的双鬓和纵横交错的皱纹中，闪闪发光。我已忘记该如何称呼他们，时间的力量是如此强大，强大到让我瞬间失语，我以为我能够永远对村庄的一切都念念不忘，我以为我只要踏进这块土地一步，我就会与之融为一体，血脉相通，可我没有想到记忆竟这么轻巧地在我面前轰然倒塌，我顿时哑口无言。从老人们那一张张写满岁月痕迹的脸上，我看见了一种与世无争的淡然和对我这个返乡的孩子的善意微笑，我听见了村庄过去的风呼啸着从我耳边簌簌地飞过，它掀开了我未曾经历的世事的一角，带我用每一个细胞去亲近它，而不只是用五官和四肢。

我从来不刻意渲染一切与苦难有关的种种，尤其当它与故地有关，诸如贫瘠，诸如灾荒，诸如爬满山里人心头无边的疼痛，可我始终保留那份敏感的触觉。我轻装离开，带伤回来，这归来的伤太深，太蛮横，太绝情，是生命中难以承受之重。我期待有朝一日我手中握着的笔能够像农人的镰刀那样纯熟地运转自如，到那时候我会把我这么多年的流离失所与兵荒马乱一一讲述给故地听，把故地上一辈辈辛勤劳作的人们是如何经历死亡和新生的故事讲给外面世界的人听。在这个小小的世界里，我就像安安静静趴在巢里躲避雨雪天气的小鸟，舒适而温暖，故地给我的柔软使我此刻不想以任何借口来书写关于它的历史，我不想让它过早地死在我的笔下，不想让城市的喧嚣刺痛它保持了几千年的静谧，尽管它自始至终都是我思想枯竭时一眼深不见底的泉水，是我保持创作热情的源泉，可我稚拙的笔一旦开始在白纸上勾勒，它便不再是我心中的那个故地，无论我怎样将它美化，它也会被别人误读，被嗤之以鼻，我怎么能忍心让我的故地遭受世人的鄙夷，怎么能让我最纯洁的心灵居所被亵渎？不，它不应该成为我取悦世界的一枚棋子，设若故地受伤了，我也将不复存在于这个世界中了。而有良知的写作，无疑是故乡在我心中的延伸与拓展。

我隐于故地，与它成为浑然一体，但这只限于某个时间，例如这个炎热的夏季。一直以来，我的身上背负了太多的行囊，这些行囊里面有父辈的期望和村庄对我的嘱托，我的使命就是背着它们找寻另一种可能的存在方式。所以这就注定了我无法在万物萌生的春天躺在花香的海洋里，也无法用我细嫩的双手捧起九月里那压满枝头沉甸甸的丰收果实。我只有在远方静静地想象着我不在场的身影是如何在黑夜里悄悄潜入故地，轻轻抚摸那片片冰凉的树叶和摇摇晃晃的月光，然后洒下一滴清泪，决绝地离去。我匍匐在这片土地上，与它融为一体，以此来弥补十几年来对它的亏欠。我缺席了这么多年，而村庄里所有该发生的故事从来没有因为我的缺席而不再上演，它从未为一个远在天边的游子耽搁它历史进程的一分一秒。而我，活在一个远离泥土、远离故地的世界一隅，日日夜夜挂念着那个在地图上找不到丝毫踪迹的村庄。

就像内心始终有一个心结，它像满地的藤蔓丛丛的灌木一样堵住了我的去路，我唯有把自己完全交付给这一方土地。既然生命是这片泥土所给予的，那么我必须给那些不断延伸出来的欲求一个满意的答复。当我完全投入它,在灼热的太阳底下,在漫山遍野的绿色即将溢出来时,我站在故地中央,用双手机械地劳作,就像奔赴一场华丽的盛宴,满心欢喜地走在一条通往土地中心的道路上,我的血液被炙烤得滚烫而沸腾,它们随时都可能迸破血管和层层组织,汩汩流出,用饱含叛逆因子的养分来浇灌我脚下的土地。我只有在太阳最毒、汗如雨下的时候才能感到我是真的生长在故地上的一棵不畏死亡、欲要扎根泥土的树,对一个人来说,那种感觉是复杂的,既像是要爆炸,又像跌入冰窖,其实我的心在此时此刻是荒芜的,它寸草不生,可是我一如既往虔诚地迎着烈日赶路,我知道太阳会把城市浸入我身体和灵魂中的污秽一一蒸发出来,与其说是它在拯救一个徘徊在山村边缘却又无法深入城市中的人的灵魂,不如说是一个愧对故地的游子对这位大地母亲进行的赎罪。

我心甘情愿地接受这样一场看似蒙昧的洗礼,因为人一旦与故地脱离很长一段时间,他就容易沾染一些与乡村完全陌生的东西,这些东西会让你的内心生长出片片杂草,如果你不及时清理修葺,那么这些杂草会蓬勃地向上生长,直至使你与生养你的土地产生细细碎碎的隔阂。因此在某个特定的时刻我允许自己执拗地面对这个无法回避的问题,筹划一次救赎,或者说是放逐,放逐那些出现在生命里的不能忍受的孤独和恐惧。唯有以这样的方式才能摆脱血液里的污浊和灵魂中蠢蠢欲动的邪恶。

周国平说:最深沉的爱都根源于绝望。我想,要有多深的绝望才配得上拥有世上最浓烈的爱。而这爱无疑是属于故乡的。当年轻的岁月渐渐远去,凄冷的薄雾浮上心头,我们是否还会记得曾经有一种永恒被我们信誓旦旦地拥护?当纯真不再,当侵犯和伤害以理直气壮气势汹汹的姿态闯入我们的生活时,我们是该继续保持优雅还是进行剧烈的反抗?对于故乡,我们还怀有当初的那份挚爱吗?我不知道一个人内心随时光渐渐积累而成的平庸会不会将生命中与生俱来的良善慢慢打磨掉,但我始终相信一个肯为故地彻夜不眠的人,无论在世界的哪一个角落,都会保持一种不变的状态,那就是物欲愈盛,心愈宁静的状态。这是一种难得的境界。

“为什么我的眼里常含泪水,因为我对这土地爱得深沉。”当我伫立在山川田野之间,看着蓝天白云以一种亘古不变的存在模式俯视这片苍茫大地时,我会像一个虔诚的教徒一样双膝跪地,用饱含泪水的双眼注视着我手中挥动着的蘸满墨汁的毛笔,在这只属于我的土地上潇洒地写下五个大字:我爱这土地。因为这份坚守和笃诚,相信土地不会毅然拒绝我的祷告,它的沉静一定会包容和接纳一个孩子不知该以何种方式来表达爱意的满腔热情,这热情无知而神圣,火热而躁动。

当热爱成为一种执拗,我挟持着自己的青春和悲悯不断地停驻与奔跑,在风的怀抱中,试图冲破一切宿命的障碍。在我生命的每一个缝隙里,我听见了万千生灵在故地上歌唱的声音,是那样清晰,而它注定将伴我一生。

余玦 作品

余玦，1995年生，双子座。文字散见于《诗刊》《文学界》《星火》等。获第二届全球华语大学生短诗大赛一等奖。

我曾在你怀里醉过

小小木垒，有三家酒厂。三粮，三泉，西域酿。我不好喝酒，偏爱看人喝酒，也独愿结交好饮之人。从名字看，有粮食，有清泉，证明木垒人懂酒，懂得审美酒：不单精通好酒炼取的秘诀，须有好粮好水，也知今人贪求佳酿的精神深处，是要把平常的谷物和山泉变作不平常的狂欢体验，化腐朽为神奇，去强烈地感知生命。每滴酒都是对乏味人生的一次革命，嗜酒之辈往往是华丽的冒险者，他们不甘局促于世俗缰锁中，妄想借酒打破惯性，摒除杂念，重新做个无拘无碍的赤子，回归旷放天性。尤其是在木垒，我见过许多普通、黯淡的面孔，在酒精的燃烧下，忽然生发出异样的光彩。他们不再是平时那个或寡言少语或腼腆结巴或冷酷严肃的自己，而是成为另外的人，变成了某种有趣的生灵。而唯有灵魂充盈的生物，才配称之为生灵。

喝酒有讲究，分场合、情境和氛围。独酌有时，群饮亦有时。县城酒店豪华包厢有时，乡野小店露天桌椅有时，于深山密林、丰美草场间寻一处牧民毡房亦有时。我曾在照壁山乡的深夜路旁撞见一群维吾尔族男孩，他们东倒西歪地坐在皮卡车后斗上，手提啤酒，高声哼唱着轻快明亮的维吾尔族情歌。黑暗中，他们的歌声就像温柔的拳头，伴随着啤酒瓶清脆的碰击声，让我想跟他们跳一支麦西莱甫的同时，又想飞快地逃跑。是了，唯独青春的酒，不受一切约束，可恣意放肆。

我也曾在龙王庙水库旁的小树林里碰到一群打牌的当地汉子，当时正是阴天快落雨的五月，冰雪消融不过才半月，虽无严冬之寒冽，狂风乱作仍叫人牙关打战、抱臂瑟缩。而他们席地而坐，洗牌、叫炸，一任四野翻涌，云天空彻。我留神观察他们的衣着，不过小衫单裤，再凝睛细看，其中一人忽从衣内掏出一瓶白酒，连灌几口后分与同伴，四个人直灌得龇牙咧嘴，呼喝叫爽，便接着把手中的牌恶狠狠地摔到对方跟前。我坐在温暖的车内，隔着窗玻璃看他们，真好像魏晋时代的无知村妇看着那群赤裸出门的名士一样，目瞪口呆，羡慕无比。而他们秘密藏在怀中的那瓶酒，大概好比千年前的五石散吧。

有一回，在老大石头乡，在夏牧场，我遇到了一位哈萨克族大叔，阿达克。繁星密布的夜晚，篝火升起来了。每个人都喝了酒，等着音乐响起。当激烈的节奏破空而来，阿达克率先奔向火焰四射的那一边。他高声号叫，手舞足蹈，瞬间吸引了所有人的注意。该如何形容火的颜色和形状？它映在人脸上，饱满亮堂的红，像高涨的活力，灼热的活力，烫得人受不了，心急切地扑向喉咙口，阿达克像踩在蝴蝶背上那样跳起来……他整个人都在摇摆，快活地、含笑着，河流般轻快地转身，他瞪大眼睛好奇地看着愣在一旁的我们，“时间过得太快了，来不及了，跳吧快跳吧！”他的眼睛发出了孩子般的指责。我突然想到几千年前汉族有位名叫杜甫的诗人，他在四十岁时写道：“烂醉是生涯”，后来美国诗人 Kenneth Rexroth 将这句诗翻译为“生命飞逝如同醉了的野火”。多奇妙！阿达克也不过四十出头。他当真就像一团野火。他的体内或许正快速流淌着某种液体，某种比酒水更清澈的液体，那是怎样快活高亢的力量啊，让他如河流般转身……

那个夜晚还有古丽扎达和热尼斯。他俩是一对可爱漂亮的年轻人，尤其是热尼斯，说实话，我可是头回见到这么英俊的哈萨克族男孩儿！当古丽扎达羞涩地展动身姿，她微小、优美的摆动仍然带着许多不确定，我看到她乌黑的大眼睛刮过人群和火光，在热尼斯周围滑动。她浑身散发出甜味儿，渴望像闪亮的潮水，使她变得柔软，生怕流露内心却又想偷偷放任自己高兴……她甚至忍不住狠狠瞪了热尼斯一眼！而就在她转身，猛然撞上热尼斯温柔的目光时，我清楚地看见她瞳孔内迸射出的惊喜。热烈激荡的黑走马啊，音乐中他们缓慢地靠近，相互凝视，好像两片朝对方涌去的海水，在应和的动作中陷入前所未有的亲密。他绕到了她身后，不断倾近她起伏的背部，当他口中热气溢到她脖颈的刹那，我看到她的身体微微一颤。他的眼睛紧紧投进她的眼内，在注视抵达极限的时刻，他们好像被火和火的阴影急促地包围，他们好像变成了一个人……那天晚上我没有喝太多酒，但是站在一旁偷看古丽扎达和热尼斯的时候，我似乎有点明白醉是怎么一回事。李白有句诗说："两人对酌山花开，一杯一杯复一杯。"是了，两个人在一块儿可以催动全世界的花朵，爱恋着、沉醉着，那稠密、滚烫胜过千杯的隐秘滋味……

当我在酒桌旁坐下来，总是会十分地羞怯和不安。酒水，以及四处飞溅的陌生注视，都发生在四周。总有人起身关照空掉的酒杯，灯光通亮晃眼，拿眼睛四处找，桌子底下、门背后、墙角落，就是找不到一个可供作弊的垃圾桶。我死死盯着拿酒瓶的那个人，留意着瓶里还剩多少酒，心里暗想，喧闹热腾的谈话最好不要停吧，乘兴把你们的杯子快快斟满，不要想到我……但突然地，一句话翻检到我了，大家兴致勃勃地转过脸，态度善意而热切，紧接着便是高高低低的酒杯，我站起来慌张极了。然后，一个声音救兵般到来，稳稳地扶住我停在半空中的手，"给大家唱首歌吧！"

单是为了躲避喝酒才唱歌的吗？在没完没了的寒暄客套，在全无了解和充满假设的问答之后，多想立刻抽离出去，面朝窗子大口喘气啊。于是，有的夜晚我竭尽全力地歌唱。站在人群中间，我的眼睛掠过他们的头顶，穿过温热的墙壁与灯光，直直投向大雪覆盖的孤寂野地。扯动树枝的风同样撕扯着我的喉咙，而我多么空荡啊，任由黑暗中的事物接连涌入。木垒河冰冻的河面上模糊的脚印，荒野里倏然而逝的鸟鸣，无声无息坠入雪中的大片沙枣……正是它们带来的转瞬光亮，使我微茫的歌声拥有了些许力量,使在座的某些面孔突然地激动,举起酒杯灌了一大口烈酒。

那些时刻人们多么可爱,脸颊酡红,整个身子像团麻绳放心地松弛在椅子上。他们不说话,静静听我唱,又像是在听来自更遥远处的声音。那声音在酒精的催化下,听起来比我的更加年轻,细细的、颤颤的,与愉悦美好的想象交叠一起,让他们的眼睛变得比白日时明亮百倍。渐渐,他们好像听糊涂了,不禁对着自己无声地发出疑问:为什么我会坐在这里,为什么我来到这陌生苍茫的地方,偏偏是此夜。外头,星星在夜空中噼啪作响地发光,好像无数不作指望的尖叫,闪啊闪一声高过一声。但屋内的空气仍然热烈、干净,某种恍惚的幸福已经降临,他们在沉默中满足地举起酒杯,而我的歌终于唱完了。

在木垒，大口喝酒总是会比大声唱歌更受欢迎。但我的酒量糟糕透顶,只能借唱歌来表达。而酒的表达到底是什么?那些豪饮的人看起来比我轻松百倍,他们好像抓住了某种诀窍,某种继续生活,继续放声大笑的诀窍。我的声音在夜晚的光线下游荡,而只有酒水才会真正地从一颗颗想醉的或极力保持清醒的心中间穿行而过,酒比我更明白他们在想什么。杯子忽而溢满了,酒把人的距离瞬间拉近,模糊的想法在两只杯子相遇的曲线中迅速颤动着，酒照射出每个角落里一闪而逝的片段……他们或许什么也没想,只是在喝酒,舒舒服服地进入酒的世界,然后像是从桌子这头走到那头那样,从我的歌声中漫不经心地走了出去。

在木垒,酒桌上莺歌燕语、桃李笑春风的时刻仅占少数,大部分时候,酒桌如战场。援疆书记赵大建定是一名厮杀经验老道的骁将,因我从未见他醉过。每逢上阵,前半场推杯换盏中尚有宾主相敬的节制与温和,循规而走,层次分明。到某个眼神对换的节点,便有热情者率先打破常规,酒器好比藏在袖怀中的匕首,攥紧、握牢,一步不差,直向对方冲去。继而群雄并起,以散射状投向四方,觥筹终到交错之时,空气中恍惚有兵刃碰击声,那是互撞的杯身。我和赵书记一同赴过不少酒局,我并非舍命陪君、出生入死的海量兄弟,常是那偏安一隅、坐山观虎斗的闲人,一己方寸内风云无动,任他咫尺外兵荒马乱。恰是这般置身酒外,得以看尽众生百态。他向来是万箭之靶,众人纷争皆欲与之一搏的中心人物。嬉谑谈笑,于张弛间度量利益态度,于真假中辨识敌友,他目光精锐,心明神醒,常至喧沸境地,语出惊险。人欲含混带过,他偏紧追不舍。我见过他在一片嘈闹中试图截住每张向他吐出酒气的嘴,与之谈谋划、行动、发展,谈他正极力推动的旅游项目的场景。而那一张张油滑世故的嘴,巧妙挣脱了他,头也不回地游向酒桌深处。他甚是清醒,坐在众人当中,向我一笑,无尽自嘲。

酒本人间寻常物,公关酬酢之际少不得,人情往来时亦免不了。很少人真的会把自己放心喝醉,成年世界的酒大多训练有素,拿得起、放得下,留有一番清醒是必要的自我保护。在木垒,谈到酒,我印象最深的,却是一个从不喝酒的人——新户乡乡长许晓艳。和她在酒桌上相逢两回,面对他人纷呈多样的劝酒手段,她向来不为所动,问其原因,她向来也是格外地理直气壮:"我发誓我在木垒再也不喝酒了的!"许是八〇后,山东大妞,从2003年到木垒做志愿者,其间十余载,也曾离开过,世事兜转,复又归来。而后在此成家,彻底扎根。私底下我问过她:"山东不好么,回来做什么?"她有意答得含糊,翻来覆去不外乎一句:"老也忘不掉,干脆回来算了。"

后来她又讲到一件事:"当初我回山东,回到家里,常常哭。有次跟家人一块儿晚饭,一桌饺子,还未夹几筷子,眼泪突然掉碗里,一抬头跟受了多大委屈似的:'妈,我想木垒了。'"她语气平淡,我听得心下一软,因她说出的是何等动人的情话。前人有诗云"醉笑陪君三万场,不诉离殇",也正是这个发誓在木垒不喝酒的傻姑娘,许以一生为诺,要把自己完全彻底地醉倒在木垒怀里。这样全无退路、用情至深的醉,远非尘世酒浆所能达成,但也唯有这样的醉，才可称之为真正的酒精神。木垒啊木垒，你不单懂酒，你于大化中已把自己酿为一壶绝世好酒，这酒可慰多少风尘，这酒醉了多少离人……

独山城随想

我从未爱过南方蓊郁阴湿的春暮，说是水色曲折，实则一株杏、一爿瓦檐、一尾驳船而已。纵使时光倒流，回到杏花春雨的江南，从晦暗天光中走出的，充其量不过一纶巾羽扇、纤弱体质的文人。而在木垒，四月倒寒的小城境内，在态势浑厚的照壁山下，难以预料会有怎样的遭逢。就在七百七十年前，当一列蒙古铁骑缓缓行过独山(今照壁山)脚下时，眼前的平沙莽雪中突然现出一座洞开的城池，长风肆意穿城而过，却不见人烟。为首的将领不禁心生奇怪，勒马四顾之际，他向身边随从问道："这是什么城，为何不见人？"他的随从，是个曾任焉耆县断事官的维吾尔族人，那人灵机一动，当即应道："此乃独山城，居民已逃荒他处。但这地处北来要道，位置重要，应该移民耕种。我可从焉耆县迁移六十户人家到这里。"正是这一问一答，改变了空城的命运，也改变了随从的命运。

名叫哈剌依哈赤北鲁的随从，并未追随骁勇的蒙古大军继续前行，而是受领将命，留居此地，重新修建独山城。史书记载，六年之后，他的将领凯旋而归，独山脚下廛市纷杂，街巷繁荣，独山城已成为百姓安居乐业的家园。将领见此景象不禁大喜，他高声召唤着自己的老部下来相见，却得知哈剌依哈赤北鲁已经去世。《元史·列传》中仅用寥寥一句话写到事情后续:“乃赐月朵失野讷都督印章,兼独山城达鲁花赤。”月朵失野讷即是哈剌依哈赤北鲁的儿子,被任命为独山城督官。

历史向来这般严苛得近乎势利,写史者精练的笔法甚至过于“太上忘情”,卑微者的人生无足轻重,永远只作为伟大人物的脚注存在,他们的生与死的范围被压缩得无比狭窄,一句话、几个动词便可概括,不值得浪费过多笔墨。而故事中的那位将领,一代天骄成吉思汗,后人做文章时写到哈剌依哈赤北鲁的死时,往往会以一贯油滑的语调补充道“成吉思汗闻言潸然泪下”——不惜用虚构的眼泪为那位蒙古帝国皇帝再添一抹人性的光华。

哈剌依哈赤北鲁在东征西讨中度过了大半生。当这个维吾尔族将士走到独山城时,他年事已高。或许是出于老人对生命通达机警的认识,想结束颠沛、血腥的行军,又或许晚夕光照下的独山城,在茫茫旷野中是如此醒目,以至于霎时间唤醒了一个见惯流血、杀戮的人对于生活最诚恳的想往。于是,他最终选择把自己的晚年留在了这里。

独山城多榆树,嫩青榆钱下或有小儿嬉闹、耄耋倚杖,而沙场之上,尘嚣酷烈,一株绿榆由敌我双方的鲜血浇灌,树下遍是破碎的盔衣铁甲,甚至枯干的人头。一个这边劳作生息,岁月静好;一个那厢尸山血海,陷阵冲锋。成吉思汗在战争中将帝国的版图扩张至西欧大陆, 他的胜利永垂青史。但我不禁想,当这位伟大的皇帝再度回返独山城,可曾对哈剌依哈赤北鲁生出过一丝羡慕?

成吉思汗的一生征战不息,灭国四十,其中六次出征西夏,前后历时二十三年,到第六次率军讨伐西夏时,他已是六十五岁高龄。据说他唯恐西夏残余势力作乱,甚至于病中立下遗嘱:死后秘不发丧。对于成吉思汗而言,他激烈、壮阔的生涯中有无尽光荣,唯独死亡,是一场代价高昂的败仗。而哈剌依哈赤北鲁以智慧与死亡较量,他预先安顿了自己的归宿。

死亡，是多么的宏大而公正啊，它许成吉思汗以旷世的英名，却给了哈剌依哈赤北鲁一座安逸的独山城。

浩瀚历史中，相较于人的命运，朝代的更替迅疾更甚。而一座城池在历经世事变迁、时代更迭的洗礼后，最终成为了奇迹般的见证。早在公元七世纪，大唐帝国在木垒设蒲类县，受安西都护府领属，后又改属北庭都护府管辖。与此同时，北疆设有十一个守捉城，独山守捉城正是其中一个。它位于巴里坤和哈密两条要道的交叉点，东依照壁山，西临芦花河（木垒河），是丝绸古道新北道上的一个枢纽驿站。而唐之后，又历经五代十国及北宋、南宋，其四百年间因战乱被长久地荒弃。直到清雍正十年（公元1732年），木垒筑新城，宁远大将军岳钟琪征伐准噶尔部时，曾率军两万，移驻木垒城。而那早已不是原来的独山城。

如今的独山城遗址，距木垒县城以南大约两公里。一截近二十米长的土墙，陈旧、苍凉仿佛一段汉唐的月光。长空底下，我想象着盛唐时期沿黄沙古道缓缓走来的骆驼商队。当年城两边应是店铺罗布，商贾云集。阳光下弥漫着奇特的香料味和粟特语，马嘶声、叫卖声、碗盏击碰声从街头传至巷尾。来自中原的汉商，一路穿越绝壁荒漠，于暮色中抵达独山城。他们疲惫而快乐，学着像当地庐帐而居的蒲类人那样大碗喝酒，手撕羊肉。在扰攘市井中，丝绸和葡萄酒，瓷器和药材，银器和植物等等，如五光十色的流水般倾泻一地。且不单是沸腾的货物交易，还有胡旋舞和金刚经，阿拉伯历法和犍陀罗，伊斯兰教和佛教等等，它们一并汇聚城内，像火焰般引起人群的骚动，继而又以燎原之势向世界涌去。

昔日盛景，徒剩残垣。好比风华绝代的美人，终是鹤发鸡皮地坐进静穆的黄昏里。站在独山城遗址前，回望过去，我的眼睛掠过帝王、名臣以及丝绸路上的来往商贾，最后停留在公元1219年，定格在哈剌依哈赤北鲁身上。或许他目送成吉思汗军队远去，孤身站立的时刻，亦是人世的黄昏。

他不会想到七百年后会有一个我,特意来凭吊他的独山城。多少硝烟在这黄昏里碾升坠灭,又有多少王侯将相在脉脉斜晖中氤氲了颜色、形状,化为埃尘。我想写的不是其他,就是这百代千秋荏苒飞逝后,微不足道的哈剌依哈赤北鲁们,以及他们的无人为之立传与歌颂的黄昏。这黄昏不够光明,恰如一将功成背后的枯败万骨;它不够响亮,但它却是那潮涨山移后不可磨灭的迹痕。

如博尔赫斯低吟的那般:“我用什么才能留住你……我给你关于你生命的诠释,关于你自己的理论,你的真实而惊人的存在。”我且以私心去记录这样的存在——没有功勋与光荣的,哈剌依哈赤北鲁的独山城。世人常以成败论,那就让成吉思汗去青史中称王吧,今生,我只要二分尘土,一分流水,我偏爱那至死不渝的失败。

迢遥记

我款款而行,犹如来自远方而不存到达希望的人。

——博尔赫斯

1月·大理

凌晨四点的大理火车站。橘红路灯下泊靠的出租车是歇帆的旧船,站在阴影下抽烟的水手们,好脾气地笑着,但哪怕其中看上去最老实的那个——我的船夫,当他坐进驾驶座时,嗡嗡的引擎却瞬间唤醒了他剽悍的天性。只见他猛踩油门,风驰电掣间,溅起沿路的金黄落叶,有三两飞飚直上,化成了天际繁星几点。蓝地白字的路标牌格外显眼,上头批注的人间地址好似别有意味地提醒:此刻我已抵达,而非出发。幻想与现实之间仍有不可逾越的界限。它使我意识到我搭乘的只是一辆普通的出租,而非远游船。

黎明前的大理古城。几家分散较远的早铺门前褪黄的光,清晰地勾勒出桌椅的线条。天色尚早,还没有食客。我黝黑的影掷进一片更浓的阒静里,而不远处,正浮出一座深沉的苍山。这是2014年的第一天,我从东北只身赶赴云贵高原。耳边似乎仍听得到火车过隧洞时冷气流的呼号。坐在车窗旁,手机屏幕淡蓝的数字23:59跳转为零的瞬间,我心下一窒,仿佛这沉默的时间浮标正是我于风声中接收到的致命关键词。短暂的六十秒后,语言的锁匙无可挽回地跌进针摆的空隙。当我再次侧耳倾听,暗蓝而完整的天空,已发不出一丝声音。

大理的天颇有点前世的味道。一锭锭的云漾在蔚蓝的边畔,恰如出岫的悬念。天心是幅空头帖,任过路的风信手描出细如游丝的横撇竖捺。偶有小篆似的鸟单只或成群飞过,携天书款款而逝,徒留一张未竟的信笺展览下界众生。所幸大理是块风水宝地,现存有一篇流传久矣的洱海,可拿去补天的谜面。人行在这永恒的、幻变的两卷书之间,成为活的文字,交织着天与地,在原有的丰富上增添了生命的章节。

不宽的人民路——我住在这儿，路两边的商店门前摆地摊的年轻人兜售着稀奇、绮丽的货品;食铺内炊爨的白烟漫至金灰的空气中,台阶上或站或蹲的伙计,吆喝声一高一挫,挥散了团团烟雾;小贩的担筐,油亮老杆秤斜斜从筐内穿挑出;蓝布衫裤的老人挎着竹篮安静地走,她的篮子底放了一把青菜、一方豆腐和一块腊肉。我跟在她身后,紧盯着她藏蓝的肘弯。熙攘的集市清晨,人群头顶的太阳迸射出的草似的光芒:从高敞的白族照壁里长出来,从肉铺铜钩上一排排血红的彘肉里长出来,从苍山山脊长出来。就在刚刚,它从我眼睛里长出来。我瞪大眼,站住,凝视着老人拐过街角,消失在一扇旧木门后。

要等到天黑。要等到街这头、街那头的晚风断断续续地刨出烧烤摊沸腾的烟火气,酒吧门前的纸灯笼升起来。要等到某阵劲爆的笑浪声戛然止息,阴影处,响起弹唱的歌声。交叉路口杨记老字号乳扇的牌匾。邻近饭馆的简易黑板上,歪扭的粉笔字"白族特色黄焖鸡 38 元"。黑洞洞的客栈石廊里,炽红的烟蒂在半空划出弧形。要等到外面石板路上自行车吱吱的链条声渐行渐远,直至完全听不见。要等到这时刻,月亮出来,人立在檐下,风掠过后颈抻出一叠叠鸡皮疙瘩。非要等到这时刻,不抱希望地仰头,撞上漫天星辰,心突然整个儿彻底地安静下来。密集、透亮,既庞大又渺小的星空。这是在大理。

5 月· 青海湖

阳光晃眼的屋顶,无人声踪迹,离天很近。寒冷的高山草原,置身小巴内昏睡的人群中,我独自醒着。外面在刮风。海拔三千八百二十米的拉鸡山。赭黄的大地好像一张动物毛皮,非得深嗅才能闻到的草根底下粪便、牛羊腥血混合泥沙的味道,裹带着某个长夜,隆起的地平线上闪电的冰凉。我小心地把窗户的缝隙开得更大。窗外,一只鹰正旋舞着拍击翅膀,宛如硕大漆黑的雨点,它将自己狠狠砸向天空。当太阳转过脸,通亮的空气中远远奔来一群马,在后面,在风声铮铮的丘包后,是疾骋而来,手持长鞭的牧马人!

国道 109 中的一段,以渔场岔口为起点,终点为黑马河乡的环湖公路,在 5 月仍保有高原冬日的宁谧。我们在进入湖区前几公里处下车步行。路的右边是牧场,看不见风,马背上的金黄草秆抖动了一下,阴影漫过它乌黑的睫毛。某种盛大的景象在寂静中生长,当我嗅出空气中稀薄的盐分，青海湖已在眼前。

心灵的继承者！这野花沸腾的湖面多么宁静

——叶舟《青海湖》

紫灰加靛青，以及在一线乳白的潮浪中上涌的蓝，组成了这片水域瑰丽的色彩秩序。多么惊人——看上去过分柔软而宽和的平面，在持久不疲的曳动中，慢慢展开无数细微、闪光的涟纹。它无穷无尽的呈现令我想到粗壮、喷薄的美的源头。在湖畔，各座大小不一的风马堆皆有着令人敬畏的尖形。刺绣着藏文经咒和佛像的经幡随风高高扬起，掠过我的脸颊和眼角。蓝天下，身披绚艳鞍毯的牦牛巍然站立不动。如华丽繁复的交响乐结尾的终止符，它静静望着我，将眼前激荡的所有浓缩为动魄惊心的无言。

沥青公路在明亮的白昼下向前延伸，我踏出的第一步和最后一步就像小块的波浪，迅速干涸，湮没在这漫长的、大海似的旅途中。2011年的5月，我即将迎来我的十六岁。这是我第一次离开父母出远门。事情发生得很突然。我记得教室窗外闪动的树，每面玻璃都带有温度。我从酷热的睡梦中醒来，抬头看到讲台上灰头土脸的政治老师。他是一个干瘪、矮小的青年。当时，他盯着我，无可奈何地笑，摇了摇头。我记得高考倒计时的气味，弥漫教室的汗臭。所有人都在不耐烦地低头看表，时间是恐怖的无底洞，永远走不到头。生活好像一间刺耳轰鸣藏匿在分数下的工厂，我朝四周看看，看我的同龄人，他们个个都默然无语，因厌倦而显得冷酷无情。

“来不及了！”一个声音穿行在我心房的甬道，踉跄撞开薄墙。房子砰砰关上，屋顶轰然破开！我的心开始狂跳不止。我不记得自己到底对同桌说了什么。那个上课回答问题总会声音发颤的女孩，她竖起面前的课本认真地看着我。在谈话最后，我小声且坚决地重复：“来不及了，我们必须马上走。"这句话仿佛一支激昂的进行曲,她几乎是在话音刚落的那秒猛然抓住了我的胳膊。她的手心全是汗。

我永远也忘不了,在乌兰县的小饭馆,我和她坐在靠门的圆桌上吃酥油糌粑。就在门外,一群牛羊悠闲地走上马路中央,汽笛声乱成一片。站在饭馆门前、脸膛紫黑的牧民回头冲我俩眨眼,拍手大笑;在茶卡盐湖,整个世界在呼啸的风声中反着刺眼的白光,冻牢的空旷湖面上有一节生锈的火车车厢。我和她并排站着,一遍遍地高喊电影《太阳照常升起》里的台词"阿辽沙,别害怕,火车在上面停下了";准备出逃的那天,我偷偷背上包冲出家门,她带着行李来找我:阳光下,我们向对方迎面走去,隔着两百米的距离开始奔跑,飞快地扑向对方,然后紧紧拥抱彼此。她一挨到我的身子便放声大哭。贴在我耳边,她口中腾腾的热气,反复在说:"我好怕。怕我们走不了,再也走不了……"

我和她在火车硬座上度过了四十多个小时。抵达西宁的那个早晨,天气异常的冷。我们手牵手穿过嘈杂而汹涌的人群,走出大厅、广场,一直走到街上。卖煎饼、拉面的小摊铺散漫着白花花的暖和香气,小贩从厚厚的头巾里只露出一双眼睛。我们互相推搡,嘻嘻发笑,好像都有点害臊。然后,我们转过身,仰起头,在第一道晨光中,愣愣地看到马路对面晃射金芒的高山雪顶。我们用力握紧彼此的手,吃痛地感到两只手几乎要合二为一。同样使我们胀痛的、眼前的高原城市,它像是笼盖所有的第三只手,粗糙而亲切地介入我们之间,并将一切紧密相连。这是我的,她的,青海。而我们是一体的。

7月·敦煌

夜里玻璃啪啪作响。西北的风像是倒提钝斧、挨户寻仇的蛮野汉子,一腔碎石似的怒号,叫得世上人家的檐瓦轻震,屋内老小腿股兢战。此刻,它就在我房外,牙齿咯咯,闷头砸窗。我在梦里,辗转反侧,回到被暴雨围困的敦煌火车站。我在走,又茫然地停住,想不起自己到底为什么出现在这个滂沱的夜,又是因什么等待出发,赶赴千里之外。瓢泼雨点打湿眼前的陌生景象,我在隐隐的预感中打寒战。梦的最后,数不清的乌鸦"腾"地一齐摩足飞起。铺天盖地的黑暗蔓延至现实的天花板,窄仄的硬板床上,我挣得满头大汗,惊吓坐起。窗外,有整宿的风代我失声狂叫。

实际上,雨迟迟没有落下。在敦煌,最茁壮的花朵是太阳。西千佛洞。雪崩般白亮的清晨,在我伸脚拨开一丛红柳的瞬间,急遽向崖顶奔来。沙砾裹着雪团似的风声,借峭壁的垂直,跳出巨大的寂静回响。在寂静落地生根的地方,参天的古榕无声地抻扯它遒劲的枝干,默默指向各个陷嵌在壁褶里的石窟。电筒的光柱里层层叠叠的尘埃飞舞着,缓缓掠过洞窟拱顶、甬壁和龛顶。片刻明亮间,百千供养人、金刚力士和结跏趺坐佛依次从画中跃至眼前。杂乱而微弱的脚步,窸窣的衣料响,激烈的呼吸……一刹那九百生灭。光的末端,纹饰繁复的莲花藻井如瀑骤下。空气里的尖叫,重又归于黑暗。

河仓城。正午的粮仓,一无所有的粮仓。这炎热而变形的洪荒世界里,矗立着各种残毁形体。倾圮的夯土城堞,孤茫茫的高墙,四角方正的厚重土墩。它们像是一场悲哀而漫长的战争的幸存者,保持着徒劳的等待姿势,却没有意识到自己早与时间脱节。有时,阳光在我眼内奇异地弯曲,看上去仿佛四野遍是蒙蒙炊烟,仿佛守成人仍在那个世界里生火做饭。回去途中,经过一座蓝铁皮的小房子。同行的朋友告诉我,里面住着一对守城的老夫妇。他们已经将近十年没有离开过河仓了,日常饮食全靠政府人员按月供给。倏地掉头往后看的时刻,我内心深感惊骇的同时又满怀敬意——长久留存甚至坚守于这全然的孤独中,无论他们看到了什么,感受的又是什么,慢慢老去这桩事实早已超越时间的果报,成为了生命本身的慰藉。

鸣沙山。风暴前的午夜。从我住的小木屋出门往左拐,穿过短短一程林荫道,便可看到鸣沙山。2012 年的 7 月,我反复做着同一个不长的梦。梦里的天蒙蒙的蓝,星子清厉不散,我走在庞大的夜的疆土,迎头撞上震天动地的狂啸:铁蹄,战鼓,呼哨而来的将士的喊杀声……黑暗中,重门豁然洞开,尘土包脸使人喘不过气来。濒临崩溃的时刻,浩荡长风划清梦与现实的阵线。睁开眼,像是死里逃生。屋顶上第一株野草伏倒的声音,清晰、圆润如黄豆大小。在敦煌,在这个让前世的我借尸还魂的古城,雨,终是畅快地落了下来。

8 月·黔东南

那扇门耸峙在两岬云峦间,醒目、颜色发白,像是久远年代的某场神秘仪式中遗留下的供品。栖满祭拜者的浓重绿荫,偶或闪出一爿屋顶或台阶。我穿行在曲折幽窅的石板路上,耐心地追觅一股气味。枫香树,拍溅蓝色絮沫的山麓间的溪沟,松树针叶或家犬湿状的鼻子和脚爪,它闻上去深幽静寂。但显然它又不止于此:苹果压弯枝头、腐烂在地,参差错杂的牲口栏厩内的粗重鼻息,老者沉甸甸的背筐以及筐内锋沿雪亮的农活铁器。这气味里包含了一种剧烈而茁壮的热量。迷宫般的西江苗寨。当我走过一处狭长的山道——某家后院上方,穿鲜红短褂的妇人正站在廊檐下低头摆动襟前的布锁。她脑后的浑圆发髻里斜插了根银簪。万籁阒然,幽凉、蒙尘的时光刹那间凝滞,我被眼前诡秘而艳美的画面击中,怔在原地,体内淌过的阵阵电流使我舌头发麻,许久说不出话。

在我远未踏入黔东南的初中时代,旅游杂志上的一幅摄影却使我萌发了最初的渴望。照片里三四个侗族姑娘围坐在鼓楼火塘旁,她们微笑的脸孔被那丛简单、浓密的火勾描得如此柔和,像个有关母亲的梦境。在游子含满热泪的眼眶中,她们端坐在那受光最多的低凹处,周围的窗子严实封闭,一扇门在她们身后半掩着,整个凄冷的寒夜被她们挡在了墙外。记得当时,我把手指久久停留在那页薄纸上,感到一股饱满的热力源源不断地发散出来,直抵心窝。

五年后,我只身来到黎平县东南部的深山中,找到了照片的拍摄地,肇兴。黔东南之行的最后一站。拥挤、难闻的客车历经六个小时的翻山越岭后在傍晚到达。一下车,我不禁目瞪口呆。闹嚷窄小的土泥路堵满了运沙车,路旁一排排店铺裂开漆亮的方口吐出形形色色的杂物。到处支着歪斜的"正在施工,请勿进入"的指示牌。水泥堆在屋前,竹楼外的脚手架,榔头的敲击声和当地人的捶布声相互交织。

正在开发兴修的侗寨, 入夜后漆黑一片, 仅余中心短街零星几户灯火。在旅馆附近解决晚餐后,我走到鼓楼广场,听乘凉的人们闲话。离我最近的三个老妇人静静坐成一排。当老人突然地轻声唱出第一句歌时,街对面烧烤摊上的灯泡"唰"地灭了。我的心在推车滑轮摩擦地面的杂响中抖动,耳边,那细弱的歌声像针一样穿缀出点点亮光。开始是两个人对唱,中途有人加入进来。年轻的、婉转的声音像酒精似的蒸发,继而极快地在歌声中燃烧。然后是带节奏的跺脚,"哟呜、哟呜"的呼和。有人吃惊地从窗口探出头。歌声从黑暗中游离出来,那属于世俗的又不仅是世俗的分量和形状,在高处飘飘然跌向地面后,寨子重归宁静。离我最近的三个老妇人坐成一排,静静看着我笑,而我已泪流满面。

"你会与我见面。在此之前,我的命运是只身走过千山万水,在距你千里之遥的陌生旅程中一次次将你留在远方。几辈子长的传唤,辗转在世上的白天和黑夜中,我已将危险和恐惧独个尝遍。剩下的,蝉已脱壳的起雾的云贵黎明,仇敌全无的五谷丰登的集市,喊歌的苗人的葬礼,以及微弱的却成功分散死亡注意力的百岁老人的侗调,我将你引向它们。那儿再无存在的胜利和存在的侮辱。我们将信步走向山冈,走向山冈上繁衍不息的人群……”2013年的盛夏,我在恋爱。离开贵州的夜行火车上,我在给情人的信中这样写道。窗外飓风似的黑夜刮走一切风景，我抚摩桌前的纸张,那密密麻麻的文字所构成的版图恰如黔东南境内丰盛、盎然的层峦叠嶂。

2月·鄂·归家

一个人远行太久,时常会想起春天家中开在后院的花。记忆里,它们总是开在傍晚或清晨。搬把小椅子坐在树底仰脸看,细小又精致的花朵像是少女呼吸的脸,风一吹便温柔颔首。童年的日子到如今回想起来,好像钻进了一座小花园。茂密的叫不出名字的树,我站得那么近,枝叶垂在眼前。淡绿的蕊、嫩绿的芽东倒西歪,屏息默数它们,直看到树顶,那儿矗立着最末一片森林。我和绿对视,仅仅一会儿,捂紧嘴巴却仍忍不住哭出声。抽芽的花啊叶呀,影子投在我的脸上。它们来来回回地、慢慢地走,我的心跟在它们中间,像幽灵一样追随着。阳光下,枝干的剪影伸向屋墙的高处,模糊的歌声轻轻奏起。我侧耳,听到雨水爬过深夜小木门的沙沙响,蜘蛛在两颗花骨朵之间织网的声音,还有马蜂从黄昏飞来的振翅声,以及果实腐烂后又从泥土里返回根部的神秘动静。当我回到人群中，早已说不出话。

离开童年后,我日渐荒疏了部分听觉。在十五岁,我因堕入一场懵懂而激烈的爱情——爱上一个从未见过面,与我相距大半个中国的男人,随之被这股强大而绝望的力量推入了全然陌生的境地。我就像《奇幻漂流》里的少年派,流落海洋,于无垠中登上一只命运的小船,日夜与猛虎为邻。而这只猛虎有着世上最诱人的名字:自由。结局是,它用它尊严而魅惑的沉默和壮丽奇艳的斑纹,驯服了我。

2011年至2014年,我在求学的放假间隙里游历边疆地区,疯狂、不知疲倦。绝大多数旅途是孤身一人。自由成为我唯一的矢志不渝的情人,我一次又一次地奔赴与它缔约的迷人幽会,如高烧不退的飞蛾扑向烛浪。

火的清凉,无法将之与人分享。烫晒灵魂的除了爱欲般的喜悦,还有孤独。杀头酷刑般惨痛决绝的孤独。旅馆的单人间外,晚霞腆丽。我埋头整理着行李,却在下一秒突然怔住,久久不能动作;夜行的火车上,不出声而只是朝外看。窗外流动的风景好像舞台上粗劣的过时戏剧;异乡的夜幕,街头的当地小孩赤脚飞跑,斑驳光滑的青石板上方传来父母喝唤他们的方言。不一会儿,古旧的门槛内跑出摇头摆尾的灰狗。屋子里碗筷相碰的轻响,间或有那家父亲的咳嗽。立在他们檐下,我几乎挪不动步子……行走在路上,那催促我不停前进的到底是什么?

今年春节重回老家。某个冬夜,幽蓝星空压低家门前的山峦。八点过后的村庄已是岑寂无声,我摸黑往前走。转过村前的旧戏台,塘边的香樟。我认出了路左边正是村里有名的疯婆娘爱姊家。这预示着再笔直朝下走,五分钟后便会看到空阔的田野。当月亮升起时,我在明亮的颜色中停驻,转身。静默是有重量的,它比整个冬天更有威慑力,我臣服于它的奴役不得不咬紧牙关。而在我往后的一生中,我确信我将会不厌其烦地回忆起眼前这幅画面:站在村子边缘,我看到光芒中世上的人家悄然地闭门落锁,庭院里草丛窸窸窣窣地响。他们亲手种在房前的树,已高过屋顶。看到白天拴狗的地方,惨白空荡。我静静站在原地,离它们一米多远。我脑子里闪过成千上万的印象,但短短几秒后我失掉一切。重新回到月光下,恍惚觉得自己像是第一次降临人世。

远行,写作;离去,归来。从前我感觉自己就像一只荆棘鸟,被钉在自由的十字架上。我将因为背负这沉重的冠冕而终生漂泊,用孤独的喉声去对抗所有试图阻留我的人。但在那个冬夜,我突然意识到我如今为之泣血、今后亦将继续为之歌唱的并非流刑的宿命,而是重溯源头的朝圣。我由衷渴望的不过是再次回到十年前的春天。家中的后园。我站在树底,看花朵收缩成蕾芽,落叶重回枝头。岁月盘曲,丈量天地间,我的脚步愈散,心愈缩得紧——唯有镌记那最初的微响,才能在漫长路途中收获时光珍贵的怒放。而我一次次的出发与抵达,为的是在无垠地平线上亲手垦植新的眷恋的界标,拓展灵魂休作生息的疆土。为了累积清新的能量,逆游于家园中,那如母体般纯粹、抒情的和平殿宇,亦如再生的无垠宇宙,任我另书迢遥的篇章。

玉珍 作品

玉珍，1990年生。居南方。诗歌、散文、小说散见于《人民文学》《十月》《天涯》《西部》《诗刊》《作品》《青年文学》《读诗》《诗建设》等。

我与星辰

1

每当我看着星空,就觉得某些事物永远不会死。

在黑而巨大的幕布上那些繁华静谧的光,就像云湖闪烁的粼波那样清灵动人。我坐在门前或屋顶,抬起头以最适宜的角度仰望它,四处皆是无法捉摸的黑暗。那黑向着看不见的更黑的边缘延伸,而星光令人从坚实无比的黑暗中发现什么,那画面庞大而神圣,光点令黑暗更饱满柔和。

在黑暗和光芒之间,万物沉静地安放于夜的神坛。我的家乡,那古老村庄和连绵群山深沉地酣睡,猫头鹰和青蛙的叫声突出了夜晚的静谧,就像星光凸显了夜的深黑。与之更相密切和契合的是夜风中安详的气息,恍如远古时代夜观天象的圣洁神女,星光下面庞端庄,目光温柔笃定,显现着万物的清净自由。

古往今来大地饱受疮痍,唯有星空有幸远离伤害。我们的土地翻来覆去,草木几经荣衰,生死离别硝烟炮火在大地不曾停歇,唯有星空保有寂静安宁,令仰望之人充满希望。那里的光芒隐约透露出只能用永恒来修饰的直觉和感知,那些光遥远而又迫近,高冷而亲切,绝不仅仅赋予视觉以想象,更多给心灵以慰藉,给灵魂以信仰,那是遥远的来自童年或最初最光明璀璨的感知和开释。我从那群星中看到粗俗的人世间看不到的景象。

在我整个的童年,经常经历这样一种清澈又温馨的场面:我和我的奶奶、我的邻居们一起坐在门槛上看星星。我的奶奶在春天喝着自己做的花茶,夏天摇着破旧的棕扇,秋天嚼着自己晒的红薯,冬天,寒星的光芒下她纳着鞋底,一边熟练地穿针走线,一边跟我的三婆聊天,偶尔将那双枯老的眼睛望一望天际。

她在看什么呢?除了星星还有什么?那时我不曾思索农人与星空的关系,也不曾思索过人是否需要星空或星空与花朵对于农人和富人的意义。我知道诸如星空和野蔷薇这样本身绝世的美在他们眼中显得异常平凡而熟悉,也知道很多生活在最美星空下的农人从不曾认真仰望过星空,更不曾从那永恒静谧的星光中体悟到什么。

"昨夜星辰昨夜风,画楼西畔桂堂东。"星辰之美用经验也无法解释。它远远不只是无数和无限的星星,在那里,还包括了时间、爱、光明、人间忧欢和一切。

它们给我产生的教养和共鸣不亚于任何一个交响曲。在这一点上,几乎与雕塑、美术、音乐、诗歌、哲学给人的共鸣达到一种共通。这其中带来的想象与情感不亚于一本教科书喋喋不休的文本阐释,自然的隐性之美给人的教育在长期的隐性熏陶中将能在漫长未来年岁里给人精神与灵魂以支撑和养育,这无异于人类生存中的社会良知与家国责任给人的精神性引导。那纯粹美好的形象给人透露出无限的抽象与复杂,譬如真实的虚无,破碎的扎实,抒情钢琴、小提琴协奏曲的温柔感觉,泪的形状,心脏的形状,梦的形状,手的形状,英雄的形状,大海的形状,波浪的形状,我们将一生中真实诚恳、最宝贵最自我的影子藏在那里。

如果让我举例这世上无论在任何时候任何地方对待你都始终如一永恒不变的事物,我首先会想到星辰,其次是爱。

2

我热爱我家的屋顶,那是我常拿来看星星的地方。屋顶空阔,巨大的树冠在夜色中隐现,树顶与我齐肩。远处灯火若隐若现,脚下是看不见的黑夜,在这样的情形下,小小村庄变得无边无际的大,那感觉就像站在云端或树顶。山峰在四周耸立成雄狮和骆驼的暗影,在北面群山的尽头,最清晰的一颗星永远在那里,它似乎总是最早升起,最为明亮,那是北极星。

每天的傍晚我都会在门前看一看北极星,当它升起来时,就代表黑夜即将到来。因为它的存在,我永远知道了天空中的方向,知道哪里是北哪里是南。

几年前我家盖了一栋房子,我跟爸爸说,房子不管你怎么设计,一定要留下个宽阔的屋顶。因为在乡下,很多人家的屋顶都有隔热层,屋顶用精致的瓦片盖着,可让房子冬暖夏凉,但我多次向爸爸表达了要留下屋顶的决心,因为我喜欢站在屋顶上看星星。那个时刻的我似乎离天更近,又离喧嚣更远,那个时候我更像自己,更接近我自己。

弗里德里希曾说:"我必须形孤影单,而且我必须知道我是独自一人,以便全面地观察与感受自然;我必须沉溺于我周围的一切,必须同我的云块和岩石融为一体……因为同大自然交谈我需要这种孤寂。"看星星的时候我内心就是这样的感觉。

不曾有一种眼神如望向星空时那样清澈。一个人看星星和很多人看星星是不一样的,在高处和在低处看星星感觉又是不一样的。一个人看显得寂静而清晰,在高处看更显得寂静和清晰。

我见过不同情形下的星辰,晴朗夜空的星星,阴天云层边的星星,挂在树梢的星星,窗帘布上的星星,睫毛、鼻尖和额头上的星星,水桶里的星星,水井里的星星,大河中的星星,水田里的星星,雪天里清亮的星星。它们姿态不一,稀疏或密集,温暖或清冷,如此永恒不灭如影随形,镶嵌于黑夜也如黑夜般坚定而不可动摇。

除了屋顶,我还有更多拿来看星星的地方,门前的草垛、柴垛,甚至床上。在草垛、柴垛上看星星很美好,但不及屋顶高旷,偶尔还会有小虫顺着草丛和柴垛爬上衣服,因此母亲不允许我长时间坐着。

我的书房有个很大的窗户,床就在窗边,在晴朗的夏夜或春夜,我不拉窗帘,甚至打开玻璃窗户,因为那能让清凉而带着森林香气的轻风吹进来,还能更清晰地看到星星。我看到星星们在窗户中像被相框框住一样,细细看了几分钟,感觉星群就在脑门儿之上,如此近,如此清晰。如果是夏夜,青蛙的叫声此起彼伏,跟星群一样密集可爱,它们搭配在一起如此和谐,轻柔。看着星星睡觉是美好的,我在星空那无数个温柔眼睛的注视下睡着,梦见星光和飞翔是并不稀奇的事情。

在这无边恍惚的星空中,我脑海中呈现一本巨大的沉思录,从我懂事时开始,每天阅读不曾落下一页。在望向星空时,往事花瓣般、云朵般,清晰又恍惚,那些事物都具有神秘、自然而深沉的象征。从我远远望去的疏淡星光中,一切变得如此强大。

3

我的父亲从我懂事起就是建筑工人,每天披星戴月早出晚归。早是在太阳出来之前,晚是在太阳下山之后。从收工到回家这段太阳落山后的短暂时间,我父亲在长长的村路上行走,有时是一小时,有时是半小时,后来有了自行车代步。但无论寒暑,父亲从没带过手电筒出门。是星光一直照耀着他,他是借着星光回家的。

星光也是我的兄弟,是的。

我对父亲说,爸爸你还是带着手电吧,天黑看不见不安全啊!父亲说,就这么个小村庄,我闭眼也能走出来啊!他说尤其到了村头,真的凭着感觉闭眼都能走回来。

我信。因为我也常这么干。小学时我担任过班里的学习委员和班长,那时因为要帮老师督促同学们背诵课文,拖延到很晚才回家。往往才刚到村头天就黑透了,我全是靠着星光回家的,这几乎成了山里长大的孩子不以为意的一种能力。

我相信人身上具有这种直觉，那是一种近乎于与自然心有灵犀的能力。如果我跟我持有神论的奶奶讨论此事,我想我会说,这是神的指引,未知力量和神秘力量的引导。这在常识和物理现象之外，但属于精神和经验。我常常因为找不着牛而在山野间转悠到天黑才回家,全是凭借直觉和星光找到路。

很多年前，在春夏的晚上，我们那里的水田中会有很多的泥鳅和黄鳝。奶奶和婆婆们在门槛上拉家常,我和邻居的小伙伴们一起到门前的谷坪上玩,草丛中会有萤火虫,我们捉来,放进玻璃瓶里,睡觉前熄灯了,萤火虫一闪一闪,就像屋子里的星星。

晴天时有星光或者月光照耀,地上多亮啊,村路都能被照见。我的父亲在这样的晚上总是提着火笼,背着竹篓,带着钳子到水田里捉泥鳅。火笼是个小小的铁笼,里面放着点燃的松柴。我们在门前玩儿,有时跟在父亲后面,又被父亲赶回来,因为脚步声会把泥鳅惊跑。春天晚上的水田里,泥鳅都在睡觉,我常想它们何以睡得如此沉以致等着被捉呢?我们能看见父亲的火笼越来越远,远到如一颗星星,然后到了坡头的丘陵,再然后又回来了,我们雀跃地围上去看父亲的收获。父亲把泥鳅倒进水桶,还捞出最大的一条跟我们说:“看看这个，这条最大了，很大吧！明天做给你们吃。”真的是一条很大的泥鳅啊,比集市上卖的大很多。我们可从来不用买泥鳅和黄鳝,父亲每次出去都有收获,多的时候会有好几斤。父亲眼中星光般的喜悦让我觉得清贫的生活也如此幸福美好。

我的父亲将我和妹妹照顾得很好,很让在外地打工的母亲放心。但我常常想念母亲,我常在窗前给母亲写信,告诉她最近家里的情形,比如父亲又收获了多少的泥鳅和黄鳝,我在哪里采到了什么野果,比如我又参加了什么比赛和考试，获得了第几名拿到了什么奖励，甚至我会用诗一样的语言表达对她的想念和夜晚坐在门前看星星时的心情。我的信大概每周或每半个月寄一次，因为要省下邮票钱，我买了薄的几乎透明的白纸，没有格子，想到什么写什么，想到哪儿写到哪儿。

我一边写信一边看看窗外，想母亲这个时候在做什么呢？她也在想我们吧？妈妈抽空也会回信，那些信现在还被父亲珍藏着，我读过父亲和母亲写的信，语言那么美！一点也不像在田野里摸爬滚打半辈子从不读书看报的语言粗糙的农民。他们的语言胜过我读过的唯一一本《格林童话》，像天上的星星一样温柔隽永。

我常觉得星空如一卷《圣经》，而星子是那卷布上的文字，熠熠生辉。

4

我十三岁那年，母亲还在广东东莞樟木头纺织厂打工，那时我家还没有电视和电话，爸爸和奶奶打着手电，带我和妹妹到四爷家看新闻，新闻上说广东的“非典”尤其严重，爸爸看到此处泪水横流。他是个多愁善感的男人，我见过他失眠时坐在门前的板凳上望天，一根一根抽旱烟的样子。有一天晚上妈妈下工早，往小爷家打了电话，父亲放下手上的菜铲拉着我和妹妹就往外走，奶奶拿着她那发出微弱电光的手电筒跟在后面。

那一幕快得我来不及反应，只感到风清凉凉的，在耳边刮着，可走着走着，“扑通” 一声父亲掉进了路下边的水田里，他挣扎了很久也没有起来。我们什么也看不见，只有微弱星光在天上，照着白白的田中水和父亲模糊的身影子，奶奶跑过来，三个人费了很大的劲儿才把父亲扶起，他太焦急了，一个走了十几年夜路，靠直觉都能回家的人，在熟悉的门前小路上居然摔跤了，那是我第一次见到父亲摔跤。

我们接电话花了几十分钟时间，母亲声音很疲惫，说他们都在抢盐，抢口罩,抢白醋,白天夜里都不敢随便出门,说“非典”太可怕了又感染了多少人又死了多少人了,父亲听着母亲的声音几乎要哭了,他们只能相互安慰和鼓励。我因为紧张和害怕,几乎说不出话来,那是种怎样的恐惧和担忧,我说不清楚。那时的我多么勇敢,从山坡上摔下去摔得衣衫破烂摔出五六处血口子也没哭过,但我坚硬的内心依旧有来自某些苦难和悲伤的软肋,我知道我对抗不了,只能忍耐。我跟母亲说我们都很好,家里也很好,让她保重身体,说完就哽咽得无法再说下去。我看见我父亲身上的泥巴,还在滴着泥水的裤脚和袖子,看着他的额角的伤口,看着他忍着悲伤安慰母亲。

在回去的路上,父亲又摔了一跤,这次更严重。

他在离之前摔跤不远的地方,又摔了一跤,再次掉进了路下面的水田里。什么也看不见,继而水田里没有动静,我喊了几声:“爸,爸爸!”

毫无动静。我以为摔出重伤了,就这么跟着跳下去,父亲一半的身子跌在泥水中,我用力拉他,喊他,终于感觉到他在动。我们费了很大的劲儿爬上小路。在微弱星光下,我发觉我的父亲刚毅的脸上有了一种近乎于绝望和死心的铁青,悲凉覆盖着眼睑和脸庞。我不敢多看一眼,那种任何时候都屹立不倒的气质显现出某些破碎的景象令我惊恐和害怕。他似乎跟我一样遇到了一生中最大的软肋,那就是对至亲至爱的担忧和牵挂,以致扰乱了心神,连平时黑夜中都能健步如飞的道路都充满了精神的荆棘和阻碍。

我的父亲从未如此狼狈地摔过跤,从未如此失魂落魄地走在曾伸手不见五指也能走出的村路上。我们四人在小小微弱的手电筒光芒中搀扶着回家,只有头顶的星光温柔光明。我望着天空,觉得那里也有一条道路,觉得那是天空的灯泡。我被奶奶牵着手回到了家里,父亲的眼睛因哭泣而有些泛红,一身泥水显得悲凉而狼狈,从那依稀泪光中透露出早春星辰的清凉颜色。沧桑的父亲又失眠了,抽着外公种的老旱烟,坐在门口看天,眼睛发出严肃清冷的光,那情景如同祈祷和问天的神圣悲凉的仪式。我不认为他多么热爱星空,他与我不同,我热爱星空,因为纯真贪玩和对美好的好奇与向往。

我多么想念我的母亲,我多么想念,无法形容。那种极限像无限的星空,充满了惆怅。但那时我还小,不清楚惆怅和悲伤来自何处,不知如何化解。我在窗前看着月光给我的母亲写信,纵然那悲伤令我觉得信纸如此虚无和单薄,那信中的言语会令母亲更思念我们。我年幼的妹妹在安稳地睡着,非常均匀的呼吸,像天真柔软的婴儿,我那时觉得我是个大人。我知道我的父亲仍然在门前抽烟,那五瓦的小小灯泡发出微弱灯光,远看甚至不及星辰的色泽。初春的深夜有虫鸣,我似乎还听见夜莺和杜鹃鸟的歌声。

从那低矮门楣的方向传来父亲的咳嗽,那咳嗽很响,却因嘴角叼着烟而受到克制,因害怕惊醒谁而得到克制。我推开窗户让风吹进来,风中有着松脂和玉兰的香气,还有桃花和梨花的香气,风是温煦的,带点深夜的清凉。我永远记得那个夜晚,我看见群星在天空安稳如我妹妹的沉睡,我端详它们长久沉默静谧的样子,内心竟变得宁静踏实起来,这踏实比父亲的烟圈更有效和健康。我想我那一边抽烟一边望向星空的父亲也许也从星辰中获取到了部分平静的力量,哪怕那力量微弱而虚幻。

年底的时候母亲回来了,当然她一点也不知道父亲两次摔进水田里的事情,更不知道父亲大病了一场,她只是看着父亲更瘦了更黑了更老了。我不知道那整整一年我的父亲母亲是怎样艰难而煎熬地度过那悲伤担忧甚至绝望痛苦的日子。我见过我的父亲在犁田插秧时因为太累坐在田埂上,偶尔会抽一支烟,偶尔望着天空,偶尔到溪边喝几口水,他一语不发,走过那些杂草丛生又开着小花的村路,在工地和农田之间来回忙活。

那时的我不知道什么是绝望,或者,我因为内心强大如精灵,希望远远大于绝望，我觉得我内心深处有一个神，那神光星辰般不可磨灭，因此我总相信一切苦难都将过去，哪怕瘟疫中的我的母亲也不会有事，我内心一直是这样预感的，或者说，在遇到任何困难时我都是这样想的。梦想皆有神助，善者皆有光明，那光明和神就有如星辰。苦难终将过去，而我们一切都好。

5

只要回想起当年那些令人忧心难过的往事，就令我想起一句话："天上掉下来一颗星星就是有个人要到天上去了。"这是句伤感的话，其语境里蕴含的生死哲学和残酷美与我父亲坐在门前看天那紧皱的眉头和沧桑的脸如此相似。

但我极少看见流星。

多年来我养成了这样的习惯，回到乡下就爱看天，这在童年属于条件反射，现在是因为珍惜，十八岁以来，多年待着的城市不曾见到星辰，天空也常被雾霾笼罩，几乎是不见天日，我意识到多年前那看似平常的抬眼可见的星空如此珍贵。我喜欢在每天的傍晚和吃完晚饭后到屋顶上坐着，看星星，听钢琴曲，读书，或者围着屋顶的边缘慢慢走动，在屋顶中央跳舞，我坐着的时候像一块化石一样舒坦而踏实，像星群中某一颗星星一样自由而踏实。那种恒定的波澜不惊的自我感和踏实感，对一个曾被起伏的生活惊吓过的人来说是种鼓励和抚慰，但我明白人并非恒星，因此人向往恒星的心情变得格外真实可感。在屋顶中央跳舞时就像在银河中，星光在眼前随着旋转，跳跃，舞动起来。

后来我的母亲不再外出打工了，她终于可以不再像当年那样艰难和疲惫，不再饱受生活的拮据和煎熬。我内心深处认为她是热爱文学的，她的言语有时如此温柔和正确，如此朴素而优雅。她能读我的诗，甚至能给予我部分的指点,那种对语言的直觉连我也信服。她常常背着凳子坐在我身后,我写作,看星星,听音乐,阅读,她就在旁边陪着我,一语不发,有时我突然回头发现她站着或坐在我身后,微微笑着,她为了不打扰我竟然可以一直沉默着坐几个小时。

我问:“妈妈你在干吗呀,去客厅看电视吧,屋顶有什么好玩的。”

她说:“我陪着你呀,顺便看看星星呀。我刚刚还看到流星了,在那边。我还许愿了,就这样,把一个衣角卷起来打个结许了个愿。”

我看着她打着结的衣角感到无比惊奇，多少年了，我见过母亲看星星,但不知道她真的喜欢看星星,更不知道她还会对着流星许愿!

她那一刻的神情和语言一点也不像个农民,她这样的举动像个诗人,像个艺术家!

在我的童年曾经历了许多的苦难,比现在多多了,贫穷窘迫天灾人祸经常发生,但我从没有感到真正的绝望,我一到内心悲伤无望的时候就在晚上看星星,还盼望天上掉下流星,因为我需要对着流星许愿,愿星辰保佑我的家人。

星辰之美对一个脆弱的人来说,其实很具伤害性,那种美极其深刻和无限,有时我宁愿接受些粗糙的、简陋的、丑的事物,这符合我的心境,我是个内心过于柔软的人。我受不了美和善的过度震撼,我会激动,会哭。

因此我必须一个人看，这样我内心的变化所带来的表情和情绪才不需要担心被人看到。

我经常会在心里跟星星说话,因为我觉得星星知我心,对它们说话有时比写日记更能抒发我内心的感情。他们点缀或布满于黑夜的苍穹和灰暗的荒野,令人内心充满希望与想象。在我整个的童年,那些看似浅而幼稚的思索都与星空产生着重大的联系。

那是我精神的寄托。

6

在我并不漫长的美好童年中,星空一直如沉默的伙伴陪着我,那时我根本不知道什么是霾。我忘记了是什么时候注意到这个字,那应该远在我童年之外了,在我出生直到少年,直到出了山才知道这个世界还有个大字叫霾,还如此坚硬而可怕地霸占了曾经干净的天空和大地,我跟他人说,在我的家乡,不要说白天,就是黑夜,在晴朗的黑夜都可以看见天空中的云层,因为有月光和星辰,哪怕下雨天,雨一停,天地就变得清朗明亮。

十七岁那年,当我离开连绵的群山到达城市,我并没预感到自己已经长久或永远告别那能在任何时候给予我内心慰藉的高远美好的星空。在这之前我一直认为大地上任何地方的星空都存在并璀璨着,只是因情感投射的不同与故乡略有出入。

我并不知道不是在任何城市都能看到那样的星空,我已经多年不见那么清朗的灿烂的静谧美好的星辰了,我不知道在一座发达而繁华的城市,一座只要有金钱就能买到任何商品的城市,一座看似应有尽有的城市,一座看上去如此纷繁错杂高厦鳞次栉比的城市,却唯独找不到我要的星辰,在它的上空呈现如此彻底的匮乏和贫瘠。它的上空有什么呢?雾霾,一片庞大又结实的灰或黑色的空洞。从那什么也看不见的视觉中,我时常感觉到压抑和孤独,我拥有无数大地上的朋友,却无法拥有天空的朋友。这种近乎悲凉的失衡令人沮丧。

古往今来,我们人类是否曾有过这样昏暗阴霾的天空?是否曾有如此众多的人长久地面对灰暗而糟糕的星空?人无法知道未来之事,哪怕可以预测也是无用的预测,因为预测并不是感同身受。我们的星空未来会是什么样子?

我不知道在未来人生中这种对星辰的感情将会遭遇怎样更大的挫折,我们的天空在眼睛中会呈现什么样子,我只相信我的星辰永远在那里,它足够遥远永恒,在我记忆中,你们无法伤害。

春去秋来乾坤变幻,无论你何时何地仰望天空,星辰永远在那里。它永恒不变。

预知

1

6月的天空真美,黑夜也是璀璨的。傍晚时霞光盛大,像厚厚的花瓣,像红酒,像火焰将群山镶起金红色的边。

我挑着水桶来到井边,霞光倒映在井水中,一幅印象派画作。

井水在傍晚的微风中荡漾,涟漪柔和,一层层晶莹的波圈。我对着井水照镜子,美丽的圆脸庞倒映在井中,随涟漪幻灭般荡漾,并碎成涟漪的样子,在我脸的后面,是磅礴的霞光和白云,我感觉我像个云中的仙子。

每天傍晚我都要挑水,挑完水倒进大锅,生火烧洗澡水。然后在屋旁的草垛上坐会儿,有时是草垛,有时是柴垛,有时是板凳,有时直接一屁股坐在地上。再没有比我们这儿更美的天空了,我坚决地这样以为,在我还没有见识过这个群山之外的美丽新世界之前我认定世上最美的天空就在我们镇上,是的,它正在我的头顶上。哪怕是一小片,那也足够了,从早到晚,这里的天空永远表现着它的本真。

就像此刻,火烧云的红渐渐褪去,清楚的云团还盘踞在那儿。形状真美!

2

我的爷爷从星罗山回来了，令我诧异的是，他的左手抓着一把野蔷薇，这是他第一次手拿一把花朵朝我走来，这个沉默的瘦老人刚从大风坡拾牛粪回来，手上扛着个破旧的粪箕，袖卷中还有草籽。这一幕如此素朴，如此揪心而常见。一个传统的苦难老农民，衣衫还是那么破，裤腿上还有补丁，他佝偻的身躯在夕光下真悲凉啊。那些花出奇的清秀美丽，与一切都不符合，看上去却相得益彰。

我曾想他的一生绝不会跟花朵扯上什么关系，但这一幕出现在面前我却并没有感到陌生。

他把花递给我，然后放下箩筐，背一把柴走向厨房。

我非常欢喜地拿着那束花，很多的颜色，白色、粉红、淡黄，还带着刺。嗅了嗅，好香啊，是那种若有若无的香，需要配合对它喜爱的心理作用才能闻到。我拿着那束鲜花在盛大的云彩下发呆，活着真美好，我内心满是喜悦和知足。

我内心似乎想问他，为什么想起要给我带回来一束花呢？其实很多时候，爷爷会顽童般递给我一些小小的零食，有时是一把糖，有时是一个果子或一个小玩意儿，或是他从集市、山坡，或红白喜事的人家里带回来的，每当这时我就觉得爷爷真是可爱，大人的可爱就在于他对可爱的小孩深深的爱，我的爷爷可知道小孩子最喜欢这些好吃的小惊喜了。

但是拿着鲜花的我的手为什么没有觉出完全单纯的惊喜呢？我感到不是小零食小糖果那么简单了，是哪里不对呢？我不知道。很快我的胸腔内随即升腾起一种奇异的悲伤，我望着爷爷的背影，观察到这反常的一幕，感到他消失在昏暗灯光和柴火飞烟中的背影如此像绝望的象征，如此像一个完结，一个转过身去的庞大的告别仪式。那种奇怪的直觉在我全身某个地方火星般点起来，烧着了什么刺伤了什么，火辣辣地疼。

随后的半个月,我常常感到头顶着一朵沉闷的云,令小小年纪的我莫名悲伤起来。在我爷爷的四周,那苍老的气场如此羸弱,他的背几乎驼成一个疲惫的问号,我喊他:“爷爷,我要吃炒花生。”

他沉默地走向后厅,用瓜勺装了半勺给我,一句话也没说,扛着锄头出去了。

我多么想跟我的爷爷说话,我想不起来要说什么,更不明白为什么那么想跟他说话,那感觉如此揪心,甚至紧迫,似乎谁在虚空的看不见的地方催促我提醒我,抓紧珍惜跟爷爷讲话的机会。该说什么呢?我想了很久,想不起来。只好找借口说爷爷我要吃黄豆我要吃薯片我要吃甘蔗我要吃糖果。他说了一句,怎么不找奶奶要,爷爷忙着呢。除此一句话也不跟我多说,只是从不同的地方为我找来那些吃的递给我,一语不发地走了。

我的爷爷太沉默了,像天上的星星。

3

没有人能够解决我模糊的迷惑，我不知与谁诉说，不知谁能予我解答。只好一个人待着,痴痴地看天空。快要黑去的天空,北极星已经出来了。

空气中有着被灿阳暴晒一天的草木和尘土的香气，清新或掺杂阳光的淡淡的焦味。那是一天中最肃穆和安详的时刻,整个白昼的忙碌和喧嚣缓慢地沉降,丛林深处的清凉和寂静正从中慢慢渗出,屋后的山林里传出清晰甜蜜的鸟鸣。那个时辰,我的父亲还没从工地回来,母亲正忙进忙出地拾掇,然后为我们准备晚餐。

但云彩还是很磅礴。野蔷薇真美啊,没有几个人知道我有多喜欢它,他们都当这是野花。在乡下是没人在乎野花的,没有人把这么美的遍布荒原山野的野蔷薇摘回家去,插在朴素的花瓶或者门口,他们甚至在路过花朵时将带刺的花枝踩在脚下，这太平常了。我深刻明白在那样的平凡和贫苦中，我古老的乡亲们已经无暇并且忘记了关照身边的美，而花朵之美，更与他们粗糙的双手和黝黑的面庞如此不匹配。在我严肃沉默的父亲的脸上，我似乎看到他在说着："把那些花给我扔了，它们就像战场上的靡靡之音。"

可那时我已经开始懂得并且学会了珍惜美，在那时土地上所有的花朵和云层，包括寂静与优美的一切，它们在我眼里如此清纯美好，根本不是"靡靡之音"或妖艳无用的东西，它们是点缀在英雄草莽之地的艺术家。如果我凑在一朵花上嗅它的香气，村里的妇女看见了会觉得我幼稚可笑。但我知道有一个人不会，那就是我的爷爷。他一定看见过我嗅花的样子，看见过我站在花枝旁欣赏它们时那幸福的神态。我的爷爷在所有老人中真是个例外啊，他是个在藏龙卧虎的深山中深藏不露的人，是我们穷乡僻壤中难得开明智慧的人，他那几乎看不见的苍老的小眼睛里不知道还装下了什么世人皆没看见的东西。

我希望我深藏不露的爷爷陪伴我长大，我希望他指引我走向未来荒蛮或迷惘的人生，哪怕五年，五年不能，三年也好，或者一年也行。但我这么想的时候总觉得是在自欺欺人，直觉告诉我，爷爷活不长了。

我在心里说这句话的时候非常不快，我不愿相信任何不好的预感。

那段时间我不断想起我的小时候。我常在红蓼花海里跳啊跳啊，在花海翻跟斗，田野里的紫云英、地稔和鼠曲草真美啊。我的爷爷那时的病还不曾如此重，他望着我笑，旁边是我们家的大黑牛，他背我上牛背，扶着我，赶着黑牛上山坡。

多是我放学归来后的傍晚，绚烂美丽的云霞盘旋在山顶，像妈妈舍不得买的羞红美艳的苹果。我骑着牛，缓缓往山坡上去，我感到我在慢慢接近那云霞，啊，那红霞染红了我和爷爷的脸，整个山头浸染在那辉煌的光芒中。很多次我伸出手去触摸那似乎近在咫尺的红,而很快我发现并不能抓住什么。我们在最大的山坡上坐下,或者那不只是一个山坡,是个很大很大的旷野,几乎无边无际啊,任我从中奔跑跳跃,像松鼠一样溜来溜去。有时我的小伙伴们也在那儿,霞光照着我们,将一地荒草的旷野渲染得金黄又鲜红,一场巨大的辉煌场景。爷爷到山坡旁的树林里给我打树上的野猕猴桃和毛栗子。

那时的爷爷并不如此愁苦,他也爱说话啊,他的声音一点也不苍老,我们整个家族的男人们声音都不苍老。

4

我回想起这些的时候,心里出现一种被什么烙着的疼,我的爷爷真好啊,他能不能永远活着?我甚至在向着无边的空旷祈求什么。我愿他永远活着,我绝对受不了他永远离开我或永远地消失,我可以容忍他活着一生一世不说话,但却受不了他因为死亡而不说话,我受不了死亡,我痛恨"死亡"那两个字。

我在不可解释的迷惘中度过了多少的日子?很多个傍晚我这样坐在门前,门前的草垛或柴垛还有点温热,我坐在那儿,听见了牛的哞叫,那一定是回家最迟的一头牛。草丛里的萤火虫隐隐约约准备飞出来了。我的爷爷再没有给我带来野蔷薇,他更加沉默,更加羸弱。

我感到在我体内有一种东西跟随他的羸弱而羸弱,那是什么?希望?相信?也许是吧,我感觉他活不长了。我的相信随着他的眼神和缓慢的步伐而消沉下来,越来越慢,越来越迟钝,越来越力不从心,直到停止。

我的爷爷活不长了,但我不跟任何人说,我的内心发出这样不情愿的小小的声音,我感到那不是我在说话,那是什么声音。

一个月后他就去世了,我的爷爷,我沉默寡言的爷爷,就像那个悲伤绝望的背影一样,真的永远离开了。

我从旷野上跑下来,飞快地跑,我感到风在我耳边呼呼呼呼地刮啊,像爷爷生病时含糊的声音,一种巨大的绝望几乎要拍倒我。我忘记了脚下是路,忘记了在跑,我赤着脚就像朝着一个目标变化过去,很快就站在了大门口。那被围住的小小的门楣,就像死亡本身一样可怕。他们没让我见到他最后一面,我的妈妈捂着我的眼睛,不让我流泪,不让我看。我人生中第一次亲见的死亡就是一具棺材,那棺材摆在厅堂里很多天,我从中进进出出, 一种跟当初类似的被乌云和莫名哀伤笼罩的感觉, 非常压抑和绝望。

我只会哭,我还不具备诠释绝望的本领,我不停地哭,不吃饭,不睡觉。我在那哀伤的大门口看天,天是灰色的,同样有火烧云,但我感受不到火红带来的美好与雀跃,我感到黑,暗,沉闷。哦,而我并不完全明白什么是死亡,我只知道永远见不到了,明天,后天,一个月后,一年后十年后百年后,永远,我那时已然明白了永远的意思,比对死亡的理解深刻多了。一想到永远见不到爷爷我就要不停地哭,只有哭,那时我还不具备消化悲伤的能力。那种永远见不到的悲伤。是永恒的悲伤吗?

在此后的十年里,棺材成了个悲惨的比黑暗还要黑的可怕象征。任何与此相似的事物,哪怕是红漆盒子都令我恐惧。

在爷爷出殡前的那个夜晚,我蹲在门口看我的小伙伴们玩小石子,房檐下灯光昏暗,我呆呆地看着他们玩,忽然一只巨大的白色蝴蝶在我眼前飞来飞去,那是巨大的,毫无疑问的巨大,绝没有撒谎的巨大,迄今为止这辈子见到的最大的蝴蝶,白色蝴蝶,在我眼前飞了几圈,吓得我跳起来,大喊,我的亲人们都跑出来,大蝴蝶飞高了,飞到厅堂,我看见它飞向棺材后面的神台,然后再高,再旋转般地飞,太大了,那是只多大的蝴蝶,我现在无法形容了。我的奶奶抱着我,不让我哭,我真是吓哭了,但奶奶说别怕,那是爷爷，我就停下来了，我定睛去看那蝴蝶，已经不见了。无从解释，那就是回忆。

从此我再没见过那么大的蝴蝶，再没有谁送我一把野蔷薇，再也没有了，我的爷爷，跟那把野蔷薇和白蝴蝶一起永远地离去了。这辈子会有吗？我不知道。

那一切令我瞬间长大了，更趋于早熟和沉默。但我的沉默并不统一，有时我过于舌灿莲花，说梦话都出口成章。爷爷去世后我跟奶奶睡一床，她每天晚上睡前给我讲故事，每天晚上看着我睡着，还会在我说梦话时记住我梦呓，但很多梦呓早上一起来无论如何都想不起来了。想不起来的才是真正的梦，梦的本质就是瞬息的，虚妄的，不可触摸的。

我做过无数的梦，却从没梦见过爷爷，他就像从这世界完全消失了一样。我小时候还相信人的灵性，相信人死后他的灵魂还在世上，他的气息还在牵挂的人身边，可以是永远不死的。可为什么爷爷死后我从来没有梦见他，为什么从来不到我的梦里来？

爷爷既不在现实中，也不在我的梦中，那他去了哪里呢？我坐在河边，感到一阵阵迷茫，然后到月季山坐着，依旧感到绝望，因为盲目，茫然，无所事事，一种太阳般慵懒而无着落的感觉始终笼罩着我，我在想什么呢？我内心有着什么疑惑？也许那时，我已经开始思考生死问题。

我常常一个人坐在树下或河边，有时是山坡的高处，我看着村庄静谧美好的样子，联想起死亡，那一切就像蔷薇和苍老的爷爷一样具有强烈反差却又相得益彰，人难道应该不死吗？不死就不会有悲伤？不。

不死也会有悲伤，人不死，或许会拥有更大的悲伤和绝望。在我还不懂得时间和万物规律的幼稚的童年，我只为失去而哭，但那哭声令我逐渐明白了失去的意义。失去不仅仅是失去，失去是另一种获得。我在山野间像只麋鹿一样穿梭，我奔跑，慢走，或爬到树上，我想起我的爷爷，想起过去的短暂人生,我感到内心充满着什么。

走到云浮湖边我看见许多的栀子花,白,清香,无辜的样子,这令我想起爷爷采给我的野蔷薇,一样的干净,纯洁,美好而善,它们的形态令人瞬间原谅了人生的黑暗。那些看不见的狰狞的罪恶,事实并不可怕,比死亡暖和多了。我站着,面无表情看着它们,很好的花朵,似乎绝望瞬间成了花朵的样子,那些羸弱单薄的花瓣构成的艺术,轻易就打败了生活中难以把握的苦和悲凉。

我找了块干净的大石头坐下来,湖面波光粼粼就像星星,真是美好,我似乎发出一种感慨。有一瞬我以为我说出话来了,我说:"爷爷,你还记得我吗?"而他就站在湖的中央朝我笑呢。是的,我能听见那声音在湖上回荡,撞在湖边的白桦树上再跌落下来,落在我脚边,我能在这样的情形下跟爷爷说话。这几乎是一种超能,在长久的沉默和沉思中,它顺理成章地出现,在我看来并无任何惊异和不妥。

5

我长久望向云浮湖的湖面, 那些透明的发光的波圈, 如此真实而恍惚,诡异地千变万化地闪烁着,像一堆刺眼的钻石,在太阳的照耀下毫不收敛地放射着白光。终于,我似乎在那里看到爷爷的脸,但转瞬又消失了。

又一年过去,又一年,再一年。我做过许多的梦并逐渐长大,我梦见一个下着细雨的布满大雾的早晨, 我的亲人和村民们抬着一口棺材朝高处的梨花山走去。大雾让空气变得混浊和黏稠,蒙蒙细雨让我更加看不清楚情形,只有一个模糊的队伍,缓慢的队伍,抬着令我恐惧的红漆棺材,缓缓朝梨花山走去,三天后我的三婆去世了,她就葬在梨花山。送葬那天早上细雨蒙蒙,我走在哀伤的队伍中,一种说不出的悲凉,那悲凉有点像荒原暴风中瑟瑟发抖的白色野蔷薇。

而我的表姐,在我梦见她白裙子上盛开一朵红花的第二天,生下个胖胖的健康的婴儿。

我的梦如此奇妙。这奇妙令我迷惘。

10月,在秋天与冬天的边界上,萧瑟与冷无法分清楚,天空灰得像一幅抽象画,梨树枝光秃秃,玉兰树光秃秃,天空也光秃秃,田野像沉默的父亲的脸,灰白,带点中年黄种人的沧桑。

十年也会很快过去的,我预知过一些事情,就像梦境,像季节一样神奇而朴素,但不悖于命运,不影响生活,仅仅是预知,并无法改变,也并不悲惨。

当我再一次坐在长满野蔷薇的山坡,荒草中的花朵寂静温和,像一些过去的事,经过时间而终于沉静。这里的傍晚有着红酒和花瓣的颜色,我看见一些枯树站立在田野就像我的爷爷,深山中偶尔传出夜莺和猫头鹰的叫声,杜鹃鸟站在杜鹃花枝上叫"秭归,秭归——"

世界变得太快,这是预料之中的。我知道我的爷爷永远在某个地方看着我。我知道有些人永远不会死,这是我的预知。我相信我的预知。

走昭 作品

走昭，1991年生于宁夏银川，白羊座。毕业于中科院微生物研究所。

一次别离

很少再写些什么了,原因挺简单:对于现在状态的我来说,经历的不管是美好还是痛苦,再回忆一遍都挺虐心。生活(主要是实验)不断推着往前走,没有一点儿可供回忆的资本。

今天是大年初八,来实验室的第一天。决定写下这篇再“重新开始”。回去这几天家里多了一个客人:来自乌兹别克斯坦的小妹妹,她来中国学汉语,是爸爸的学生。放寒假,一起来留学的孩子都回家了,小妹觉得机票太贵,一个人待在宿舍,爸爸就叫她来我们家和我玩儿。小妹很漂亮,高个子大眼睛,她的母语是乌兹别克语和俄语。汉语只学了五个月,基本交流已经没有问题。有些复杂的名词她不是太懂,我们就靠翻译软件对话。爸爸说小妹和我们的祖辈都是东干人, 一百三十年前我们的祖辈都生活在陕西,后来遭到清廷镇压,一行东干人从陕西逃到各个地方。我爸爸的祖辈在宁夏吴忠这个地方投了降,被清军安排生活在泾源。小妹的祖辈们宁死不屈,翻越天山(死伤大半),来到乌兹别克斯坦,从此定居在那里。我们互相叫彼此的英文名字,她叫我 Sophia,我叫她 Marine。小妹说相比起他们国家,更喜欢中国。我问她为什么?她说因为我们国家的人很爱笑,他们国家的人不爱笑。她说在他们国家,女性一般不出来工作,但是她不想这样,她想学好汉语,以后当一名翻译。比我小四岁的小妹很乖,我俩在家,她画画我看书。有时候两人一起看部俄国电影——我看字幕她靠听的,也没什么障碍。我回北京的前一天她要回学校,两人拥抱了一下。那个时候还真是挺难过的,因为我知道这很有可能就是我们见的最后一面。6月份她就要回家了，尽管百般不愿意，可是她的国家只支付一年的学费，所以小妹还是会回去的吧。

回来后见了本科时最要好的朋友，她从考上研究生，再休学一年到如今完全退学，心里历程经过了很多。

姑娘白肤貌美，身高一米七二，家庭环境优越。有一个优秀的男朋友，是某知名大学在读研究生。就在一切看起来顺利得不可思议时，她因为抑郁症休学了。我也就有半年多时间没有她的一点儿消息。刚开始得病时她去南京参加了一个禅修班，在禅师的帮助下已经和我以前认识的她无二区别，甚至更加平和了些。她说，刚得病的那段日子太难熬，整个世界都是灰的，觉得陷进一个没有边际的泥沼，对任何事情都没有兴趣。她说，那时候是真正明白了，你太想要快乐，可你就是做不到。不是你不愿意，而是已经丧失了快乐的能力。去医院看，精神医生没有耐心地甩给她一沓调查问卷，确定为中度抑郁症，开了一堆副作用很大的药，然后问她："你到底怎么了？"

她家人也问她，你到底怎么了？她也不知道啊，一开始以为是学业压力大，休学回家可还是不开心，还是整夜整夜失眠，吃了医生开的抗抑郁药、安眠药也几乎没有一点儿效果。很偶然的机会，她了解到台湾开创的禅修课，也是经历一番波折才能去上课。仅仅三天的课程让她成长了许多。后来她开始吃素，每天蹲马桩半个小时，盘腿静坐一个多小时。昨晚吃饭，给我讲了许多"造业""轮回"之类的佛教思想。一开始我有些不理解，因为我是学自然科学的，医学书里写抑郁症患者大脑的一条神经介质(5-HT)不足，因而难以产生愉悦感。通过中医和养生可以治愈抑郁吗？后来也慢慢能理解。一句话，一切可以把你拉出深渊的方法都值得一试。

尼采有一句："当你远远望向深渊时，深渊也会回望你。"姑娘说抑郁就和智齿一样，不会每个人都遇见，但是碰见了就要接受它并且善待它。

我说是,所有经历都将是福祉。也许我们都想不通它是因为什么爆发,会在什么时候爆发,可生活哪里是一层一层上台阶或下台阶,生活分明是踩着一块浮冰去另一块浮冰,却永不知岸在何处。在家休学一年后再次上学,发现还不行,抑郁症再次发作。这次她干脆退学了,目前在银行工作,每周两次固定接受心理治疗。生病的那段时间我们之间没有一点儿联系,我也是她走出来时见到的第一个朋友。她说上课很轻松,在老师的工作室里边聊天边摆沙盘。一次陪她去上课,老师四十二岁,穿汉服,瘦,笑靥很美,非常开朗——“我从来没有见过眉眼笑得如此畅快的人。”“第一次接触心理医生,和我想象的很不一样,老师带我们去看电影,请我们吃火锅,一路有说有笑,一点儿也不像上课,只是最后开车送我们回去时,老师把车停在巷口的路边和我们聊了聊。对于我,老师说,其一,我太冷,要对‘人’更热爱些。其二,我所做的一切都是有意义的。老师一再给我们强调,她总感觉自己的生活是从四十岁才真正开始,她拒绝一切‘太晚’,任何时候,都要有一颗不凑合的心。她说她离异过,带着一个十几岁的儿子,又身患残疾(老师有小儿麻痹),可是老师从来没有放弃想要什么,于是她就遇见了现在近乎于完美的先生。她还说,生活唯一的意义就是去爱,剩下的,怎样开心怎样来。”

“以前总觉得,苦是常态,不快乐是好朋友;灰色的蝴蝶环绕你,这些都是对的东西。但在新的一年里,真正想对自己说的不是新年快乐——祝新年任何的不快乐并不重要;至于快乐来的时候,把它调慢一些。”

那天见完这个朋友回来,我很严肃地想了下人活着到底是为了什么。我有一个发小,和她五六岁时相识,高中时我们不在一个学校,不过高三复习那段日子每个周末她都来我家,我们一起做那些永远也做不完的高考模拟题,到凌晨一两点才能睡觉。记得有一天,她从堆成山的书海里抬起头来很认真地对我说:“我觉得我是活不过三十岁的。”当时我一愣,笑着说别胡说了。她也笑笑,两人低头接着看书。如今看起来当然是小孩子胡说,发小大学毕业,结婚,也有了自己的小孩子。我只是突然想起罗曼·罗兰说:“大部分人在二三十岁就死了,因为过了这个年龄,他们只是自己的影子,此后的余生则是在模仿自己中度过。日复一日,更机械,更装腔作势地重复他们有生之年的所作所为,所思所想,所爱所恨。”这么一说,我们都是活不过三十岁的。

那天爸妈已经入睡, 我过去躺他们旁边问:“我觉得生活本来应该是你想要做什么,就应该做什么,这样不对吗?”妈妈说当然不能这么想,这是很自私的做法,你要有责任感,要让别人对你有所认同。我没有说话,黑暗中皱着眉头想了会儿还是回自己卧室了。我没有很高的宏愿,不甘做个穷人,但对于财富真是浅尝辄止,中产就刚刚好;对于知识,仍然热爱,但知识对于我来说,更像是安全感的基础;在知识和经济基础之上,我能够追求得无边无际的,也只有对艺术和人性的琢磨,虽然听起来真的很不靠谱。

中午吃完午饭在宿舍小憩下,一闭眼就做梦,梦见在家。从本科到现在,已经在外读书七年了,家乡只是偶尔停息的地方,有时假期回去待一两周,见到故人故景故乡总有一种恍惚感:我是属于这儿的吗?它们还记得我吗?梦里和 Mark 走在一起,他反复叫我的名字,打闹着玩儿把我推到雪里。和 Mark 在一起半年了,虽说以前当了十来年的朋友,可是作为男女朋友相处以后看见的他又完全不一样。用什么词形容?“齐整”。对,讲的不仅是形貌。他有一双让人信任的眼睛,他散发着让人信任的气息,他很少被情绪操控,就算有,也会在角落处理得很好。在我们的关系里,他一直像我的人生决策者,或者我失控的时候,他也会用“难听”的话把我一脚踹起。每个人都会有疑惑爱到底是什么的时刻吧?在我看来,爱是《霍乱时期的爱情》里弗洛伦蒂诺·阿里萨跨越半个世纪的守望,是《了不起的盖茨比》里那道穿越雾气的绿光,是《啼笑姻缘》中秀姑默默的陪伴,是《萧十一郎》中风四娘清清楚楚地记得他比她小五年四个月零三天，是《纯真博物馆》里凯末尔用十五年的时间走完一千七百四十三个博物馆创造出独一无二的“纯真博物馆”，是《基地》中铎丝不顾一切的守护，是《赎罪》中与全世界为敌也要相信你，是《白马啸西风》里李文秀那句“那都是很好很好的，可是我偏不喜欢”，唯独不是能轻易说出口的字句。然而我又是喜欢“秀恩爱”的，喜欢说出自己的幸福。其实说白了，你恋爱失恋，在乎的人真不多。可我为什么还要这样子呢？就像我喜欢王小波的《黄金时代》以及波兰斯基的《苦月亮》，它们都有一种极致后的虚无和无法摆脱的人生困境感。也就是说，爱情最后必然会逼近人性的死角。明白这一点之后，我非常享受世俗的甜腻腻糖水般的爱情。没有任何一种感情、经验或是信任让我能够有底气避免和拒绝未知所带来的兴奋、不安和伤害，而且未知的惊慌与确定的乏味之间，有时也轮不到你我选择。但我想承诺你的是，无论命运把我们带去哪一条路，我都愿与你一起拥抱恐惧。

未来，请继续囫囵吞枣继续冒险。一切都在以最好的方式到来。只需记住，都是福祉。你看见的都是你得到的，你经历的都是你需要的。

《老友记》里那句话可真让我感动啊：“欢迎来到现实世界，它糟糕得要命，但你会爱上它的。”

海誓

你心中的海是什么样子的？

似乎每个身处内陆的孩子，对海总有无限向往。读书期间我去看过大连的海、厦门的海、香港的海、烟台的海、秦皇岛的海。年少时还做过不少矫情的事儿:夜晚一个人走在海边,远处喧嚣的年轻人喝着啤酒吃烧烤,热闹极了。我拿出手机随便打给一个正在想念的人儿,什么也不说,让他们静静听几分钟海声,再挂掉。

波德莱尔写过一首诗:“自由的人儿,你永远将大海怀念。”

后来在中科院某研究所读书,每年都会有印度洋科考名额,环境艰苦,每个实验室轮流派人,今年恰好是我们。于是立夏的那一天,我出发了。

先坐飞机到毛里求斯,科考航段分为五期,我参加的是最后两段。一个航段近五十天,科考人员一般只参加一到两个航段。到了毛里求斯,并没来得及参观这个不大却美丽如画的小岛,匆匆登上了“大洋一号”,开始我为期九十六天的航行。

“大洋一号”是我国第一艘科考船,从1994年第一次航行至今也有二十几年时间了。排水量五千六百吨。整艘船有四层高,一层环境相对最好,住着首席科学家和船长。我们科研人员和大副、二副、轮机员住在二层。三层是水手。最高四层是实验室。还有重机枪库——这是为了防止海盗来袭。“但愿这间房永远也用不到。”水手介绍船舱时开玩笑地说。

登船后,我前十天几乎都在晕船中度过——尽管我以前并没有晕车的经历,可大海上没有规律的波澜起伏一开始还是让我吃不消。躺在床上还好,只要一起来就会吐,吐完那一分钟是最轻松的时刻,一分钟过后又开始吐。有经验的船员说这时候千万不能躺下,否则你以后九十几天都要在床上度过了。我强忍着难受爬起来,走在摇摇晃晃的船板上,不停地吐,只希望这段难熬的时刻快点儿过去。也有撑不下去的时刻,不断怀疑自己的选择是否正确,然而除了继续下去,你其实并没有其他的选择,毕竟,这是在茫茫大海上。

第九天时我熬了过来,终于不再呕吐。第十五天时行驶到作业区域,我们平时工作并不繁杂,近乎于体力活(其实科研本来也是体力活)。首先简单判断这个地方有没有勘采价值:钢缆先绑住拖体,一个做成潜水艇模样有摄像头的设备被放到水深四五千米的地方,我们紧紧盯着上方传送图像的小屏幕,海底大多数地方都是白沙,观察到有地泉涌出或其他硫化物痕迹,我们就用电视抓斗收集这块儿的土壤,以及CTD采水设备收集海水。再用钢缆拉上来,搬到实验室做简单的土壤分析以及用滤膜过滤海水,收集菌体再拿回去分析。船上能做的实验非常有限,因为海面太摇晃,离心机、PCR仪等基础设备都不能使用。某天行驶到印度洋西南角,遭遇了一次连船员都说比较罕见的暴风雨:海浪大到人根本不可能在船上站立三秒钟,当天的工作只能暂停,我们担忧实验室里仪器可能会出问题。待暴风雨小一些上去看,果然是一片狼藉:尽管冰箱被牢牢固定在墙上,在强烈摇晃下也挣脱铁圈在地上摔得稀巴烂;实验室所有小型工具都被用透明胶绑牢粘到桌上,这时也全部掉落在地上;就连锁住的抽屉也全部掉了出来。还好,每一个样品处理过后都被我们牢牢封住,所以损失并不很严重。

航行三十天左右,我们的船回到毛里求斯补充食物、淡水等生存必需品。第一天,船停靠在路易港,我们在港口附近找到了一个看起来相对安全干净的旅店,上岸睡了第一个“安稳”觉。然而第二天醒来,旁边房间同学的箱子全被撬开,钱财和护照都不翼而飞,大家都傻眼了。打电话给当地警察,警察直接带我们找到了小偷问他要钱……小偷并没做什么抵抗就给了我们护照和钱,而警察也没有把他抓起来。看来都是惯犯,也看来毛里求斯治安实在不敢恭维。第二天,为了安全起见,大家还是回到停在港口的船上住,每天都派一个人在舷梯口守夜。毛里求斯总统是位研究生物多样性的科学家,听说我们停港还专门来船上看望我们,是位非常和蔼的女士。

毛里求斯是个非常小的岛国,本地居民印度人占大多数,来旅游的大多数是中国人。停留在岛上的四天,我们把浮潜、滑翔都试了一遍。海边的沙滩非常干净,一排排高大棕榈树总让我想起爱丽丝那个渺小的女孩儿,毛里求斯也是唯一曾经发现渡渡鸟的地方, 尽管1662年它们就已经灭绝,然而渡渡鸟这一形象已经深入人心。黄昏时一个人走在海岸边,仿佛就能看见《爱丽丝漫游仙境》中那个用一根手指头撑着前额,就像照片中莎士比亚那种姿态的哲学鸟,一张嘴就说着深奥的古文,J.K.罗琳曾在《神奇动物在哪里》中这样描述渡渡鸟:

> 原产于毛里求斯,身体肥胖,全身绒毛,不会飞行。拥有逃避危险的非凡手段, 可瞬间消失无踪……麻瓜们因为不了解这种自由消失的本领,自认为已经把这种鸟猎杀殆尽。

真希望这种可爱的动物可以像罗琳说的那样, 只是在和我们这些麻瓜玩捉迷藏。

短暂的停留过后,“大洋一号”重新起航。海上的作业是枯燥且令人疲乏的,我们并不能和外界太多联系:每天早晨八点钟网络有半个小时的开放时间,我们打开电脑,接收邮件,同时把昨晚给家人写好的邮件发过去。剩下的时间,就是漫漫长长的白天和黑夜。到了夜晚,并没有想象中的满天繁星,因为船上灯光过于强烈,船体之外能见度非常低。过赤道那一天,船员调暗了灯光,我们站在船头前面的甲板,抬头真的能看见银河。无垠的大海上面闪烁的群星,那种壮丽与优美,是要让人落泪的。

船静止作业取样的时候, 我们会快速拿出自己的钓鱼竿站在船边钓鱼。我最好的成绩是钓起来一只巨大的鱿鱼,当时可真是开心啊,晚饭时候终于有新鲜的食物可以吃。要知道航行到了最后阶段,每天吃饭是非常愁人的事情，我觉得最美味的食物就是船舱角落里不知谁落下的过期很久的方便面。

船上大多数人员是水手,每年在船上的时间超过两百天。到了夜晚他们就会用酒精来麻痹自己,船上有一个简陋的KTV,有时候他们喝醉了酒就抱着话筒大哭或者大笑。每到这时候,总觉得周围一切都好远,总感觉孤单极了。有一天一个年老的船员跟我们说,他得知老母亲病重时候,正在南极作业,不管你有多么着急多么难过,也没有办法赶回去。是啊,你知道前面有漩涡和鲨鱼,阻你的潮汐和助你的湾流,以及身后看不见的岸。你忽然时而觉得自己大得要命,时而渺小如一切。清醒又没有工作可做的时候,他们会在船上跳吉特巴,甚至是在甲板上摇摇晃晃地打篮球。开心时他们也会对我们这些“小孩子”讲航行船上十几年、二十几年遇见危险的、刺激的、开心的事情。他们是非常有勇气的,没有谁可以轻轻松松一辈子面对孤寂的大海。

我非常喜欢的一本书,朱迪丝·莎兰斯基《岛屿书》中写道:“如果你想要得到真正的真实,你就要冒险。”真正的海上航行和这本书一样,哪有什么文艺腔的情绪,全都是硬碰硬的白描,一句话,“一艘小船,一百二十人,永不再见”,多么有力简短的故事,让喜欢吭哧吭哧抒情的人看得惭愧。

对我来说，每天最好的嘉奖就是能看见海豚。通常它们在黄昏时来临,噗、噗、噗,一只只相继跃出海面。天色越晚,它们离船就越近。真是一群可爱的小精灵。有它们陪伴一起航行半个小时,总觉得温暖而又快乐。这时候看海是海,看云是云。看海面上波光粼粼真好看,跃出海面的海豚,也真好看。有那么一瞬间,我认为那些谁是谁非离我很遥远,那些似是而非也彻底与我无关了。只有在我眼前的景观,很清晰,很分明。我感觉很多很多的汗珠从我的皮肤里冒出来。我活着,接受着,付出着。尽量诚实,尽量简单。

还有一次看见了鲸鱼。某天清晨，随着船员一声惊呼，我们全部聚集在栏杆前，看见“大洋一号”底下有一个巨大的投影——那是鲸鱼的轮廓。彼时我想起 Gary Snyder 的一句诗：“鲸鱼的尸体在深海中，仍将滋养其他动物十五年。”科学术语中，这叫“鲸落”(Whalefall)。当鲸在深海区死去的时候，尸骨落在两千米深的海底，可以维持其生态系统长达几十年甚至上百年时间。

我心中的大海是黄昏下那一抹的温柔；是古希腊神话故事中的波赛冬(海神)，仅次于宙斯的强大掌权者；是性情不定又反复无常的暴君；是给你一点儿苦头然后再温柔拥抱你的小坏蛋……不管你看见的它是什么模样，下一次见到它，你又会有新的认知，这就是大海最调皮的魅力。

平日常常遥想宇宙，深处大海的日子，类似的感觉尤其深切。这时候，存在感最强，会想象我，这大海中最微不足道一滴水的沉浮情形。再怎么肃穆地注视生命，它也只是一滴水，没有任何理由把它稍微看得那么重要一些。它是那么短暂、脆弱、无足轻重、若有若无。对它任何夸张的强调只是自欺欺人而已。然而正因为如此，更要珍视每一朵真实的浪花，定格在眼前美丽的温柔的海豚，翻滚在天边缥缈的云朵。一定要记得，要用美丽去抵抗虚无。这是大海教给我的一切。

愿你有一个海风习习的未来。

行行重行行

时间总是在不知不觉中走过,我已经二十好几岁,读了十九年的书,如今算是暂时告一段落。读万卷书行万里路大概不会让人在物质上多得到些什么,但我觉得还是有必要去聆听身体的声音。身体有始有终,有四季,有回转,有流淌。读书和旅行,对于我都是身体的一部分。这次毕业旅行选在了一直心心念念要去的日本。我想知道,它到底是不是我在日本文学和电影里所看到的那样。

先到了京都,住在京都的二条城附近。有一个朋友在京都开民宿,价格也非常合适。民宿位置不算偏,周围都是独幢民居,非常安静,不管是傍晚还是早晨, 都听不到周围邻居一点儿声音——除了累极了偶尔失眠的夜晚,居然能听见旁边那栋楼邻居打鼾的声音,看来平时的安静并不是因为隔音好。有时凌晨才回去,走在寂静的石板路上,周围昏暗的灯光映照在门前的神龛和石像,大把的星星俯下身子要去亲吻地上的花儿。夜晚的寂静让爱变得谦恭有礼。空气里弥漫着一只猫思念另一只猫的气息。这个时候,你有些柔软,不是柳枝新发的柔软,也不是蜗牛触角的柔软,是春风吹乱的云的柔软。有些抒情,又尽力自我克制。

这十几天的旅行去了很多地方,最喜欢的仍然是京都。来日本的第一天我就去了京都的东山山麓,这地方偏远,只通大巴,没有什么游客。顺山路走到了那条著名的“哲学之道”,因为日本哲学家西田几多郎经常来此散步,所以以此命名。许多日剧和日本电影都取景于这里。听说有樱花和枫叶的时候会更漂亮,不过盛夏时来也别有一番感受:郁郁葱葱的山中长满了高大的杉树和竹子,错落有致地静静立在那里。东山山麓北边的银阁寺游客很多,也要门票。进去登高俯瞰远处小城,也没有更多特别的感受了。然而另一边没什么人的法然寺却让我沉浸良久。法然寺大门很简陋,甚至没有牌匾。草门旁立着一块石碑,上面刻着:不许荤辛酒肉入山门。那天正好在下雨,整个寺里面就我一个人,安静极了,只能听见雨点打在地面的声音和不远处传来的木鱼的声音。石头小径旁种着竹子、蓝色绣球花、杉树。满眼绿色,两耳清幽,只觉得静谧得令人感动。法然寺一旁是一片墓地。过去我很忌讳死亡话题,现在却偶尔想去墓园走一走。这是一片很大的墓地,埋葬的大多数是普通人,雨天中能看见一只白色蝴蝶围绕着墓碑轻轻飞舞,生命仿佛静止了。脚边是话语,亲人们的思念和纪念都刻在这里了。我最喜欢的作家之一 ——古崎润一郎也埋葬于此。两块非常小的石碑,一块刻着"寂",是古崎夫妇的墓;一块刻着"空",是古崎夫人妹妹重子一家的墓。除此之外,再无多余一字。是啊,人生到头,可不就剩下这两个字。我又想起古崎先生的小说《春琴抄》和《痴人之爱》中那些绝美而又带有毁灭性的感情,不觉鼻子一酸,到头来,面对死亡,人可能会呈现最真挚的状态。

也去了琉璃光院,一个深山中的小寺庙。从电车下来后就感觉被山林包围了,不远处云朵穿梭于林间,氤氲得像一个遥远的梦。穿过有瀑布的小桥,走了差不多一公里就到了琉璃光院,在门口交了门票钱,每人赠一页佛经和笔,寺院里很多老人坐在蒲团上抄经。窗外的树影斑驳倒映在干净得能反光的木头桌面上。一窗一门都是一幅雅致的景色。我盘腿席地坐在角落里,想要在这儿发一整天的呆。

第二天去了京都人最多的地方伏见稻荷大社,门口有许多形态各异的狐狸雕塑,威严的、可爱的、凶猛的,它们名叫玉姬大神,被视为神明的使者。往里面走就是著名的千本鸟居,成百上千座红色的柱子形成了通向山顶的通道。章子怡主演的《艺伎回忆录》中最后一个奔跑的镜头就取景于这里。从伏见稻荷大社旁边的祇园区出发，拐到了舒国治在《门外汉的京都》中提到他认为京都最适合漫步的小道白川。和伏见稻荷大社比起来，白川这里人少多了，走进角落里一家卖糖果的小店，店主是一个非常热情的上了年纪的老爷爷，刚开始用英语和我对话，后来他听说我是中国人，就用汉语与我交谈。他并不急着让我买东西，搬了个凳子要我坐，再倒上一杯抹茶跟我细细聊天。他说他在中国留学过半年，当时就住在王府井。我提起以前看过的一本书，苏枕书的《等鹿来》，有写到京都一种特色糖果"金平糖"，他当即拿出来给我。那是一种很精致的小糖果，味道没有太特殊，不过模样讨喜，于是我买了几袋。

从白川走出去不远，找到了青莲寺门口的大樟树。川端康成作品中我最喜欢的《古都》里这么写道："青莲寺入口处的石墙边上，只种着四株成排的樟树，其中跟前那株可能是最老的，千重子他们三人站在这些樟树前凝望着，什么话也没说，定睛一看，只见大樟树的枝丫以奇异的弯曲姿态伸展着，而且互相盘缠，仿佛充满一种使人敬畏的力量。"如今离他写下这本小说时又过去一百多年了，樟树树根露出地面来，长满了青苔，人站在底下感觉渺小极了。捡了几片掉在地上的树叶，回去做成书签，送给心上人儿。

也去了京都的桂离宫，作为皇家别墅的桂离宫非常难预约，因为一天只接待六十名游客，网上一个月之前已显示预约满了，只能先去京都御所当面约才可以。桂离宫始建于1615年，其间没有遭受过火灾，所以至今几乎原样保存着。园区非常精致，几乎是一步一景，不啻为日本庭园的杰作。造园时总体布局的依据就是白居易的《池上篇并序》。建筑名称园林堂、笑意轩、月波楼、赏花亭等等都来自中国诗文。如月波楼引自白居易的"月点波心一颗珠"。金阁寺离桂离宫不远，从桂离宫出来就到了这里。大学时我开始读三岛由纪夫,《金阁寺》就是我读他的第一本书。这是一个真实的故事:主人公沟口是一个内向自卑且患口吃的男孩子,后来去金阁寺当了僧徒,沉浸在有五百年历史的金阁寺的美中,他一直幻想着金阁寺遭受战争空袭被损坏的模样,然而战争却结束了,他的愿望破灭,于是放了一把火烧掉了金阁寺。这件真实的故事发生在1950年。所以我们如今见到金碧辉煌的金阁寺是重新翻修过的。三岛由纪夫总能把美的极致写得这样惨烈。

京都之行匆匆结束,想去的地方还有很多。然而也没有太多遗憾,毕竟一定会再来的。

之后去了奈良,一个离京都不远的小城市。来到奈良之前,我以为这个地方最为著名的景点就是到处都是小鹿的春日大社。然而去了才知道,奈良市也是一个风景极美极其安静闲适的地方。去了唐招提寺,唐朝的鉴真大师759年曾在此修习。寺院后面山上是成片竹林和杉树,清风吹过,树叶哗哗作响。我又想起《古都》中千重子和苗子谈心的那片杉树林,真可谓是:"君亦无所思,君亦无所忆。忆君无所赠,赠次一片竹。竹间生清风,风来君相忆。"

整个奈良最让我惊叹的地方就是若草山了, 嫩草铺满的山坡上只有一幢小木屋,小鹿优雅地在山上低头吃草。《圣经》里写道:"求你等到天起凉风,日影飞去的时候,你要转回。好像羚羊,或像小鹿,在比特山上。"我望着蓝天白云下的若草山想,比特山上也只能这样了吧。在奈良,小鹿随处可见,春日大社里集中很多,买了淡奶油味道的鹿饼喂它们,它们都好乖好聪明,会向你鞠躬要吃的,吃完一块后还想要,你摊摊手,它们就知道你没有了,也不再追着你讨要。

大阪环球影城也是我此行很想去的地方。因为这里有哈利·波特主题公园,虽然如今已经二十好几,然而哈利·波特留给我们这代人的童年是不能被取代的。我仍旧很清楚地记得小学四年级第一次拥有这本书时的情景,那种奇妙感大概和哈利知道自己拥有魔法的那一刻是一样的吧。一进环球影城,我们就直奔霍格莫德村,这是书里描述巫师们玩乐购物的地方,我们去魔杖店挑选属于自己的魔杖,在“笑话商店”买比比怪味豆,“三把扫帚酒吧”还有卖特别好喝的黄油啤酒。最后去玩了“哈利·波特禁忌之旅”,就是坐在过山车上,戴着3D眼镜,周围一幕幕真切地出现在眼前:我们跟着哈利一起打魁地奇,和罗恩一起与蜘蛛搏斗,和赫敏一起上课。摄魂怪、密室、龙、人鱼……书里写到过的元素在这里一点儿也没落下。看到最后,当哈利三人组和邓布利多、小天狼星带着霍格沃茨的学生向我们挥手时,我眼眶有些湿润,仿佛看见了久别重逢、最亲爱的老朋友们。

离开京都,乘坐新干线去了富士山下的山中湖。在民宿宾馆里泡了很舒服的温泉,睡了一个好觉。民宿老板是一个摄影师,送给我们好几张他的作品做成的明信片。山中湖村是一个非常安静、没有什么人的小村庄。和老板坐在饭厅里用谷歌翻译聊天,了解到他以前在东京上班,强大的工作压力让人喘不过气来,于是决定辞职散心来到了山中湖,从此就再也没有走出去。我们来山中湖的这几天不凑巧都是阴天,云雾很大,没有真切完整地看到富士山。每天我还是早早起床,沿着山中湖散步,湖边有非常多的天鹅,我坐在停泊在岸边的蓝色小船上,托着腮闲闲地发着呆,它们一点儿也不怕人,凑过来好奇地看着你,真是好可爱的小家伙们。有次借了房东的自行车上山去玩儿,结果走错了道路骑到了树林里面,地面上全是咯吱咯吱的小石头,非常担心车胎被扎破,还好一切顺利。骑行在树林里时不时还能看见形状各异的小木屋或者神社,也蛮有意思。饿了就在路边老奶奶那里买了一个艾饼,是由面团和着艾草蒸出来的,中间夹着红豆沙,好吃极了。我想起来小时候和奶奶一起挖艾草的那个夏天。

从富士山的河口湖村出来就去了东京,一到东京就把我吓到了,光是地铁新宿站,就有一百七十多个出口,到处都是人,京都晚九点商店基本全部关门,而东京的夜晚,凌晨一两点也人头攒动,高楼鳞次栉比。我突然特别理解小津安二郎《东京物语》中那对年老夫妇觉得自己和周围一切都格格不入的感觉,也了解了电影《迷失东京》中的那种彷徨。站在东京塔上面,想起以前听梁静茹的"在东京铁塔,第一次眺望",也已经是十来年前的事情了。

匆匆逃到镰仓,先到了著名的镰仓高校站,就是"灌篮高手"取景的地方,大海、蓝天、绿皮电车、穿制服的男孩儿女孩儿,一切就像漫画一样梦幻。沿着海边走,想起是枝裕和《海街日记》就是在镰仓拍的,想起电影中温柔的四姐妹,这样平平淡淡而又美好的生活,就应该发生在有海的镰仓啊。乘坐电车来到了北镰仓站,一个设施古老简陋的小站,小津安二郎的《麦秋》和《晚春》都在这里取过景。紧挨着小站旁边的圆觉寺,小津安二郎埋葬于此。川端康成的小说《千只鹤》开篇就写及北镰仓的圆觉寺茶会,而故事的场景亦架构于此。进了圆觉寺大门后往东走,就能看见小津安二郎的墓碑,黑色的墓碑只写着一个大大的"無"字。墓碑前摆满了鲜花,该是世界各地喜爱他的人来此瞻仰时送的吧。

日本之行就这样告一段落了。去日本时,我带了本帕慕克的《伊斯坦布尔》作睡前阅读。越发明白"呼愁"这个词的含义。小的时候年轻气盛,总觉得出生的城市太小,我不属于这里。隐约有种睥睨一切的骄傲感。后来真的离开了,几经辗转去了许多向往的、我所"属于"的城市,每一个都有各自的好,却在那些我试图融入的环境里,心甘情愿地泯然众人,"在不断出走中走向平庸"。偶尔想到年少时光,多少有些惆怅。从来没有人告诉过我,我们最终还是要再作冯妇;也从来没有人告诉我,成长是一件既美好又扫兴的事情。好在,我们还有加缪,他在《西西弗的神话》中写道:"重要的并不是活得最好,而是活得最多。"艺术使人丰富,这就是旅行也好读书也罢,最令人欣慰的事情了吧。

编后记

散文常常被认作一种并不明显适于年轻人从事的文体。这种观点在有关散文的会议和论著中虽然很少被明确提出，但它和与其类似的“少不谈水浒，老不读三国”一样，在庙堂之高和江湖之远，潜滋暗长绵密发力，持续影响着散文的阅读乃至创作。

在传统文学批评和作家闲谈交际的边缘地带，“悔其少作”的说法可以视为以上观点的强援。此四字从浩如烟海灿若星汉的作家普遍经验出发，对“年轻的”散文作家作品强力“补刀”——长期致力于散文书写的作家，难道他的终作就注定是一本感忏式的随想录吗？

人，在时间中成长，如果我们还不能玄奥地站在所谓更高的“维度”——比如科幻作家特德·姜所描绘的那样——获得一种能够彻底颠覆对时间认知的全新语言，我们或许就必须面对以上江湖与庙堂双重加持的对散文的认识，尽管它看起来并不那么——正式。

“什么样的经验更值得书写？”在这个问题上，年长一些的人站在了批判与扬弃的更高处——这既是事实，也是合理的。

然而这种认知之所以显得不那么“正式”，是因为在悔其少作的作家个人体验之外，在更大的写作人群和更长的时间跨度中，它的描述渐渐显得不再适用。如我们所知,“经传注疏”的写作传统对文字历史而言,其时间跨度可谓地老天荒。在这个传统中,作为起点的孔子,选择以“温柔敦厚”“思无邪”作为标准,对书写对象与书写内容进行甄别筛选,写下其认为最具书写价值的东西。

不过,大成至圣先师的书写价值观也迅速漫漶在时间的洪流之中。在时间和写作造成的固有的、愈来愈大的意义裂隙里,传与注疏相继萌发,蓬勃生长,甚或最终更改了传统的价值与意义走向。需要强调的是,在对既有经典《易》进行书写时,孔子本人,也同时成为“传”方式的源头。

书写内容与对象价值的高下之判难于明辨,但确定存在。用散文方式进行书写的个体,因经验阅历的积累不同,造成理性认识的完善程度相异,也同样毋庸讳言。但就作为整体的传统或体系而言,经传注疏之间实无高下之别。后来者或齿若者,拥有同等的书写价值和发声权利。我们也越来越明白地知道,在记录全景式的“当下”以及更“切痛”的情感体验方面,他们“临场即景”的书写,为历史捕捉下了更多的东西——在巨大的时间之中,在如此众多令人叹惋的稍纵即逝面前。

2018 年 5 月 28 日,宇航员阿兰·比恩辞世,在登月一域,他是第四个吃螃蟹的人,因为没有在同休斯敦的通话中留下名言金句,很多地球同胞对他几无所知。但,在他身去之后,这个地球上能为我们讲述登月经历的,就只剩下四个人了。

《散文》编辑部